Colin Cotterill

Dr. Siri und der verschwundene Mönch

GOLDMANN
Lesen erleben

Colin Cotterill

Dr. Siri und der verschwundene Mönch

Dr. Siri ermittelt – Band 11

Kriminalroman

Aus dem Englischen
von Thomas Mohr

GOLDMANN

Die englische Originalausgabe erschien 2016 unter dem Titel
»I Shot the Buddha« bei Soho Press, Inc., New York.

Sollte diese Publikation Links auf Webseiten Dritter enthalten,
so übernehmen wir für deren Inhalte keine Haftung,
da wir uns diese nicht zu eigen machen, sondern lediglich auf
deren Stand zum Zeitpunkt der Erstveröffentlichung verweisen.

Dieses Buch ist auch als E-Book erhältlich.

MIX
Papier aus verantwortungsvollen Quellen
FSC® C014889

Verlagsgruppe Random House FSC® N001967

1. Auflage
Deutsche Erstveröffentlichung November 2019

Umschlaggestaltung: UNO Werbeagentur, München
Umschlagmotiv: FinePic®, München
Redaktion: Brigitte Helbling
AG · Herstellung: Han
Satz: Uhl + Massopust, Aalen
Druck und Bindung: Friedrich Pustet, Regensburg
Printed in Germany
ISBN: 978-3-442-31523-9
www.goldmann-verlag.de

Besuchen Sie den Goldmann Verlag im Netz

Für ihre unschätzbare Hilfe bei diesem Projekt danke ich:
Laurie, David, Ouayporn, Lizzie, Danielle, Leila, Dad,
Brother John, Tony, Rachel, Robert, Bambina, Miki M.,
Paul N., Elliot und, für ihre Geduld und ihre Liebe,
meiner Frau Kyoko.

Psychohygienischer Warnhinweis:
Der vorliegende Band enthält handlungsbedingt erhebliche Mengen an übernatürlichen Elementen.
Wer lieber dröge, durch und durch diesseitige Kriminalromane liest, ist hier definitiv im falschen Buch.
Sagen Sie hinterher nicht, ich hätte Sie nicht gewarnt.

FORMULAR A223-79Q

AN: Richter Haeng Somboun
p. A. Justizministerium
Demokratische Volksrepublik Laos

VON: Dr. Siri Paiboun

BETR.: Amtlicher Leichenbeschauer

DATUM: 13.06.1976

LEBENSLAUF:

1904 Plus/minus ein Jahr - das nahm man seinerzeit nicht so genau. Geboren in der Provinz Khammouan, angeblich als Sohn Hmong-stämmiger Eltern. Ich selbst kann mich nicht daran erinnern.

1908 Ich werde zu einer bösen Tante abgeschoben, die mich…

1914 …der Obhut eines Tempels in Savannaketh und damit dem Wohlwollen des weisen Buddha überlässt.

1920 Abschluss der Tempelschule. Keine Glanzleistung.

1921 Die Buddha-Investition zahlt sich aus: Eine überaus großzügige französische Gönnerin schickt mich nach Paris, auf dass etwas aus mir werde. In Frankreich muss ich von Neuem die Schulbank drücken, um zu beweisen, dass ich mir meine Zensuren nicht ergaunert habe.

1928 Besuch der Ancienne faculté de médecine.

1931 In Paris eheliche ich Bouasawan und trete spaßeshalber in die Kommunistische Partei ein.

1934 Praktikum am Hôtel-Dieu-Krankenhaus. Ich beschließe, doch noch Arzt zu werden.

1939 Rückkehr nach Laos.

1940 Spiel, Spaß und Spannung im Dschungel von Laos und Vietnam. Ich flicke kaputte Soldaten wieder zusammen und versuche, dem Bombenhagel zu entgehen.

1975 Ich komme in der Hoffnung auf einen friedlichen Lebensabend nach Vientiane.

1976 Ich werde von der Partei zwangsrekrutiert und zum amtlichen Leichenbeschauer ernannt. (Bei dem Gedanken an die mir zuteilgewordene große Ehre vergieße ich nicht selten heiße Tränen.)

Hochachtungsvoll,
Dr. Siri Paiboun

INHALT

1

AU CLAIR DE LA LUNE

Es war Punkt Mitternacht, und der Vollmond stand am Himmel, als drei Frauen an drei verschiedenen Orten bestialisch ermordet wurden. Wäre dies ein Film gewesen, hätte ein solcher Drehbuchkniff die Genossen Siri und Civilai im Nu auf die sprichwörtliche Palme getrieben. In ihrer Hitparade der Plattitüden belegten Zufälle den dritten Platz, knapp hinter urplötzlicher Amnesie und dem unverhofften Auftritt eines eineiigen Zwillings. Doch dies war das richtige Leben, und so erübrigte sich jede Diskussion.

Die erste Frau starb. Sie war in die Jahre gekommen, sie kränkelte ständig, und sie trank. Aber nicht das Herz oder der Alkohol brachte sie um. Sondern ein Vorschlaghammer. Sie hatte sich eher schlecht als recht durchs Leben geschlagen, mit Ausbesserungsarbeiten, die sie auf einer alten französischen Nähmaschine erledigte. Wenn ihr nicht gerade die Hände zitterten, machte sie ihre Sache eigentlich recht gut, und ihre Nähmaschine war die einzige in hundert Kilometern Umkreis, die tatsächlich funktionierte. Es hatte einmal eine Zeit gegeben, da hatte sie ihr mageres Einkommen in zwei Hälften geteilt: die eine für Lebensmittel, die andere für Reiswhisky. Doch dann dachte sie sich, Reiswhisky trägt seinen Namen nicht umsonst. Warum also sollte sie ihren Reis doppelt bezahlen? Rings um ihre Hütte gediehen prächtige

Papayas und Bananen, und obwohl sie einen beträchtlichen Teil des Tages auf dem Plumpsklo verbrachte, gelangte sie zu dem Schluss, dass sie für jemanden, der nicht mehr wuchs, ausreichend Nährstoffe zu sich nahm. Von nun an investierte sie jeden Kip, den sie durch das Kürzen oder Auslassen von *phasin*-Röcken verdiente, in Hochprozentiges.

Und in dieser Nacht, dieser wolkenlosen Vollmondnacht, lag sie sturzbetrunken auf der Bambusbank, die ihr Vater eigenhändig gezimmert hatte, und bildete sich ein, das Antlitz Hanumans im Mond erkennen zu können. Da plötzlich fiel ein Schatten auf das göttliche Gesicht, und einen Augenblick lang sah sie die einzige Liebe ihres Lebens, dann ein Lächeln, dann den Vorschlaghammer.

Eine zweite Frau starb. Sie hatte sich hinter ihrer Hütte mit Wasser aus dem Regeneimer übergossen und sich die Haare mit einem Beutel des neuesten Sunsilk-Shampoos gewaschen, einer Gratisprobe des Herstellers. Sie trug noch immer ihren klatschnassen Sarong und überlegte, ob sie ihn anbehalten und »Oh, mit dir hatte ich noch gar nicht gerechnet« sagen oder stattdessen in das gelbe Sommerkleid schlüpfen sollte, in dem er sie bei Kerzenlicht so sexy fand. Sie kletterte die Bambusleiter hinauf, trat über die knarrende Schwelle und öffnete die hölzerne Kartoffelkiste, in der sie ihre Garderobe aufbewahrte. Sie zog sich gerade um – sie hatte sich dann doch für das Sommerkleid entschieden –, als vom Balkon ein neuerliches Knarren an ihr Ohr drang. Hastig zerrte sie sich das Kleid über Kopf und Hüften. Ihr Galan, ein Lkw-Fahrer aus Vietnam, war früh dran, auch wenn sie sich nicht recht erklären konnte, weshalb sie den Laster nicht von der Hauptstraße hatte abbiegen hören.

»Moment noch«, rief sie. »Ich bin halbnackt. Du hast die ganze Überraschung verdorben.«

Hinter ihr knarrten Schritte, und sie rechnete jeden Augenblick damit, dass er die Hände auf ihre Puddingbrüste legte. Womit sie nicht gerechnet hatte, war das Messer. Im Schein der nackten Kerzenflamme blitzte eine Klinge auf. Starr vor Schreck sah sie zu, wie die Spitze sich in ihre Bauchdecke bohrte und von links nach rechts und dann nach oben, wie in den Samurai-Filmen, die sie so gern gesehen hatte, bevor auch das letzte Kino geschlossen worden war.

Eine dritte Frau starb. Dies war offenbar keine gute Nacht für Frauen. Es gibt Krankheiten, bei denen man sich dem Tod recht nahe fühlt, auch wenn sie einen nur selten bis zur Endstation befördern. Und es gibt Krankheiten, die äußerst unschön sind, aber nicht unbedingt mit starkem Unwohlsein einhergehen, und doch ist man ohne die richtige Behandlung zur richtigen Zeit so flugs hinüber wie ein Spatz in einem Düsentriebwerk. Hepatitis fällt in letztere Kategorie. Man denkt, man hat eine Erkältung, ein paar Wehwehchen und Zipperlein, man fühlt sich schlapp, also legt man sich ins Bett und schläft den ganzen Tag. Und wenn man aufwacht, ist man tot.

Als sie wachgeworden war, hatte der nette alte Arzt an ihrer Schlafmatte gesessen. Er hatte ihr ein paar Tabletten gegeben, und sie hatte ihm gedankt und war wieder eingeschlafen. Als sie das nächste Mal erwachte, war es Nacht, und ein feister Mond grinste durchs Fenster. Sie fühlte sich so wohl, dass sie sich ernsthaft mit dem Gedanken trug, aus dem Bett zu springen und sich bei einem Gang um ihre

Hütte die steifen Beine zu vertreten. Wenn nicht sogar den einen oder anderen Luftsprung zu wagen. Aber dann zog sie es vor, unter dem Moskitonetz liegen zu bleiben und davon zu träumen, wie sie auf dem nächsten Dorffest tanzte.

Der Mond meißelte Konturen aus dem Dunkel ihres kleinen Zimmers, graue Schatten. Schachteln voller Andenken an ihre acht Kinder, die samt und sonders Krankheiten, Gewalt und den lockenden Lichtern der Großstadt zum Opfer gefallen waren. Andenken an einen Ehemann, der sie eigentlich nie so recht hatte leiden können und gleich nach der Zeugung ihres achten Kindes auf einen Blindgänger getreten war, welcher ihren Büffel halb und ihn komplett zerrissen hatte. An den Wänden hingen Bilder längst verblichener Könige und ein abgelaufener Kalender. Und da, in einer schummrigen Ecke an einem kniehohen Tisch, saß ja auch der freundliche alte Arzt und mischte frische Medizin.

»Es geht mir schon viel besser«, sagte sie.

Doch er gab keine Antwort. Als er auch den letzten Tropfen Flüssigkeit in das Glas gerührt hatte, rutschte der alte Arzt auf Knien zum Netz. Da er den Mond vollständig verdeckte, konnte sie nicht sehen, ob er lächelte. Wenn sie sich recht erinnerte, hatte er ein hübsches Lächeln. Mit der linken Hand streckte er ihr ein Glas entgegen, in dem sich ein paar Fingerbreit einer trüben Brühe befanden. Im Mondlicht schien sie fast zu glühen. Mit der rechten Hand zog er das Netz hoch, sodass er zu ihr hineinschlüpfen konnte. Dann hob er ihren Kopf behutsam gerade so weit an, dass sie die Arznei trinken konnte. Er roch irgendwie nach Räucherwerk. Sie dankte ihm, und das letzte Bild, das sich in ihre Netzhaut brannte, war das eines freundlichen alten Arztes in den Gewändern eines Mönchs.

2

DREI ISMEN (ZWEI WOCHEN ZUVOR)

Es war eine Frage des Anstands. Durften Dr. Siri Paiboun und seine Gattin Madame Daeng an einem Parteiseminar teilnehmen, das die heidnischen Rituale der Geisteranbetung verteufelte? Zumal der Doktor bisweilen zum Verschwinden neigte und seiner Frau ein kleiner, aber feiner Schwanz gewachsen war, auch wenn sie die hohe Kunst des Wedelns noch nicht recht beherrschte. Da bislang kein Dritter Zeuge dieser übersinnlichen Phänomene geworden war, lag es durchaus im Bereich des Möglichen, dass die beiden auf ihre alten Tage den Verstand verloren hatten oder unter Halluzinationen litten. Andererseits bestand kein Zweifel daran, dass der klobige Holzstuhl Madame Daengs Hintern mächtig malträtierte und sie den Kopf immer wieder nach links drehen musste, um sich zu vergewissern, dass an der Hand, die sie in regelmäßigen Abständen drückte, nach wie vor ein Doktor hing. Es herrschten seltsame Zeiten in der Demokratischen Volksrepublik Laos, und doch gab es mitunter den einen oder anderen Augenblick, der sich der schnöden Normalität rühmen durfte.

Das Seminar entsprang, ebenso wie diese Geschichte (und alles, was daran hing), einem höchst unbehaglichen Konflikt zwischen den drei Ismen: Buddhismus, Animismus und Kommunismus. Wer hokuspokusfreie öffentliche Foren vorzog, konnte sich die Teilnahme sparen. Trotzdem ließ sich schwerlich leugnen, dass auch im fünften Jahr sozialistischer Herrschaft die *phi* – die Land- und Luftgeister sowie die Geister, die in den Menschen wohnten – die einzigen Autoritäten waren, auf die sich die Bauern in der Provinz halbwegs verlassen konnten. Der wachsende Einfluss der *phi* war der grünschnäbligen Regierung ein Dorn im Auge. In dem Bemühen, sämtliche magischen Praktiken zu verbieten und den Buddhismus so zu seinen Ursprüngen zurückzuführen, hatten sie ihm beinahe den Garaus gemacht. Heute, gegen Ende des Jahres 1979, gab es im ganzen Land nur mehr zweitausend aktive Mönche; bei der Machtübernahme der Kommunisten waren es noch zehnmal so viele gewesen. Tempel wurden als Getreidespeicher, Umerziehungsstätten für ungläubige Beamte oder Langzeitquartiere für Obdachlose zweckentfremdet. Ohne den Rückhalt organisierter Religion und der – geistig wie geistlich minderbemittelten – örtlichen Vertreter der Regierung reanimierten nicht wenige Landbewohner heidnische Götter und ersuchten die Geister um Rat. So sie das nicht ohnehin immer schon getan hatten.

Im Kultusministerium hielt man diese zunehmende Hinwendung zum Okkulten für untragbar. Ranghohe Parteimitglieder wurden kategorisch angewiesen, derlei faulem Zauber unter allen Umständen zu entsagen. Was bisweilen zu Komplikationen führte, da ihre Frauen nicht selten dabei gesehen wurden, wie sie sich kurz vor Tagesanbruch aus dem Haus stahlen, um den Mönchen, die den Säuberungsaktionen entgangen waren, heimlich ein Almosen zuzustecken. Und auch die Dienstmädchen von Ministern statteten die Geisterhäuser unverdrossen mit frischen Blumen und Getränken aus oder verbrannten Räucherstäbchen auf dem

Familienaltar. Um es mit den wie üblich wenig durchdachten Worten des Parteioberen Richter Haeng zu sagen: »Ein guter Sozialist braucht nicht an die Phantome und Phantasmagorien von Folklore oder Religion zu glauben, da der Kommunismus seine Bedürfnisse vollauf zu befriedigen vermag.«

Doch sowohl der Richter als auch Siri hatte ganz andere Dinge im Kopf, während brave Parteibürokraten ihre exorzistischen Bemühungen in stumpfen Farben schilderten. Am Vorabend hatten sie Besuch von jemandem erhalten, den die beiden Männer, Buddha sei Dank, für tot gehalten hatten. Er war zur großen Neueröffnung von Madame Daengs Nudelrestaurant erschienen und hatte im Schatten des Flussufers auf der anderen Straßenseite gelauert. Siris Hund Köter hatte die uniformierte Gestalt sogleich entdeckt, sich am Bordstein postiert und in ihre Richtung gebellt. Seltsam, das.

Im Schein der einzigen Feuerwerksrakete, die es auf dem Morgenmarkt zu kaufen gab – Shanghaier Goldregen –, hatte Siri das Gesicht sofort erkannt. Es gab nicht den geringsten Zweifel. Insofern war der Doktor nicht weiter verwundert, als der kleine Richter ihn vor Beginn des Seminars auf dieses Thema ansprach; seine Akne glomm und blinkte wie eine Leuchtreklame. Wie üblich wagte er es nicht, dem Doktor in die strahlend grünen Augen zu sehen.

»Siri«, begann er. »Ich, äh, hatte gestern Abend unerwarteten Besuch.«

»Das habe ich mir gedacht«, sagte der Doktor. »Ich auch.«

»Und was … was sollen wir nun tun?«

»Wir? Ich bin Leichenbeschauer im Ruhestand und Besitzer einer Nudelküche. Sie hingegen sind der Chef der öffentlichen Anklagebehörde. Da dürfte es Ihnen weitaus leichter fallen als mir, die entsprechenden Schritte einzuleiten.«

»Seien Sie nicht albern, Siri. Sie wissen doch, es gibt keine offiziellen Vorschriften für den Umgang mit … mit …«

»… Geistern?«

»Nennen Sie es, wie Sie wollen.«

Es war nicht das erste Mal, dass sie über diese Frage debattierten. Eine Woche zuvor hatten sie ein ähnliches Gespräch geführt. Im Lauf eines schier endlosen Kolloquiums über marxistische Wirtschaftspolitik hatte Siri den Richter, der zufällig neben ihm gesessen hatte, aus purer Langeweile und Gemeinheit in die Seite gestoßen.

»Dreimal dürfen Sie raten, neben wem ich heute Morgen aufgewacht bin«, sagte Siri.

»Ich hoffe, sie war sehr viel jünger und schöner als Ihre Frau«, erwiderte Haeng in dem merklichen Bestreben, den Doktor zu beleidigen.

»Es gibt keine schönere Frau als die meine«, sagte Siri. »Nein, es war Genosse Koomki vom Wohnungsamt.«

Siri wusste, dass diese Vorstellung dem Richter frostige Schauer über den Rücken jagte. Genosse Koomki vom Wohnungsamt war bei dem Brand ums Leben gekommen, der Madame Daengs erstes Nudelrestaurant in Schutt und Asche gelegt hatte. Da er kein allzu angenehmer Zeitgenosse gewesen war, weinte ihm kaum jemand eine Träne nach. Dennoch war er ohne Frage tot.

Für Siri waren Besuche aus dem Jenseits nichts Besonderes. »Stippvisiten aus dem Zwischenreich« nannte er sie. Geister begegneten ihm buchstäblich auf Schritt und Tritt. Es war das Kreuz, das er zu tragen hatte. Trotzdem sprach er nur selten über dieses Thema, schon gar nicht mit Parteimitgliedern. Eines der zahlreichen Dinge, die Sozialisten einfach nicht begriffen, war die Wechselwirkung zwischen den verschiedenen Dimensionen. Doch die Pensionierung des inzwischen fünfundsiebzigjährigen Arztes hatte seine Lust am Ingrimm noch gesteigert. Er hatte eigentlich erwartet, dass der junge Mann schnaubend die Nase rümpfen und ihn mit einer Losung beunglücken würde, doch stattdessen nahm das Gesicht des Richters die Farbe von drei Tage altem Klebreis an.

»Siri«, flüsterte er, »ich habe ihn auch gesehen. Gestern Abend schaue ich zufällig aus dem Fenster, und da steht er, im Schein der Straßenlaterne deutlich zu erkennen.«

Siri wunderte sich nicht etwa darüber, dass Haeng einen Geist gesehen hatte, sondern dass er dies so freimütig gestand. Der Besuch hatte den Richter offenbar weitaus heftiger erschüttert als den Doktor. Es entspann sich eine angeregte, gleichwohl gedämpfte Unterhaltung, in deren Verlauf sie zu ergründen versuchten, weshalb der Geist beschlossen hatte, ausgerechnet sie beide zu behelligen. Der kleine Plausch war der einzige Lichtblick an diesem trüben, tristgrauen Nachmittag. Obwohl die beiden zum ersten Mal an einem Strang zogen, wenn auch mit leicht gebremstem Eifer, kamen sie auf keinen gemeinsamen Nenner. Weder hatten sie Koomki bewusstlos geschlagen noch das Feuer entfacht, das ihn verschlungen hatte. Geschweige denn auf seinem Grab getanzt.

Trotzdem war er zurückgekehrt, auch wenn seine Absicht nach wie vor im Dunkeln lag. Jäh kappte Siris Gattin den Faden seiner Gedanken.

»Wann können wir endlich gehen?«, fragte sie und machte sich gar nicht erst die Mühe, die Stimme zu senken.

»Du wolltest doch unbedingt hierherkommen«, rief er ihr ins Gedächtnis.

»Das war ein schwerer Fehler. Ich hatte gehofft, das Ganze wäre etwas …«

»Interessanter?«

»Rationaler.«

»Ich lach mich tot. Eine rationale Auseinandersetzung auf einem Parteiseminar. Sonst noch irgendwelche Wünsche? Vielleicht ein kühles Bier und eine Tüte Popcorn in der Pause?«

»Du weißt genau, was ich meine. Angekündigt war eine Analyse des Zusammenspiels von Politik, Religion und dem Okkulten in der modernen Gesellschaft. Stattdessen bekomme ich stundenlang erklärt, das einzig Anbetungswürdige auf dieser Welt seien Hammer und Sichel. Siehst du auf der Bühne auch nur einen Mönch oder Schamanen? Nein. Ganz davon abgesehen, dass …«

Madame Daeng wurde von einem spindeldürren Mann im zerknautschten Jeanshemd unterbrochen, der sich zu ihr umwandte mit den Worten: »Einige von uns sind hier, um den gelehrten Ausführungen verdienter Parteigenossen zu lauschen.«

Er drehte sich wieder um, als sei der Fall damit erledigt. Daeng beugte sich vor und schnippte ihm gegen das Ohr. Das Ohr war groß, das Schnippen heftig, und so hallte das Geräusch unüberhörbar durch den Saal. Einige der umsitzenden Zappelphilipps konnten sich ein Kichern nicht verkneifen. Der Tumult brachte den Redner auf dem Podium vorübergehend aus dem Konzept, sodass er in der Zeile verrutschte und denselben Satz noch einmal las. Es war zweifellos der Höhepunkt des Nachmittags.

Der großohrige Mann sprang auf, beugte sich über seinen Stuhl und holte zu einem Schwinger gegen Madame Daeng aus. Obwohl sie bereits weit über sechzig war, verfügte Daeng, eine ehemalige Freiheitskämpferin, über bemerkenswerte Reflexe. Sie duckte sich weg, wodurch der Mann das Gleichgewicht verlor. Er kippte über die Rückenlehne seines Stuhls und landete direkt vor Siris Füßen auf der Nase. Und wieder hatten die Senioren einen blutigen Triumph errungen. Immerhin besaß Siri die Höflichkeit, dem Mann zur Trockenlegung des roten Flusses ein Taschentuch zu reichen.

»Wenn er nicht aus dem Gleichgewicht geraten wäre, hätte ich ihn mit einem Kantenhieb gegen den Kehlkopf außer Gefecht gesetzt«, sagte Daeng.

Es war später Abend, und die ganze Bande saß um die Tische in der Nudelküche. Eigentlich herrschte ab neun Uhr abends Ausgangssperre, doch die beiden Beamten, die auf der Fa Ngum Road Streife liefen, hatten es sich mit einer Flasche von Siris Reiswhisky am Flussufer gemütlich gemacht. Aber selbst ohne des Doktors milde Gabe hätten sie dieses Stelldichein wohl kaum gemeldet. Ein rascher Überschlag am Abakus hätte genügt, die Summe der in diesem Raum versammelten Jahre der Mitgliedschaft in der Partei auf weit über hundert zu beziffern. In Madame Daengs Nudelrestaurant saßen Polizeioberinspektor Phosy, seine Frau Schwester Dtui, die ihre Tochter Malee in den Armen wiegte, das Ex-Politbüromitglied Civilai Songsawat und sein bester Freund Dr. Siri sowie – last but not least – Herr Geung, seines Zeichens Sektionsassistent a. D.

Schwester Dtui platzierte Malee auf ihrem ausladenden

Schoß und erhob ihr Glas, um auf Madame Daengs Prahlereien anzustoßen. Herr Geung, der nicht selten vergessen ließ, dass das Down-Syndrom gewöhnlich als Behinderung galt, tat es ihr lachend nach und stemmte seinen tödlichsüßen, unverdünnten Orangensirup in die Höhe. Den »harten Stoff«, wie er es nannte.

»Vorher hätte ich ihn mit einem Karateschlag niedergestreckt«, schnaubte Siri. »Womöglich hätte ich dir damit das Leben gerettet. Wer weiß, was er dir ohne meine geballte Kampfsportkompetenz alles angetan hätte.«

»Die wohlwollende Begutachtung von Bruce Lees gesammelten Werken dürfte wohl kaum als Kampfsportausbildung durchgehen«, meinte der alte Politbürokrat. »Wenn sich Fähig- und Fertigkeiten so ohne Weiteres vermitteln ließen, könnte ich schon seit vierzig Jahren tanzen wie Fred Astaire.«

Siri und Civilai verfügten über einen reichen Fundus von Anspielungen und Verweisen, der ihren laotischen Freunden und Verwandten streng verschlossen blieb. Ein Fundus der europäischen Kultur, den sie in ihrer Pariser Studienzeit zusammengetragen hatten. Was sie einte, war eine regelrechte Sucht nach Filmen, Büchern und Musik, die keine ideologischen Gräben oder Grenzen kannte. Ein enzyklopädisches Wissen über Kunst und Philosophie, das es ihnen erlaubte, sich die Witze zuzuspielen wie zwei Tennisprofis in einem mit verwirrten Wrestling-Fans besetzten Stadion.

An einem Samstagabend wie diesem gab es nichts Schöneres als einen gepflegten Feierabendtreff bei Madame Daeng. Zumal man in Vientiane selbst an einem Samstagabend nur wenig unternehmen konnte. Die Stadt war staubig und mit Brettern vernagelt, und die einzigen nächtlichen

Geräusche waren das Rülpsen der Frösche und das Klirren zerschellter Hoffnungen und Träume. Die wenigen ausländischen Diplomaten, Entwicklungshelfer und Experten hatten ihre Stammlokale, doch die überstiegen die finanziellen Möglichkeiten des gemeinen Laoten bei Weitem. Und auch mit Rubel, Dollar oder Dong ließ die Sperrstunde sich nicht umgehen. In Zeiten wie diesen, da man gezwungen war, die Abende im Kreise der Familie zu verbringen, lernte man sich wohl oder übel sehr gut kennen. Aber selbst wenn es Kinos, Fernsehen oder Spätkonzerte gegeben hätte, wäre Madame Daengs Nudelrestaurant für diese alten Freunde die Adresse ihrer Wahl gewesen.

»Sie können von Glück sagen, dass ich nicht dabei war, sonst hätte ich Sie festgenommen«, sagte Inspektor Phosy mit leicht geröteten Wangen und schon etwas schwerer Zunge.

»Wegen welches schändlichen Vergehens?«, fragte Siri.

»Belästigung«, sagte Phosy. »Immerhin haben Sie einen armen Genossen mit Ihrem Dauergequatsche daran gehindert, das Seminar zu genießen.«

»Na, wenn das kein Grund für eine Festnahme ist«, sagte Siri. »Ein Seminar genießen? Der Mann kann nicht ganz bei Trost gewesen sein. Von Rechts wegen gehört *er* hinter Gitter.«

»Wenn ich recht verstehe«, sagte Civilai, zwischen dessen Zähnen wie eine Zigarre eine mit Schwein gefüllte Frühlingsrolle steckte, »haben Daeng und du freiwillig an dem Treffen teilgenommen. Was mich ernsthaft an *eurem* Verstand zweifeln lässt.«

»Ich bin nur unter Zwang und Strafandrohung mitgekommen«, sagte Siri.

»Unsinn«, widersprach Daeng. »Seit seiner Pensionierung verzehrt er sich derart nach Unterhaltung, dass er mich zu den absurdesten Veranstaltungen schleppt. Dabei ist ihm kein Thema zu trocken. Er durchforstet sogar die Liste der Einäscherungstermine, um wenigstens die eine oder andere Trauerfeier besuchen zu können.«

»Aber nur von Leuten, die ich kannte«, sagte Siri.

»Er radelt kreuz und quer durch die Stadt, in der Hoffnung, in eine Auseinandersetzung zu geraten«, fuhr sie fort, »eine Katze vom Baum retten oder einen Ehekrach schlichten zu können. Du langweilst dich zu Tode, Siri.«

»Sie la… la… langweilen sich zu Tode, Genosse Doktor«, wiederholte Herr Geung.

Siri machte ein betroffenes Gesicht. »Wie können Sie so etwas sagen?«, fragte er. »Bin ich etwa nicht Ihr Vorgesetzter? Habe ich etwa kein Auge darauf, was Sie hier im Restaurant den ganzen Tag so treiben? Und habe ich bei Ihrer Brotherrin etwa kein angemessenes Salär für Sie herausgeschlagen?«

»Madame Daeng kann auf einen Personalvertreter, der ihre Angestellten aufhetzt, vermutlich gut und gern verzichten«, meinte Schwester Dtui.

Der Blick, der zwischen den beiden Frauen hin und her ging, verriet Siri, dass sie hinter seinem Rücken über seine Rolle in dem neuen Restaurant gesprochen hatten. Er hatte sich mühsam eingeredet, dass er sich dort würde nützlich machen können. Aber wenn er ehrlich war, musste er gestehen, dass ihm das Lokal nicht allzu sehr am Herzen lag. Im Gegensatz zu seiner Gattin fehlte ihm sowohl das Talent zum Kochen als auch die Geduld zum Führen der Bücher, konnte er weder kreative Werbestrategien entwerfen noch stundenlang an ein und demselben Fleck verharren. Nach siebeneinhalb Jahrzehnten des Reisens und der Abenteuer, die ihn nicht selten an die Schwelle des Todes geführt hatten, war eine Nudelküche für jemanden wie Siri so etwas wie der Wartesaal zum Jenseits. Und das wussten die anderen nur zu gut.

Im kleinen Kreis stets Diplomat, wechselte Civilai das Thema.

»Was gibt's Neues im Zoo?«, fragte er.

»Der Zoo« war der aktuelle Spitzname für Siris offiziellen Wohnsitz, der ihm von staatlicher Seite zugewiesen worden war und derzeit als illegale Aufnahmeeinrichtung für ein kleines Heer von Obdachlosen diente. Als Staatsbeamter hatte Siri die Betonschuhschachtel hinter dem That-Luang-Denkmal unmöglich ablehnen können. Da er mit seiner Frau über der Nudelküche hauste, hatte er beschlossen, seinen Hauptwohnsitz den Bedürftigen zu überlassen. Dieser eklatanten Missachtung mannigfaltiger Parteirichtlinien verdankte Siri die innige Bekanntschaft des Genossen Koomki vom Wohnungsamt, desselben Genossen Koomki, der Richter Haeng und ihn derzeit ohne ersichtlichen Grund heimsuchte. Selbst in einer beengenden Bürokratie wie dieser war es unwahrscheinlich, dass ein kleiner Beamter wegen einer Ordnungswidrigkeit noch aus dem Grab auf Rache sann.

»Mittelgroße Aufregung um Noo«, sagte Siri.

»Das ist der Mönch, nicht wahr?«, fragte Phosy.

»Der thailändische Waldmönch, um genau zu sein«, sagte Siri. »Auf der Flucht vor dem thailändischen Militär.«

»Was hat er denn angestellt?«, erkundigte sich Dtui.

»Ein General fand Gefallen an einem Fleckchen Land, das er für den idealen Standort zur Errichtung einer schmucken kleinen Feriensiedlung hielt. Das Problem war nur, dass es bis zu dem Tag, als die Bulldozer anrückten, Teil eines Nationalparks gewesen war. Die Verträge schrieben sich über Nacht eigenhändig um, und am nächsten Morgen war des Teufels General der rechtmäßige Besitzer besagten Grundstücks. Auftritt Noo: der Wandermönch. Der einsame Rächer. Der feierlich gelobt hat, die Jungfräulichkeit des Dschungels zu bewahren. Er stachelt die Bevölkerung auf, segnet zwei zweitausend Jahre alte Bäume, hüllt sie in Safrangelb, erklärt das gesamte Areal zu heiligem Boden und versenkt sich vor einem Schaufelbagger bis zum Hals in der bröckeligen Krume. Ein beeindruckendes Foto für die Titelseiten.«

»Worauf der General selbstredend schnurstracks ins Gefängnis wandert, das Land wieder in einen Nationalpark umgewidmet wird und Noo den Magsaysay-Preis für Dienst an der Gemeinschaft erhält«, sagte Civilai.

»Fast«, sagte Siri. »Der größte Teil der überaus lästigen Bäume war bereits abgeholzt und zu Blockhütten verarbeitet worden, und die Siedlung eröffnete drei Monate später. Das aufstrebende Teenageridol Pueng Duangjan durfte das Band durchschneiden. Der Provinzgouverneur hielt eine Dankesrede. Dann wurde Noo verhaftet und als kommunistischer Rebell des Hochverrats angeklagt.«

»Dabei ist er gar keiner?«, fragte Phosy.

»Was, Kommunist? Doch, natürlich. Aber danach hat ihn nie jemand gefragt. Und keine seiner Aktionen war politisch motiviert. Er hatte sich dafür nur einen denkbar schlechten Zeitpunkt ausgesucht. Sie hatten gerade damit begonnen, die Wälder entlang der Nordgrenze von thailändischen Kommunisten zu säubern. Seit sie die Unterstützung der Khmer Rouge verloren hatten, ergaben sich die Roten in

Scharen. Ein Riesenpropagandaprogramm in den Medien. Das Militär erzählte den Leuten, die bösen Kommunisten würden des Nachts in ihr Schlafzimmer eindringen, ihre Kinder fressen und ihre Schoßhündchen tottreten.« Unter Siris Tisch ließ Köter ein unwirsches Knurren vernehmen. »Niemand ist sicher, bis die Bösen besiegt und vernichtet sind. Et cetera pp. Man braucht bloß anzudeuten, dass jemand ein Kommunist sein könnte, und schon wetzt die öffentliche Meinung die Guillotine.«

Die beiden Wächter über die Einhaltung der Ausgangssperre standen in der Tür und warteten höflich auf eine Gesprächspause.

»Was ist?«, fragte der Inspektor.

»Wir sind mal kurz weg«, sagte der eine und schwankte leicht.

»Wir sind in einer Stunde wieder da«, sagte der andere. »Und wir gehen davon aus, dass Sie die Sperrstunde einhalten.« Er hickste. »Sonst gibt's Ärger.«

»Ist gut«, sagte Madame Daeng. »Meint ihr, ihr könnt noch Motorroller fahren, Jungs?«

»Ja, danke der Nachfrage, Tante«, sagte der erste. Und die beiden wankten Arm in Arm über die Straße und machten sich auf die Suche nach ihrem Gefährt.

»Und«, sagte Dtui, »wie ist Waldmönch Noo entkommen?«

»Sie haben ihn in den Provinzkerker gesperrt statt ins Militärgefängnis«, antwortete Daeng, die nichts lieber tat, als die Geschichten ihres Mannes zu kapern. »In der Provinz Nan war er ein veritabler Volksheld. Darum waren die Sicherheitsvorkehrungen nicht allzu streng. Er durfte sogar jeden Morgen Almosen sammeln. Er musste ihnen allerdings versprechen, dass er postwendend zurückkehren würde.«

»Und wie nicht anders zu erwarten, ist er eines schönen Morgens *nicht* zurückgekehrt«, sagte Siri, »was den Thais schmerzvoll in Erinnerung rief, dass Mönche weiter nichts sind als Männer mit sehr kurz geschorenem Haar.«

»Und so landete er vor deiner Tür«, sagte Civilai. »Respektive in deinem Garten, wo er noch heute verbotenerweise Gratispredigten verabreicht.«

»Woher wusste er, an wen er sich wenden musste?«, fragte Phosy.

»Unruhestifter haben so etwas wie ein eingebautes Peilgerät«, erklärte Civilai.

»Und worin besteht nun die versprochene Aufregung im Zoo?«, fragte Dtui. Ihr Baby wälzte sich im Schlaf fröhlich hin und her, wie ein Ferkel, das sich im kurzen Gras den Rücken kratzt.

»Ich weiß auch nicht, was genau passiert ist«, sagte Siri. »Einer der Hausbewohner hat mir heute diese Nachricht überbracht.«

Er zog ein ordentlich gefaltetes Blatt Papier aus seiner Brusttasche.

»Lieber Bruder Siri«, las er, »man hat mich mit einer streng geheimen Mission betraut, die ich hier aus Sicherheitsgründen nicht weiter erörtern möchte. Sollte irgendetwas schiefgehen, finden Sie alles Nähere da, wo Imelda Marcos ihre Lieblingsschuhe aufbewahrt.«

»Ein bisschen melodramatisch«, meinte Civilai.

»Schuhe«, sagte Herr Geung und lachte im Zuckerrausch.

»Wer, bitte, ist Imelda Marcos?«, wollte Phosy wissen.

»Gute Frage«, sagte Siri.

3

DER SESSHAFTE NOMADE

Noo war die ganze Nacht nicht nach Hause gekommen, und Siri fragte sich, ob das zwangsläufig zu bedeuten hatte, dass etwas *passiert* war. Jedenfalls lag der Waldmönch nicht wie sonst auf der hinteren Veranda und schlief. Aber da er ja angeblich ein Wandermönch war, gab es vermutlich keinen Grund zur Sorge. Siri hatte Noo immer wieder damit aufgezogen, dass er für einen Nomaden recht sesshaft sei. Und tatsächlich hatte Noo seit seiner Flucht nach Laos keinen Fuß mehr vor das Gartentor gesetzt. Wahrscheinlich handelte es sich um bloßes Trotzverhalten. Zugegeben, dass sein Verschwinden zeitlich mit der Nachricht zusammenfiel, war vielleicht etwas zu viel des Zufalls, dennoch beschloss Siri, erst einmal in Ruhe abzuwarten, bevor er etwas unternahm.

Weitaus größere Schwierigkeiten bereitete es ihm, Richter Haengs Memos zu ignorieren. Stücker drei schon vor dem Morgenkaffee! Er radelte über den ausgestorbenen Samsenthai Boulevard, und Köter trottete neben ihm her. Der Doktor war im Osten aufgewachsen und im Teenageralter nach Frankreich gegangen. Nach seiner Rückkehr hatte er als Feldarzt in den Provinzen gearbeitet. In die Hauptstadt war er erst 1975 einmarschiert, zusammen mit den Revolutionären Streifkräften. Ein Großteil der Bevölkerung war geflohen, und die meisten Geschäfte hatten dichtgemacht. Er kannte das Zentrum Vientianes nur als menschenleere Geisterstadt und vermochte sich die rauschhafte Zeit der Clubs, der Drogen und der Prostitution nicht einmal vorzustellen: amerikanische Dollars, Touristen und Läden, in denen es interessante Dinge zu kaufen gab. Er bog in die Lane Xang Avenue. Es war später Vormittag, und er und Köter waren allein auf den laotischen Champs-Élysées.

Der Richter kauerte in einer Ecke seines justizministerialen Dienstzimmers. Als Siri die Tür aufstieß, schrie Haeng vor Schreck laut auf und ließ die Akte fallen, in der er zum Schein gelesen hatte.

»Siri«, fragte er, »warum die Verspätung?«

»Mangelndes Interesse«, sagte der Doktor.

Steif hievte der Richter sich von seinem Badhocker. Wie ein Greis schleppte er sich an seinen Schreibtisch und plumpste in seinen gepolsterten Kunstledersessel.

»Sparen Sie sich Ihre Witze«, sagte er. »Ich habe zwei Nächte kein Auge zugetan. Ich trage mich ernsthaft mit dem Gedanken, einen befreundeten Psychologen in Hanoi zu konsultieren.«

»Das ist aber eine ziemlich weite Reise, nur damit Ihnen jemand attestiert, dass hinter Ihrer Stirn die eine oder andere Schraube locker sitzt.«

»Was meinen Sie, Siri? Bin ich verrückt?«

»Ohne den geringsten Zweifel.«

»Aber Sie haben ihn doch auch gesehen.«

»Halten Sie mich etwa für zurechnungsfähig?«

Siri musterte den Richter und empfand wider Willen so etwas wie Mitleid für den jungen Mann. Die Achseln seines zerknitterten weißen Hemdes waren schweißgetränkt. Sein schwarzer Plastikgürtel hatte ein oder zwei Schlaufen zielsicher verfehlt. Er sah noch abgerissener aus als sonst.

»Ich habe die Gerüchte gehört, Siri«, sagte Haeng. »Ihre Beziehungen ins Jenseits. Ich habe selbstredend kein Wort davon geglaubt.«

»Sehr klug.«

»Und jetzt… und jetzt sehe ich auf einmal einen Mann, der ohne jede Frage unter den Toten weilt.«

»Und wenn sich jemand als der Genosse Koomki ausgibt?«, gab Siri zu bedenken. »Und sich nur verkleidet hat?«

»Das habe ich auch erst gedacht, Siri. An diesen Strohhalm habe ich mich lange geklammert.«

Siri setzte sich auf die Kante von Haengs Schreibtisch und wartete auf ein »Aber«.

»Aber er verändert seine Größe, Siri«, sagte der Richter. »Mal ist er ein Zwerg. Wie Sie sich vielleicht erinnern, entspricht das seiner Statur zu Lebzeiten. Dann wieder ist er riesig wie ein Wetterballon. Und bisweilen könnte man ihn bequem in einem Zahnputzbecher unterbringen.«

»Sie scheinen ihn ja ziemlich oft zu sehen.«

»Er ist überall, Siri. Wo ich auch hingehe. Was will er? Warum ich?«

Der arme Mann bedurfte dringend einer Lektion in mystischer Logik.

»Na schön«, sagte Siri. »Die Erfahrung hat mich gelehrt, dass es für eine Heimsuchung im Wesentlichen zwei Gründe gibt. Der eine ist Rache. Der andere ein ungerupftes Hühnchen. Insofern wüsste ich nicht, weshalb er Sie terrorisieren sollte, es sei denn, natürlich, Sie haben mir etwas Entscheidendes verschwiegen, was Ihre Beziehung zum Genossen Koomki selig angeht.«

»Ich hatte Vorurteile hinsichtlich seiner Größe.«

»Das dürfte kaum genügen. Wenn er tatsächlich auf Rache

aus wäre, hätte er sehr viel mehr Grund, stattdessen *mir* das Leben zur Hölle zu machen. Aber ich sehe ihn nur hin und wieder.«

»Rache ist es also nicht?«, sagte der Richter sichtlich erleichtert. »Dann könnte es Ihrer Ansicht nach um etwas gehen, das er zu Lebzeiten nicht mehr zu Ende …«

»Möglich wär's.«

»Und wie kommen wir dahinter, was es ist?«

Fast hätte Siri gesagt: »Ich könnte ihn fragen.« Doch dem Doktor fehlte nach wie vor eine Reihe grundlegender schamanischer Fähigkeiten. Die simple Kommunikation mit dem Jenseits war eine davon.

»Sie waren für seine Papiere und seinen Nachlass zuständig. Schwester Dtui hat seine spärlichen Überreste obduziert. Phosy hat in dem Fall ermittelt. Ich schlage vor, wir gehen sämtliche Notizen noch einmal durch, vielleicht haben wir irgendetwas falsch gemacht. Etwas Wichtiges übersehen. Irgendetwas stört die Ruhe unseres geschätzten Genossen Koomki. Ich habe das dumpfe Gefühl, dass er nicht ins Totenreich einziehen kann, bis wir herausgefunden haben, was.«

»Wie lautet deine Antwort auf Frage 541?«, wollte Civilai wissen.

»Elvis Presley«, sagte Siri.

Die beiden alten Knaben hatten ihre Ölsardinen-Baguettes vertilgt; jetzt knieten sie im Gras und benutzten ihren Baumstamm als Schreibtisch. Der Zählungsbogen der Abteilung für Religiöse Angelegenheiten umfasste über sechshundert Fragen. Um sich harte Arbeit zu ersparen, hatten sie beschlossen, sich bei ihrer Beantwortung auf die Primzahlen zu beschränken.

»Glaubst du, irgendjemand füllt das Ding allen Ernstes nach bestem Wissen und Gewissen aus?«, fragte Siri.

»Nein. Das Ganze ist vermutlich eine Falle. Allein das hier, gleich auf der ersten Seite: ›Ihre religiöse Überzeugung.‹ Wer gibt denn darauf eine ehrliche Antwort? Der Parteilinie zufolge kann jedermann und jedefrau anbeten, wen oder was er oder sie möchte. Andererseits werden die Novizen dazu umerzogen, marxistisch-buddhistische Theorie zu lehren: der Herr Buddha als Pionier und Vorreiter der sozialistischen Ideologie. Kein Religionsunterricht in der Grundschule. Die Bereinigung der Nationalhymne um die Nennung des Namens Buddha. Mönche sollen den Massen beibringen, effektiv zu wirtschaften und die Produktivität zu steigern. Sie sind zur Moralpolizei verkommen, die den einfachen Leuten diktiert, wie man innerhalb des Systems ein tugendhaftes Leben führt. In jedem anderen Land werden Mönche schwer bestraft, wenn sie sich in die Politik einmischen. Bei uns heftet man ihnen dafür einen Orden an die Kutte. Die Leute haben vergessen, was Buddhismus bedeutet. Und niemand weiß so recht, ob er sich zu seinem Glauben bekennen soll.«

»Was hast du als Antwort angegeben?«, fragte Siri.

»Agnostiker«, sagte Civilai. »Wieso? Was schaust du mich so an? Das ist die lautere Wahrheit.«

»Ich glaube dir«, sagte Siri.

»Ich habe keinen …«

»Ich weiß.«

»Du doch auch nicht.«

»Stimmt.«

»Dann zieh nicht so ein Zitronengesicht«, sagte Civilai. »Deine Kindheit im Tempel. Dein Studium an einer christlichen Universität. Deine Wiedererweckung als Nachfahr eines Schamanen – und als Knochenleser. Trotz alledem bist du zu demselben Schluss gelangt wie ich. Es gibt nichts, was man ohne jeden Zweifel anbeten könnte. Nichts, woran sich guten Gewissens glauben ließe.«

Siri legte die Hand auf das weiße Amulett an seiner Brust. Es war nichts Besonderes: ein grob behauener Klumpen Stein. Aber ohne ihn wäre der Doktor zweifellos längst tot gewesen. Ohne den reichen Segen und den schamanischen Humbug, den der Glücksbringer buchstäblich in sich aufgesogen hatte, hätten die bösen Waldgeister, die *phibob*, Siri längst das Leben abgelistet. Die Macht dazu besaßen sie. In Sachen böse Geister war Hollywood falsch informiert. Ein Geist kann einen Menschen nicht angreifen. Er kann nicht mit Steinen um sich werfen, eine Jungfrau im Schlaf erdrosseln oder einem Mann in die Brust greifen und ihm das pochende Herz aus dem Leibe reißen. Doch mit List und Tücke kann er einen Menschen davon überzeugen, dass eine riesige Naga ihm das Herz zerquetscht, dass er von einem Hochhaus springen und durch die Wolken schwimmen kann, dass ein Cocktail aus Bleiche und Toilettenreiniger ebenso köstlich schmeckt wie Whisky-Soda mit einem Schuss Zitrone. Echte Geister vollführen keine Taschenspielertricks, sondern kapern die Gedanken ihres Opfers. Und von allen Dämonen, die in Laos und Thailand täglich Unheil stifteten, waren keine so boshaft und gemein wie die *phibob*. Und aus irgendeinem Grunde, der vermutlich mit dem Tun und Handeln von Siris Vorfahr Yeh Ming zusammenhing, stand der Doktor ganz oben auf ihrer Abschussliste.

»Was hast du geantwortet?«

»Baumanbeter.«

»Wie geistreich.«

Die beiden hatten nicht die Absicht, ihre Fragebögen einzureichen. Die Übung diente dem Rentnerduo lediglich dazu, einen Nachmittag in Vientiane totzuschlagen. Natürlich würden sie eine Strafe zahlen müssen. Sie würden – wieder einmal – vor den Disziplinarausschuss zitiert, aber dafür hatten sie sich zwei Stunden prächtig amüsiert. Für zwei so rege Geister, mit denen es rapide bergab zu gehen drohte, war Stimulation das A und O. Siri beneidete seinen Freund um dessen einflussreiche Kontakte, die ihn ein ums andere Mal auf tollkühne Missionen entsandten. Siri war ein solcher Querulant, dass kein Mensch auf die Idee gekommen wäre, ihn irgendwohin zu entsenden. Im Gegensatz zu Civilai hätte man ihm nie im Leben das Amt des laotischen Botschafters in Kambodscha angetragen. Auch wäre er nie an die chinesische Grenze abgeordnet worden, um eine drohende Invasion zu verhindern, was ihn freilich nicht daran gehindert hatte, ebendies zu tun. »Die Diplomatie«, so pflegte er zu sagen, »hat, wie Catherine Deneuve, leider nie den Weg in mein bescheidenes Bett gefunden.« Civilai hingegen war, all seinen rassistischen Vorurteilen zum Trotz, der geborene Friedensstifter. Siri hätte selbst in einem Aquarium einen Aufruhr angezettelt.

Sie falteten ihre Fragebögen zu Papierschiffchen, wateten bis auf Knietiefe in den Mekong und überantworteten sie den kaffeeesken Fluten, mit Kurs auf den Wasserfall von Khon Phapheng. Das Nass war kühl, und der Schlamm quoll ihnen auf das Angenehmste zwischen die Zehen.

»Willst du da wirklich hinfahren?«, fragte Siri.

»Unbedingt«, sagte Civilai.

»Findest du die Geschichte nicht ein bisschen … albern?«

»Keineswegs. Das passt doch wie die sprichwörtliche Faust aufs gleichnamige Auge zur diesjährigen Themenwoche Buddhismus: du und dein Seminar, ein verschollener Mönch, der Fragebogen der Glaubensschnüffler. Der Fachmann nennt es Karma. Kaum zu fassen, dass wir von so viel kosmischer Energie umgeben sind.«

»Aber …?«

»Ich weiß. Hochgradig lächerlich, das Ganze, aber ich habe erstens ein unbegrenztes Spesenkonto und kann zweitens zur Abwechslung endlich einmal Madame Nong mitnehmen. Außerdem müssen wir dieses ›Seid-nett-zu-Thailand‹-Pferdchen reiten, solange es vier Hufe hat. Wir haben uns bereit erklärt, der Behauptung auf den Grund zu gehen. Wir waren schon seit einer ganzen Weile nicht mehr in Pakxan. Und es ist ja nicht die Welt. Wie es scheint, bearbeitet der Buddhistische Rat in Bangkok jeden Monat ein Dutzend solcher Fälle. Die haben sogar einen extra Etat dafür. Bist du sicher, dass du nicht doch mitkommen möchtest? Zum Beispiel als mein Caddy?«

»Hundertprozentig.«

»Und was, wenn Er es wirklich ist? Wäre das nicht aufregend? Einer dieser berühmten ›Ich-war-dabei-als …‹-Momente.«

»Hat dieser Knabe sich etwa selbst zum neuen Buddha ausgerufen?«

»Nein, offenbar wurde er instinktiv als selbiger ›erkannt‹. So ähnlich wie Jesus im Stall von und zu Bethlehem. Mit dem kleinen Unterschied, dass die Krippe dieses Buddhas auf dem Hof einer Reparaturwerkstatt steht.«

»Hast du die Absicht, ihm Edelmetall als Wiegengabe darzubringen?«

»Nein, wir haben uns für ein paar Fläschchen leckeren Rotwein entschieden. Die Flussmuscheln da unten sind angeblich ein Gedicht.«

»Und warum schicken sie ausgerechnet dich?«

»Alles Teil des grenzübergreifenden Entspannungsprogramms der neuen Thai-Delegation. Wir waschen ihnen die eine Hand. Sie schrubben uns die andere. Unser Politbüro möchte zwar die Thais bei Laune halten, aber um Gottes willen keine buddhistische Mission unterstützen, jedenfalls nicht offiziell. Die Herren wünschen keine Siamesen auf laotischem Staatsgebiet, wollen aber auch keinen hohen laotischen Beamten entsenden, also mussten sie jemanden finden, der nicht nur außer Dienst gestellt ist, sondern auch neutral.«

»Und du bist neutral.«

»Ich habe schon einen ganz krummen Buckel vor lauter Bedenkenträgerei.«

»Und du glaubst, zwei Tage sind genug, um die Stichhaltigkeit der Behauptungen beurteilen zu können? Halten zu Gnaden, aber für meinen Geschmack fehlt dir dazu schlicht die nötige Qualifikation.«

»Na und? So eine Chance bekommt man nur einmal in zweitausend Jahren. Ich fürchte, ich werde mich auf mein berühmtes Bauchgefühl verlassen müssen. Weißt du noch, kleiner Bruder, wie wonnetrunken wir waren, als wir neben Castro standen?«

»Er war eben ein Star. Fan-Gehabe, weiter nichts.«

»Und jetzt multipliziere das mit einer Billion. Trüge ich Socken, und er wäre tatsächlich der neue Buddha, würde es mich hochkant aus denselben hauen.«

»Moment mal, zweitausend Jahre? Hieße das nicht, dass der letzte Buddha ein Brontosaurus war?«

»Papperlapapp. Was interessieren mich die Feinheiten des Evolutionsmythos? Die Hauptsache ist doch, dass ich ein großzügiges Tagegeld und einen Wagen mit Chauffeur bekomme. Das werden unsere zweiten Flitterwochen, und ich bin sicher, dass die Dorfbewohner weder Kosten noch Mühen scheuen und uns königlich bewirten werden. Denn wenn ich die Echtheit ihres kleinen Messias bestätigen soll, wären sie gut beraten, mir ordentlich den Bauch zu pinseln.«

Das hauptstädtische Polizeipräsidium wechselte des Öfteren die Adresse. Derzeit befand es sich gleich neben dem Innenministerium in Ban That Foun. In der Stadt machte der Witz die Runde, dass der Staat reichlich Geld für Mobiliar einspare, da die meisten Beamten ihr eigenes Büro nicht finden könnten. Inspektor Phosy saß an einem alten Schreibtisch, auf dessen Schamblende die Registriernummer prangte. Da die Regierung allzu enge Beziehungen zwischen Mensch und Material missbilligte, hatte er die gesamte Büroeinrichtung von seinem Vorgänger übernommen. Nichts in dem zugigen Raum war neu, nichts ohne Tücken und Marotten. Der stählerne Aktenschrank quietschte, die Stühle wackelten, und die Deckenleuchten flackerten wie ein Stroboskop. Selbst die gerahmten Fotos der geliebten Führer trugen die geisterhaften Spuren aufgemalter Hörner und Spitzbärte sowie des vergeblichen Bemühens, selbige wieder zu entfernen.

Bis zum ewig versprochenen, bislang jedoch ausgebliebenen Eintreffen zweier neuer Rekruten war Phosy Kopf und Komplettbesetzung der Sektion für Politische Vergehen, einer auf Straftaten gegen – und nicht etwa durch – Regierungsbeamte spezialisierten Abteilung der Hauptstadtpolizei. Als Siri das Büro betrat, trennten den Inspektor nur noch zwei Felder von der Lösung eines Zauberwürfels, was zwar gut aussah, aber – wie ihm jeder Experte gern bestätigt hätte – nie und nimmer zum Erfolg führen konnte.

»Wenn Sie zu beschäftigt sind, komme ich später noch einmal wieder«, sagte der Doktor in der offenen Tür.

Phosy blickte auf. »Mist. Wie haben Sie mich gefunden?«

»Ihr handgemaltes Namensschild über der Tür. Sehr hübsch. So etwas haben jetzt anscheinend alle.«

»Sogar die Geheimpolizei«, bestätigte Phosy.

»Da war ich schon. Keine Menschenseele weit und breit.«

»Doch, doch. Die Herren sind vollzählig vorhanden. Sie wussten vermutlich bloß nicht, wo man suchen muss. Nehmen Sie Platz.«

Siri entschied sich für einen Stuhl an einem der leeren Schreibtische und sah aus dem Fenster, von dem aus man auf das unverputzte Mauerwerk des Ministeriums blickte. Eine riesige Eidechse hing an der Wand und bildete sich vermutlich ein, sie sei perfekt getarnt und unsichtbar.

»Wie geht es Schwester Dtui?«, fragte Siri.

»Ihre Kurse an der Schwesternschule machen sie fix und fertig.«

»Eine bemerkenswerte Frau, die leider Gottes gezwungen ist, ihre Zeit mit wenig Bemerkenswertem zu vertändeln. Und unbedarfte Bauernmädchen in Anatomie für Fortgeschrittene zu unterrichten. Das würde jeden auch nur halbwegs gefestigten Charakter zur Verzweiflung treiben.«

Phosy goss lauwarmen Tee aus seiner Thermoskanne in einen Becher und trug ihn zum Schreibtisch seines Gastes. Die beiden hatten dieses Ritual inzwischen richtiggehend lieb gewonnen: Der alte Arzt schneite im Zuge seiner verzweifelten Suche nach Beschäftigung ohne Voranmeldung bei Phosy herein. Heute jedoch überraschte er den Polizisten mit einem Ansinnen.

»Ich habe einen Fall für Sie«, sagte er.

»Ich ermittle nicht auf Wunsch und Zuruf«, sagte Phosy.

»Ich weiß. Es wäre auch eher eine Art … Freizeitbeschäftigung. Sozusagen zur Überbrückung bis zum nächsten ministeriellen Attentatsversuch.«

»Dann bleiben uns höchstens Tage, wenn nicht Stunden. Worum geht's?« Phosy kehrte an seinen Schreibtisch zurück und griff automatisch nach Bleistift und Block.

»Erinnern Sie sich an den thailändischen Waldmönch, von dem ich Ihnen am Samstag erzählt habe?«

»Noo?«

»Ebender. Er ist verschwunden. Wie vom Erdboden verschluckt.«

»Er ist ein Wandermönch. Und die pflegen gemeinhin zu wandern. Oder etwa nicht?«

»Doch. Und normalerweise würde ich Ihnen durchaus recht geben. Aber Noo ist einfach nicht der Typ, der sich ohne ein Wort aus dem Staub macht. Und er hat sein gesamtes Hab und Gut, darunter einige persönliche Dinge, im Haus zurückgelassen.«

»Er hält sich illegal in Laos auf. Vielleicht hat ihn die Einwanderungsbehörde geschnappt.«

»Daran habe ich auch schon gedacht. Aber das kann ich mir eigentlich nicht vorstellen. Ich habe Ihnen seine Nachricht vorgelesen.«

»Betraut mit einer streng geheimen Mission?«

»Ich glaube, er steckt in ernsten Schwierigkeiten.«

Phosy kippelte auf zwei Beinen nach hinten, doch das

schien dem Stuhl gar nicht zu gefallen. Also ließ er es bleiben.

»Wann wurde der Mönch zuletzt gesehen?«, fragte Phosy.

»Samstagnachmittag. Da hat er einem der Kinder im Haus die Nachricht übergeben. Dann ist er angeblich auf das Hausfahrrad gestiegen und gen Osten davongestrampelt. Frau Fahs Kinder haben ihm noch nachgewinkt.«

»Trug er sein Mönchsgewand?«

»Nein. Safrangelb sei auch am Tage grell wie Neon, hat er immer gesagt. Und nach Mittag sind kaum noch Mönche auf der Straße. Nein, er trug seine übliche Verkleidung. Hawaiihemd, Strohhut und Shorts. Wenn man den Kindern glauben darf, hat er sich sogar Augenbrauen angemalt.«

»Die perfekte Tarnung. Und keiner der anderen Hausbewohner hat irgendeine Ahnung, wohin er verschwunden sein könnte?«

»Nein. Sie haben ihn in letzter Zeit mehrmals in Begleitung eines jüngeren Mönchs gesehen. Keiner kannte ihn. Er hat sich auch nicht vorgestellt. Er tauchte vor einer Woche plötzlich auf, wie aus dem Nichts.«

»Also eine Intrige im Tempelumfeld. Interessant.«

»Dann werden Sie uns helfen?«

»Worauf Sie sich verlassen können. Die Vorstellung, dass anständige Menschen in unserer Stadt spurlos verschwinden, behagt mir gar nicht.«

Ausnahmsweise einmal hielt Siri seine große Klappe.

4

LUST UND LAUNEN EINES TOTEN TRANSVESTITEN

Natürlich haben sich im Laufe der Geschichte unzählige Ehemänner unsichtbar gemacht, nicht wenige von ihnen auf Nimmerwiedersehen. Doch dieser Verschwindetrick erfordert gewöhnlich Requisiten wie einen Reisekoffer und ein Fahrzeug. Dr. Siris Entmaterialisierungen hingegen waren ebenso plötzlich wie dramatisch und ohne jeden Zweifel paranormalen Ursprungs. Zum besseren Verständnis sei an dieser Stelle angemerkt, dass der Geist eines tausendjährigen Schamanen namens Yeh Ming in des Doktors greisem Leib zur Untermiete wohnte. Der alte Geist hatte den größten Teil von Siris fünfundsiebzig Lebensjahren verschlafen und war erst vor knapp fünf Jahren aus seinem Schlummer erwacht. Da Siri seine leiblichen Eltern nicht gekannt hatte, war ihm der Grund für diese Besessenheit bis heute ein Rätsel. Dennoch spürte jeder übersinnlich begabte Mensch die Präsenz des alten Hmong. Und jeder hergelaufene Geist blieb wie Klebgras an dem armen Doktor haften. Obwohl Siri sich noch immer nicht mit ihnen verständigen konnte, trug er inzwischen eine bunte Schar unzufriedener Geister in seinem Unbewussten spazieren. Der bei Weitem Lästigste von ihnen war ohne Frage Tante Bpoo, der tote Wahrsager und Transvestit. Schon zu Lebzeiten hatte die Seherin Siri mit ihren geradezu unheimlich präzisen Vorhersagen erschreckt. Obgleich sie sich als glückliche Dilettantin ausgab, bestand nicht der geringste Zweifel, dass ihr Blick über den Tellerrand des Irdischen hinausging. Sie wusste, dass Siri von Geburt an dazu verflucht gewesen war, den Geist des Schamanen in sich zu tragen. Sie wusste, dass er die Kunst der Kommunikation mit der Geisterwelt erst noch erlernen musste. Und kaum war sie gestorben, hatte sie sich auch schon zu den enttäuschten Geisterwesen gesellt, die in dem betagten Pathologen hausten. Sie hatte sich sozusagen zum Sprecher seiner frustrierten Bewohner aufgeschwungen. Sie war das Medium, das Siri am ehesten bei der Hand nehmen und geleiten konnte. Niemand schien geeigneter, ihn in einen sinnvollen Dialog mit der anderen Seite zu verwickeln. Doch Tante Bpoo erwies sich als schauderhafte Hausgenossin. Sie war griesgrämig, sarkastisch und unkooperativ. Ihre Kommunikation war einseitig, und Siri war Lust und Launen des toten Transvestiten hilflos ausgeliefert. Was ihn umso mehr frustrierte, als er der Geisterwelt in seiner Zeit als Pathologe so eng und in solcher Faszination verbunden gewesen war, dass er für einen gemütlichen Plausch mit den Verstorbenen seine räudige Seele verkauft hätte. Stattdessen war er ein Voyeur, der die Toten allein in seinen Träumen sah und in unpassenden Momenten als Hintergrundrauschen hörte.

Aus diesem Grund hatte er den Zaubertrank, den das Medium in Lam Nam Tha ihm auf seiner letzten Reise angeboten hatte, gern genommen. Sie hatte ihm versprochen, mit seiner Hilfe werde er ins Jenseits reisen und Zeit mit den Geistern und den *phi* verbringen können. Als Gratisdreingabe hatte er einen zweiten Trank gegen Madame Daengs Arthritis bekommen. Das Medium hatte ihn gewarnt, dass in beiden Fällen mit Nebenwirkungen zu rechnen sei. Madame Daeng hatte die ihre mit Freuden akzeptiert: ein Schwanz, gleichsam als Dankeszoll für jene himmlischen schmerzfreien Tage, an denen sie zwischen den Tischen ihres Restaurants hin und her tanzte wie eine Primaballerina. Siri hatte nicht ganz so viel Glück gehabt. Wenn er verschwand, fand er sich unversehens in einem engen dunklen Raum gefangen, wie zwischen den Türen zweier angrenzender Hotelzimmer eingeklemmt. Er hatte Mantras skandiert, nach verborgenen Riegeln getastet und es mit aus der Literatur bekannten Sprüchen wie »Sesam, öffne dich« versucht, alles ohne Erfolg. Er war sicher, dass die andere Seite sich direkt hinter dieser zweiten Tür verbarg, hatte jedoch keinen Schimmer, wie man dorthin gelangte. Tante Bpoo hatte recht gehabt. Siri war ein erbärmlicher Schamane. Ganz im Gegensatz zu Tante Bpoo.

»Guten Morgen, Süßer.«

Siri schlug die Augen auf. Tante Bpoo lag neben ihm in einem luxuriösen Westbett ganz in Rosa mit weichen, rüschenbesetzten Kissen. Es war ein Mädchenbett und ohne Zweifel ganz nach Bpoos Geschmack. Sie trug ein Babydoll-Nachthemd, das geradewegs aus den Fünfzigerjahren zu stammen schien und so gar nicht zu ihrer Boxerstatur und dem raspelkurzen Militärhaarschnitt passte. Dickes Makeup klumpte zwischen den Bartstoppeln an ihrem Kinn.

»Nein, nicht sprechen, Süßer«, sagte Bpoo.

Was auch gar nicht ging. Siri war geknebelt und mit schwarzen Nylonstrümpfen an die Bettpfosten gefesselt. Zu seiner Erleichterung war er vollständig bekleidet. Im Zimmer war es taghell. Die Sonne schien durch die offenen

Fenstertüren. Eine blau-rote Eidechse fuhr auf dem träge rotierenden Deckenventilator Karussell.

»Sie machen sich nur zum Affen, wenn Sie zu sprechen versuchen«, sagte Bpoo. »Und außerdem. Habe ich ein Gedicht für Sie. Ich weiß doch, wie sehr Sie meine Gedichte lieben.«

Siri zerrte an den Nylonfesseln, doch es gab kein Entkommen.

Informationen, begann sie.
Waten im Morast der Daten
Alles Lüge, heimlich
Belauschen überwachen sie
Jeden deiner Atemzüge
Bis zum letzten, und am Ende
Kriegen sie dich.
So oder so.
Traue nie den Geistern.
Sie kennen keine Skrupel.

»Ich hoffe, Sie können sich das merken«, sagte sie, »denn ich habe das dumpfe Gefühl, dass es Ihnen noch einmal helfen wird, irgendwann in der Zukunft oder der Vergangenheit. Je nachdem, was zuerst kommt. Sie wissen doch, dass Sie das Land verlassen werden? Nein, natürlich nicht. Dafür, dass Sie so gebildet sind, wissen Sie verdammt wenig. Na gut, mein kleinwüchsiger Freund, da ist die Tür. Ab durch die Mitte.«

Siris Blick wanderte von Tante Bpoo zur Tür und wieder zurück. Doch sie war verschwunden, genau wie die Nylonstricke. Er probierte seine Stimme aus, die tadellos zu funktionieren schien.

»Sehen Sie? Ich kann sprechen«, sagte er, obwohl ihn selbstverständlich niemand hörte.

Er stand auf, ging zur Tür und trat hindurch, ohne nachzudenken. Als ihm klar wurde, was er getan hatte, war es auch schon zu spät. Die Tür fiel hinter ihm ins Schloss, und wieder war er in dem dunklen, klinkenlosen Raum zwischen den Dimensionen eingesperrt. Er wusste, dass er nicht da sein würde, wenn Madame Daeng sich zu ihm umdrehte, um ihn zu knuddeln. Sie würde ihn in ihrem Ehebett vermuten und nicht hier, in der Grauzone zwischen den Türen. Wenigstens hatte er diesmal eine Stimme.

»Ist da jemand?«, rief er und klopfte an die zweite Tür. Seine Stimme hallte deutlich vernehmbar wider, doch das Klopfen machte kein Geräusch. Er horchte. Von der anderen Seite drang dumpfes Stimmengewirr herüber. Laotisch. Ein Radio lief. Kinder lachten. Irgendein Haushaltsgerät. Vermutlich ein Staubsauger. Dann plötzlich unheimliche Stille. Dann ein markerschütternder Schrei.

Siri wartete, doch es war weiter nichts zu hören. Er hatte Angst, dass die Verbindung abgebrochen war.

»Hallo?«, rief er ein zweites Mal. »Können Sie mich hören?«

Da vernahm er die Stimme eines Mannes. Kein Laote. Ein Thai.

»Wer ist da drin?«

»Ich bin's«, rief der Doktor. »Können Sie mich hören?«

Die Tür vor ihm öffnete sich einen Spalt. Licht sickerte durch die Öffnung und blendete ihn. Eine Hand legte sich auf seine Schulter.

»Es würde mich nicht wundern, wenn man dich bis nach Australien hören konnte«, sagte Madame Daeng.

Er lag neben ihr in ihrem Bett.

»O nein«, stieß Siri hervor.

»Freust du dich etwa nicht, mich zu sehen?«, fragte sie.

»Nein ... ich meine, ja, doch, natürlich.« Er setzte sich auf und betrachtete den milchweißen Mond vor dem Fenster. »Aber ich war so nah dran. Fast hätte ich die Grenze überschritten. Ich bin hundertprozentig sicher. Ich habe eine Stimme gehört.«

Die meisten Frauen, die des Nachts von ihren Männern geweckt wurden, mussten sich Klagen über Darmgase und schwache Blasen anhören. Madame Daeng war aber nicht die meisten Frauen und verstand genau, was Siri ihr sagen wollte. Ihr Mann hatte einen großen Sprung für die Menschheit vollführt, und sie war mächtig stolz auf ihn. Ihre Ehe war wenn schon nicht im Himmel, dann doch an einem anderen überirdischen Ort geschlossen worden.

Da Regierungsangestellte in Vientiane nur etwa sieben Dollar monatlich verdienten, hatten die meisten einen Nebenjob. Was sie in eine Art Zombies verwandelte: fahlhäutige Gestalten, die schlaflos durch die Straßen schlurften, ohne Zeit für ihre Lieben oder Klatsch und Tratsch und Politik. Wer das Glück hatte, zwei Jobs ergattert zu haben, arbeitete mit halber Kraft, um sich nicht kaputtzuschuften. Einen Beamten um ein Lächeln zu bitten, kam daher dem Versuch gleich, einem LPG-Bauern ein Ferkel abzuschwatzen. Umso größer waren die Verdienste, die sich Madame Daeng mit ihrem Nudelrestaurant erwarb, denn sie ließ die Leute vergessen, wie bedrückt sie waren. Mittags und abends drängten sie sich auf dem Weg von oder zur Arbeit in dem kleinen Speiseraum. Herrn Geungs lustige Sprüche und Daengs ebenso köstliche wie spottbillige Nudeln brachten die Arbeiter rasch auf glücklichere Gedanken. Hier saßen Fremde neben Fremden, doch in den zwanzig Minuten, die zwischen der Bestellung und dem andächtigen Klappern der chinesischen Reislöffel vergingen, mit denen die Gäste ihre Suppenschalen bis zum letzten Tropfen leerten, gaben sie nicht selten ihre Lebensgeschichte preis und erfuhren ein halbes Dutzend Geheimnisse. Hier war es laut, wie in jedem guten Restaurant. In Paris hatte es Siri immer wieder irritiert, dass mit steigenden Preisen die Lautstärke zu sinken schien. Er hatte zwar nie ein Sterne-Restaurant besucht, aber er stellte sich riesige Säle still wie Bibliotheken vor, wo Bestellungen in Gebärdensprache aufgenommen und Suppenschlürfer umstandslos und mit dem *derrière* voran auf die Straße befördert wurden.

In der Nudelküche herrschte ein solcher Lärm, dass Siri den Richter in seine Privatgemächer im ersten Stock hinaufbitten musste, damit sie sich verständigen konnten. Da Siris illegale Bibliothek französischer Klassiker den Flammen zum Opfer gefallen war, hatte er nichts mehr zu verbergen. Haeng nutzte die Gelegenheit, um den Bikini-Kalender der thailändischen Mekhong-Whisky-Brennerei, der an der Treppenmündung hing, einer ausgiebigen Inspektion zu unterziehen.

»Der gehört Daeng«, sagte Siri.

Ihm fiel auf, dass der Richter Make-up aufgelegt hatte, um die dunklen Ringe unter seinen Augen zu kaschieren. Mangels ausreichend Schlaf sprach er mit schwerer Zunge.

»Das ist alles«, sagte Haeng, legte einen Aktenstapel auf den Couchtisch und sank auf das hölzerne Sofa. »Und ich bin jede einzelne Seite hundertmal durchgegangen. Der

Mann lebte allein. Er hatte keine Geliebte, keine Freunde und ging auch sonst nur selten unter Leute, soweit ich das eruieren konnte. Er lebte nur für seine Arbeit. Im Wohnungsamt war er ein Star. Er machte eifrig Jagd auf Hausbesetzer und diejenigen Nutzer staatseigenen Wohnraums, die widerrechtlich Veränderungen an ihrer Immobilie vornahmen. Mit anderen Worten, der Mann war ein Pedant. Ein kleiner Kotzbrocken, Siri.«

Siri ließ sich dem Richter gegenüber auf dem Fußboden nieder. »Wie viele dieser Akten haben Sie persönlich bearbeitet?«, fragte er.

»Wie bitte?«

»Ich nehme doch an, Sie haben die meisten dieser Dokumente an Ihre Untergebenen verteilt und am Ende Ihre Unterschrift darunter gesetzt.«

»Nun ja, ich …«

»Sind Sie persönlich aktiv geworden? Und könnte das eventuell der Grund für die Heimsuchung durch den Genossen Koomki sein?«

»Nein, Siri. Seine postume und unehrenhafte Entlassung aus dem Staatsdienst hat der Minister unterzeichnet. Alles andere war der übliche Papierkram, abgesehen von dem Hausbesuch.«

»Was denn für ein Hausbesuch?«

Der Richter verdrehte die Augen. Eine grässliche Angewohnheit. »Nach Abschluss der polizeilichen Ermittlungen«, sagte er, »stattet ein Beamter der staatlichen Anklagebehörde den privaten Räumlichkeiten des Beschuldigten einen Besuch ab, um zu beurteilen, welche seiner Habseligkeiten zum Wohl der Republik vernichtet oder an Bedürftige verschenkt werden sollen.«

»Sind Sie als Leiter der Behörde für derlei niedere Tätigkeiten nicht ein klein wenig überqualifiziert?«

»Die meisten Kollegen lagen mit Grippe im Bett. Außerdem interessierte mich, ob es in seinem Nachlass vielleicht etwas gab, das ihn mit Aufständischen in Verbindung brachte. Die Zerstörung von Immobilien ist eine bei grenzüberschreitenden Terroristen recht beliebte Vorgehensweise. Ein guter öffentlicher Ankläger überlässt nichts …«

»Erzählen Sie mir von seiner Wohnung.«

»Da gibt es nicht viel zu erzählen. Primitiv. Stank nach Ratten. Eine Gemeinschaftswohnung in einer Kolonialvilla. Drei Familien und sieben alleinstehende Beamte. Bad auf dem Gang. Koomki bewohnte ein Zimmer mit einer winzigen Kochnische, bestehend aus einem museumsreifen Kühlschrank und einem einflammigen Gasherd.«

»Und Sie haben nichts mitgenommen oder kaputt gemacht?«

»Wofür halten Sie mich, Siri?«

Siri wusste durchaus eine Antwort auf diese Frage, behielt sie jedoch wohlweislich für sich. »Dann sagen Sie mir bitte genau, was Sie dort gemacht haben.«

»Ist das wirklich nötig?«

»Wollen Sie nicht endlich wieder ruhig schlafen?«

Der Richter wischte sich seufzend mit der Hand übers Gesicht. »Ich habe mich umgesehen«, sagte er. »Ich musste mich ja vergewissern, dass die Polizei nichts beschädigt hatte. Es handelte sich schließlich um staatseigenen Wohnraum. Ich musste die Eigentumsliste absegnen. Also habe ich die wenigen Stücke, die überhaupt von Wert waren, in einem Schrank deponiert und diesen verschlossen.«

»Und was waren das für ›Stücke‹?«

»Ein Wecker, ein Transistorradio, ein kleiner Messing-Buddha … Alles genauestens registriert. Wir wollen es Dieben und Einbrechern schließlich nicht allzu leicht machen. Manchen Leuten ist ja nicht einmal das Hab und Gut der Toten heilig.«

»Ich weiß. Und was haben Sie dann getan?«

»Ich habe meine Liste vervollständigt, das Licht ausgemacht, das Zimmer verlassen und die Tür hinter mir verriegelt. Ich habe beide Schlüssel in einen braunen Briefumschlag gesteckt und mit ins Büro genommen. Siri, ist das …«

»Beschreiben Sie mir das Zimmer.«

»Ich wüsste nicht, was …«

»Bitte.«

»Na schön. Es war spartanisch eingerichtet. An einer Wand eine Matratze, ziemlich zerschlissen. Daneben ein Handtuch, auf dem Boden ausgebreitet. Ein Regal aus Treibholz und Ziegelsteinen. Circa zehn Bücher.«

»In welcher Sprache?«

»Thai. Hauptsächlich Bau- und Wohnvorschriften. Ein paar Comichefte.«

»Thema?«

»Kinderkram. Tiere, Kleinmädchen-Abenteuer.«

»Was noch?«

»Ein Tisch. Ein Stuhl. Ein Karton mit Kleidern. Mehr nicht.«

»War alles sauber und ordentlich?«

»Überall lag irgendwelcher Plunder herum. Ein Hemd über einer Stuhllehne. Eine Tasse und ein Löffel auf dem Tisch. Darunter, auf dem Fußboden, eine Untertasse. Auf dem Herd ein Kochtopf, blitzblank geschrubbt. Der Deckel lag daneben. Eine Jacke an einem Nagel hinter der Tür.«

Siri schloss die Augen und versuchte, sich die Szene bildlich vorstellen. »Und während Sie sich in Koomkis Zimmer aufgehalten haben, ist nichts Ungewöhnliches passiert?«

»Nein. Beim Hinausgehen hörte ich in einem der anderen Zimmer jemanden leise wimmern. Eine Frau oder ein junges Mädchen. Aber das ging mich ja nichts an.«

»Passten sie zusammen?«

»Passte wer zusammen?«

»Die Tasse auf dem Tisch und die Untertasse auf dem Boden?«

»Was, um Himmels willen, spielt das für eine Rolle?«

»Gönnen Sie einem alten Mann die Freude.«

»Das Dekor habe ich mir leider nicht gemerkt.«

»War die Untertasse zerbrochen?«

»Nein.«

»Aus welchem Material bestand sie?«

»Eine Art Keramik, glaube ich. Ich weiß es nicht. Ich habe sie nicht aufgehoben. Ich hatte nicht vor, den Abwasch zu machen.«

Wie alle guten Kino-Detektive fasste sich der Doktor nachdenklich ans Kinn. Herr Geung erschien mit einer großen Schüssel dampfender Brühe in der Treppenmündung und reichte sie Richter Haeng.

»Ich mag keine ...«, begann Haeng, doch der betörende Duft, der ihm aus der Schüssel in die Nase stieg, machte seinen Widerstand im Nu zunichte.

»Sagen Sie das nicht zu früh«, meinte Siri. »Und die Schlüssel liegen nicht zufällig noch in Ihrem Büro?«

»Wir suchen meinen Onkel«, sagte Schwester Dtui. »Wir machen uns leichte Sorgen seinetwegen. Er ist vor drei

Tagen auf sein Fahrrad gestiegen und seitdem spurlos verschwunden. Er ist senil, müssen Sie wissen.«

Dtui erzählte diese Lügengeschichte nun schon zum zwanzigsten Mal. Sie saß auf dem Soziussitz der präsidiumseigenen fliederfarbenen Vespa, und Phosy spielte den stummen Chauffeur. Eher halfen die Leute einer dicken Frau mit kleinem Kind als einem Polizeibeamten. Einige erkundigten sich sogar bei ihren Nachbarn.

»Sie hat ihren Onkel verloren«, sagten sie. »Er ist ein bisschen plemplem«, sagten sie. Und es gab weiß Gott eine Menge alter, gebrechlicher Menschen, die nichts Besseres zu tun hatten, als vor ihrer Tür zu sitzen und stumpfäugig auf die Straße zu starren. Bislang war Noo, der Waldmönch, von mindestens drei Personen dabei gesehen worden, wie er sich vergangenen Samstag in Richtung Südosten aufgemacht hatte. Von der Nonbong Avenue war er ein paar Mal links und rechts abgebogen und schließlich über nicht asphaltierte Umwege zur Tardeua Road gelangt. Er schien alles hinter sich lassen zu wollen. Er hatte bereits zwei Kilometer zurückgelegt und zeigte keinerlei Ermüdungserscheinungen. Er hatte ein klares Ziel vor Augen, und da es an der ruhigen Ausfallstraße laut Phosys Karte keine weiteren Sehenswürdigkeiten gab, musste dieses Ziel der kleine Fährhafen sein.

Ein Kilometer jenseits der Stelle, wo er das letzte Mal gesichtet worden war, kurz vor dem australischen Freizeit- und Erholungszentrum, wurden Phosy und Dtui fündig. Sie hatten so viel Straßenstaub geschluckt, dass sie an einer Bambusbude hielten, um ein Kaltgetränk zu sich zu nehmen. Die Besitzerin, eine nicht ganz so hohe, dafür umso breitere Zwillingsschwester Dtuis, saß auf einem Hocker hinter einem Regiment von Sirupflaschen. Da die Farben der konzentrierten Zuckerlösung kein natürliches Vorbild kannten, bestellte man nicht nach Geschmacksrichtung, sondern nach Farbton. Für einen Blinden hätten sie vermutlich alle gleich geschmeckt.

Ein zerzauster Bananenbaum spendete als einziger ein wenig Schatten, weshalb Phosy die Vespa darunter abstellte und sie dort auch ihre süße Plörre schlürften. Die Frau starrte sie an.

»Aus Vientiane, was?«, erkundigte sie sich, als sei die Hauptstadt mehrere Flugstunden und nicht nur zwanzig Rollerminuten entfernt.

»Ja, aber nicht gebürtig«, antwortete Dtui. »Wir machen einen kleinen Ausflug. Das ist ja ein hübsches, ruhiges Plätzchen hier.«

Die Frau starrte sie weiter ungeniert an. Dtui wollte ihr eben die Geschichte von ihrem Onkel erzählen, doch die Frau kam ihr zuvor.

»Sie würden sich wundern«, sagte sie.

»Worüber?«, fragte Dtui.

Da Malee bereits auf einer flauschigen Wolke aus Zucker schwebte, entwand Dtui ihr das Glas. Die ersten Suchtsymptome stellten sich ein, und die Kleine verlieh ihrem Unmut lautstark Ausdruck. Dtui schob ihrer Tochter einen Eiswürfel in den Mund. Mit einem Klumpen Eis auf der Zunge ist schwer quengeln.

»Die Leute denken, hier draußen in der Wildnis ist nix los«, sagte die Frau. »Normalerweise kommen ja auch kaum mehr als zwanzig Fahrzeuge am Tag hier durch. Aber Sie würden sich wundern.«

»Wir sind ganz Ohr«, sagte Dtui.

»Gleich da drüben.« Sie deutete auf eine Stelle jenseits der Straße. »Da haben sie ihn erwischt.«

»Wen?«

»Einen armen alten Onkel auf ’nem Fahrrad.«

»Strohhut? Geblümtes Hemd?«, fragte Dtui.

»Ja. Sah aus, als hätte er sein Lebtag keiner Fliege was zuleide getan. Radelte gemütlich vor sich hin, einfach so, und ließ den Herrn Buddha einen guten Mann sein.«

Phosy und Dtui stiegen von ihrem Roller und flankierten sie rechts und links.

»Und dann?«, fragte Dtui.

Zum ersten Mal lächelte die Frau. Diese Story war ein Knüller, und das wollte sie der Welt nicht vorenthalten.

»Er radelte gemütlich vor sich hin«, fuhr sie fort.

»Das sagten Sie bereits«, sagte Phosy.

»Da tauchten hinter ihm mit einem Mal zwei Jungs auf ’nem Motorrad auf. Sie kamen langsam näher und fuhren ihm schnurstracks hinten rein. Bums. Nee, nix ›bums‹. Eigentlich ging es fast lautlos vonstatten. Ihr Vorderreifen berührte seinen Hinterreifen, und der alte Onkel verlor das Gleichgewicht und fiel vom Rad platterdings in den Dreck. Wobei er sich mit Sicherheit böse Schürfwunden zugezogen hat. Sie erzählen uns zwar dauernd, die Straße würde demnächst geteert, aber …«

»Und was machte der Onkel dann?«, fragte Dtui.

»Gar nix. Die Jungs stiegen von ihrem Motorrad und sammelten ihn von der Fahrbahn. Ich denke noch, jetzt werden sie sich doch sicher entschuldigen. ›Tut uns leid, Onkel‹, oder so. ›Fehlt Ihnen was?‹ Aber stattdessen packen sie ihn am Schlafittchen und ziehen ihn hoch. Und einer der beiden Jungs sieht hier rüber zu meinem Geschäft. Erst dachte ich, er will ein Gläschen Roten kaufen, damit der Onkel wieder auf die Beine kommt, aber hinterher kam ich ins Grübeln. Was, wenn er nach Zeugen Ausschau gehalten hat? Ich bin ja nun nicht gerade die Größte und von der Straße aus hinter den vielen Flaschen kaum zu sehen. Also dachten sie vielleicht, ich mach grad Mittagspause. Aber der Gedanke ist mir erst hinterher gekommen. Als ich endlich Zeit zum Nachdenken hatte, wissen Sie?«

»Aber dann …?«, sagte Dtui.

»Dann schlugen sie dem Onkel, zu meinem Schrecken und Entsetzen, ins Gesicht und zerrten ihn zu ihrem Motorrad und nahmen ihn zwischen sich, wie ein Sandwich, wissen Sie? Einer vorne, einer hinten. Und dann fuhren sie mit ihm davon. Einfach so.«

»Hat er sich gewehrt?«, fragte Phosy.

»Nein, er war friedlich wie ein Baby.«

»In welche Richtung sind sie gefahren?«

»Sie haben gewendet und sind in dieselbe Richtung verschwunden, aus der sie gekommen waren.«

»Trugen sie Uniform?«

»Nein. T-Shirts und lange Hosen.«

»Kurze Haare.«

»Ja. Wie Soldaten. Und sie waren nicht eben hässlich, die beiden. Ich hätte sie jedenfalls nicht von der Tresenkante gestoßen, wenn Sie verstehen, was ich meine. Es sei denn natürlich, sie hätten mich umbringen wollen. Da verstehe ich keinen Spaß.«

»Wo ist das Fahrrad?«, fragte Dtui.

»Was?« Der Frau schoss das Blut in die Wangen.

»Das Fahrrad des Onkels«, sagte Dtui. »Wo ist es geblieben?«

»Keine Ahnung«, sagte die Frau in einem Tonfall, der das Gegenteil verriet.

Phosy zeigte ihr seine Dienstmarke, sie zuckte die Achseln, und gemeinsam latschten sie die dreißig Meter bis zu der kleinen Hütte der Budenbesitzerin. Das Fahrrad hatte einen Ehrenplatz hinter einem Berg von leeren Sirupflaschen.

Da es in Laos keine Münzen gab, warf Dtui einen Kronkorken, und Phosy gewann die Ehre, das Rad ins Präsidium zurückzufahren. Dtui bestieg die Vespa und nahm Malee auf den Schoß. Auf dem Heimweg ließ sie das Gehörte noch einmal Revue passieren. Genosse Noo war am helllichten Tag gekidnappt worden. Aber warum und von wem? Sie konnte sich des Eindrucks nicht erwehren, dass irgendjemand ihren Mann gewaltig an der Nase herumführte.

Siris geliebtes Motorrad der Marke Triumph wohnte unter einer Zeltplane im Garten des ihm von staatlicher Seite zugewiesenen Eigenheims. Da er und Civilai durch einen früheren Fall zu einem glücklichen Vermögen gekommen waren, hatte er eine nicht unerhebliche Geldsumme beiseitegelegt, die es ihm im Unterschied zu den meisten seiner Mitmenschen erlaubte, seinen Tank zu füllen und zu verreisen. Doch der Wust von Papieren, die man benötigte, nur um den ersten Polizeiposten zehn Kilometer vor der Kapitale zu passieren – von den *laissez-passers*, ohne die man keine andere Stadt betreten durfte, ganz zu schweigen –, war geeignet, diesen Drang nachhaltig zu dämpfen. Und da er nicht zu jenen Unsympathen gehörte, die mit hoch erhobener Nase durch Vientiane fuhren, blieb die Triumph einstweilen, wo sie war. Er sah sie sich allerdings von Zeit zu Zeit gern einmal an.

»Ich kauf sie Ihnen ab«, sagte Inthanet, der alte Puppenspieler aus Luang Prabang.

»Womit?«, fragte Siri.

»Meine Verlobte hat einen kleinen Notgroschen beiseitegelegt«, erwiderte er stolz.

Siri musterte ihn eingehend und konnte, wie immer, nichts Unwiderstehliches entdecken: schütteres Haar, das sich mit letzter Verzweiflung an einen kahlen Schädel klammerte, Knopfaugen, eine komplette Kinnpolstergarnitur und ein dürres Gerippe ohne Hintern. Dennoch zog der Mann durchaus passable Frauen aller Altersstufen an wie ein Magnet. Was sich ohne Weiteres hätte erklären lassen, wenn er Multimillionär gewesen wäre, aber zu allem Übel war er auch noch ständig pleite.

»Ist das dieselbe Verlobte, die im Anou Hotel Balladen zum Besten gibt?«, wollte Siri wissen.

»Nein, Siri, die ist leider längst passé. Meine derzeitige Flamme betreibt eine Katzenzucht. Sie ist auf Siamkatzen spezialisiert. Einige von ihnen sind sehr wertvoll. Wenn die Thais die Grenzübergänge öffnen, werden wir uns vor Aufträgen kaum retten können.«

»Lange kann es nicht mehr dauern«, meinte Siri. »Ihr Premierminister war letzte Woche hier, gut Wetter machen. Der Unsrige und er haben ein gemeinsames Communiqué zu den ›Missverständnissen‹ entlang der Grenze herausgegeben. Ich weiß nicht recht, wer hier wen hofiert, aber ich weiß, dass wir in nicht allzu ferner Zukunft sehr viel mehr thailändischen Ramsch auf unseren Märkten finden werden. Bringen Sie Ihre Kätzchen ins Trockene, solange die Luft noch rein ist. Nichts währt ewig.«

Tong, die geläuterte Prostituierte, die zur Hausmutter von

Siris Heim für Streuner und Straßenkinder avanciert war, trat zu ihnen.

»Hallo, Großvater«, sagte sie und schlang Siri den Arm um die Hüfte. Wenn sein greiser Riecher ihn nicht täuschte, hatte sie in Passionsblumenöl gebadet.

»Wird es nicht langsam Zeit, das alte Motorrad mit Blattgold zu überziehen?«, fragte sie.

»Wir beten sie ja nicht an«, sagte Siri, »sondern erfreuen uns lediglich am Anblick ihrer eleganten Kurven. Und schwelgen in liebevollen Erinnerungen daran, wie schnell sie früher auf Touren kam.«

»Das kann ich nachfühlen«, sagte sie. »Wollten Sie eine Hausversammlung einberufen?«

»Nein. Ich wüsste nicht, was es zu besprechen gäbe. Ich bin Ihretwegen hier.«

»Oh, welche Ehre.«

»Was wissen Sie über Imelda Marcos?«

»Eins weiß ich mit Sicherheit. Mein Zimmer bekommt sie nicht«, sagte Tong. »Meinetwegen soll sie sich bei den Vietnamesinnen einquartieren, aber sie hat seltsame Badegewohnheiten.«

»Imelda Marcos ist die Frau von …«, begann Siri.

»Ich weiß, wer Imelda Marcos ist. Kleiner Scherz am Rande.«

»Und wissen Sie zufällig auch, wo sie ihre Lieblingsschuhe aufbewahrt?«

»Na klar. Das stand letzte Woche erst in einem Thai-Fanzine. Ich habe es der ganzen Hausbelegschaft vorgelesen.«

»War Noo auch dabei?«

»Er hat den Artikel regelrecht verschlungen. Er liebt Promiklatsch über alles.«

»Und?«

»Was, und?«

»Wo bewahrt sie ihre Lieblingsschuhe auf?«

Der Hauskühlschrank war ein in der Sowjetunion gefertigter Dnepr und kaum groß genug für eine alte Leningrader Jungfer, von einem bunten Dutzend illegaler Hausbewohner nicht zu reden. Und doch stand der Inhalt ganz in althergebrachter laotischer Tradition. In einer westlichen Wohngemeinschaft hätte jeder sein Revier markiert. »Susans Fach.« »Williams Joghurt. Finger weg.« Doch der laotische Kühlschrank kannte solche Grenzen nicht. Wenn man etwas aufgegessen hatte, brachte man bei nächster Gelegenheit etwas Ähnliches vom Markt mit. Oder man kochte für alle, und alle kauften frische Lebensmittel. Kein Grund, wegen eines fehlenden Rettichs einen Herzkasper zu bekommen. Ein löbliches System, das es jedoch nicht eben leichter machte zu ermitteln, welche von all den leckeren Sachen Noo gehörten.

»Imelda Marcos hat ein Faible für Krokodilleder, das so frisch ist, dass es quasi noch nach ihren Zehen schnappt«, zitierte Tong aus dem Fanzine-Artikel. »Erstaunlicherweise verträgt Krokodilleder keine tropischen Temperaturen. Es verdirbt schnell. Fängt an zu stinken. Weshalb die Frau des philippinischen Präsidenten vermutlich zwanzig Kühlschränke allein für ihre Schuhe besitzt.«

Siri und sie starrten in fragliches Haushaltsgerät und suchten nach etwas Persönlichem. Fanden jedoch leider nur die üblichen Vorräte. Keine Etiketten. Nichts, was auf Allergien oder besondere Vorlieben schließen ließ.

»Es sieht alles so gesund aus«, sagte Siri.

»Ungesundes können wir uns nicht leisten«, sagte Tong. »Aber Noo hatte eine Vorliebe für Süßes.«

»Hm«, machte Siri. »Gesund, aber süß. Na, dann wollen wir mal sehen.«

Sie leerten den Kühlschrank Stück für Stück und untersuchten jedes Blatt, jeden Fetzen Frühlingsrollenteig auf mögliche Botschaften. Siri war inzwischen so weit, dass er selbst hinter Zutaten, die sich einen Plastikbeutel teilten oder zu einem Bündel geschnürt waren, einen tieferen Sinn vermutete. Da entdeckte er den Bambus. Es war ein Röllchen *khao lam*: in Bambusabschnitten gegarter und mit Kokosmilch und roten Bohnen gesüßter Klebreis. Das dünne Rohr war an beiden Enden mit einem Bananenblatt verschlossen. Noch bevor er sie in Händen hielt, wusste Siri, dass er die geheime Nachricht des Genossen Noo gefunden hatte.

»Es waren zwei Nachrichten«, sagte Siri.

Er schaltete die Taschenlampe ein und zeigte Daeng die erste. Nach Geschäftsschluss hatten Daeng und er die Nudelküche aufgeräumt und saßen nun in ihren Bambusliegestühlen am Flussufer. Der Mekong war von einem Narbengeflecht aus Sandbänken durchzogen, die das nächtliche Gefunkel Thailands, das sich tausendfach im Wasser spiegelte, in schmale Streifen schnitt. Die einzige Beleuchtung, die Vientiane zu bieten hatte, war der matte papayagelbe Schein der Kerzen, die hier und da ein Fenster erhellten. Der Mond ließ auf sich warten. Wahrscheinlich wurde er wieder einmal von Papierkram aufgehalten, wie die Laoten zu witzeln pflegten.

Die erste von Noos beiden Nachrichten war auf Thailändisch verfasst, in wunderschöner Schrift, und bedeckte eine Seite eines linierten Blattes. Siri wartete, während Daeng las.

Lieber Siri,
dieser Brief ist vermutlich überflüssig, doch angesichts der Verpflichtungen, die ich vergangene Woche eingegangen bin, wäre es eine Schande gewesen, so mir nichts, dir nichts zu verschwinden. Ich bedaure, um mein Vorleben stets ein solches Geheimnis gemacht zu haben, und bitte vielmals um Verzeihung dafür, dass ich Ihnen Folgendes schriftlich und nicht persönlich mitteile. Es bedeutet mir sehr viel, dass Daeng und Sie nie in meiner Vergangenheit herumgeschnüffelt haben. Meine Geschichte ist kurz und ihr Inhalt mitnichten ungewöhnlich.

Ich wurde Mönch, weil meine Frau mit einem anderen Mann und unserer Tochter durchbrannte. Sie zogen nach Bangkok. Erst wollte ich sie umbringen, alle drei. Ich folgte ihnen in die Hauptstadt und spürte sie auf. Ich beschaffte mir eine Waffe und legte mich auf die Lauer. Dass ihre verschlungenen Wege sie ein ums andere Mal vor einer tödlichen Begegnung mit meiner Wenigkeit bewahrten, ist allein dem Schicksal zu verdanken. Die endlose Warterei gab mir Gelegenheit, darüber nachzudenken, weshalb das Karma so sehr zu ihren Gunsten wirkte, wo doch mir Unrecht geschehen war. Und eines Nachts erwachte ich und sah mein wahres Ich so deutlich vor mir wie einen Küchenkakerlak im Schein einer nackten Glühbirne. Ich sah all meine Fehler und Schwächen und ekelte mich vor mir selbst. Ich warf die Waffe in den Chao Phraya und suchte in einem Kloster Zuflucht.

Fünfundzwanzig Jahre sind seither vergangen, und noch immer bin ich Ordensbruder und auf Wanderschaft. Noch immer bringe ich mich aus freien Stücken in Gefahr, in dem Bestreben, meinen inneren Schweinepriester auszutreiben, wenn Sie so wollen. Auf der Rückseite dieser Nachricht finden Sie eine Bangkoker Adresse. Dort wohnt meine Tochter mit ihrer Familie. Der Abt des Tempels in ihrem Viertel hält mich über ihr Tun und Handeln auf dem Laufenden. Anfangs dachte ich, wie schön es wäre, wenn ihr jemand von den guten Taten berichten würde, die ich im Laufe meines Lebens vollbracht habe, selbstverständlich aus rein egoistischen Motiven. Doch offen gestanden bedaure ich es, dass mir der Mut fehlte, ihr zu sagen, wie leid mir alles tut. Wie leid es mir tut, dass ich ihr keinen besseren Start ins Leben ermöglicht und ihr die Aufmerksamkeit verwehrt habe, die sie verdiente. Sie soll erfahren, dass ich mein halbes Leben um ihre Achtung gerungen habe … und doch zu große Angst hatte, darum zu bitten.

Daeng musste erst einmal tief Luft holen. Etwa nach der Hälfte der Lektüre hatte sie aufgehört zu atmen.

»Erst als ich es gelesen hatte, wurde mir klar, wie wenig ich eigentlich über ihn wusste«, sagte Siri. »Wir kannten uns seit fast einem Jahr, haben aber nicht ein einziges Mal über sein Leben gesprochen.«

Daeng nahm einen Schluck von ihrem Schlummertrunk. »So viele Menschen tragen einen Sack voller Schuldgefühle mit sich herum«, sagte sie. »Einen Sack voll mit Geheimnissen, ungestilltem Hass und Reue. Es ist ein Wunder, dass sie unter dieser Last nicht zusammenbrechen.«

»Wir haben alle unser Päckchen zu tragen«, sagte Siri.

»Wird es in Nachricht Nummer zwei etwa noch schlimmer?«

»Im Gegenteil. Er hat sich alles von der Seele geschrieben. In Nachricht Nummer zwei kommen wir zu der Intrige.«

Lieber Siri – Zweiter Teil,
wo ich schon einmal darüber nachsinne, was im Falle meines Ablebens geschehen soll, kann ich auch gleich versuchen zu retten, was zu retten ist, und die Mission zu Ende bringen, an der ich im ersten Anlauf so jämmerlich gescheitert bin. Siri, es steht mir zwar nicht zu, Sie darum zu bitten, aber sollte Sie, wie schon so oft, der Wahnsinn packen, will ich Ihnen den Plan im Folgenden grob skizzieren. Am Morgen des neunundzwanzigsten dieses Monats, genauer gesagt, um zwei Uhr früh, soll ich mich auf Don Chan mit einem Mönch treffen. Die laotischen Wachposten entlang des Flusses werden mittels entsprechender Maßnahmen ausgeschaltet. Ein kleines Boot aus Thailand soll uns ans andere Ufer schaffen, wo ein Lastwagen uns erwartet. Er soll uns nach Nong Khai bringen, wo wir übernachten werden. Am nächsten Morgen dann sollen wir den ersten Bus nach Udon nehmen, wo uns eine thailändische Delegation erwarten wird. Sie wird den Mönch in Empfang nehmen, und damit ist meine Schuldigkeit getan. Das ist auch schon alles. Genaueres kann ich Ihnen leider nicht verraten, aber ich versichere Ihnen, es handelt sich um eine hochwichtige Mission. Es würde mir unglaublich viel bedeuten, wenn Sie sie übernehmen würden. Sollten Sie sich dazu durchringen können, vermag ich Ihnen keine größere Belohnung in Aussicht zu stellen als die Gewissheit, dass Sie im Erfolgsfall als der nächste König von Laos wiedergeboren werden.

Daeng musterte Siri. Das flackernde Geleucht des Flusses spiegelte sich in seinen lächelnden Augen.

»Siri«, sagte sie.

»Ja, meine Liebe?«

»Du trägst dich doch nicht ernsthaft mit dem …«

»Aber nein. Wo denkst du hin?«

»Siri?«

»Vielleicht ein klitzekleines bisschen. Obwohl ich aus verschiedenen Gründen nur ungern als König von Laos wiedergeboren werden möchte.«

Sie nippten an ihrem vietnamesischen Rum, dem sie mit einem Schuss Süßpflaume die beißende Schärfe genommen hatten. Im Fluss erspähten sie die Silhouette eines nackten Mannes, der zwischen den Sandbänken umherwatete. Es war Rajid, der verrückte Inder, der erst nach Einbruch der Dunkelheit zu sich selbst fand und eine Welt bewohnte, die nur er sehen konnte. Siri winkte ihm zu, und er blieb schlagartig stehen und erstarrte. Er glaubte noch immer, sich unsichtbar machen zu können, indem er sich nicht von der Stelle rührte.

»Wir können Sie sehen!«, rief Siri.

»Ich müsste dich natürlich begleiten«, sagte Daeng.

»Es wäre mir Ehre und Vergnügen zugleich«, sagte Siri. »Aber was wird so lange aus …«

»Dem Restaurant? Du würdest dich wundern, was für Kunststücke Herr Geung inzwischen mit dem Nudelsieb vollbringt.«

Am darauffolgenden Nachmittag fand die Liga der außergewöhnlichen Genossen sich zu einem letzten Treffen in der Nudelküche ein. Thema war der kaum zu übersehende, ja unheimliche Zusammenhang: drei separate Missionen, die allesamt mit dem Buddhismus zu tun hatten. Dtui, die förmlich darauf brannte, ihren todlangweiligen Job an der Schwesternschule für eine Woche an den Nagel zu hängen, würde in Daengs Abwesenheit das Restaurant leiten. Herr Geung würde die Nudeln kochen. Er hatte sein Können bereits am Mittag unter Beweis gestellt. Einige vermeinten zwischen den beiden Köchen keinerlei Unterschied bemerkt zu haben. Als seine Lehrmeisterin war Madame Daeng nicht im Mindesten gekränkt. Herrn Geungs Verlobte Tukta würde die Gäste bedienen und dem ganzen Unterfangen den nötigen Glanz verleihen. Zwar gab es noch immer Leute, die über das Paar mit Down-Syndrom die Nase rümpften, doch auf solche Gäste konnte Daengs namenlose Nudelküche gut verzichten.

Bevor jeder seiner Wege ging, fassten die Teammitglieder den Stand der Dinge kurz zusammen. Siri las ihnen nur Noos zweite Nachricht vor, und alle brüllten Inspektor Phosy nieder, als der auf die Gefahren einer – noch dazu illegalen – Überfahrt nach Thailand hinwies. Er erzählte ihnen, dass die Flusswachen neuerdings völlig harmlos aussehende Gegenstände zu Wasser ließen, an denen Minen befestigt waren.

»Sie setzen sie ein Stück stromaufwärts in den Fluss«, sagte er. »Wenn sie nicht bei der Berührung mit illegalen Flüchtlingen explodieren, werden sie in einem großen Netz flussab gesammelt und von Neuem an den Start gebracht.«

»Also, ich habe bisher keine Explosionen gehört«, sagte Siri.

»Und was heißt«, fragte Phosy, »die laotischen Wachposten werden ›ausgeschaltet‹? Hä? Wie habe ich mir das vorzustellen?«

»Es sind Buddhisten«, gab Daeng zu bedenken. »Erstes Sila: ›Ich gelobe, mich darin zu üben, kein Lebewesen zu töten oder zu verletzen.‹ Sie werden sie vermutlich betrunken machen, genau wie Sie.«

Dem konnte Phosy schwerlich widersprechen.

Civilai verschwendete den Großteil seiner Redezeit an eine Aufzählung der Köstlichkeiten, die er für das gemeinsame »Wochenend«-Picknick mit seiner Frau zubereitet hatte. Alle lachten herzlich über den vorgeblichen Anlass seines Ausflugs und freuten sich schon jetzt auf die tolle Geschichte, die er ihnen bei seiner Rückkehr auftischen würde.

Was Dtui und ihr Mann zu berichten hatten, war weitaus ernster. Sie schilderten erst die Entführung, von der die Sirupverkäuferin ihnen erzählt hatte, dann Phosys anhaltende Suche nach dem thailändischen Mönch. Auf den Polizeirevieren der Hauptstadt hatte man nie von ihm gehört, und auch die Einwanderungsbehörde leugnete rundweg, etwas mit seinem Verschwinden zu tun zu haben. Die Beamten hatten sich sogar erboten, den Inspektor bei seinen Ermittlungen zu unterstützen. Phosy hatte noch nie darüber nachgedacht, dass die Einwanderungsbehörde eines Landes, in das niemand reisen wollte, vermutlich chronisch unterbeschäftigt war.

Der letzte Punkt auf der Liste betraf Köter. Immer wenn sie ihn in die Obhut eines unwilligen Hundesitters gegeben hatten, war er ausgebüxt und seinem geliebten Herrn gefolgt. Keine Kette, keine Leine und kein Käfig hatten ihn halten können.

»Sie s-s-sollten ihn mitnehmen«, sagte Herr Geung.

»Nach Thailand?«, fragte Dtui.

»Warum n-nicht, wenn er unbedingt will?«

»Weil er ein Hund ist«, sagte Civilai. »Wir sind hier schließlich nicht im Kino, wo der getreue Freund des Menschen seinem Besitzer in letzter Sekunde aus der Patsche hilft und ihm das Leben rettet. Er macht die Sache nur unnötig kompliziert. Wir haben einen hohen, hundesicheren Zaun um unseren Garten gezogen. Meine Haushälterin wird sich um ihn kümmern. Es ist höchste Zeit, dem Köter klarzumachen, wer hier Herr ist und wer Hund.«

Ein wütendes Knurren drang unter dem Tisch hervor.

5

GINSENGSAFT MIT DANKESCHÖN

Viele Paare überquerten die rostzerfressene Fußgängerbrücke nach Don Chan, um den Sonnenuntergang zu betrachten und sich gegenseitig den einen oder anderen Kuss zu rauben. Die gleich hinter dem toupettragenden Wasserturm bei Kilometer Eins gelegene Insel war ein großer Brocken Land, der seit Jahrzehnten der Strömung trotzte und nie fortgerissen worden war. Die Einheimischen bauten dort Obst und Gemüse an, weshalb die abendliche Flussbrise den Liebespärchen den süßen Duft von Tomaten und Papayas um die Nase wehte. Für die Bewohner eines Binnenlandes war Don Chan so etwas wie ein kleiner Ersatz für die fehlende Weite und Erhabenheit des Meeres. Doch Siri und Daeng waren nicht hier, um von romantischen Eilanden zu träumen oder im Schutz des Halbdunkels zu turteln. Sie waren hier, um Noos Auftrag auszuführen: sich mit einem mysteriösen Mönch zu treffen und ihn über den Fluss zu bringen.

Um das Misstrauen der Brückenwache nicht zu erregen, waren sie schon vor Sonnenuntergang gekommen. Zwar gab es auf der Insel eine ganze Reihe von Gartenlauben, doch die Behörden hatten die Ausgangssperre kürzlich auch auf Don Chan ausgedehnt. Selbst die Freizeitbauern mussten sich nach Einbruch der Dunkelheit nach Hause trollen. Siri und Daeng suchten sich ein gemütliches Plätzchen mit freiem Blick auf Thailand und sahen zu, wie die anderen die Flussinsel verließen: erst die Familien mit Kindern, dann die Pärchen, dann die armen Menschen, die weder Heim noch Obdach hatten. Eine Stunde nach Sonnenuntergang saßen sie allein und unsichtbar am finsteren Ufer des Mekong.

»Nur noch siebeneinhalb Stunden bis Ultimo«, sagte Madame Daeng. »Die Mücken sind mit Kalaschnikows bewaffnet, die Wasserschlangen auf der Suche nach warmem, trockenem Gras, und die laotischen Grenzposten laufen auf der Insel ab neun Uhr stündlich Streife und nehmen jeden fest, der trotz Ausgangssperre noch unterwegs ist. Irgendwelche Vorschläge, wie und womit wir uns die Zeit vertreiben könnten?«

Wie immer beschränkte Siris Reisegepäck sich auf eine kleine Umhängetasche aus Stoff mit Wolltroddeln daran. Und doch passte alles, was er für eine Reise brauchte, bequem in ebendiese Tasche. Heute Abend war sie ungewöhnlich prall und schwer. Er griff hinein und zog eine Flasche Whisky daraus hervor, und zwar nicht irgendeinen Whisky, sondern: Glenfiddich. Daeng schloss sie freudig in die Arme wie eine Mutter, der man zum ersten Mal ihr Neugeborenes reicht.

»Das ist dein Plan?«, fragte sie.

»Unser Plan, meine Liebe«, erwiderte er, »besteht darin, unsere Gier zu zügeln und allenfalls sparsam zu nippen. Wenn uns jemand davonjagen will, sieht er nur zwei alte Säufer. Wir laden ihn auf ein Gläschen ein und stoßen auf unseren Enkel an, der das Kommunistische Führungsprogramm in Hanoi mit Auszeichnung absolviert hat. Wir erzählen ihm, dass du die Grundschullehrerin des Premierministers warst, und ich, in meiner Zeit und Eigenschaft als leitender Chirurg, Pornlamy Makdaeng das Bein gerettet habe, dem laotischen

Nationalstürmer nämlich, der im Halbfinale der WM der Sozialistischen Staaten sage und schreibe vier Tore erzielte. Wir schwafeln ihn in Grund und Boden, bis er sternhagelvoll und bewusstlos ist. Der Mönch tritt aus dem Schatten. Das Boot kommt. Niemandem geschieht etwas.«

»Es sei denn natürlich, besagter Jemand jagt uns auf der Stelle eine Kugel in den Kopf und macht sich mit unserem Whisky aus dem Staub«, sagte Daeng.

»Dann sollten wir ihn vielleicht doch schnellstmöglich verkosten.«

Beide Pläne waren gleichermaßen risikobehaftet, aber sie hatten Reisküchlein und Trockenfisch, und den mussten sie schließlich irgendwie hinunterspülen. Sie hatten zwar auch Wasser, aber ... Wasser ist nun einmal kein Glenfiddich.

Vier Stunden waren vergangen, und der Scotch hatte ihr Selbstvertrauen spürbar gestärkt. Sie waren weder gestochen noch erschossen worden, und ihr Flüstern war zu unbeschwerter Lautstärke angeschwollen. Ihr Lachen – selbst hinter vorgehaltener Hand – genügte, um auch den schläfrigsten Wachsoldaten aus seinem Schlummer zu reißen.

»Wir müssen einen klaren Kopf behalten, Siri«, sagte Daeng. »Nur für den Fall, dass ...«

»Dass was?«

»Dass wir selbigen verlieren.« Sie kicherte. »Hach, wie ich das liebe, Siri«, lallte sie. »Rätsel. Kabalen. Ränkespiele. Nichts gegen Nudeln, aber mit einer zünftigen *garrotage* können sie schwerlich mithalten. Von der Kastration eines Möchtegern-Angreifers oder einem Messerduell mit bloßen Händen ganz zu schweigen.«

»Wir begleiten einen Mönch nach Thailand, weiter nichts.«

»Das sagst du. Aber du kannst mir viel erzählen. Wer weiß, womöglich sind wir längst Teil eines geheimen Mönchschmuggler-Kartells? Noo wird vermutlich gefoltert, damit er unsere Namen preisgibt. Früher oder später wird er singen. Hier könnte jeden Augenblick ein Helikopter landen. Mit einem Maschinengewehr in der offenen Tür. *Ratatatatat*, und wir sind frisch durchgedrehtes Hackfleisch. Ah, die gute alte Zeit. Spürst du ihn nicht auch, den elektrisierenden Reiz des Unbekannten? Wie nahe wir dem Abgrund wohl schon sind?«

In Wahrheit hatte Siri den Auftrag nur angenommen, um der lähmenden Langeweile des Alltags zu entfliehen. Und hatte keineswegs die Absicht, sich zu Gehacktem verarbeiten zu lassen. Er wusste um die mäßige Trinkfestigkeit seiner Frau. Sie erklomm schwindelnde Gipfel der Erregung, nur um gleich darauf in zementenem Stupor zu versinken und eine halbe Stunde wie ein Betonklotz zu schlafen. Und so ging es fort und fort: Euphorie – Beton, Euphorie – Beton, bis die Flasche endlich leer war. Sie war eine Frau. Sie brauchte einen wackeren Mann an ihrer Seite, der rechtschaffen trinken konnte.

Siri lief der Speichel aus dem Mund. Er lag in langem, flachem, dunklem Schlaf, und dennoch spürte er, wie ihm jemand ins Gesicht schlug. Halb so schlimm. Es hätte ebenso gut das Gesicht von jemand anderem sein können. Doch nicht die Schläge holten ihn ins Bewusstsein zurück, sondern das enorme Gewicht auf seiner Brust. Seine verdammten Lider waren wie zugenäht, und er konnte weiter nichts erkennen als trübe Lichter in der Ferne und eine dunkle Silhouette, die auf ihm kauerte. Der nächste Schlag.

»Siri, wir müssen los.«

Es war Daeng, die rittlings auf ihm saß. Und ihm Ohrfeige um Ohrfeige verpasste. Zu verschwommen und verwirrend, als dass er Vergeltung hätte üben können. Hinter dem undeutlichen Umriss seiner Frau machte er eine zweite, stehende Gestalt aus. Vielleicht ein Mönch … vielleicht aber auch ein Affe oder eine Statue aus Stein. Hinter der Gestalt: Bewegung. Irgendwo weit weg: ein Pfiff.

»Kannst du stehen?«, fragte Daeng.

Stehen kann ich schon seit meinem neunten Lebensmonat, wollte er sagen, brachte die Worte jedoch trotz aller Kraftanstrengung nicht über die Lippen. Ihm wurde klar, dass er so betrunken war wie eine Horde Brautjungfern. Er wollte sein Stehvermögen unter Beweis stellen, spürte aber weder seine Beine, noch fand er den Boden unter seinen Füßen. Eine zweite Person half Daeng, ihn hochzuziehen. Sie führten ihn zum Wasser, wo ein wenig vertrauenerweckendes Fiberglasboot schaukelte. Sie hievten Siri auf einen Schalensitz, und Daeng setzte sich neben ihn. Wirre Bilder bestürmten den Doktor. Ein alter Mönch, der am Ufer entlangspazierte. Der Fährmann, der Tischtennisschläger als Riemen benutzte. Daeng mit ihren zwei Umhängetaschen um den Hals. Und von irgendwoher die französische Version von »Eine Seefahrt, die ist lustig«. Er wollte eben die zweite Strophe anstimmen, als seine Frau ihm die Hand vor den Mund schlug.

Und sie ließen das winzige Boot zu Wasser, mit drei Tischtennisspielern, die im schwarzen Nass nach ihren Bällen suchten. Und auf dem Wasser – der Kopf eines Hundes. Und in der Ferne ein Pfiff. Und eine Hand, die ihm auf den Rücken klopfte, nachdem er sich über Bord erbrochen hatte. Und die Nahaufnahme einer auf einem Schaumstofffloß treibenden Mine, mit eingraviertem Warnhinweis auf Russisch. Und der Kopf eines Hundes.

Und der Kopf eines Hundes.

Und der Kopf eines …

Civilai und Madame Nong, seine Ehefrau auf Lebenszeit, trafen just in dem Moment in Ban Toop ein, als die Sonne zu ihrem Sinkflug auf den Horizont ansetzte. Offiziell lautete sein Auftrag, einem Mann auf den Zahn zu fühlen, der sich als angehende Reinkarnation des Herrn Buddha höchstpersönlich ausgab. Für Civilai war all das blanker Humbug, aber der perfekte Vorwand für einen Kurzurlaub. Er würde einen hastigen Bericht verfassen und ihn dem Politbüro vorlegen. Er hatte ihn bereits fertig im Kopf. Der staatseigene Jeep war zwar nicht direkt unbequem gewesen, aber wegen der nicht enden wollenden Straßenbauarbeiten kam er nur schleppend voran, ganz abgesehen von den kratertiefen Schlaglöchern, die sich so unvermittelt auftaten, dass es den Wageninsassen das Gebiss schier in den Hirnstamm trieb. Und so hatten sie für die knapp hundert Kilometer fast den ganzen Tag gebraucht.

Ban Toop war ein von brachliegenden Reisfeldern umgebenes Flachlanddorf, wie es in Laos zuhauf zu finden war. Die Hauptstraße erinnerte stark an ein ausgedörrtes Flussbett. Die Häuser rechts und links schienen vor vielen Jahren eilig errichtet, aber nie renoviert worden zu sein. Die Gärten waren verwahrlost, die Hunde halb verhungert. Trister und trostloser ging es kaum. Civilai hatte ein Flaggenmeer erwartet oder doch wenigstens eine über die Straße gespannte Plane, unter der die Gemeindeoberen den ganzen

Tag vor sich hin geschwitzt und auf die Ankunft des Ex-Politbürokraten gewartet hatten. Doch zu seiner Enttäuschung spielte kein Schulorchester auf, standen keine Silbertabletts mit Jasmin-Leis bereit, noch ließ der Dorfvorsteher sich gar zu einem *nop* hinreißen (die gebetsähnliche Geste war zwar verboten, aber die Landbevölkerung neigte bisweilen zur Vergesslichkeit). Er wollte doch nur ein wenig Respekt, Anerkennung, Interesse, irgendetwas. Stattdessen: nichts.

Der Jeep hielt vor einer französischen Kolonialvilla, die vor allem deshalb angenehm ins Auge stach, weil sie im ganzen Dorf das einzige Gebäude war, das so etwas wie Bestand zu haben schien. Normalerweise wurden solche Bauten von der Regierung konfisziert und mit Familien vollgestopft, die dann zusehen durften, wie das Haus langsam verfiel. Doch dieses Exemplar war tadellos erhalten. Sämtliche Dachziegel waren an ihrem angestammten Platz, und nirgends hing ein Fensterladen herab wie ein gebrochener Flügel.

Civilai schickte den Chauffeur hinein, er möge fragen, wo der örtliche Kader und das Begrüßungskomitee zu finden seien. Der Mann kehrte zurück mit der Auskunft, der Vorsteher und die Ältesten weilten bei einem Hahnenkampf im Nachbardorf. Die Frau, die er gesprochen habe, wisse nicht, wo die Gäste unterkommen sollten, denn im Dorf gebe es kein Gästehaus, außerdem sei ihnen ihr Besuch nicht angekündigt worden. Sie würde ihnen raten, nach Pakxan zurückzufahren und dort zu übernachten.

»Es weiß offensichtlich niemand, dass wir hier sind«, sagte Civilai beleidigt. »Sie müssen das Datum verwechselt haben. Dann warten wir eben.«

Madame Nong drückte seine Hand. »Lai, wir sind hier nicht erwünscht.«

»Unsinn.«

»Komm, wir nehmen unser Picknick mit nach Pakxan, mieten uns in einer hübschen kleinen Pension ein Zimmer und spülen den Straßenstaub mit einem Gläschen Wein hinunter.«

»Ich kann diese Mission unmöglich mit einem Gesichtsverlust beginnen«, sagte er.

»Wieso? Es weiß doch niemand, dass wir hier sind. Kein Mensch hat dein Gesicht gesehen. Morgen früh kommen wir frisch gewaschen und gebügelt wieder, die Sache wird allen furchtbar peinlich sein, und dein Gesicht hat nicht den winzigsten Kratzer abgekriegt.«

Es wurmte ihn, dass seine Frau mit ihrer Einschätzung meist richtiglag. Widerstrebend willigte er ein, auf die Hauptstraße zurückzukehren und in die nächste Stadt zu fahren. Das am Zusammenfluss von Mekong und Xan gelegene Pakxan versprühte den zauberhaften Charme einer stillgelegten Fernfahrerraststätte. Der kleine Ort klebte an der Straße wie Kletten an einem Seil. Es gab weder ein nennenswertes Zentrum noch Laternen. Die Scheinwerfer des Jeeps suchten sich einen Weg durch die Dunkelheit zu einer kleinen Ansammlung von Wellblechhütten am Ufer des Xan, wo der Chauffeur eine Pension kannte. Es war das einzige zweistöckige Gebäude weit und breit. Es hatte kein Schild, und in keinem der Fenster brannte Licht, doch am Empfang erfuhren sie, dass es hier kühles Thai-Bier gab, das in einer Blechwanne mit kaltem Wasser schwamm, und so quartierten sie sich ein.

Als Siri aus tiefem Glenfiddich-Schlummer erwachte, hatte er einen erstaunlich klaren, um nicht zu sagen blitzblank aufgeräumten Kopf. So aufgeräumt, dass er nur noch wenige Erinnerungen an die vergangene Nacht enthielt. Abgesehen von ein paar Momentaufnahmen einer Bootsfahrt war sein Gedächtnis vollständig gelöscht. Er lag flach auf dem Rücken, auf einer von drei Holzbänken in einem öffentlichen Pavillon. Die Sonne stand so tief, dass das Dach über seinem Kopf gegen ihre grellen Strahlen keinen Schutz bot. Das halb zerfetzte Werbeplakat eines Geldverleihers hing an einen Mast genagelt. Er befand sich in Nong Khai, dem kleinen thailändischen Nirwana, das Touristen gern besuchten, um Flussfisch zu essen, Mekhong-Whisky zu trinken und nach Laos hinüberzublicken. Die Szenerie am anderen Ufer war alles andere als exotisch. Es waren keinerlei Gebäude zu sehen, mit Ausnahme des betonierten Fährhafens, der jedoch zumeist geschlossen war. Trotzdem fotografierten sie einander, gefährlich nahe an der Grenze zu einem kommunistischen Schurkenstaat, und kauften Souvenirs mit der Aufschrift MADE IN LAOS, was selbstredend gelogen war.

Auf der Nachbarbank lag Madame Daeng auf der Seite und lächelte im Schlaf. Und gegenüber lag ein alter Mönch, so reglos, dass er ebenso gut hätte tot sein können. Köter, der ungebetene Hund, dem die Schwimmerei nichts ausgemacht zu haben schien, lag unter Siri auf den warmen Dielen.

Der Doktor richtete sich ächzend auf und lächelte über das vertraute, vielstimmige Knacken seiner Knochen und Gelenke. Von der Sonne geblendet, kniff er die Augen zusammen, um die Szene auf der anderen Straßenseite ausmachen zu können. Ein Busjunge mit nacktem Oberkörper spritzte einen Bus mit dem Wasserschlauch ab und schrubbte ihn mit einem Besen. Er sang bei der Arbeit: Thai-Pop, genauso schief wie das Original.

Als Siri aufstand, knarrten die Dielen, und Köter riss die Augen auf. Binnen Sekunden war die Promenadenmischung auf den Beinen, wedelte mit ihrem deformierten Schwanz und hechelte mit entrollter Zunge. Ein morgendliches Kopftätscheln genügte, und ihr Tag war gerettet. Siri sammelte seine Gedanken. Hier waren sie nun, drei Laoten, die zwar keinerlei Ausweispapiere, dafür aber hoffentlich genügend Grips besaßen, um sich mit größtmöglicher Eleganz aus der Affäre zu ziehen. Thais seines Alters reisten häufig ohne Ausweis, um ihre Unabhängigkeit zu wahren. Sture alte Knacker gab es in jedem Land. Und kein Wachpolizist würde es wagen, ein altes Ehepaar und einen Mönch zu behelligen. Die Alten genossen hier nach wie vor den verdienten Respekt. Und diesen erfreulichen Umstand wollten sie sich ausgiebig zunutze machen.

Er trat vor seine Frau hin; sie war so schön. Die Hände um eine Wange gewölbt, wie ein Botticelli-Engel. Ihre Lider zuckten. Er versuchte, sich vorzustellen, welch grandioser Film von innen auf sie projiziert wurde. Keinen einzigen Morgen ließ er verstreichen, ohne Daengs Liebreiz zu bewundern, sich zu ergötzen an ihrer ganzen Pracht und Herrlichkeit. Er war ein Glückspilz.

Er schlurfte zu dem Mönch hinüber, um ihn sich aus der Nähe anzusehen. Der alte Mann lag auf dem Rücken und schlief, die Hände zum Gebet gefaltet wie die steinerne Grabfigur eines französischen Ordensritters. Sein Atem ging kaum merklich. Ein seliges Lächeln lag auf seinem Gesicht. Doch hinter dieser Unschuldsmiene sah Siri etwas ganz und gar Erstaunliches. Civilai behauptete immer, es falle ihm schwer, Mönche wiederzuerkennen. Bei Soldaten habe er dieses Problem nicht. Selbst wenn alle die gleiche Uniform und den gleichen Haarschnitt trügen, habe jeder einzelne von ihnen einen unverwechselbaren Charakter. Mönche hingegen seien wie Pinguine, meinte er. Hätten sie sich erst einmal die Augenbrauen abrasiert, könne man einen nicht mehr vom anderen unterscheiden. Siri war nicht mit solcher Gesichtsblindheit geschlagen, weil er einem Menschen immer erst in die Augen schaute. Denn dort und nirgends sonst verbarg sich seine wahre Identität. In den Augen schwammen alle Freuden und Narben eines Lebens wie Lotusblätter dicht unter der Oberfläche eines Teiches.

Diesen Mönch hingegen erkannte Siri selbst im Schlaf mit geschlossenen Augen. Er hatte das Gesicht auf Fotos in der *Pasason Lao* – dem Zentralorgan der Laotischen Revolutionären Volkspartei – gesehen. Er hatte die Umrisse des Konterfeis, dessen Miniatur unzählige Glücksbringer und Talismane zierte, mit der Fingerspitze nachgezeichnet. Dies war der Sangharaj: der Oberste Patriarch. Der Big Boss der laotischen Buddhisten lag bewusstlos an einer thailändischen Bushaltestelle, und Siri trug die Verantwortung für sein Wohlergehen.

»Himmel, hilf«, sagte der Doktor.

Inspektor Phosy hatte von seinen Vorgesetzten zwei uninteressante, aber komplizierte Fälle aufgehalst bekommen, was die Zeitplanung zu einem Balanceakt werden ließ. Entweder musste er im Fall des verschwundenen Mönchs in seiner Freizeit ermitteln oder aber eine Möglichkeit finden, wie er an beiden Fällen gleichzeitig arbeiten konnte. Dabei kam ihm das Ministerium der bewaffneten Streitkräfte zu Hilfe. Phosy war Anschuldigungen nachgegangen, denen zufolge ein Offizier der Laotischen Volksarmee sich der Frau eines

ZK-Mitglieds unsittlich genähert hatte. Wie sich herausstellte, verhielt sich die Sache genau umgekehrt, und der Offizier hatte nicht etwa der Frau Avancen gemacht, sondern ihre Annäherungsversuche brüsk zurückgewiesen. Phosy war ins Ministerium gefahren, um den Militärausschuss dazu zu bewegen, es bei einer milden Rüge gegen den Soldaten zu belassen – einer Rüge, die nicht in seiner Personalakte auftauchen, aber die Frau versöhnlich stimmen würde. Phosy hatte befürchtet, die Armeeführung könnte sich querstellen. Doch zu seinem Erstaunen hielt man die Sache für so unbedeutend, dass er die Rüge selbst diktieren durfte. Die Schreibkraft wurde noch nicht einmal um einen Durchschlag gebeten. Ein General unterzeichnete den Wisch gewissermaßen im Vorübergehen, und damit war die Angelegenheit vom Tisch.

Das Militärgebäude war das bei Weitem imposanteste aller Ministerien. Von der Straße aus erinnerte es an ein First-Class-Hotel in einem der spießigeren kommunistischen Staaten. Selbst in dienstlichem Auftrag gelangte man nicht ohne Weiteres hinein. War man jedoch einmal drin, hielt einen niemand davon ab, die Gänge und Flure zu durchstreifen. Und so streifte Phosy da durch und dachte derweil über seinen nächsten Schachzug nach. Da er sowohl bei der Polizei als auch bei der Einwanderungsbehörde eine Niete gezogen hatte, war die Armee die nächste logische Anlaufstation. Blieb die Frage, durch welche dieser vielen Türen er gehen musste, um brauchbare Antworten zu bekommen. Nach zehn Minuten entschied er sich für eins der wenigen geschlossenen Exemplare mit der überaus passenden Aufschrift ABTEILUNG FÜR DIE ZUSAMMENARBEIT VON MILITÄR UND POLIZEI. Von dieser »Zusammenarbeit« hörte er zum ersten Mal. Sein Rundgang durch das Gebäude hatte ihm Zeit und Gelegenheit gegeben, sich einen Plan zurechtzulegen. Er klopfte an und trat ein.

Der Mann am Schreibtisch sah aus wie eine Comicfigur. Seinen Kopf und sein Gesicht hätte man mit nichts als Kreisen und Bogenlinien zeichnen können. Die Pupillen seiner Punktaugen zeigten stramm naseinwärts. Als er Hallo sagte, wandte Phosy verwirrt den Kopf, um nachzusehen, mit wem er sprach. Diese Augen ruhten keinen Sekundenbruchteil auf dem Inspektor.

»Guten Tag, Genosse«, sagte Phosy. »Ich bin …«

»… Inspektor Phosy Vongvichai von der Sektion für Politische Vergehen«, sagte der Mann. »Unverkennbar. Ich muss gestehen, für mich sind Sie ein Held. Den Fall oben in Luang Nam Tha haben Sie mit Bravour gelöst.«

Nach so einer Eröffnung ist es nicht ganz leicht, Bescheidenheit zu wahren, doch sowohl die Geschwindigkeit, mit der der Mann Phosy erkannt hatte, als auch der Umstand, dass er über die Arbeit des Inspektors offenbar bestens im Bilde war, hatte etwas Beklemmendes. Der Polizist konnte sich den Mann lebhaft vorstellen, wie er sein Foto eingehend betrachtete und sich jedes noch so unwichtige Detail in seiner Akte sorgfältig einprägte. Er fragte sich, ob »Zusammenarbeit« nicht doch nur ein anderes Wort für »Spionage« war. Sie tauschten weder Gruß noch Handschlag. Phosy ließ sich auf dem Sofa nieder und musterte sein Gegenüber. An der schäbigen Uniform erkannte er, dass der Mann Unteroffizier war. Er ernährte sich zu ungesund und bewegte sich zu wenig. Er brauchte sich noch nicht zu rasieren, und er hatte hinter dem Schreibtisch die Stiefel ausgezogen und arbeitete in Socken.

»Was kann ich für Sie tun, Inspektor?«, fragte er.

»Zunächst einmal könnten Sie mir Ihren werten Namen verraten«, sagte Phosy.

»Aber ja. Bitte um Verzeihung. Ich bin Unteroffizier Suwit. Was, äh …?«

Phosy fragte sich, wie weit das Spionagenetz der Armee wohl reichte, und entschied sich für eine Lüge. Falls die ihren Zweck erfüllte, würde er bei der Unwahrheit bleiben.

»Ich bin auf der Suche nach dem Zeugen eines schweren Verbrechens.«

»Faszinierend«, sagte der Unteroffizier alles andere als fasziniert. »Um was für ein Verbrechen handelt es sich?«

»Es ist mir leider nicht gestattet, über den Fall zu sprechen«, sagte Phosy. »Die Ermittlungen laufen noch. Aber die Aussage dieses Zeugen würde uns sehr helfen.«

»Verstehe. Und wie kommen Sie darauf, dass die Armee Ihnen in dieser Angelegenheit behilflich sein kann?«

»Nun ja, ganz im Vertrauen, Unteroffizier Suwit, mein Zeuge wurde zuletzt in Begleitung zweier Feldwebel der Armee gesehen.«

Der Unteroffizier lächelte, und die Comicfigur war komplett. Ihm fehlten beide Vorderzähne.

»Ich nehme doch an, Sie haben ihre Namen«, sagte er.

»Nein. So weit sind wir noch nicht. Wir stehen noch ganz am Anfang der Ermittlungen.«

»Und woher wissen Sie dann, dass es Angehörige der Armee waren?«

»Sie wurden erkannt.«

»Von wem?«

»Auch das kann ich Ihnen leider nicht sagen. Aber keine Sorge. Sowie ich die Namen erfahre und wir wissen, bei welcher Einheit sie Dienst tun, werde ich wiederkommen und auf das Engste mit Ihnen zusammenarbeiten.«

Das zahnlückige Grinsen war noch immer nicht aus dem Gesicht des Unteroffiziers gewichen, doch es war ohne jede Spur von Humor. Phosy stand auf.

»Ich kann Ihnen gar nicht sagen, wie froh ich bin, diese Abteilung entdeckt zu haben«, sagte er. »Wie Sie wissen, kommt es immer wieder zu Missverständnissen zwischen dem Militär und uns. Es freut mich, dass Ihr Ministerium endlich eingesehen hat, dass wir vielleicht doch nicht ganz so dumm sind.«

»Ich …«

»Und umgekehrt. Die Zusammenarbeit zweier Gruppen intelligenter Menschen mit weitreichenden Verbindungen.« Er trat an den Schreibtisch und legte einen kleinen Zettel vor Suwit hin. »Falls Sie sie noch nicht haben, unter dieser Nummer können Sie mich jederzeit erreichen. Es könnte eine Weile dauern, bis die Telefonistin den Weg zu meinem Büro zurückgelegt hat, um mich zu holen. Also üben Sie sich in Geduld.« Lächelnd ging Phosy zur Tür. »Es war mir ein außerordentliches Vergnügen.«

»Ich werde Ihnen natürlich sofort Meldung machen, wenn mir etwas zu Ohren kommt«, sagte der Unteroffizier.

»Natürlich.«

Phosy ging zur Tür hinaus und stieg lächelnd die Treppe ins Parterre hinab. Oft schöpft ein guter Polizist seine wertvollsten Erkenntnisse aus dem Ungesagten: aus ungestellten Fragen. Phosy hatte die Identität seines vermissten Zeugen nicht verraten, und Suwit hatte ihn auch nicht danach gefragt.

Im Bus gab es lebende Hühner in Rattankäfigen und wütende Flusskrabben in Eimern, ja sogar ein Schwein, das man gefesselt und mit Gewalt unter einen Sitz gequetscht hatte. Insofern war es doch etwas verwunderlich, dass der Fahrer sich nach hinten lehnte und brüllte: »Schaffen Sie gefälligst die verfluchte Töle aus meinem Bus!«

Die Fahrgäste wandten den Kopf, in der sicheren Erwartung, ein tollwütiges, flohzerfressenes Monstrum zu erblicken, sahen jedoch nur Köter, der still und artig neben Siri saß und sich die Pfote leckte. Das Letzte, wonach dem laotischen Pärchen der Sinn stand, war eine Szene. Die Devise lautete »Bloß nicht auffallen«, also hielten Siri und Daeng den Mund. Der Busjunge kam mit einer Eisenkurbel in der Hand durch den Mittelgang und erhob sie gegen den Hund. Die meisten thailändischen Tölen waren Gewalt gewohnt und wären ängstlich zurückgewichen. Köter hingegen sah dem Jungen ungerührt ins Gesicht und knurrte. Der Junge täuschte einen Hieb an. Köter zuckte nicht einmal mit der Wimper. Siri war kurz davor, sich auf den Jungen zu stürzen. Erst als sämtliche Fahrgäste Wetten auf den Hund oder den Knaben abgeschlossen hatten, erhob sich der Sangharaj von seinem Platz und flüsterte dem Jungen etwas ins Ohr. Der junge Mann machte ein Gesicht, als sei die Welt soeben entlang des Äquators aufgeplatzt wie eine Naht. Er ging nach vorn zum Fahrer und übermittelte ihm das Gehörte. Der Fahrer sah in den Rückspiegel, spuckte seinen Zahnstocher aus und legte lachend den Gang ein.

Der alte Sangharaj hatte zwei Reihen vor seinen Leibwächtern Platz genommen. Da kein anderer Passagier es wagte, sich in seine Nähe zu setzen, hatten die laotischen Invasoren den hinteren Teil des Busses ganz für sich allein. Siri wunderte sich über die Schweigsamkeit des alten Mannes. Es waren noch zwanzig Minuten bis Udon, und der Mönch hatte nicht eine einzige Silbe von sich gegeben und keine seiner Fragen einer Antwort gewürdigt. Genau genommen hatte er sogar mehr mit dem Busjungen geredet als mit Siri und wollte ihnen noch nicht einmal verraten, welch weise Worte Köter das Hundeleben gerettet hatten. Daeng und der Doktor versuchten, ihn in ein Gespräch zu verwickeln, aber er starrte bloß aus dem Fenster. Daeng sagte, er habe den ganzen Vormittag kein Wort gesprochen, weder auf dem Weg nach Nong Khai noch im Boot. Kopfschüttelnd wandte Siri sich an Daeng. »Wozu eine Nacht mit dem Obersten Patriarchen verbringen, wenn er nicht mit einem spricht?«, sagte er so laut, dass der alte Mönch es hören musste. »Der eine oder andere geistreiche Spruch, mit dem man in feuchtfröhlicher Runde vor seinen Freunden prahlen kann, würde mir ja schon genügen. ›Da sagt der Sangharaj zu mir …‹«

Doch es handelte sich offenbar um ein besonders entspanntes, maulfaules Exemplar von Mönch. Nicht einmal ein Best-of von Civilais nicht ganz stubenreinen Witzen brachte die versteinerte Fassade des alten Mannes zum Bröckeln. Die Motorradhändler von Udon waren bereits in Sicht, und Siri wollte eben seine Niederlage eingestehen, als der Sangharaj sich zu ihm umdrehte und mit knarzender Stimme sagte: »Man hat mir diesen Dr. Siri als klugen Kopf gepriesen. Leider sehe ich weiter nichts als einen Säufer. Der Narr, der vor mir sitzt, wäre außerstande, in einem Glas Ginsengsaft ein Dankeschön zu finden.«

Damit drehte er sich wieder um und hielt nach den spärlich gesäten Sehenswürdigkeiten Ausschau. Siri sah seine Frau stirnrunzelnd an.

»Donnerwetter, jetzt hat er's dir aber gegeben«, sagte sie lächelnd. Genau wie Siri stand Daeng nicht allzu fest im Glauben. Sie hatte einfach zu viele Männer erlebt, die im Namen ihrer Religion die abscheulichsten Grausamkeiten begangen hatten, um sie noch ernst nehmen zu können.

»Ziemlich kryptisch«, meinte Siri.

»Also, ich habe jedes Wort verstanden«, sagte Daeng.

»Du lügst«, entgegnete Siri und verbrachte den Rest der Fahrt mit dem Versuch, sich einen Reim auf die Worte des Sangharaj zu machen.

In Thailand war es Usus, nach längeren Busfahrten in Heeresstärke eine öffentliche Latrine aufzusuchen. Danach stand auch dem Mönch der Sinn, der sich dem Sturmangriff anschloss, kaum dass er aus dem Bus gestiegen war. Siri und Daeng hatten diverse Zipperlein, aber eine schwache Blase gehörte nicht dazu. Und so standen sie im Busbahnhof und hielten Ausschau nach der versprochenen Delegation. Sie sollten um neun hier abgeholt werden. Jetzt war es Viertel nach. Wie sah so eine Delegation wohl aus? Und wenn sie selbige erst einmal erkannt hatten, mussten sie dann so etwas wie eine Quittung unterzeichnen? Sie hatten noch nie als Kuriere fungiert. In gewisser Weise war Siri enttäuscht, dass die Mission so ruhig und ohne Zwischenfall verlaufen war. Ein wenig seltsam vielleicht, aber alles andere als ein Abenteuer.

Genau wie Laos erfreute sich Thailand einer Militärregierung. Doch während die Pathet Lao niemandem ein Ende ihrer Führerschaft in Aussicht stellten, konnten zahlreiche thailändische Putschisten es kaum erwarten, die Macht in die Hände einer vertrauenswürdigen Zivilregierung zu legen, sobald dies gefahrlos möglich war. Sprich sobald die fraglichen Offiziere dem Militär den Rücken gekehrt, die Uniform mit einem Maßanzug vertauscht und sich lukrative Ministerposten gesichert hatten. Aus irgendeinem Grund nahm die Bevölkerung so etwas entweder nicht zur Kenntnis, oder es war ihr egal. Die thailändische Politik hatte der kommunistischen Machtübernahme in Laos in vielerlei Hinsicht den Boden bereitet.

»Schaut über den Fluss«, hatten sie gesagt. »Wollt ihr in so einem System leben?«

Thailand diente den Laoten als abschreckendes Beispiel für ein Leben unter der Knute ehrloser Politiker.

Angesichts der auffallenden Militärpräsenz im gesamten Nordosten schien sich kaum jemand zu wundern, als ein Panzerwagen der Armee in den Busbahnhof gedonnert kam und mit einem Rad auf dem Gehsteig parkte. Drei ungemein schneidige Offiziere in weißer Ausgehuniform entstiegen dem Fahrzeug und zogen ihre Jacken zurecht. Sie schienen in der Menge nach jemandem zu suchen.

»Ich wette, das sind unsere Jungs«, sagte Daeng. »Komm, wir sagen ihnen Guten Tag.«

Die Offiziere sahen durch das greise Pärchen glatt hindurch.

Daeng schlenderte zum bestaussehenden und ranghöchsten der drei Offiziere und raunte halb laut, hinter vorgehaltener Hand: »Sie sollen hier nicht zufällig ein Paket aus Laos abholen?«

Der Offizier sah zu ihr herab. »Und wenn?«, sagte er.

»Na, das Paket ist gerade pinkeln«, sagte sie. »Ein, zwei Mal locker aus dem Handgelenk geschüttelt, und es ist wieder da.«

»Bessere Leibwächter als Sie hatten die Laoten nicht zu

bieten?«, fragte der zweite Offizier. Seine Kollegen lachten höhnisch.

»Wir sind inkognito unterwegs«, sagte Siri. »In Wirklichkeit sind wir fünfundzwanzig Jahre alte Hochschulabsolventen und haben den schwarzen Gürtel.«

Köter schnüffelte an den Schuhen der Soldaten und wich ihren Tritten geschickt aus.

»Und das ist Rin Tin Tin«, sagte Siri. »Er hat ebenfalls den schwarzen Gürtel.«

Der Offizier erstarrte, als er merkte, dass der Doktor sich über ihn lustig machte. »Holen Sie den Mönch«, sagte er. »Und zwar zackzack, wir haben schließlich nicht den ganzen Tag Zeit.«

»Tja, Genosse«, sagte Siri, »eine achtzig Jahre alte Blase lässt sich nur ungern scheuchen.«

Das Wort »Genosse« traf die drei Thais wie Mörserfeuer. Es fegte ihnen das Lächeln aus dem Gesicht und identifizierte Siri als den Feind. Aber dessen war er sich selbstredend vollauf bewusst. Der ranghöhere Offizier nickte seinen beiden Untergebenen zu, die sich gehorsam zur Latrine aufmachten. Der Kommandoführer, Siri und Daeng blieben zurück und starrten auf ihre Füße. Daeng beschloss, das betretene Schweigen zu brechen.

»Ziemlich mild für diese Jahreszeit«, wandte sie sich an den thailändischen Offizier. Der ignorierte sie.

»Normalerweise ist es sehr viel heißer«, sagte Siri.

»Ist dir aufgefallen, wie strahlend weiß und duftend frisch die Uniform des Offiziers ist?«, fragte Daeng.

»Du nimmst mir die Worte aus dem Mund«, sagte ihr Mann. »Nein, sagen Sie nichts.«

»Ich gehe jede Wette ein, der Offizier wäscht sie mit Rinso«, sagte Daeng. »Rinso wäscht nämlich nicht nur sauber, sondern rein.«

»Was sich allerdings leicht nachteilig auf die Tarnung auswirken dürfte«, sagte Siri.

Dem Offizier war allem Anschein nach recht warm in seiner Uniform. Köter lag einen Meter hinter ihm und knurrte.

»Sofern man sich nicht gerade in Finnland aufhält«, sagte Daeng.

»Wohl wahr. In Finnland wäre das die Uniform meiner Wahl. Ich müsste mir dann allerdings die Nase pudern.«

»Allerdings. Ein Scharfschütze würde diese Nase auf dreihundert Meter Entfernung treffen.«

»Und wie die Nase eines Mannes, so ist bekanntlich …«

»Haltet gefälligst die Klappe«, schnauzte der Offizier. Köter begann zu bellen. Siri und Daeng nahmen Haltung an und salutierten. Sie standen auch noch stramm, als die beiden anderen Männer im Laufschritt wiederkehrten.

»Er ist nicht da«, sagte der zweite Offizier.

»Was soll das heißen, er ist nicht da?«, bellte sein Vorgesetzter.

»Was soll das heißen, er ist nicht da?«, fragte Siri.

»Die Toilettenfrau hat gesagt, ein alter Mönch wäre schnurstracks an ihrem Tisch vorbei zum Motorradtaxistand marschiert… Dort schwang er sich auf den Rücksitz einer Maschine und brauste davon.«

»Wohin?«, brüllte der Ältere.

»Das hat keiner der anderen Fahrer gehört«, sagte der Jüngere. »Sie sind die Prajak Road hinunter nach Nordwesten.«

»Verfluchter Mist«, sagte der Ältere. »Du!« Er zeigte auf den zweiten Offizier. »Du bleibst hier, falls er zurückkommt. Wir fahren ihm nach.«

Er deutete auf Daeng und Siri. »Und ihr beiden kommt mit mir«, sagte er.

»Nur über meine Leiche«, sagte Siri.

»Sie tun gefälligst, was ich sage, oder ich nehme Sie fest. Sie wissen, wie der alte Knacker aussieht.«

»Bedaure«, sagte Daeng.

»Wollen Sie wirklich mit Gewalt in einen Panzerwagen verfrachtet werden?«

Der Vorteil einer Ausgehuniform bestand darin, dass eine Pistole nicht dazugehörte. Die Soldaten trugen noch nicht einmal Säbel.

»Sag's ihm, Daeng«, sagte Siri.

Sie trat einen Schritt vor. »Erstens«, begann Daeng. »Sollten Sie und die beiden anderen Schneemänner auf die Idee kommen, uns Gewalt anzutun, garantiere ich Ihnen, dass Sie den Kürzeren ziehen werden. Und wenn Sie diesem Mann zweitens auch nur ein graues Härchen krümmen, würde das Ihr Land kopfüber in ein diplomatisches Desaster stürzen. Sie wissen offensichtlich nicht, mit wem Sie es zu tun haben. Das ist Civilai Songsawat, ehemals Mitglied des laotischen Politbüros. Da Ihr Premierminister sich alle Mühe gibt, die Wogen zwischen Ihrer und unserer Regierung zu glätten, würden Sie wegen der körperlichen Misshandlung eines ranghohen Parteimitglieds allerwenigstens unehrenhaft entlassen. Ich tippe allerdings eher auf Erschießung, als kleine Wiedergutmachungsgeste gegenüber Laos.«

Das tiefrote Gesicht des Soldaten bildete einen hübschen Kontrast zum makellosen Weiß seines schweißgetränkten Kragens. »Ihr dreckigen Kommunistenschweine!«, zischte er.

»Schon das verdient einen Rüffel von ganz oben«, sagte Siri.

»Komm!«, rief der Ältere dem jüngeren Offizier zu, und gemeinsam rannten sie zum Wagen. »Wir sind gleich wieder da. Und wehe, du lässt die beiden Bolschewisten auch nur eine Sekunde aus den Augen.«

Das Fahrzeug wendete umständlich und brauste davon. Siri und Daeng sahen den zurückgelassenen Offizier milde lächelnd an.

»Keine Angst, junger Mann«, sagte Daeng. »Wir setzen uns dort drüben auf eine Bank. Unser Bus geht erst in zwanzig Minuten.«

Die Hoffnung der Laoten, für die Dauer ihrer Reise anonym bleiben zu können, war dahin. Alle im Busbahnhof starrten sie an. Die meisten lächelten. Zwei Kleinganoven räumten sogar ihre Plätze für das greise Paar.

»Danke, die Herren«, sagte Daeng.

Sie saßen eine Weile schweigend da. Siri bewunderte die prachtvolle alte Uhr, die bei zwanzig nach drei stehengeblieben war. Daeng wackelte ein wenig mit den Beinen, nur um ihre Schmerzfreiheit zu genießen. Busse kamen und gingen. Aggressive Busjungen aller Altersstufen lehnten sich aus den Türen, um Fahrgäste zu werben. Wartende Busfahrer spielten mit Kronkorken Dame und tranken sirupsüße, koffeinhaltige Getränke. Zottige Hunde beschnupperten Köter im Vorbeitrotten und trollten sich wieder.

»Tja«, sagte Siri.

»Jetzt haben wir den Salat«, sagte Daeng.

»Im Grunde haben wir uns nichts vorzuwerfen«, sagte Siri. »Wir haben ihn immerhin über die Grenze geschafft.«

»Nur die Übergabe haben wir vermasselt. Ach, wären die schneeweißen Soldaten doch nur pünktlich gewesen, dann hätten sie ihn gleich am Bus abpassen können. Alles wäre in bester Ordnung, und wir wären auf dem Weg zurück nach Hause.«

Ein wendender Bus überrollte ein Fahrrad. Beide, der Fahrer und der Besitzer des verbogenen Wracks, versuchten, ihre Scham mit einem Lachen zu überspielen.

»Du meinst also, wir tragen noch immer die Verantwortung für ihn?«, fragte Siri.

»Ohne Frage.«

»Mist.«

»Und was machen wir jetzt?«, fragte Daeng.

»Uns ein paar warme Gedanken darüber, in was für einen Schlamassel wir diesmal geraten sind. Der Sangharaj flieht bei Nacht und Nebel in einem Fiberglasboot über den Mekong nach Thailand.«

»Dann handelt es sich wohl weniger um einen offiziellen Staatsbesuch als um eine von langer Hand geplante Flucht.«

»Im Gegensatz zu den meisten unserer fliehenden Landsleute wird der gute Mann jedoch nicht etwa auf der Stelle verhaftet und in ein Umerziehungslager gesteckt«, sagte Siri.

»Sondern von einem hochoffiziellen Begrüßungskomitee in Empfang genommen«, sagte Daeng.

»Eigentlich hätten sie ihn auch gleich an der Grenze abholen können. Aber da treiben sich zu viele von unseren Leuten herum. Das hätte zu sehr nach Rettung ausgesehen. Zu auffällig? Zu offiziell? Also müssen wir ihn nach Udon bringen.«

»Und hier behandelt man ihn mit Respekt, was dafür spricht, dass einflussreiche Leute ihn erwarten. Vermutlich ein Helikopter irgendwo auf einem Flugplatz. Was sagt uns das, Daeng?«

»Dass er ein Überläufer ist.«

»›Oberster Patriarch in kommunistischem Schurkenstaat

auf das Übelste misshandelt‹. Da knallen im Propagandaministerium noch nächstes Jahr die Champagnerkorken.«

»Aber ich dachte, die Thais würden uns hofieren«, sagte Daeng.

»Du weißt genauso gut wie ich, dass solchen Liebesschwüren nicht zu trauen ist. Irgendein Ass behält man immer im Ärmel. Säe Harmonie und Eintracht, aber vergiss das Schmieröl für die Kettensäge nicht. Sie sind nett zu uns, weil Grenzscharmützel Geld kosten und in der internationalen Presse kein besonders schönes Bild abgeben. Sie schicken uns ein paar Glasperlen und Spiegel, um uns ruhigzustellen, während sie ihr Arsenal aufrüsten. Ein übergelaufener laotischer Sangharaj wäre in den Händen des Feindes ein Faustpfand von unschätzbarem Wert.«

»Du meinst, der Mönch hat kalte Füße bekommen?«

»Dafür fand ich ihn ein bisschen zu entspannt.«

»Was dann? Warum ist er verschwunden?«

Sie dachten eine Weile über diese Frage nach.

»Weißt du, was?«, sagte Siri schließlich. »Womöglich war das Ganze von Anfang an so geplant. Er lässt sich zwar zur Flucht verhelfen, hat aber zu keinem Zeitpunkt die Absicht, nach Bangkok zu fahren.«

»Wie hätte er wissen sollen, dass die Jungsoldaten Verspätung haben würden?«

»Wir sind in Thailand. Eine Viertelstunde gilt hier nicht als Verspätung.«

»Wenn das stimmt, braucht er irgendwo in Thailand ein sicheres Versteck«, sagte Daeng.

»Er ist Mönch«, sagte Siri. »Wenn er nicht wieder unter die Zivilisten gehen will, ist er nirgends so sicher wie in Gesellschaft anderer Mönche.«

»Also im Tempel. Das erleichtert die Sache natürlich ungemein. Es gibt ja auch nur circa eine halbe Million Tempel in diesem Land.«

»Ich glaube kaum, dass er im ersten besten Tempel um Aufnahme bittet«, sagte Siri. »Viele thailändische Mönche haben eine zwielichtige Vergangenheit. Tempel sind hervorragende Zufluchtsorte für entflohene Sträflinge und in Ungnade gefallene Politiker. Er muss sich darauf verlassen können, dass seine Amtsbrüder ihn nicht gleich an die Behörden ausliefern, um die Belohnung zu kassieren. Es muss also ein Tempel sein, der von einem Freund geleitet wird. Ein thailändischer Mönch, mit dem er noch vor Kurzem in Kontakt stand. Es ist nahezu unmöglich, Briefe an der Zensurbehörde vorbei aus Laos hinauszuschmuggeln, und es gibt nur eine Telefonleitung ins Ausland.«

»Und der Sangharaj durfte das Land seit der Machtergreifung nicht mehr verlassen«, setzte Daeng hinzu.

»Mit anderen Worten, wenn sie sich treffen wollten, musste der thailändische Mönch ihn in Laos besuchen«, sagte Siri.

»Das heißt, er brauchte …«

»… ein Visum«, sagten sie wie aus einem Mund und gaben sich die Hand.

Sie gingen zu dem einsamen, stark schwitzenden Soldaten, der keinen besonders glücklichen Eindruck machte. In dem Busbahnhof wirkte er ähnlich unauffällig wie ein Eisbär in einem Schweinemastbetrieb.

»Wir gehen jetzt, junger Mann«, sagte Daeng.

Der Soldat wusste nicht, was sagen oder tun.

»Wenn Ihr Vorgesetzter fragt«, sagte Siri, »dürfen Sie ihm gern ausrichten, dass wir wissen, wohin der laotische Mönch verschwunden ist, und die Sache für ihn regeln werden.«

»Ich glaube nicht, dass Sie deswegen mit Repressalien rechnen müssen«, sagte Daeng.

Der Busjunge verkündete lauthals die bevorstehende Abfahrt von Nummer zweiundzwanzig: die nächste Verbindung nach Nong Khai. Der Bus hatte sich bereits in Bewegung gesetzt und rollte langsam in Richtung Hauptstraße. Siri und Daeng holten ihn mühelos ein und kletterten an Bord. Madame Daeng rutschte sogar absichtlich vom Trittbrett und sprang wieder auf, nur um ein wenig anzugeben. Der Offizier, den sie in dem überfüllten Busbahnhof zurückgelassen hatten, bot derweil ein Bild des Jammers.

6

SEXUELLE DESORIENTIERUNG

Kaum zu glauben, aber bei ihrem zweiten Besuch in Ban Toop wurden Civilai und Madame Nong mit noch weniger Tschingderassabumm empfangen als tags zuvor. Es war, als führe man über ein verlassenes Atomwaffentestgelände in der Wüste von Nevada.

»Es ist zehn Uhr«, sagte Civilai. »Wo stecken die bloß alle?«

»Wahrscheinlich sitzt die ganze Stadt in der Versammlungshalle und wartet auf dich«, sagte Nong ohne rechte Überzeugung.

Sie fuhren langsam dieselbe staubige Hauptstraße entlang, an derselben französischen Kolonialvilla vorbei. Diesmal hielten sie am Haus des Dorfvorstehers, das an einem kleinen handgemalten Schild mit der Aufschrift *Vorsteher Noulak* unschwer zu erkennen war. Diesmal klopfte Civilai persönlich an die reichlich schief hängende Tür. In Laos blieben Haustüren tagsüber nur selten geschlossen. Zunächst war von drinnen kein Laut zu hören. Er klopfte ein zweites Mal und wartete. Da …

»Ein Minütchen«, sagte eine weibliche Stimme.

Das »Minütchen« wurde lang und länger, bis plötzlich eine gutaussehende, vorzeitig ergraute Frau die Tür aufriss.

»Wenn Sie Lak suchen, der ist noch nicht vom Hahnenkampf zurück«, sagte sie. »Wenn er da überhaupt hingegangen ist. Nicht, dass mich das noch interessieren würde. Soll er ruhig mit anderer Männer Frauen *rumwong*en, solange er mich in Frieden lässt. Weckt der mich doch tatsächlich nachts um zwei, nur weil ihm der Schwengel juckt.«

Civilai hatte keine Ahnung, wie er darauf reagieren sollte, aber er konnte sich des Eindrucks nicht erwehren, dass er belogen wurde. Die Worte der Frau klangen wie einstudiert.

»Ich bin Civilai Songsawat«, sagte er schließlich. »Ich suche den Genossen Maitreya.«

Ein kaum merklicher Ausdruck der Verachtung huschte über das Gesicht der Frau, und Civilai fragte sich, ob sie Maitreya galt oder ihm selbst. Die Frau blickte an seiner Schulter vorbei zum Jeep.

»Ich weiß nicht, ob er Ihnen damit helfen kann«, sagte sie. »Normalerweise repariert er bloß Fahr- und Motorräder. Aber Sie können es ja mal versuchen. Angucken tut er sich das Ding bestimmt, aber Wunder würde ich keine erwarten.«

»Und wo finde ich …?«

»Am Ende des Dorfes, links über die kleine Brücke. Nach ein paar Metern kommen Sie zu einem Feigenbaum, an dem ein Lkw-Reifen hängt. Da ist seine Werkstatt.«

Civilai saß verwirrt auf dem Beifahrersitz, während sie über die kleine Bambusbrücke fuhren. Gleich würde er dem neuen Buddha gegenübertreten, und der bislang einzige Kommentar dazu lautete: »Wunder würde ich keine erwarten.« Die kahle Feige mit dem baumelnden Reifen ragte über den schmalen Feldweg, eher ein Symbol der Abschreckung denn des Willkommens. Dahinter der unaufgeräumte Werkhof eines Reparaturmechanikers, in dessen Mitte ein kleiner Unterstand aufragte. Er war gemauert und nicht aus den Hölzern der Umgebung gezimmert, ein Indiz dafür, dass der Mechaniker einst recht gut von seiner Arbeit hatte leben können. Doch der Zustand der rostigen Ersatzteile, die überall herumlagen, und die nicht vorhandenen Reifenspuren im Sand ließen erkennen, dass die Werkstatt ihre besten Tage hinter sich hatte.

Als er das Motorengeräusch des Jeeps hörte, kam ein quietschfideler Bursche mit nacktem Oberkörper und einem Bauch wie ein Medizinball aus dem Haus gerannt. Er hatte leidlich sympathische chinesische Gesichtszüge, eine Knollennase und einen dünnen Möchtegernschnäuzer. Er mochte Mitte fünfzig sein.

»Den krieg ich wieder hin«, rief er. »Den krieg ich wieder hin.«

Selbst als sie längst ausgestiegen waren, schien sein Interesse eher dem Jeep als dessen Insassen zu gelten. Er spuckte in einen Lappen und wischte damit Schlammspritzer vom Außenspiegel.

»Was fehlt ihm denn?«, wollte er wissen.

Civilai massierte sich die Augäpfel durch die geschlossenen Lider. Seine Mission ging schnurstracks den sprichwörtlichen Bach hinunter. Er hatte sich ein ebenso unterhaltsames wie genussreiches Wochenende im Kreise unbedarfter Bauerntölpel versprochen, die ihm beharrlich weiszumachen versuchten, ihr Vertreter sei der leibhaftige Buddha. Und jetzt das. Es war ein einziges Desaster. Als er die Augen wieder aufschlug, fiel sein Blick auf das Schild über dem Eingang des Schuppens, TASITU MOTORENWERKSTATT. *Tusita* hieß der Himmel, in dem der vorige Buddha auf seine Wiedergeburt gewartet hatte. Sie konnten ihn noch nicht einmal richtig schreiben.

»Das also ist die berühmte Tasitu Motorenwerkstatt«,

sagte Civilai, um den Mann in Verlegenheit zu bringen, der sich davon jedoch nicht beirren ließ.

»Richtig, Onkel«, sagte der Mann. »Sie haben's erfasst.«

»Und Sie sind Genosse Maitreya?«, fragte Civilai.

»Wieder richtig.«

»Genosse Maitreya, der nächste Buddha?«

Der Mann lachte und schaute betreten drein. »Ja, das höre ich öfter«, sagte er. »Und was ist das Problem mit Ihrem Jeep?«

»Der Vergaser leidet unter chronischer Verstopfung«, sagte Civilai.

»Unsinn«, widersprach der Fahrer entrüstet. Er gehörte zur Fahrbereitschaft des Politbüros, einer wilden Horde, die den Hells Angels nur wenig nachstand. Was Motoren anging, kannten sie keinen Spaß. Und den Vergaser eines Bereitschaftsfahrers des Politbüros beleidigte man nicht. Doch dieser Fahrer war nicht irgendein Fahrer, sondern seit einer halben Ewigkeit Civilais Chauffeur, und die beiden verständigten sich anhand einer Reihe von Signalen. Civilai leckte sich die Oberlippe, was so viel hieß wie: »Spiel mit, ich erkläre es dir später.« Der Fahrer tat ihm den Gefallen und räumte widerstrebend ein, der Vergaser könne durchaus eine Reinigung vertragen.

Freudestrahlend verschwand Maitreya im Schuppen und kehrte kurz darauf in einem Hemd zurück, auf dessen Rücken der Schriftzug CHEFMECHANIKER prangte. »Für besondere Anlässe«, sagte er. Er öffnete die Kühlerhaube und beugte sich voller Elan und Arbeitseifer über das, was sich darunter verbarg. »Erstklassiges Gerät. Erstklassig. Ist schon 'ne Weile her, dass ich ein so edles Maschinchen auf dem Hof hatte.«

Er kletterte auf den Beifahrersitz und drehte den Zündschlüssel. Er lauschte dem Motor wie ein Klavierstimmer den Saiten. »Klingt eigentlich gar nicht so übel«, befand er.

Der Fahrer weigerte sich, dieser Schändung beizuwohnen, und ging eine Zigarette rauchen. Madame Nong saß im Schatten des Werkstattschuppens. Civilai trat zu dem Mechaniker und steckte den Kopf unter die Haube. Er sah zu, wie Maitreya sich fachmännisch am Vergaser zu schaffen machte.

»Leben Sie allein hier?«, fragte Civilai.

»Jetzt ja«, sagte der Mechaniker. »Das Denguefieber hat mir die Frau genommen, bevor wir eine Familie gründen konnten.«

»Das tut mir leid«, sagte Civilai. »Und einen Ersatz haben Sie bislang nicht gefunden?«

»Nein.«

»Warum nicht?«

»Weil es mein Schicksal ist, allein auf dieser Erde zu wandeln.«

»Dann sind Sie also doch der Buddha.«

Wieder lachte Maitreya. »Schade, dass meine Eltern mich nicht Mohammed genannt haben«, sagte er. »Die Buddha-Witze werden allmählich alt.«

»Aber Sie haben Ihrer Werkstatt den Namen Tusita gegeben.«

»Nein, Tasitu. Kleiner Scherz. Als mein Vater gestorben ist, habe ich sie umbenannt. Er war der Religiöse von uns beiden. Er hat mir diesen Namen verpasst. Er setzte große Hoffnungen in seinen einzigen Sohn. Er war davon überzeugt, dass ich der nächste Buddha werden würde.«

»Warum?«

»Träume. Er hat meine Mutter mit seinen Traumdeutungen fast zum Wahnsinn getrieben. Selbst auf dem Sterbebett sprach er noch davon.«

»Dann glauben Sie also nicht, dass Sie der Buddha sind?«

»Soll das ein Witz sein?«, sagte der Mechaniker. »Sehen Sie sich doch mal um. Meinen Sie nicht, dass ich den Laden längst ein bisschen aufgemöbelt hätte, wenn ich der Buddha wäre? Ein Eimer Farbe hier. Ein paar Blumen dort. Ich bin bloß ein einfacher Mechaniker.«

»Der letzte Buddha war bloß ein millionenschwerer Fürst. Man weiß nie, was hinter der nächsten Ecke lauert. Gewisse Leute glauben fest daran, dass Sie der Buddha sind. Der Oberste Sangha-Rat in Thailand hat mich geschickt, um Ihnen ein wenig auf den Zahn zu fühlen.«

»Tut mir leid, aber die Reise hätten Sie sich sparen können. Da will Sie jemand auf den Arm nehmen.«

»Sieht ganz so aus.«

»Und wissen Sie, was das Komischste an der ganzen Sache ist, Onkel?«, sagte der Mechaniker.

»Nein, aber Sie werden es mir sicher gleich verraten.«

»Ich bin noch nicht mal Buddhist.«

Selbst der Bereitschaftsfahrer musste eingestehen, dass der Motor schnurrte wie noch nie.

»Der Mann hat ein magisches Händchen«, sagte er.

Der Mechaniker hatte ein paar Muttern angezogen und ein paar Schläuche gereinigt und auf die Frage, wie viel er für seine Arbeit haben wolle, traditionsgemäß »Das überlasse ich Ihnen« geantwortet. Ein gar nicht mal so dummer Schachzug, denn Civilai hatte ihm weitaus mehr gegeben, als er verdiente. Woran sich der Mann hoffentlich auch dann erinnern würde, wenn sich herausstellte, dass er wider Erwarten doch der nächste Buddha war.

»Sind deine Ermittlungen damit abgeschlossen?«, fragte Madame Nong. Sie befanden sich auf dem Rückweg in ihre kleine, aber gemütliche Pension in Pakxan.

»Ich schäme mich beinahe, das Geld unserer thailändischen Brüder anzunehmen«, antwortete Civilai. »Er hätte gar nicht auf ihrer Liste stehen dürfen. Dabei glauben sie weiß Gott nicht jedem, der sich als der neue Buddha ausgibt. Die Behauptung muss also aus einer glaubwürdigen Quelle stammen. Und besonders glaubwürdig schien mir in diesem Kaff niemand zu sein. Ich bezweifle, dass sie viel auf das Wort des toten Vaters gaben. Der Mann war ein Fanatiker, besessen von dem Wahn, den nächsten Allmächtigen gezeugt zu haben. Er muss am Boden zerstört gewesen sein, als sein Sohn zu einem ganz normalen jungen Mann heranwuchs. Als Mechaniker ein Knüller, aber als Heiliger ein Flop.«

Der Jeep hielt vor der Pension, und Civilai nahm seine Frau bei der Hand und stieg mit ihr die holprigen Steinstufen hinauf. Sie freuten sich auf ein leckeres Abendessen und das eine oder andere Bier. Seit die Bière-Lao-Brauerei verstaatlicht worden war, schmeckte keine Flasche Bier mehr wie die andere. Doch die Bewohner von Pakxan importierten heimlich Singha aus Thailand, auf denselben Flößen, mit denen sie Flüchtlinge exportierten. Civilai hatte in Sachen Bier für Überraschungen nur wenig übrig. Singha garantierte konsistenten Geschmack und einen ebenso konsistenten Chemiekater.

Ein Abendessen wurde nur den Gästen serviert, die es schon morgens bestellt hatten. Die meisten Restaurants scheuten das Risiko, Lebensmittel auf Verdacht und gut Glück bereitzuhalten. Civilai und seine Frau wollten eben auf ihr Zimmer gehen, um sich vor dem Souper noch etwas frischzumachen, als eine dürre alte Frau mit kahlen Stellen auf dem Kopf in der kleinen Empfangshalle auf sie zutrat.

»Sind Sie diejenigen, welche?«, fragte sie.

»Wir sind zwei derjenigen, welche«, sagte Civilai. »Und somit wenigstens nicht ganz allein.«

Sein Humorversuch stieß wie gewohnt auf taube Ohren.

»Ich habe gehört, Sie sind auf der Suche nach Maitreya«, fuhr sie fort.

»Wer hat Ihnen das verraten?«, fragte Civilai.

»Stimmen.«

»Soso. Und in welcher Beziehung stehen Sie zu dem Genossen Maitreya?«

»Ich habe ihn zur Welt gebracht.«

»Ah, dann sind Sie seine Mutter.«

»Das habe ich nicht gesagt.«

»Aber …«

»Er hat Ihnen doch bestimmt von seinem Vater erzählt. Vater hat dies. Vater hat jenes. Oder? Das ist sein Lieblingsthema.«

»Haben Sie und Ihr Mann sich nicht verstanden?«

Es war, als fiele ein stählerner Schleier über ihr Gesicht.

»Ich war nie verheiratet«, sagte sie. »Ich hatte nie einen Mann.«

»Wenn das Ihrer Erinnerung entspricht«, sagte Civilai und winkte Nong, ihn auf ihr Zimmer zu begleiten, wo die verdiente Dusche wartete.

»Das entspricht der Wahrheit«, sagte sie. Sie zog eine uralte Papierrolle aus ihrer Umhängetasche und reichte sie Civilai.

»Das ist vom Krankenhaus«, sagte sie. »Es ist auf Englisch, aber ich kann Ihnen gern sagen, was da steht. Da steht, dass ich diesen Jungen am 15. Februar 1927 zur Welt gebracht habe. Da steht, der Junge war gesund. Und da steht, dass es zu Komplikationen kam und sie mir das intakte Hymen chirurgisch entfernen mussten, damit ich auf natürlichem Weg entbinden konnte. Ihre Frau kann Ihnen bestimmt erklären, was das bedeutet.«

In Thailand gab es zwei Möglichkeiten, ein Visum für Laos zu erhalten. Entweder man reiste nach Bangkok und legte dort die offizielle Einladung eines laotischen Staatsbürgers vor. Was die wochenlange Wartezeit auf den ersehnten Stempel allerdings nicht unbedingt verkürzte.

Oder man fuhr nach Nong Khai und suchte den Nasenlosen Looi auf. Kein Bewohner des Nordens reiste freiwillig in die Big Mango, nur um ein Visum zu bekommen. Ein Dilemma wie dieses schrie nach einer korrupten Lösung, und Looi hatte sie gefunden. Glaubte man der laotischen Moralpolizei, so litt er an »schwerer sexueller Desorientierung«. Mit anderen Worten, er war schwul und führte eine heimliche Beziehung mit einem kleinen Beamten aus dem Innenministerium. Genau wie Drogenkranke oder Sonderlinge mit Down-Syndrom wurden Homosexuelle von der Partei mit Geringschätzung behandelt. Looi und sein Lover waren der Inbegriff der Diskretion. Dummerweise hatte der Ministerialbürokrat in einer thailändischen Zeitschrift einen Artikel über eine Operation gelesen, mit der sich der Zinken eines Mannes in eine schnucklige kleine Knopfnase verwandeln ließ. Vorher-Nachher-Fotos belegten die Wirksamkeit der Prozedur. Er zeigte sie Looi und versprach, ihm eine

Nasen-OP in Thailand zu spendieren, wo Schönheitskliniken wie Fliegenpilze aus dem Boden schossen. Sie alle gewährten satte Rabatte, aber leider keine Erfolgsgarantie.

Looi hatte sich für die Klinik mit der buntesten Werbebroschüre entschieden und war vier Wochen später nach Laos zurückgekehrt. Ohne Nase. Deren kümmerliche Überreste waren zwar nicht so schnucklig wie ein Knopf, wiesen aber ungefähr dieselbe Form und Größe auf. Die Nasenlöcher zeigten nach oben, sodass er sie bei starkem Regen mit Wachs verschließen musste, damit er nicht ertrank. Sein Anblick versetzte dem kleinen Beamten einen Schock, doch statt ihn seiner Liebe und Unterstützung zu versichern, erfand er falsche Anschuldigungen, damit sein Liebhaber des Landes verwiesen und ihm sein laotischer Pass entzogen wurde. Da es sich bei dem Beamten um einen glücklich verheirateten Mann und Vater zweier Kinder handelte, unterstellte ihm niemand unlautere Motive.

Aus Rache fälschte sich Looi einen thailändischen Ausweis, eröffnete ein Büro in Nong Khai, ließ sich von einem bestechlichen Beamten der laotischen Botschaft in Bangkok mit gebrauchten Visummarken versorgen und verkaufte Expressvisa für Laos an Touristen. Wer das nötige Kleingeld hatte, wurde bedient. Ohne Ansehen der Person. Es war nicht ganz billig, aber wesentlich einfacher, als nach Bangkok zu reisen und sich demütigen zu lassen. Da es zwischen den echten und falschen Visummarken keine ersichtlichen Unterschiede gab, gelangten allerlei Verbrecher und andere Übelwollende nach Laos. Was dem Ex-Lover, der für die Einreiseüberwachung zuständig war und für das etwaige Fehlverhalten von Ausländern zur Rechenschaft gezogen werden konnte, anhaltende Kopfschmerzen bereitete.

Siri und Daeng ließen Köter vor der Tür zurück und betraten Loois Büro. Es war kurz vor zwölf, und Looi saß an einem Couchtisch und zählte Geld. Er hatte einen frischen weißen Verband über seine nicht vorhandene Nase geklebt. Er hob den Kopf und quietschte vor Entzücken, als er die beiden erblickte. Vor seiner Ausweisung hatte er zu Madame Daengs besten Kunden gehört. Er mochte ihre Nudeln für sein Leben gern, und der einzige wirkliche Nachteil seiner Exilierung bestand darin, dass er auf Madame Daengs höllisch scharfe Nummer 3 verzichten musste. Er hatte sich sogar erboten, ihr bei der Eröffnung einer thailändischen Filiale finanziell unter die Arme zu greifen.

Bevor es ans Geschäftliche ging, mussten Siri und Daeng die Geschichte von Loois jüngster Operation über sich ergehen lassen, bei der man versucht hatte, ein Stück seines Fußknöchels in die Gesichtsmitte zu verpflanzen.

»Wenn alles klappt«, sagte er, »können sie mit der Nase noch einmal ganz von vorn anfangen. Ich bin wahnsinnig aufgeregt. Ich habe mich für das Modell Marlon Brando entschieden. Natürlich habe ich jetzt leichte Schwierigkeiten beim Gehen, aber es gibt nun einmal nichts umsonst. Was kann ich Ihnen beiden Gutes tun?«

»Wir suchen einen Mönch«, sagte Daeng. »Vermutlich ein thailändischer Abt, der ein oder zwei Mal über den Fluss geschippert ist. Angesichts des derzeitigen religiösen Klimas in Laos sind wahrscheinlich nur wenige Mönche nach Norden unterwegs.«

»Wenn, dann zumeist als Delegierte auf Einladung des Vereinten Buddhistischen Rates«, sagte Looi. »Und da es sich um eine Einladung der Regierung handelt, müssen sie sich ihre Visa über die Botschaft besorgen.«

»Wir glauben, dass er allein reist«, sagte Siri. »Und immer nur ein paar Tage bleibt. Höchstens eine Woche.«

»Um dem Obersten Patriarchen einen Besuch abzustatten?«, fragte Looi.

Siris weiße Augenbrauen sträubten sich.

»Woher wussten Sie das?«, fragte Daeng. »Ja, genau das hatte er vor.«

»Nicht er«, sagte Looi. »Sie. Es sind drei, die in regelmäßigen Abständen die Grenze überqueren.«

»Gemeinsam?«, wollte Siri wissen.

»Bis jetzt nicht«, sagte Looi. »Einzelne Mönche auf Wanderschaft, wie es aussieht. Sie dürfen nicht vergessen, meine Kunden brauchen keine Formulare auszufüllen, trotzdem interessiert mich natürlich brennend, was die Leute in Laos wollen. Also plaudere ich ein wenig mit ihnen, während ich ihre Reisepapiere stemple, besonders wenn sie nett aussehen. Der eine stammte aus dem Nordosten, leider habe ich nicht gefragt, aus welcher Stadt. Der zweite kam aus Bangkok. Über den dritten weiß ich nichts. Er hat nicht besonders viel geredet. Zugeknöpfter Zeitgenosse.«

»Ich tippe auf den aus dem Nordosten«, sagte Daeng. »Der Sangharaj hat den Busbahnhof Udon in Richtung Nordwesten verlassen.«

»Hat der alte Knabe also endlich rübergemacht, was?«, sagte Looi. »Na, dann viel Glück. Sie haben ihn wie Dreck behandelt.«

»Und Sie wissen wirklich nichts weiter über den Thai-Mönch?«, fragte Siri. »Seinen Namen, vielleicht?«

»Ich führe darüber nicht Buch, wenn Sie das meinen. Sollte man mir jemals auf die Schliche kommen, wäre das belastendes Material. Aber ich meine, mich zu erinnern, dass er einem relativ neuen Tempel etwa zwanzig Minuten vor der Stadt angehörte und dort oft allein war. Aber er sprach auch von seinen Schülern, also handelt es sich wahrscheinlich um einen Tempel, der zugleich als Schule dient.«

Siri überlegte, wo sich der laotische Mönch verstecken würde. Es musste ein ruhiges Plätzchen sein, wo er nicht weiter auffiel. Vermutlich weit draußen auf dem Land.

»Es gibt in dieser Gegend nicht zufällig einen Ort namens Nam Som?«, fragte er.

»Doch, den gibt's«, sagte Looi. »Er liegt etwa zwei Stunden westlich von Udon.«

Daeng lächelte. »Du meinst, der Sangharaj hat dir verraten, wohin er wollte?«, fragte sie.

»›Der Narr, der vor mir sitzt, wäre außerstande, in einem Glas Ginsengsaft ein Dankeschön zu finden‹, hat er im Bus gesagt«, antwortete Siri. »Das Wort ›*pra*‹ – für Mönch – steckt in ›*khuprakun*‹ – Dankeschön. Und *nam som* ist Ginsengsaft. So leid es mir tut, aber das ist unsere einzige Spur.«

Der Überlandbus nach Nam Som ließ bei den Laoten leichte Zweifel aufkommen, was die Geschichten über die angeblich so rasante Entwicklung Thailands anbelangte. Es war, als würde man auf einem Blechtablett über ein Geröllfeld geschleift. Einige der Taxis, die Passagiere zur Fähre in Tardeua kutschierten, waren über vierzig Jahre alt, doch selbst sie waren mit Stoßdämpfern ausgestattet. Dieses Vehikel hingegen war ähnlich weich gefedert wie eine Seifenkiste. Als Madame Daeng die fortwährende Misshandlung ihres Steißfortsatzes nicht länger aushielt, verlegte sie sich aufs Stehen. Sie klammerte sich an die Rückenlehne ihres Vordersitzes und winkelte die Knie an wie ein altrömischer

Wagenlenker. Obgleich Siri ihr den Arm um die Hüfte geschlungen hatte, entglitt sie ihm jedes Mal, wenn der Bus abhob und mit der Schnauze voran auf der Schotterpiste landete. Selbst Köter quittierte den kläglichen Beförderungskomfort mit einem frustrierten Knurren.

Die Fahrt dauerte, alles in allem, drei qualvolle Stunden. Sie waren noch nie so froh gewesen, einem Bus entsteigen zu können. Nam Som war erst vor Kurzem zum Bezirk befördert worden. Auf den ersten Blick schien diese Beförderung hauptsächlich auf dem Papier stattgefunden zu haben. Es war ein behäbiges, um nicht zu sagen verschlafenes Nest, das sich in nichts von den anderen kleinen Ortschaften unterschied, durch die sie gekommen waren. Nachdem sie die Versteifungen aus ihren Gelenken geschüttelt hatten, marschierten Siri und Daeng schnurstracks zum Motorrad-*samlor*-Stand neben der Bushaltestelle. Keiner der drei Fahrer zeigte ein gesteigertes Interesse daran, Kunden zu teilen oder seinen Grips über Gebühr zu strapazieren. Kaum hatte Daeng ihnen erklärt, dass sie auf der Suche nach einem verhältnismäßig neuen Tempel seien, bewohnt von nur einem Abt, der obendrein als Lehrer fungiere, schüttelten die drei auch schon einhellig den Kopf. Ein Kopfschütteln, das anzudeuten schien, dass sie den Tempel sehr wohl kannten, aber nicht die Absicht hatten, dorthin zu fahren.

»Mein Mann hat nur noch drei Tage zu leben«, sagte Daeng. »Sein letzter Wunsch ist es, seinen Sohn im Tempel zu besuchen und ihn um Vergebung dafür zu bitten, dass er ihn als kleinen Jungen aus dem Haus geworfen hat. Er hat über ein Jahr nach ihm gesucht. Bitte helfen Sie einem alten Mann, sich diesen langgehegten Wunsch zu erfüllen.«

Siri fasste sich hustend an die Brust.

Die Fahrer wechselten Blicke.

»Ich setze Sie in der Nähe ab«, sagte der ungepflegteste der drei. »Alles andere ist mir zu gefährlich.«

Die Motorraddroschke hatte zwei kurze Holzbänke, die gerade genügend Platz für Siri und Daengs malträtiertes Sitzfleisch boten. Köter machte es sich zu ihren Füßen bequem. Der Motor knatterte wie ein museumsreifes Maschinengewehr. Sie konnten sich nur schreiend verständigen.

»Warum bin eigentlich immer ich derjenige, der sterben soll?«, fragte Siri.

»Hast du in letzter Zeit mal in den Spiegel geguckt?«, gab Daeng zurück. »Dass eine so gut erhaltene Frau wie ich nur noch drei Tage zu leben hat, glaubt doch kein Mensch.«

»Was meinte er wohl mit ›zu gefährlich‹?«

»Keine Ahnung.«

Das Taxi hielt nicht im Dorf, sondern an einem Wegweiser, einem von kleinkalibrigen Einschusslöchern durchsiebten Blechschild mit der Aufschrift SAWAN. Der Fahrer erklärte ihnen, von hier an sei die Straße unbefahrbar, aber das Dorf liege gleich hinter der nächsten Kurve, nur fünfhundert Meter entfernt. Der Tempel befinde sich kurz vor dem Ortseingang. Und so machten sich die drei Abenteurer zu Fuß auf den Weg. Nach der ersten Biegung wurde die Schotterpiste nicht etwa schlechter, sondern besser; es gab kaum noch Furchen und Reifenspuren. Sie gingen in der Fahrbahnmitte, die dereinst womöglich eine weiße Linie zieren würde, und lauschten andächtig den Schreien der Vögel und der wilden Tiere. Es war Abend, und der späte Chor der Zikaden übertönte die anderen Laute und Geräusche.

»Dir ist hoffentlich klar«, brüllte Siri seiner Frau ins Ohr,

»dass der Abt im Tempel vermutlich nie von unserem Sangharaj gehört hat und nur in Laos war, weil er sich nach ein wenig weiblicher Gesellschaft sehnte.«

»Für jemanden, der in einem Tempel aufgewachsen ist, lassen Sie den nötigen Respekt gründlich vermissen, finden Sie nicht auch, verehrter Dr. Siri?«, erwiderte sie.

»Aufgewachsen?«, sagte Siri. »Ich wurde buchstäblich dort abgeladen, von einer mysteriösen Verwandten, die mich so schnell wie möglich loswerden wollte.«

»Aber du warst Novize. Du hast die fünf Silas gelernt.«

»Ja, wie ein Katholik den Katechismus. Sture Paukerei. Der Tempel war eine Schule. Und ich ein Rebell. Ich habe mich auf diejenigen Fertigkeiten konzentriert, die mir eine rasche Flucht ermöglichen würden, statt auf die, die mich bis an mein Lebensende dort hätten versauern lassen. Ich war Wissenschaftler, lange bevor ich überhaupt wusste, was Wissenschaft ist. Ich hatte gehört, dass Wissenschaftler Religion als Humbug entlarvten, und da wollte ich mitmischen.«

Daeng lächelte. »Wenn mich mein Gedächtnis nicht täuscht, kommt jetzt die Geschichte mit den Lotusblüten und den Zwiebeln«, sagte sie.

»Es täuscht dich nicht«, sagte Siri. »Auf dem Lycée verschlang ich alles, was sich beweisen ließ, und verfluchte die Zeit, die ich in der Tempelschule mit dem Lotustanz verplempert hatte. In Frankreich dann wollten sie, dass ich mit Zwiebeln jonglierte, weil sie für die Kosten aufkamen. Sie nannten es Katholizismus, aber mir wurde recht schnell klar, dass es sich vom Lotustanz allenfalls äußerlich unterschied. Drüben in England jonglierte man mit Kartoffeln. Die Araber ließen ein Kamel durch einen Reifen springen. In Israel erklommen sie Mauern mit den Lippen. Offenbar brauchte jeder eine Zirkusnummer. Also jonglierte ich mit der linken Hand und lernte, mit der Rechten Verletzte zusammenzuflicken. Ich beherrschte zwar ihre Tricks, habe mich aber nie durch die Manege zerren lassen.«

Daeng drückte seine Hand. »Bitte erkläre mir doch noch mal, wie mein Schwanz und dein innerer Schamane in dieses Bild passen«, sagte sie, obwohl sie sich seine Philosophie schon hundertmal angehört hatte.

»Eines ist und bleibt jedoch ein Rätsel«, fuhr er fort. »Einer Religion kann man den Rücken kehren. Sie lässt es sogar anstandslos geschehen. Sprich wenn einem klar wird, dass sie zu nichts nütze ist, kann man einfach sein Bündel schnüren und weiterziehen. Aber die Geister? Sie lassen einem keine Ruhe. Vielleicht sind sie die Clowns. Je lauter man über sie lacht und ihnen erklärt, dass sie nicht echt sind, desto häufiger stellen sie einem ein Bein, und man landet auf der Nase. Meine Wissenschaft kann jegliche Religion ad absurdum führen, aber dass die Geister solche Macht über mich haben, verstehe ich beim besten Willen nicht.«

Die fünfhundert Meter bis zum Tempel erwiesen sich als weidlich untertrieben. Sie waren nun schon seit vierzig Minuten unterwegs und konnten sehen, wie die Sonne vor ihnen erst geviertelt, dann gewürfelt wurde, bevor sie hinter dem laublosen Wald versank. Der letzte Refrain der Vögel und Wildtiere war verklungen, und die Zikaden verstummten im Chor.

»Also wirklich. Die Straße ist doch nicht unbefahrbar«, meinte Daeng.

»Nein, nur endlos«, sagte Siri. »Typisch Thais. Sind sich für keine Ausrede zu schade, um ein paar Tropfen Benzol zu sparen.«

Da es bald dunkel werden würde, fragte sich der Doktor, wie weit sie wohl noch laufen mussten, sagte jedoch nichts. Ebenso wenig erwähnte er die Reaktion des weißen Talismans, der um seinen Hals hing. Der Glücksbringer war wegen seiner besonderen Empfänglichkeit für das Paranormale ausgesucht und gesegnet worden, damit er Siri die bösen Geister vom Leib hielt. Das Ganze war natürlich Unsinn, hatte ihm aber nicht nur einmal das Leben gerettet: das Paradox des Wissenschaftlers. Und jetzt lag der Talisman glühend heiß an seiner Brust, wachsam, und vibrierte warnend. Köter, der ein Stück vorausgelaufen war, ließ sich zurückfallen, um seinem Herrn Gesellschaft zu leisten. Er trottete mit angelegten Ohren und eingezogenem Schwanz neben ihm her und knurrte leise.

»Was hat er denn?«, fragte Daeng.

»Er ist eben ein Hund«, sagte Siri.

»Was du nicht sagst. Und ich dachte, er ist ein Fass saure Gurken.«

»Diese Wendung erklärt sich doch wohl von selbst«, sagte ihr Mann. »Als würde man sagen: ›Dieser Dr. Siri, der ist eben ein Mann.‹ Verstehst du? Und jede Frau in zwanzig Kilometern Umkreis weiß sofort, was gemeint ist.«

Siri redete um des Redens willen. Er fühlte ein nervöses Kribbeln in den Fingern seiner Frau. Er spürte, dass auch sie in Alarmbereitschaft war. Und doch verloren weder er noch sie ein Wort darüber.

Plötzlich hielt Köter an und weigerte sich standhaft, auch nur einen Schritt weiterzugehen. Siris Amulett flatterte unter seinem Hemd wie eine warme Fledermaus. Die Sonne war verschwunden, und ihr violettes Nachleuchten schimmerte knapp über dem Horizont. Die Straße verschmolz mit dem

Lichtschein und verschwand. Der Mond war noch nicht aufgegangen. Daeng blieb stehen und griff in ihre Umhängetasche. Sie zog eine Taschenlampe hervor, schaltete sie ein, und ein weißer Lichtdolch stach in die Nacht. An seinem Ende blitzte einen Sekundenbruchteil lang ein Paar rosaroter Augen. Im selben Moment ging die Lampe aus, und sie standen in mondlosem Dunkel.

»Scheiße«, sagte Daeng, schüttelte die Taschenlampe und schob den Schalter mehrmals hin und her, ohne Erfolg.

Köter begann zu jaulen, wie Hunde in der Stadt nun einmal jaulen, wo eine Stimme nach der anderen mit einfällt, bis das ganze Viertel von einem jammervollen Choral widerhallt. Hier jedoch jaulte Köter allein.

»Fehlt nur noch ein greller Blitzstrahl nebst lautem Donnergrollen, und fertig ist der Hammer-Film«, sagte Siri, dessen Vorrat an unverständlichen Scherzen nahezu erschöpft schien.

»Ich habe doch in Nong Khai erst frische Batterien für das Ding gekauft«, sagte Daeng und schlug sich mit der Taschenlampe gegen den Schenkel. Köters Jaulen verwandelte sich in ein Bellen, und er stellte sich schützend vor sie. Zwei stumme rosafarbene Lichter kamen schnurstracks auf sie zu. Köter tanzte nach links und rechts, sein Bellen mutlos und verzagt.

»Du hast nicht zufällig die Flinte mitgenommen?«, fragte Daeng.

»Dann hätte ich für den Whisky ja keinen Platz mehr gehabt«, sagte Siri, der zwar kein Gewehr, dafür aber ein Skalpell in der zitternden Hand hielt. Daeng umklammerte ein Taschenmesser. Keines von beiden würde ihnen sehr viel nützen, wenn man sie über den Haufen schoss.

»Die sind doch alle nicht ganz dicht«, schimpfte Civilai. »Ein verlassenes Dorf. Ein Buddha-Wiedergänger wider Willen, der uns Märchen über einen Vater auftischt, den es womöglich nie gegeben hat. Und jetzt auch noch die Jungfrau Maria? Was wird hier eigentlich gespielt?«

Obwohl es bis zu ihrer Pension nur ein paar Schritte waren, hatten Civilai und Madame Nong sich am Ufer des Xan niedergelassen. Das vorbeifließende Wasser half ihnen, sich zu konzentrieren und dabei zu entspannen. Der Pensionswirt hatte Civilai eine Fahrradhupe geborgt, die er nur zu drücken brauchte, wenn sie noch etwas zu trinken oder einen Imbiss brauchten. Für die Wirtsfrau gab es nichts Schöneres, als ständig mit dem Tablett hin und her zu hetzen.

»Ich verstehe nicht, weshalb wir morgen nicht einfach nach Hause fahren können«, sagte Nong. »Du schreibst in deinem Bericht, du hättest keinerlei Anhaltspunkte für eine Reinkarnation gefunden, und wir vergessen den ganzen Quatsch.«

»Du weißt genau, warum«, sagte Civilai.

»Weil du ein unverbesserlicher Naseweis bist«, sagte sie. »Das hast du von Siri.«

»Unsinn. So war ich immer schon. Dafür bin ich nicht halb so streitsüchtig wie er.«

»Was, bitte, ist so faszinierend an diesem Nest, dass du auch nur eine Nacht länger als nötig bleiben möchtest? Oder bist du etwa immer noch beleidigt, weil sie dir nicht den roten Teppich ausgerollt haben?«

»Unter anderem«, sagte Civilai. »Hinter der Sache steckt System. Das Ministerium kündigt dem Provinzamt hohen Besuch an. Das Provinzamt gibt das an den Bezirksrat weiter. Der Bezirksrat verständigt das Dorf und stellt ein entsprechendes Budget bereit. Das Dorf bereitet sich auf den Besuch vor, und das nicht etwa, weil die Leute sich so sehr auf mein kleines Gastspiel freuen, sondern weil es von ihnen so erwartet wird.«

»Ich dachte, du wärst gegen unnötigen Pomp und Prunk?«

»Ganz recht. Reine Geld- und Energieverschwendung. Aber Protokoll ist nun mal Protokoll, und morgen gehe ich ins Bezirksamt und erkundige mich, wer für diesen eklatanten Verstoß die Verantwortung trägt. Und nach der Geschichte unserer Mutter Maria würde ich mich, glaube ich, auch gern noch einmal mit dem Genossen Maitreya unterhalten.«

»Du wirst einer siebzig Jahre alten Jungfrau doch keinen Glauben schenken, Lai. Der Bericht des Krankenhauses stand auf einem linierten Blatt Papier, das jemand aus einem Schulheft herausgerissen hat. Er war auf Englisch, dabei gab es hier zur Zeit der angeblichen Geburt noch gar keine amerikanischen Ärzte. Und wenn, hätten sie garantiert einen Riesenwirbel veranstaltet. Man stelle sich vor: eine unbefleckte Empfängnis in einem Dritte-Welt-Land. Sie hätten es jeder medizinischen Fachzeitschrift gesteckt. Die *Times* nicht zu vergessen.«

»Und wer hätte ihnen geglaubt?«

Sie starrten wieder auf den Fluss. Ein Eisverkäufer auf einem Fahrrad hupte, und zwei Minuten später stand die Wirtsfrau völlig außer Atem mit zwei frischen Flaschen Bier an ihrem Tisch. Obwohl das erste noch halb voll war, nahmen sie den Nachschub dankbar entgegen und bestellten etwas zu essen.

»Das Problem ist, dass wir noch immer nicht wissen, wer

den Obersten Sangha-Rat in Thailand von dieser Behauptung in Kenntnis gesetzt hat«, sagte Civilai. »Der Buddha selbst war es jedenfalls nicht, denn den interessiert die ganze Sache einen feuchten Dreck. Der Dorfvorsteher war von der Geschichte so begeistert, dass er gar nicht erst erschienen ist. Aber das spielt im Grunde keine Rolle. Mit dem Obersten Sangha-Rat verhält es sich so ähnlich wie mit dem Vatikan. Die Katholiken hätten sich ja auch nicht stante pede in den Dschungel aufgemacht, um zu ermitteln, ob Mutter Teresa zur Heiligen taugt, wäre ihnen nicht von glaubwürdiger Seite versichert worden, dass sie keineswegs den ganzen Tag die Füße hochlegt und sich eimerweise Gin-Tonic in den Gierschlund kippt. Sie werden sie kaum heiligsprechen, nur weil ihre alte Tante behauptet hat, als Kind sei sie stets brav gewesen. Nein, wer auch immer Bangkok verständigt hat, verfügt über Rang und Einfluss, und ich will wissen, wer es war … und warum er es getan hat.«

»Naseweis«, sagte seine Frau.

»Bist du denn gar nicht neugierig?«

»Ich muss zur Sitzung des Frauenverbands am Dienstag wieder in Vientiane sein.«

»Und wenn dem nicht so wäre?«

»Dann nein. Nicht im Geringsten. Es gibt weiß Gott wichtigere Dinge im Leben, die meine Neugier wecken.«

7

BÖSE MÖNCHE HABEN KEINE LIEDER

Im Gästehaus des Tempels in Sawan hatten Siri und Daeng hervorragend geschlafen, während die schwarzen Ringe unter Köters Augen vermuten ließen, dass er die ganze Nacht durchgewacht hatte. Der Oberste Patriarch und sein Freund Abt Rayron waren ihnen auf der Straße mit Bergsalzlampen entgegengekommen. Der Sangharaj hatte keinerlei Ähnlichkeit mit dem einsilbigen Griesgram, mit dem sie aus Nong Khai gekommen waren. Siri hatte den Test bestanden und durfte einen Blick hinter die stumme Maske werfen. Und siehe da, der alte Sangharaj entpuppte sich als durchaus liebenswerter Kerl. Er war scharfsinnig und amüsant und verriet ihnen, dass er Civilais Witze längst kannte – womöglich sogar in der noch schmutzigeren Version. Auf die Frage, was er auf der Fahrt nach Udon zu dem Busjungen gesagt habe, gestand er, dass er dem Jungen Schläge angedroht hatte, falls er dem Hund auch nur ein Härchen krümmte. Sie hatten bis tief in die Nacht geredet, und zwar hauptsächlich über Siri und Daeng.

»Ich wusste es«, hatte der Sangharaj gesagt. »Ich wusste, wenn ich Sie verärgerte und ein klein wenig auf die Probe stellte, würde Ihre Neugier die Oberhand gewinnen. Und jetzt sind Sie hier. Bemerkenswert. Die Geschichten, die man sich über Sie erzählt, sind also wirklich wahr.«

»Was denn für Geschichten?«, fragte Daeng.

»Wollen Sie mich auf den Arm nehmen?«, sagte der Mönch. »Daeng, die berühmte Fleur-de-lis der Untergrundbewegung Freies Laos. Dr. Siri, der an der Front erst unzählige Menschenleben gerettet und dann als Staatlicher Leichenbeschauer die kniffligsten Fälle gelöst hat. Und wer weiß, was für himmlische Kontakte Sie im Lauf der Jahre angehäuft haben.«

»Moment mal«, sagte Siri. »Haben Sie nicht seit 1975 im Militärgefängnis gesessen? Woher haben Sie all diese Ammenmärchen?«

»Die Legenden waren schon lange vor meiner, äh, Stilllegung im Umlauf«, sagte der Sangharaj. »Tempel sind seit Jahrhunderten brodelnde Gerüchteküchen. Das safrangelbe Netz ist weltumspannend. Zu uns kommen – oder kamen – solche und solche. Intellektuelle, die der materiellen Welt den Rücken gekehrt haben, ehemalige Soldaten, gescheiterte Schamanen, Mörder. Haben Sie eine Vorstellung davon, was für Geschichten wir am Lagerfeuer zu hören bekommen? Es ist Schicksal, dass Sie jetzt hier bei uns sind. Ich kann mir niemanden vorstellen, der besser geeignet wäre, dem Chaos in Sawan entgegenzutreten, als Sie beide.«

»Mein Mann hat es nicht so mit dem Schicksal«, sagte Daeng.

»Dann nennen wir es eben anders. Wie wär's mit Zufall?«

»Das ist ja noch schlimmer«, meinte Siri.

»Dann belassen wir ihn, sie, es eben namenlos. Sie sind hier, und Sie werden uns helfen. Und dafür danken wir Ihnen.«

»Wir sind hier, weil wir uns bereit erklärt hatten, Sie bei den Thais abzuliefern «, sagte Daeng.

»Nach Ihrem Überlaufen«, setzte Siri hinzu.

Der Sangharaj lachte. »Ach ja. Mein Überlaufen. Was halten Sie davon, wenn wir das nachher beim Frühstück besprechen? Die Thais sind sehr großzügig, was Almosen angeht. Gütiger Himmel, gestern hat Abt Rayron sogar ein Glas frische Erdbeermarmelade bekommen. Ist das zu fassen? Hierzulande kann man selbst als Mönch dick und fett und kugelrund werden.«

»Na schön«, sagte Siri. »Wenn Sie uns schon so früh ins Bett schicken, wie wäre es dann mit einer kleinen Gutenachtgeschichte?«

»Welche möchten Sie denn hören, Bruder Siri?«

»Die von dem Obersten Patriarchen, der per Motorrad aus dem Busbahnhof in Udon flieht, in einen Tempel am Hinterteil der Welt, weil dort ein Chaos herrscht, von dem er vermutlich schon lange vor seiner Ankunft wusste.«

»Die ist aber ziemlich kompliziert.«

»Die eingedampfte Fassung tut es auch.«

»Wie Sie wollen«, sagte der Mönch. »Das Chaos wurzelt in einem simplen Drama. Einem mutmaßlichen Mord. Dort sitzt der Beschuldigte.«

Sie drehten sich um und musterten den Abt, der seit ihrem Eintreffen wie ein lebensgroßes Tempelornament im Schatten gekauert hatte. Er war schlank und kräftig und sah aus, als könne er sich in einem Faustkampf mühelos behaupten. Obgleich er sehr still war und über die plötzliche Aufmerksamkeit wenig erfreut schien, gönnte er sich die zarte Andeutung eines Lächelns.

»Das«, sagte der Sangharaj, »ist Abt Rayron. Er leitet diesen Tempel seit dessen Bau vor gut zehn Jahren. Früher war er hochangesehen in dieser Gegend, aber im Lauf der vergangenen drei Monate hat er drei Menschen ermordet.«

Der Sangharaj ließ seine Worte einen Moment wirken.

»Und glaubt man einem unserer Dorfschamanen«, fuhr er dann fort, »wird der Mörder wieder zuschlagen, noch bevor die neue Woche begonnen hat. Weshalb ich Ihnen dringend raten würde, einen Stuhl unter Ihren Türknauf zu klemmen, wenn Sie sich zur Ruhe begeben … und das heißt: sofort.«

»Ein abtrünniger Katholik, ein tausendjähriger Schamane und ein mordlüsterner Buddhistenmönch kommen in eine Kneipe. Und der Barkeeper sagt: ›Wir schenken hier nur geistige Getränke aus.‹ Darauf der Katholik: ›Wir haben den größten Geist von allen. Den Heiligen Geist. Also geben Sie mir ein Glas von Ihrem besten Scotch …‹

Es war der Anfang eines Witzes, der auf Laotisch nicht funktionierte, weshalb Tante Bpoo ihn auf Französisch erzählte. Dass sie Französisch sprach, war Siri neu, aber das lag vermutlich daran, dass dies ein Traum war … oder doch nicht? Im Traum war alles möglich. Bisweilen passierten sogar Wunder. Und der Teilnehmer am anderen Ende einer Fernleitung war mit einem Mal laut und deutlich zu verstehen.

»Den kenne ich schon«, log Siri. Er war wieder zwischen den Türen eingeklemmt, und die Lücke wurde zusehends schmaler.

»Was?«, sagte Tante Bpoo.

»Ich habe gesagt, den kenne ich schon.«

»Alleluja«, sagte Bpoo, was auch immer das für eine Sprache sein mochte.

»Was heißt hier Alleluja?«, fragte Siri.

»Fällt Ihnen denn gar nichts auf?«

»An der Tür hinter mir ist ein Griff«, sagte Siri. »Also kann ich wahrscheinlich zu Bett gehen, wann immer mir danach ist.«

»Blöder Hund. Ihnen kann man auch wirklich gar nichts recht machen, was? Merken Sie nicht, dass wir miteinander reden?«

»Solche Zweiwegträume hatte ich schon öfter«, sagte Siri. »Einmal habe ich Audrey Hepburn zum Abendessen ausgeführt und mich stundenlang mit ihr unterhalten.«

»Siri, Sie Vollidiot«, sagte Bpoo, »das waren Selbstgespräche, bei denen Sie auch den Part Ihres Gegenübers übernommen haben. So etwas ist kein Dialog. Sondern ein mehrstimmiger Monolog. Das hier ist dagegen echt. Ihr großer Durchbruch.«

Ein überwältigendes Gefühl der Erleichterung verschaffte Siri einen kleinen Rausch, wie ein scharfes Nasenspray. »Dann kann ich mit den Geistern nur auf Französisch kommunizieren?«

»Keine Ahnung. Ich spreche kein Französisch.«

»Und was war das gerade?«

»Hier gibt es keine Sprachen.«

»Und was …?«

Das Signal drohte abzubrechen. Es wurde schnell schwächer, und Siri blieb allein in dem schmalen Türdurchgang zurück und brüllte sich an.

»Warten Sie«, rief er. »Ich habe Sie belogen. Ich kannte den Witz doch noch nicht. Wie geht die Pointe?«

Aber es war niemand mehr da.

Er spielte mit dem Gedanken, die Tür hinter sich zu öffnen und sich an sein warmes Weib zu kuscheln, entschied sich dann aber doch dagegen und versetzte der Tür vor sich einen letzten Stoß.

Und sie ging auf.

Er stand auf der Schwelle eines ihm unbekannten Zimmers, und es war Nacht. Er trat durch die Tür. Nur die Straßenlaternc vor dem Fenster erhellte den Raum. Der Lampenschein zog Fluginsekten an, in solcher Zahl, dass das Licht wild flatternd durchs Zimmer tanzte. An der Fensterscheibe tat sich ein Bataillon von Eidechsen an den Insekten gütlich. Da Eidechsen keine Selbstbeherrschung kannten, würden auch sie bei Sonnenaufgang tot sein. Im Nirwana, nimmersatt.

Siri sah sich um, im vollen Bewusstsein, dass er zum ersten Mal auf der anderen Seite stand. Doch es war niemand da, mit dem er hätte sprechen können. Da er befürchtete, sein Besuch könnte von kurzer Dauer sein, versuchte er, sich so viel wie möglich einzuprägen. Es handelte sich um ein Arbeitszimmer. Ein Wandkalender mit einem Bild des Königs verriet ihm, dass er sich in Thailand befand. Das letzte markierte Datum war der 7. Februar. Es gab einen Schreibtisch mit mehreren Schubladen, aber da Siri nicht wirklich hier war, konnte er sie auch nicht öffnen. Ebenso wenig konnte er Papiere oder die Bücher in den Regalen durchforsten. Er konnte lediglich beobachten und sich alles merken. Es musste einen Grund für sein Hiersein geben. Auf dem Parkettfußboden vor dem Schreibtisch entdeckte er einen großen Fleck, dessen Umriss an Afrika erinnerte. Er memorierte die Titel der Bände im Regal, hauptsächlich Fachbücher: Politik, Geschichte, Technik, Naturwissenschaft, Literatur. Die meisten auf Thai, aber es waren auch einige englische darunter. Ein paar hatten keine Rückenprägung und schienen Akten zu enthalten.

Neben der Hintertür lagen Gipssplitter, die aus der Wand

geplatzt waren. Er blickte aus dem Fenster, vorbei an dem Insektenmassaker, und sah eine Reihe frei stehender Häuser. Nicht direkt luxuriös, aber robust und stabil gebaut. Davor, auf einer asphaltierten Straße, standen Jeeps und Pick-ups. In den Vorgärten hauptsächlich Topfpflanzen: Entweder wollten die Bewohner nicht allzu lange bleiben, oder der Besitzer hatte ihnen die Gestaltung des Gartens untersagt. Oberleitungen. Eine schlafende Katze. Abfalltonnen.

Noch eine Runde durch den Raum. Hinter dem Schreibtisch ein Ledersessel, aus dessen aufgeplatztem Polster die Füllung quoll. Gegenüber ein Gästesessel. Eine Lampe mit Kettenzug. Kein Teppich. Er ging vor dem Papierkorb neben dem Schreibtisch in die Hocke und ärgerte sich darüber, dass er die zusammengeknüllten Blätter darin nicht auseinanderfalten konnte. Nur ein Briefumschlag bot einen Fingerzeig. Er war entzweigerissen worden, doch die Adresse war noch deutlich lesbar: *Than Kristana Mukum, Dusit Versicherungen, Suan Dusit, Ban…* Ein Fehler. Das Thai-Wort für Bangkok war falsch buchstabiert, ausgestrichen und scheinbar wütend überschrieben worden.

Und noch etwas wollte nicht recht zu der tadellosen Ordnung des Arbeitszimmers passen. Siri ging auf alle viere, damit er einen Blick unter das mit durchsichtigem Plastik bezogene Sofa werfen konnte. Dort lag ein Locher. Er war vermutlich heruntergefallen und vergessen worden. Er legte sich auf den Boden, sah zu dem reglosen Deckenventilator hinauf, als eine Hand unter dem Sofa hervorschnellte und sanft über seine Haut strich, bevor sie seinen Arm umklammerte.

»Siri«, sagte Madame Daeng. »Ich glaube, wir sollten langsam aufstehen.«

Er erwachte mit dem Gefühl, im Traum bis nach Bangkok gejoggt zu sein. Muskeln und Gelenke taten ihm weh. Seine erste bewusste Äußerung des Tages war ein Ächzen. Am liebsten hätte er sich umgedreht und friedlich weitergeschlafen. Die Nacht hatte nicht gut begonnen. Die hypnotisierende Helligkeit des Vierfünftelmondes vor dem Fenster hatte ihn nicht zur Ruhe kommen lassen, und das Amulett an seiner Brust hatte so heiß gebrannt, dass er es abnehmen und neben seinem Kissen auf den Boden hatte legen müssen. Ob das zu seinem Durchbruch auf der Traumtonspur und seinem nächtlichen Ausflug ins Reich der Geister geführt hatte?

Sie saßen zusammen am Rattantisch, und er erzählte Daeng von seinem Traum. Sie gelangten zu demselben Schluss. Ja, es musste das Amulett gewesen sein, das seine Verbindung zur anderen Seite blockiert hatte. Gewiss, es hatte ihn mehrmals vor dem sicheren Tod bewahrt, doch wenn er Antworten auf seine unzähligen Fragen suchte, musste er sich bisweilen von ihm trennen. Das allerdings ging nur in einer von bösen Geistern vergleichsweise freien Gegend, und dies war schwerlich der Ort für Experimente.

Siri tätschelte Köter den Kopf und ging in den pittoresken Tempelgarten. Der Sangharaj saß im Lotussitz auf einer riesigen Schieferplatte am Ufer eines Teiches. Sein Gewand war ihm von den Schultern gerutscht, und Siri sah die Hieroglyphen, die Krieg, Alter und Gewalt ihm in den Rücken geätzt hatten. Er war vermutlich Ende achtzig, doch anders als die Rentner in den fetten Städten hatten Vernunft und Genügsamkeit ihn geistig und körperlich fit gehalten.

»Hallo, Großvater«, sagte Siri.

»Verschwinden Sie. Ich meditiere«, sagte der Mönch.

»Unsinn. Sie lesen eine Zeitschrift. Es würde mich nicht wundern, wenn darin das eine oder andere Glamourgirl abgebildet wäre.«

Der Sangharaj legte das Magazin beiseite. »Wozu braucht ein Mann in meinem Alter Glamourgirls?«, fragte er.

Siri ließ sich neben ihm auf der schwarzen Steinplatte nieder und blickte auf den Teich, in dem sich Myriaden von Karpfen tummelten, einige davon so groß, dass eine zehnköpfige Familie sich davon eine Woche lang hätte ernähren können. »Ich könnte mir vorstellen, dass sich da einiges anstaut«, sagte er. »In den vielen Jahren der Enthaltsamkeit.«

»Das Geheimnis besteht darin, nur jenen vermeintlichen Genüssen zu entsagen, die weit über ihrem wahren Wert feilgeboten und verkauft werden. Die Werbeleute und die Pornografen haben Bedürfnisse in uns geweckt, die eigentlich gar nicht existieren.«

»Auch die Wollust?«

»Vor allem die Wollust. Ohne Wollust lässt sich's trefflich leben.«

»Das werde ich Madame Daeng ausrichten, mit einem schönen Gruß von Ihnen.«

»Das ist ihr gewiss nicht neu, Siri. Sie ist eine kluge Frau.«

»Selbst Orang-Utans schreien bei der Paarung vor Lust.«

»Vielleicht schreien sie aber auch nur vor Freude, weil sie für die Erhaltung ihrer Art sorgen«, sagte der Mönch.

»Ich glaube, ich wäre nicht sonderlich begeistert, wenn ich als Affe wiedergeboren würde«, sagte Siri. »Ist es nicht komisch? Ein Mensch hat gute Chancen, als Mensch oder notfalls auch als höheres Tier reinkarniert zu werden, aber einer Schildkröte macht ihr es ziemlich schwer, die Leiter zu erklimmen. Oder welche Verdienste müsste ein Orang-Utan sich erwerben, um als Pornograf wiederzukehren?«

»Ich bezweifle, dass ein Orang-Utan, der etwas auf sich hält, das als Ansporn betrachten würde.«

Siri warf lachend einen Kiesel in den Teich. Gierig stürzten die fetten Fische sich darauf.

»Ach, Siri«, sagte der Sangharaj. »Ich sehe schon, es wird eine Menge Spaß machen, unsere jeweiligen Werte zu vergleichen. Ich erkläre Ihnen die Schlicht- und Einfachheit der Religion. Und Sie sehen alles falsch.«

»Daraus wird in diesem Leben wohl nichts mehr werden«, sagte Siri. »Denn letztlich liefe es darauf hinaus, dass ich an meinen Prinzipien festhalte, während Sie den Ihren in einem Plastikboot davonfahren.«

»Sind Sie ein guter Kommunist, Siri?«

»Sie wechseln das Thema doch nur, um davon abzulenken, dass Sie übergelaufen sind.«

»Keineswegs. Glauben Sie alles, was man Ihnen sagt? Sind Sie davon überzeugt, dass das System funktioniert? Oder ist es Ihnen manchmal peinlich, die Lehre zu vertreten, der Sie Ihr gesamtes Leben gewidmet haben?«

Insgeheim kannte Siri die Antwort auf diese Fragen natürlich. Er war seit seinen Studienjahren in Paris ein glühender Anhänger der Kommunistischen Partei, und es hatte durchaus schöne Zeiten gegeben, als er und seine Mitstreiter über die Verheißungen der Roten ins kollektive Schwärmen geraten waren. Sie hatten tatsächlich geglaubt, man brauche die ganze Ungerechtigkeit der Welt nur durch den großen Fleischwolf des Kommunismus zu drehen, und das Problem wäre gelöst. Die Armen würden einheitliche Frikadellen essen, die zwischen ebenso einheitliche Brötchenhälften passten. Und alle wären satt und gleich. Leider hatte sich ihre Hoffnung nicht erfüllt. Und er hatte nicht die Absicht, dem Sangharaj schon bei ihrem ersten Tête-à-tête sein ideologisches Herz auszuschütten. Also wechselte er seinerseits das Thema.

»Haben Sie denn nie gesündigt?«, fragte er.

»Wollen Sie mir die Beichte abnehmen, oder aus welchem Grund stellen Sie mir diese Frage?«

»Hätte meine Frage einen besonderen Grund, dann höchstens den, dass nichts auf Erden rein und ohne Schuld und dass der Mensch voll Makel ist. Dass wir alle vorgeben, an etwas zu glauben, obwohl wir wissen, dass es nicht das Richtige oder am Ende sogar Unsinn ist. Alles ist ein Kompromiss. Wir erleiden zahllose Schrunden und Blessuren, aber wir ignorieren sie, weil wir dieses Vertrauen unbedingt erleben wollen. Das liegt in der Natur des Menschen. Der Glaube sollte an der Spitze der Maslow'schen Bedürfnispyramide stehen. Wir verzehren uns so sehr danach, dass wir uns immer wieder mit Freuden übers Ohr hauen lassen, um diese Sehnsucht zu befriedigen.«

Die beiden Männer sahen zu, wie die Karpfen durcheinanderwuselten.

»Und die Liebe?«, fragte der Sangharaj.

»Der Kompromiss schlechthin«, sagte Siri. »Einen Partner zu haben ist für uns so wichtig, dass wir unsere Geschmäcker und Vorlieben in einem fort anpassen und uns alle Mühe geben, selbst die größten Unterschiede zu tolerieren. Und das nur, um jemanden an unserer Seite zu haben. Bei dieser wahnwitzigen Suche nach institutionellem Glauben brauchen wir einen Komplizen: jemanden, der unser

Bedürfnis nach Zutrauen stillt, sozusagen auf Graswurzelniveau. Jeden Tag ein kleines bisschen. Insofern ist es dann nicht so dramatisch, wenn Religion, Politik und Lehre uns enttäuschen, denn wir haben ja die Liebe. Mein Planet darbt und verdorrt, aber mein Schlafzimmer steht in voller Blüte.«

»Genau das wollte ich hören«, sagte eine Stimme hinter ihnen.

Sie drehten sich um und sahen Madame Daeng, die an einem blühenden Pagodenbaum lehnte. Die Blüten bildeten einen Glorienschein. Der Mönch lächelte.

»Ach, hätte ich Sie beide in Luang Prabang doch nur als Nachbarn gehabt«, seufzte er, »dann hätte es sich dort vielleicht aushalten lassen. Leider war ich zwischen Speichelleckern zur Rechten und agnostischen Parteisoldaten zur Linken eingekeilt. Mutterseelenallein in der goldenen Mitte.«

»Wir hätten Cocktailpartys feiern können«, sagte Daeng. Sie setzte sich zu ihnen an den Teich, in respektvoller Entfernung von dem Mönch. Als sie die köstlichen Fische sah, fing ihr Magen vernehmlich an zu knurren und erinnerte sie daran, dass sie seit Ewigkeiten nichts gegessen hatte. Doch Siri schien ihren Hunger nicht zu teilen.

»Warum erzählen Sie uns nicht von Ihrem Freund, dem Abt?«, fragte er.

»Haben Sie den langen Weg wirklich nur auf sich genommen, um ihm zu helfen?«, setzte Daeng hinzu.

Der Mönch betrachtete den buschigen Schweif einer vorbeiziehenden Wolke. »Ich bin gekommen, um ihm meine Unterstützung anzubieten«, sagte er. »Ich weiß nicht, ob ich ihm überhaupt helfen kann. Wir sind schließlich Laoten und haben kein Recht, uns hier einzumischen. Aber der Abt steckt in einer fürchterlichen Klemme. Alles begann um die

Zeit des westlichen Neujahrs, als in diesem Dorf ein Mord geschah. Bei seinem letzten Besuch in Luang Prabang hat mir Abt Rayron davon erzählt. Ein asketischer Mönch hatte hier im Tempel um Quartier gebeten. Sie werden sehen, wie … anders dieses Dorf ist. Es zieht jede Menge Touristen, Gelehrte und Abenteurer an. Der Gast sammelte Erkenntnisse zum besseren Verständnis der Religionen und wollte eine Woche bleiben. Abt Rayron ist normalerweise allein und deshalb für jede Gesellschaft dankbar. Sie fanden die Leiche des jungen Mannes auf dem Trampelpfad. Das ist eine Art Abkürzung zwischen Dorf und Tempel, aber kaum jemand hat den Mut, ihn zu benutzen. Die Dorfbewohner behaupten, er führe durch einen Teil des Waldes, der dicht mit Geistern bevölkert ist. Der Mönch war mit einem Stein erschlagen worden, der unweit der Leiche gefunden wurde.

Ein Polizeihauptmann kam aus Nam Som, um den Fall zu untersuchen. Gumron, sehr ehrgeizig. Und äußerst gründlich. Er hörte sich im Dorf um, notierte sich die Aussagen der Bewohner und nahm den Stein als Beweisstück mit, auch wenn man einen Stein nicht danach fragen kann, wer ihn als Waffe zweckentfremdet hat.«

Fingerabdrücke, dachte Siri. Er war ein großer Fan der Fingerabdruckmethode, die ihm mehr als einmal geholfen hatte, ein Verbrechen aufzuklären. Er fragte sich, wie es um die forensischen Kenntnisse und Fähigkeiten eines thailändischen Provinzpolizisten wohl bestellt war.

»Die Sache blieb ohne schlüssiges Ergebnis«, sagte der Sangharaj. »Der Wandermönch war nicht lange genug hier gewesen, um sich jemanden zum Feind zu machen. Er besaß nichts, was sich zu stehlen gelohnt hätte, und war nach Aussage des Abts grundsympathisch. Es gab keine

Zeugen, keinen Verdächtigen, und der Fall wurde auf Eis gelegt.«

Köter torkelte über den Rasen, warf einen lustlosen Blick auf die Fische und plumpste der Länge nach ins hohe Ufergras.

»Und der zweite Mord?«, fragte Daeng.

»Auf den Tag genau einen Monat später«, sagte der Mönch. »Ein richtiger Mord war es wohl nicht, denn das Opfer war schon tot. Im Dorf gibt es eine Tradition, die bis in die Zeit vor der Errichtung des Tempels zurückreicht. Diese Anlage ist relativ neu, müssen Sie wissen. Sie stammt aus den Sechzigerjahren. Bis dahin wurden die Verstorbenen in einem Pavillon hinter dem Haus des Dorfvorstehers aufgebahrt, weil man den Leichnam von dort aus bequem zum Scheiterhaufen transportieren konnte. Bei dem Toten handelte es sich um einen jungen Mann, der auf rätselhafte Weise im Schlaf gestorben war. Das ist hier im Nordosten keine Seltenheit. Die Leute sagen, es sei das Werk einer bösen Hexe, die sich über schlafende Männer hermacht, aber mir wurde erzählt, er habe selbstgebrannten Fusel von zweifelhafter Qualität getrunken. Wie dem auch sei, als die Familie seinen Leichnam am nächsten Morgen zum Scheiterhaufen schaffen wollte, hatte ihm jemand einen Zeremoniendolch ins Herz getrieben.«

»Was für eine Art Dolch?«, fragte Siri.

»Ich glaube, es war ein Requisit, das früher bei Teufelsaustreibungen Verwendung fand.«

»Und wo kam der her?«

Der Mönch lächelte. »Warten Sie's ab.«

»Also zwei Straftaten im Abstand von einem Monat, und kein Hinweis, dass sie zusammenhängen«, sagte Daeng.

»Nein. Aber diesmal gab es eine Zeugin. Ein junges Mädchen stand spätabends unter der Dusche hinter ihrer Hütte. Durch die Ritzen der Bambuskabine sah sie einen Mönch.«

»War es dazu nicht zu dunkel?«, fragte Siri.

»Vollmond«, sagte der Sangharaj. »Genau wie einen Monat zuvor, als der Wandermönch ermordet wurde.«

»Nicht gerade die beste Nacht, um ein Verbrechen zu begehen«, meinte Daeng. »Ohne den Schutz der Dunkelheit.«

»Derselbe Polizeihauptmann wurde geschickt«, sagte der alte Mönch, »Gumron. Wieder fragte er im Dorf herum, aber diesmal war er mit den Antworten nicht zufrieden. Er verhörte Abt Rayron und fragte ihn, was er so spät abends noch im Dorf getrieben habe. Der Abt sagte, er sei gar nicht im Dorf gewesen. Aber da der Abt damals der einzige bekannte Mönch in dieser Gegend war, log entweder er oder das Mädchen. Wieder wurden die Ermittlungen mangels Beweisen eingestellt, aber die Saat des Verdachts war ausgebracht.«

»Und der dritte Mord geschah auch in einer Vollmondnacht?«, fragte Daeng.

»Vor einem Monat«, sagte der Sangharaj. »Die Dorfältesten hatten Karten gespielt und getrunken, und es war wie immer ziemlich laut geworden. Der lauteste von allen war Loong Gan, mit siebenundneunzig Jahren der Älteste im Dorf, Vater von Hunderten unehelichen Kindern. Abt Rayron hatte ihn tagsüber zur Rede gestellt und ihn ermahnt, es sei noch nicht zu spät zur Umkehr und Besinnung. Was natürlich Unfug war, aber das ist nun mal die Standardansprache, um jemanden auf den Pfad der Tugend zurückzulenken und vor den Feuern der Höllen zu bewahren. Das ist uns so auferlegt, ein letzter Versuch der Rettung wenig hoffnungsvoller

Fälle. Das Ganze endete im üblichen Austausch von Beleidigungen, bei dem Rayron das eine oder andere Schimpfwort herausrutschte, das er nicht im Tempel gelernt hatte.

Tags darauf fand man Loong Gan mit dem Gesicht nach unten in einem Reisfeld, schrecklich verstümmelt und mit seinem eigenen Lendentuch erwürgt. Und hier fügt sich nun eins zum anderen. Nicht nur einer, sondern gleich drei Zeugen wollten gesehen haben, wie Abt Rayron den sturzbetrunkenen Loong Gan heim in seine Hütte gebracht hatte. Und vor dem Polizeihauptmann nahm ein schüchterner Knabe all seinen Mut zusammen und gestand, in der Nacht des ersten Mordes, als der Wandermönch gestorben war, zwei Mönche auf dem Weg zum Tempel gesehen zu haben. Damit schien der Fall erledigt. Der Hauptmann nahm Abt Rayron in Gewahrsam und brachte ihn aufs Polizeirevier in Nam Som. Es ist hierzulande nicht üblich, einem Verdächtigen einen Telefonanruf zu gewähren. Ein Einheimischer müsste darauf vertrauen, dass seine Familie seine Unschuld beweist, denn einen Anwalt kann sich niemand leisten. Aber der Abt war ein persönlicher Bekannter des Polizeichefs, und der gestattete ihm, eine Nummer in Nong Khai anzurufen und seine missliche Lage zu erläutern. Der Dschungeltelegraf trug die Nachricht bis zu mir nach Luang Prabang.«

»Und warum sitzt er dann nicht mehr in Haft?«, fragte Siri.

»Weil ich – bis auf Weiteres – der Oberste Patriarch von Laos bin und der Polizeileutnant ein tiefgläubiger Mann ist. Ich habe für den Abt gebürgt, und er steht unter meinem Hausarrest, zumindest bis der Richter hier ist.«

»Richter machen Hausbesuche?«, fragte Daeng.

»Nicht direkt«, sagte der Sangharaj. »Die Sache liegt ein

wenig komplizierter. Sie sind keine Richter im eigentlichen Sinne, eher so etwas wie fahrende Ankläger, die in bestimmten Fällen Recht sprechen und ein Urteil fällen dürfen.«

»Wie Richter Bao«, sagte Siri, der für die Geschichten um den chinesischen Straßenmagistrat eine besondere Schwäche hatte. »Er reist durch das Land und spendet Weisheit und Gerechtigkeit zu gleichen Maßen. Ein stets freundlicher, umgänglicher Mann, der jedoch keine Sekunde zögert, dem Schuldigen bei Bedarf die Schlinge um den Hals zu legen.«

»Die Hinrichtungen dürfen sie meines Wissens zwar nicht eigenhändig durchführen«, sagte der Sangharaj. »Aber sie können den Delinquenten an die Gerichte in den Städten überstellen, wo man das Urteil des Anklägers gewöhnlich nicht in Zweifel zieht. Ich habe also keineswegs untertrieben, was ihre Macht angeht.«

»Und bis wann müssen wir das Rätsel lösen?«, fragte Daeng.

»Ankläger Suthon will den Fall des Abts morgen Nachmittag verhandeln. In Nam Som gibt es eine Art Gerichtssaal.«

»Dann bleibt uns nicht viel Zeit«, sagte Siri. »Wenn Sie mich fragen, gibt es zwei Möglichkeiten. Entweder hat er es tatsächlich getan, dann ist er ein Psychopath, der sämtliche Strafen, die das thailändische Rechtssystem für seine Taten vorsieht, unredlich verdient hat. Oder jemand will ihm etwas anhängen. Es ist nicht besonders schwer, sich den Kopf zu rasieren und Safrangewänder zu beschaffen. Bei Tempelfesten werden Letztere sogar verschenkt. Und nachts ist selbst bei Vollmond wenig mehr zu erkennen als die Körperform, der glatt geschorene Schädel und die Kutte. Die Methode wäre also geklärt. Fehlt nur noch das Motiv. Meinen Sie, jemand im Dorf hat etwas gegen den Abt? Jemand, der seine traditionellen Ansichten und Überzeugungen durch den Tempel bedroht sieht? Gibt es mögliche Glaubenskonflikte?«

Der Sangharaj sah Siri an, und seiner Kehle entstieg ein herzhaftes Lachen. Genauer gesagt, ein glucksendes Röcheln, wie man es eher von einem Steinhauer oder Kettenraucher mit Ambitionen zum Alkoholiker erwartet hätte. Da er in letzter Zeit vermutlich wenig Grund zum Lachen gehabt hatte, nahmen Siri und Daeng es ihm nicht übel. Nur hatten sie nicht die leiseste Ahnung, worüber er lachte. Es dauerte eine Weile, bis sich sein Heiterkeitsausbruch gelegt hatte.

»Ich glaube, es wird höchste Zeit, dass Sie dem Dorf einen Besuch abstatten«, sagte der Sangharaj.

Zum ersten Mal seit seiner Rettung verwehrte Köter seinem Herrchen die Gefolgschaft, als Siri sich über den schmalen Trampelpfad ins Dorf aufmachte. Der Hund hockte sich hin und weigerte sich hartnäckig, auch nur einen weiteren Pfotentritt zu tun. Was so ungewöhnlich war, dass Siri sein Fehlen erst bemerkte, als er bereits die Hälfte der Strecke zurückgelegt hatte. Er pfiff. Der Hund kam nicht.

»Merkwürdig«, erklärte Daeng dem Mönch. »Normalerweise geht der Hund, wohin der Doktor geht. Wenn er keine Angst vor Innenräumen hätte, würde er sicher auch bei uns schlafen.«

»Machen Sie sich auf weitere Merkwürdigkeiten gefasst«, sagte der Sangharaj.

»Ich muss Sie warnen. Wir sind so leicht nicht zu schrecken«, sagte Siri.

Rings um sie her herrschte starke übernatürliche Aktivität, da gab es für den Doktor keinen Zweifel. Er sah die Schatten der Geister im Wald. Nervös wie Rehe blickten sie auf, wenn er vorüberging. Sie waren einfache Geister ohne böse Absicht, doch sein Talisman meldete eine tiefere Präsenz, die man nicht sehen konnte. Der Glücksbringer war kein bloßer Gesteinsklumpen mehr, sondern ein beseeltes Wesen. Er krallte sich in seine Brust wie eine Hand. Er wand sich wie eine warme Klapperschlange unter seinem Hemd. Er lebte.

»Warum wurde der Tempel so weit außerhalb des Dorfes errichtet?«, fragte Daeng.

»Neutraler Boden«, sagte Siri. »Es war der einzige Platz, den sie unbewohnt gelassen hatten.«

»Wer, sie?«, fragte Daeng.

»Die bösen Geister. Die *phibob.*«

»Soso«, sagte sie. »Dann steht uns wohl mal wieder eine klassische Siri-Szene ins Haus. Na prima.«

Ehe sie und Siri vor ein paar Jahren glücklich wiedervereint worden waren, hatte Daeng ihren Vorfahren die Ehre und den Landgeistern Respekt erwiesen. Sie hatte zwar weder mit den einen noch den anderen persönlich zu tun, aber ihre Eltern und Großeltern hatten das Gleiche getan. Ebenso wie ein muslimisches Kind nicht an der Existenz Allahs zweifelte, war es für die kleine Daeng ganz selbstverständlich, dass es Geister gab. Sie brauchte sie dafür weder zu berühren, noch von ihnen berührt zu werden. Doch dann war Siri mit seiner Entourage auf den Plan getreten. Ob Magie oder Hypnose, das spielte keine Rolle. Sie hatte einen Schwanz, und dieser Schwanz hatte sie von einer lähmenden Erkrankung befreit. Ihr Ehemann sah Geister. Die vielen Millionen Geisteranbeter auf dieser Welt hatten also durchaus alle sechs Sinne beisammen.

Der Pfad führte sie in ein Dorf, wie sie es auf ihren Reisen schon tausend Mal gesehen hatten. Bambus- und Holzhütten auf mannshohen Pfählen mit Grasdächern, große Wasserbecken aus Beton, Schweine, museumsreife Ackergeräte, eingezäuntes Gemüse, schmucke Gärten und ein gepflegtes Dorfzentrum mit Rattanballplatz. Daeng konnte an alldem nichts Bedrohliches finden, doch als sie sich zu Siri umwandte, war dessen Gesicht weiß wie Kokosfleisch.

»Fehlt dir etwas?«, fragte sie.

»Ich komme mir vor wie ein Bandit, der gerade in die Stadt geritten ist, wo ihm von hundert Steckbriefen sein Konterfei entgegenstarrt«, antwortete er.

Sie verstand kein Wort.

Der Dorfvorsteher von Sawan lehnte mit zahnlosem Grinsen am Rattanballnetz. Er war um die fünfzig, muskulös und trug die Spuren unzähliger Muay-Thai-Turniere im Gesicht. Die Zeit hatte die Wunden geheilt, wie sie antike Ruinen mit einer dicken Moosschicht überzog.

»Willkommen«, sagte er und legte die Handflächen aneinander, zu einem *nop* oder *wai*, wie man in Thailand sagte. Siri und Daeng taten es ihm nach. Der Sangharaj hingegen rührte keinen Finger; er war nicht umsonst der *oberste* Patriarch. Daeng fragte sich, woher der Dorfvorsteher gewusst hatte, dass sie kommen würden.

»Ich bin Tham«, sagte der Vorsteher.

»Das ist meine Frau Daeng«, sagte Siri. »Und ich bin …«

»Sie sind Yeh Ming«, sagte Tham. »Natürlich. Wir haben Sie erwartet.«

Das kam häufiger vor. Yeh Ming war der Name von Siris

innerem Schamanen, der tausend Jahre von einem Körper zum nächsten gesprungen war. Obwohl Siri nur einem kleinen Kreis von seiner Besessenheit erzählt hatte, begegnete er immer wieder Menschen, welche die Präsenz des alten Hmong schon spürten, bevor sie den Doktor zu Gesicht bekommen hatten. Der Sangharaj zog die rudimentären Überreste seiner Augenbrauen hoch und lächelte bewundernd.

»Da scheint eine Verwechslung vorzuliegen«, sagte Siri.

»Das glaube ich nicht«, sagte der Mönch.

»Kommen Sie, ich zeige Ihnen unser schönes Sawan«, sagte Tham wie ein stolzer Vater, der sein Neugeborenes präsentiert.

Erst als sie die Häuser aus der Nähe betrachteten, sahen sie, wie bizarr dieses Dorf tatsächlich war. Sämtliche Hütten waren mit Kultrequisiten geschmückt. Doch von kultureller Homogenität keine Spur. Es war, als hätte jeder Bewohner für sich entschieden, welchen Geist er anbeten und welchen er fürchten sollte. Ein Freiluftmuseum für paranormale Paranoia. Es gab Hmong-Tore und -Brücken, damit die verlorenen Seelen heil nach Hause fanden, sowie Glasornamente und Spiegel zur Abwehr unerwünschter Geister. Es gab stinkende Portale aus getrocknetem Knoblauch und Gärten mit Stroh- oder Tarowurzel-Puppen, wie Armeen winziger Terracotta-Krieger. Neben den Eingängen hingen Schlaufen aus weißen Baumwollschnüren und Stofftiere mit erschrockenen Gesichtern. Vor einigen Hütten standen als Schrumpfköpfe zurechtgemachte alte Kokosnüsse aufgereiht, und obwohl das Meer fünfhundert Kilometer weit weg war, schlangen sich Seemuschelgirlanden um den einen oder anderen Pfahl.

Und vor jeder Hütte stand ein handgemaltes Schild mit einer Liste der diversen Dienstleistungen nebst Preisen:

AUFFINDEN VERLORENER PERSONEN/
GEGENSTÄNDE – 30 Baht
FAMILIENSÉANCE – 50 Baht
SEGNUNGEN UND VERWÜNSCHUNGEN – 20 Baht

Die Dorfbewohner saßen in Schaukelstühlen oder auf der Treppe vor ihrem Haus, winkten den Besuchern zu und riefen ihre Dienste zu Sonderpreisen aus. Siri traute seinen Augen nicht. Sie waren in einen Touristenort geraten: in ein Disneyland des Animismus. Aber es war kein bloßer Hokuspokus. Er konnte die Energie körperlich spüren. Die Landbewohner reisten vermutlich scharenweise an, in der Hoffnung auf Erlösung von all ihren Plagen und Problemen. Er musste daran denken, dass der Taxifahrer Angst gehabt hatte, sie bis ins Dorf zu bringen. Nur wer keinen anderen Ausweg wusste, kam hierher. Die angebotenen Dienste hatten etwas Klägliches. Als würde irgendetwas diese Leute daran hindern, das wahre Potenzial des Dorfes auszuschöpfen.

Überall sah oder spürte er die Bewohner des Zwischenreichs. Sie lehnten an Bäumen, saßen in den Ästen, sonnten sich im Gras und warteten auf Hilfe, die doch niemals kam. Über allem lag ein dichter dunkler Nebel, ein böser Dunst, in dem die *phibob* lauerten. Er fühlte ihre Ungeduld, ihre Vorfreude auf die nahende Katastrophe. Er wusste, dass seine Ankunft ein Raunen hervorgerufen hatte, das alles in Sawan auf den Kopf stellen würde.

Der Sangharaj erklärte den Rundgang für beendet. »Tham«,

sagte er, »wenn mich nicht alles täuscht, steht für Ihre Gäste ein Morgentee bereit.«

»Jawohl«, sagte Tham.

Den Tee nahmen sie in demselben Pavillon ein, in dem man normalerweise die Toten aufbahrte, bevor sie eingeäschert wurden. Da unmöglich alle Dorfbewohner Yeh Ming kennenlernen konnten, beschränkte sich die Zahl der Glücklichen auf neun. Sie standen Schlange, wie Schauspieler bei einer Audienz des Königs. Tham stellte sie vor, indem er erst ihr Fachgebiet, dann ihren Namen nannte. Tham selbst war der Chefexorzist, »im Ruhestand«, wie er eilig hinzusetzte.

Song, die Rutengängerin, war eine hochgewachsene Frau mit tränenfeuchten Augen und weißgesträhntem Haar, wie die Braut von Frankenstein. Der Mittler, Cham, hatte einen rasierten Kopf und legte ein ungemein affektiertes, um nicht zu sagen tuntiges Benehmen an den Tag. Seine Vorgesetzte, ein echtes Medium, hieß Tian. Sie war eine ältere Dame, die mit ihrem störrischen, kurz geschnittenen weißen Haar und ihrem schalkhaften Lächeln ein wenig an Daeng erinnerte. Dann waren da noch die Schamanenbrüder Phi und Lek, die mit den Geistern feilschten und verhandelten. Beiden fehlte das linke Bein, worauf Tham jedoch mit keiner Silbe einging. Die Dorfpriesterin war Thewa, die in jungen Jahren vermutlich wie ein Engel ausgesehen hatte, inzwischen jedoch eher einer Kartoffel glich. Der Kräuterhexer, Ya, war augenscheinlich der Jüngste der Gruppe und ähnelte den attraktiven Stars thailändischer Seifenopern. Blieb der Wahrsager, Doo, ein dickwanstiger Kerl von abstoßendem Äußeren und nämlichem Charakter. Sein Haar stand in Büscheln, als habe er es mit einer stumpfen Schere geschnitten, und er hatte einen Kropf von der Größe einer reifen Papaya.

Er lehnte es ab, sich in die Schlange einzureihen, um dem hohen Besuch die Hand zu schütteln, und grummelte ununterbrochen halb laut vor sich hin.

Siri und Daeng würden sie sich problemlos merken können, da sie auf Thai nach ihrer jeweiligen Rolle benannt waren und entsprechende Kostüme trugen, in denen sie einen recht farbenfrohen Anblick boten. Zum Tee wurde ein glitschiger Kuchen serviert, der nach nichts schmeckte und dessen einziger Daseinszweck darin bestand, den Tee aufzusaugen. Alle außer Doo scharten sich lärmend um Siri und himmelten ihn an, wie es sonst nur Rockstars vorbehalten war. Der Sangharaj und Daeng blieben weitestgehend unbeachtet.

»Zuerst möchte ich Sie fragen, wie Sie überhaupt in dieses Dorf geraten sind«, sagte Siri. »Ihrer äußeren Erscheinung und Ihren Akzenten entnehme ich, dass Sie von weither kommen. Warum haben Sie sich ausgerechnet hier niedergelassen?«

Die klaustrophobische Präsenz der *phibob* hatte er eigentlich gar nicht erwähnen wollen, doch in einer Runde wie dieser, wo alle auf nonverbaler Ebene kommunizierten, war das ein sinnloses Unterfangen.

»Unsere einzige Gemeinsamkeit«, sagte Priesterin Thewa, »besteht darin, dass wir alle aus unseren Dörfern vertrieben wurden.«

»Weil wir von *phibob* besessen waren«, ergänzte Mittler Cham.

»Alle?«, fragte Siri verblüfft.

»Die ersten beiden Generationen«, sagte Vorsteher Tham. »Unsere Enkel haben sie bislang verschont.«

»Und so wird es auch bleiben«, grummelte Doo.

»Wir wurden wie Aussätzige behandelt«, sagte Medium Tian. »Obwohl es nicht die Spur eines Beweises gab. Aber Sie wissen ja, wie das ist, Yeh Ming. Auf dem Land wird aus einem Verdacht schnell ein Gerücht, das sich im Handumdrehen in eine Tatsache verwandelt.«

»Dann waren sie also gar nicht alle besessen?«, fragte Siri.

»Jedenfalls nicht richtig«, sagte Schamane Phi.

»Vielleicht ein kleines bisschen«, sagte Schamane Lek. »Dann und wann. Wir waren schließlich alle in der Geisterbranche tätig. Jede Menge Ströme und Wellen gingen durch uns hindurch. Da fängt man sich schon mal den einen oder anderen *phibob*.«

»Aber das ist eher wie eine Erkältung als wie Krebs«, meinte Vorsteher Tham. »Man wird sie wieder los.«

»Aber manchmal eben auch nicht«, grummelte Doo. »Wie ein Krebsgeschwür.«

Mit den *phibob* kannte Siri sich inzwischen bestens aus. Sie waren nicht etwa die Geister der Verstorbenen. Und genaugenommen auch nicht die Geister des Waldes. Sie waren vielmehr eine Folge der Zerstörung der Natur. In einem früheren Leben mochten sie friedfertige Baumbewohner gewesen sein. Dann plötzlich hatte man ihnen von heute auf morgen ihr Zuhause genommen, ihre Wurzeln gekappt. Und sie begannen, ziellos umherzustreifen und wurden immer unberechenbarer. Und als immer mehr Wälder zerstört wurden, schlossen die *phibob* sich zusammen und wurden mächtig. Und sie taten Böses, indem sie in ein lebendiges Wesen fuhren wie eine Hand in eine Sockenpuppe. Kaum ein Besessener wusste, dass er besessen war, es sei denn, er hatte seinerseits einen Draht zur Geisterwelt.

Madame Daeng hatte einem solchen Treffen noch nie

beigewohnt und fand das Ganze herrlich albern. Sie bedachte den Sangharaj mit einem Lächeln, das dieser mit einem kaum merklichen Neigen der Stirn erwiderte. Ihr fiel auf, dass Medium Tian, die älteste Frau der Gruppe, von Zeit zu Zeit den Hals reckte, um einen Blick auf Daengs Hinterteil zu werfen. Die Frau lächelte ihr wissend zu, bevor sie sich wieder dem Treffen widmete. Die Vorstellung, dass diese Leute ihren Schwanz sehen konnten, machte Daeng seltsam beklommen.

»Kommen wir endlich zum Thema«, sagte Doo.

»Und das wäre?«, fragte Priesterin Thewa.

»Jedenfalls nicht unsere schillernde Vergangenheit«, sagte Doo. »Diese Fremden sind hier, weil einer von ihnen wegen Mordes hingerichtet werden soll.«

»Ach, hör doch auf«, sagte Rutengängerin Song.

Doo schenkte ihr keinerlei Beachtung. »Sie suchen einen Sündenbock«, sagte er. »Seine Hochnäsigkeit hier hält uns für entbehrlich, weil wir Lehmpuppen anbeten. Er glaubt, dem Richter einen von uns zum Fraß vorwerfen zu können, und die Sache ist geritzt. Lasst den Mönch frei und erschießt den Dorftrottel.«

»Um dessen Posten du dich soeben mit Erfolg beworben hast«, sagte Vorsteher Tham.

»Warum behandeln sie uns sonst wie Idioten?«, fragte Doo. »Genau wie die großkotzigen Kuttenträger in der Hauptstadt.«

»Entschuldigen Sie«, wandte Vorsteher Tham sich an den Sangharaj. »Er kann in die Zukunft schauen, und da gibt es gewöhnlich wenig Erfreuliches zu sehen.«

»Aber er hat doch recht«, meinte Schamane Lek. »Bei den merkwürdigen Ansichten des Sangha zum Okkulten wird der Sangharaj uns schwerlich unbefangen gegenübertreten.«

»Bitte«, sagte Vorsteher Tham. »Wir wollen unsere Gäste doch nicht beleidigen.«

»Nein, nein, schon gut«, sagte der Sangharaj. »Ich glaube, es gibt da einiges zurechtzurücken.«

»Aber das ist doch nicht nö...«

»Doch, doch«, sagte der Sangharaj. »Mich würde interessieren, ob unser werter Herr Wahrsager sich darüber im Klaren ist, dass es im thailändischen Sangha-Rat ebenso viele Mitglieder gibt, die unsere laotische Form des Buddhismus streng missbilligen, wie solche, die sich über eure heidnischen Rituale lustig machen.«

»Ich bin kein Heide«, sagte Doo.

»Ich auch nicht«, sagte der Mönch. »Der Animismus war schon ein paar Jahrhunderte alt, als der Buddhismus nach Laos kam. Wir sind eine zerstückelte Nation, die sich aus Hunderten verschiedener Volksgruppen zusammensetzt, jede mit ihrem eigenen Glauben, ihrer eigenen Religion. Sie alle waren von der Existenz eines Geistes oder einer Seele überzeugt. Anderswo leugnete der Buddhismus die Existenz des Ichs – und lehrte, die Seele sei der Ursprung allen Leids –, und da wir diese Stämme nicht vor den Kopf stoßen und jahrhundertealte Kulturen wie mit der Dampfwalze überrollen wollten, haben wir die Existenz der Seele anerkannt. Und uns damit gegen die herrschende Lehre gestellt. Es gab noch weitere strittige Unterschiede. Die Götter beispielsweise. Unsere Gottheiten wohnen in einem eigenen Himmel, während der Weltbuddhismus die Vergänglichkeit des Seins in den Vordergrund stellt. Für Kompromisse war da kein Platz. Wir hatten uns dem eigenen Orden widersetzt.

Und deshalb bin ich für den Sangha nicht weniger Heide als Sie.«

Siri und Daeng fiel es wie Schuppen von den Augen: Der Sangharaj hatte gar nicht die Absicht, nach Bangkok überzulaufen.

»Kurzum«, sagte der Mönch, »ich bin hier, weil mein Freund in Schwierigkeiten steckt. Der Abt genießt meine Zuneigung und mein Vertrauen, und ich bin weit gereist, damit ich hier sein und zum Beweis seiner Unschuld beitragen kann. Oder glauben Sie im Ernst, dass ein Mann wie Rayron, der mit Leib und Seele Abt ist, ohne jeden Grund urplötzlich vom rechten Weg abweicht?«

Worauf eine hitzige Debatte über die guten Taten des Abts entbrannte, gefolgt von einem gutmütigen Wettstreit um die entlegensten Tatsachen und abstrusesten Theorien. Leider waren die Bemerkungen und Kommentare weder besonders aufschlussreich noch übermäßig intelligent. Siri wunderte sich immer wieder über das schlichte Alltagsgemüt der Männer und Frauen, die – mit dem rechten Ansporn – Geistern und Dämonen kühn die Stirne boten oder auf dem Rücken schwarzer Hengste in die Anderwelt galoppierten. Aber dies war kein Philosophieseminar. Hier ging es um das Sammeln von Fakten. Sie waren sich einig, dass das Mädchen, das in der Tatnacht einen Mönch gesehen haben wollte, keinen Grund hatte zu lügen. Denn von ihrer Aufrichtigkeit hing ihre Zukunft ab. Sie hatte die Absicht, einem Orden beizutreten. In Thailand galt eine Frau, die Nonne werden wollte, etwa genauso viel wie ein Mann, der von einem Leben als Straßenkehrer träumte. Der Eintritt in ein Nonnenkloster versprach weder Respekt noch Profit. Der Buddhismus war eine unverhohlen misogyne Religion. Man erzählte den Frauen, um Erleuchtung zu erlangen, müssten sie zuerst als Mann wiedergeboren werden. Aber das schien die junge Dame nicht zu stören. Da Lügen eine Sünde war, räumte sie ein, dass sie zwar einen Mönch das Dorf habe verlassen sehen, aber nicht beschwören könne, dass es Abt Rayron gewesen sei.

Auch der Junge, der die beiden Mönche in der Nacht des ersten Mordes im Wald hatte verschwinden sehen, sagte aller Voraussicht nach die Wahrheit. Es war der Abt selbst, der ihn gedrängt hatte, sich als Augenzeuge zu melden. Der Knabe besuchte die Tempelschule und war einer von Rayrons gelehrigsten Eleven. Da der Weg zur nächstgelegenen Staatsschule zu weit war, gingen die Kinder von Sawan zur Tempelschule. Die Eltern waren froh darüber, dass der Abt ihre Sprösslinge nicht zu bekehren versuchte, sondern sie ganz im Gegenteil ermutigte, sich ihre eigene Weltanschauung zu bilden, indem sie alle Aspekte eines Themas berücksichtigten, auch und gerade in religiösen Dingen.

»Dann hat der Abt sich also selbst belastet«, sagte Daeng. »Das hätte er wohl kaum getan, wenn er schuldig wäre.«

»Mörder sind bisweilen hinterlistig«, sagte Doo.

»Ach, hör doch auf«, riefen fast alle wie aus einem Munde.

»Womit wir bei dem Abend wären, an dem Ihr ältester Dorfbewohner umgebracht wurde«, sagte Siri.

»Dem hat keiner eine Träne nachgeweint«, sagte Rutengängerin Song.

»Elender Drecksack«, sagte Schamane Phi.

»Das ist aber noch lange kein Grund, ihn in seinem eigenen Reisfeld zu ersäufen und auszuweiden«, sagte Vorsteher Tham.

»Mit wem hat er getrunken?«, fragte Siri.

Vorsteher Tham, die Schamanenbrüder und Doo hoben die Hand.

»Ich mochte ihn«, sagte Doo.

»Das Dorf ist klein«, sagte Schamane Lek. »Wenn man sich einen auf die Lampe gießen möchte, muss man das entweder zu Hause tun und sich das Gemecker der Alten anhören, oder man kommt hierher in den Pavillon.«

»Das hier ist Ihre Kneipe?«, fragte Daeng.

»Hinterm Haus haben wir eine Gemeinschaftsdestille«, sagte Vorsteher Tham und blickte zum Sangharaj, in der Hoffnung auf Nachsicht und Vergebung, doch die blieb ihm versagt.

»Dann ist Loong Gan denselben Weg heimwärts getorkelt, den wir gekommen sind«, sagte Siri. Er stand auf, ging zum Eingang und schlüpfte auf dem Weg nach draußen in seine Sandalen. Die anderen taten es ihm nach.

»Er ist da lang«, sagte Schamane Phi und wies auf die Lichtung hinter dem Rattanballplatz. »Wir sind ihm nach draußen gefolgt. Alle vier.«

»Und wo war er, als ihm der Mönch zu Hilfe kam?«

»Da drüben am Waldrand.«

»Selbst bei Vollmond dürfte es auf diese Entfernung nicht ganz leicht sein, jemanden einwandfrei zu identifizieren«, sagte Siri. »Und ich nehme doch an, Sie waren allesamt betrunken.«

Daeng kratzte sich am Kopf. »War denn schon Sperrstunde?«, erkundigte sie sich.

»Was?«, fragte der Vorsteher zurück.

»Sie sind alle gleichzeitig gegangen«, sagte sie. »Hat die Kneipe zugemacht?«

Sie lachten.

»Kneipen wie diese haben immer geöffnet«, sagte der Vorsteher. »Man kommt und geht, wie und wann man will.«

»Und warum sind Sie dann alle zusammen aufgebrochen?«, fragte sie.

Die Männer sahen sich an, wussten jedoch keine Antwort. Dann sagte einer der Schamanen: »Der Pfiff.«

»Was denn für ein Pfiff?«, fragte Siri.

»Es klang wie die Trillerpfeife eines Polizisten«, sagte der Vorsteher. »Loong Gan ging nach Hause, und als wir diesen Pfiff hörten, dachten wir, er wäre festgenommen worden. Rückblickend ist das natürlich Blödsinn, denn wer hätte ihn mitten in der Nacht verhaften sollen, weil er betrunken durch sein eigenes Dorf wankt? Außerdem haben wir hier gar keinen Polizisten. Aber wir waren alle mächtig blau. Also sind wir nach draußen gerannt.«

»Und da haben Sie ihn zusammen mit dem Mönch gesehen?«, fragte Siri.

»Genau.«

»Interessant.«

Siri beschloss, vor dem Schlafengehen noch rasch das eine oder andere Wort mit dem redescheuen Mönch zu wechseln. Er fand ihn in der Gebetshalle, wo er bei Kerzenlicht in einer Ecke saß und las.

»Sind Sie sehr beschäftigt?«, fragte er und ließ sich dem Mönch gegenüber nieder, ohne auf eine Einladung zu warten.

Der Abt legte sein Buch beiseite und setzte die Brille ab. »Bitte«, sagte er.

»Haben Sie diese Leute umgebracht?«, wollte Siri wissen.

»Das ist Ihre erste Frage?«, sagte der Abt.

»Dann haben wir's hinter uns«, sagte Siri.

Der Abt ließ sich mit seiner Erwiderung Zeit. »Was glauben Sie?«, fragte er schließlich.

Siri lächelte. »Tja, junger Mann, das war genau die falsche Antwort. Ihnen zuliebe kann ich nur hoffen, dass der Richter Ihnen nicht ausgerechnet diese Frage stellen wird. Ich kenne Sie nicht. Ich weiß rein gar nichts über Sie. Nach Lage der Fakten würde ich sagen, Sie sind schuldig wie die Sünde selbst.«

Er sah sich um, damit der Abt Zeit hatte, seine Antwort noch einmal zu überdenken. Sie saßen im Schneidersitz in der Gebetshalle. Der Herr Buddha blickte mit heiterer Miene zu ihnen herab, voller Freude über seinen frischen gelben Anstrich. Die Wandmalereien stellten Szenen aus der »indischen Jahrmarktversion« von Buddhas Leben dar, wie Civilai zu sagen pflegte: wie er durch die Luft flog und seinen Leib in Feuer verwandelte, wie er es mit Angulimala, dem Mörder der Tausend, aufnahm und durch Berge hindurchging.

»Dann lautet meine Antwort Nein«, sagte der Abt schließlich.

»Tja, offenbar will uns jemand mit aller Macht vom Gegenteil überzeugen«, sagte Siri. »Sollte Ihnen also jemand einfallen, der eventuell ein Interesse daran hat, Sie lebenslänglich hinter Gitter zu bringen, wäre ich Ihnen dankbar, wenn Sie es mir mitteilen könnten.«

Das lange Schweigen zwischen Frage und Antwort war irritierend. Siri trommelte mit den Fingern auf den Knien.

»Ich bin ein buddhistischer Mönch in einem animistischen Dorf«, begann der Abt. »Ich lebe in einem wunderschönen weitläufigen Palast, weil der Buddhistische Rat ein großzügiges Budget für Bauten und Ornamente bereitstellt. Es wäre möglich, dass den Geisteranbetern im Dorf dieser Luxus ein Dorn im Auge ist, weil ich für ihren Geschmack weiter nichts bin als ein hundsgewöhnlicher Schamane. Bruder Ya mischt Tränke und Tinkturen, die einen Mann für Frauen unwiderstehlich machen. Schwester Song sucht die geeignete Stelle zum Graben eines Brunnens. Abt Rayron führt Beerdigungen durch. Ich könnte mein Repertoire erweitern. Es gibt Mönche, die Flugzeuge segnen, Lottozahlen und die Zukunft vorhersagen. Aber so etwas mache ich nicht. Ich trete niemandem auf die Füße. Ich halte mich streng an die Schrift. Ich unterrichte. Ich gehe mit gutem Beispiel voran. Ich versuche, die Dorfbewohner dazu zu bewegen, im Umgang mit sich selbst, mit anderen und mit der Natur größere Achtsamkeit walten zu lassen. Aber ich predige nicht. Das ist nicht unsere Art. Ich erzähle Geschichten. Ich möchte Anregung bieten, Inspiration. Aber ich habe noch nie eine hitzige Debatte über Sinn und Nutzen meiner Religion geführt. Auf die Frage, ob man mich hier respektiert, würde ich sagen: Das hoffe ich. Ob man mich mag? Das hoffe ich. Ob ich jemanden so sehr gegen mich aufgebracht habe, dass er mir den Tod wünscht? Das … hoffe ich nicht.«

Siri rutschte auf seinen tauben Hinterbacken hin und her und streckte den Rücken. Ein leises Knacken hallte durch den Raum. Er musterte den Abt. Er war, was Madame Daeng »spätschön« zu nennen pflegte: ein Gesicht, das man auf den ersten Blick nicht unbedingt als gutaussehend bezeichnen würde, das mit der Zeit jedoch enorm gewinnt. Er war um die vierzig und mit einem Körper ausgestattet, der gegen Verlockungen wie Zucker, Stärke, Fett, Alkohol und

Tabak, mit denen das zwanzigste Jahrhundert die Schwachen in Versuchung führte, vollkommen immun schien.

»Und wie steht es mit Ihrem Privatleben?«, fragte Siri.

»Ich bin Mönch. Ich habe kein Privatleben.«

»Aber Sie hatten eins. Vor Ihrem Eintritt in den Orden.«

»Ach, das ist doch ewig her. Was soll das bringen, Doktor?«

»Was Ihre Verteidigung angeht, vermutlich gar nichts. Aber gräbt man in der Vergangenheit eines Menschen, stößt man dort bisweilen auf Gold.«

»Ich fürchte, da gibt es bei mir nicht allzu viel zu schürfen. Ich wurde mit acht Jahren im Tempel abgegeben.«

»Tatsächlich?«, sagte Siri. »Ich auch. Sehen Sie? Empathie. Und das gleich beim ersten Versuch. Es war damals offenbar groß in Mode, Jungs mit acht Jahren im Tempel abzugeben.«

»Immerhin haben Sie rechtzeitig den Absprung geschafft, Doktor. Ich hingegen blieb bei Buddha, weil ich keinen anderen Vater kannte. Ich war von einer Frau großgezogen worden, die ich ebenso liebte, wie sie mich zu lieben schien. Und dann plötzlich verschwand sie aus meinem Leben. Und Leute, die ich nicht kannte, traten an ihre Stelle. Eines Tages stand ein Mann vor unserer Tür. Er sah aus wie ein Chinese, sprach aber Thai. Er war elegant gekleidet. Er setzte mich auf die Rückbank seines Wagens. Neben mir lag eine kleine Papiertüte mit meinen Kleidern. Ich war noch nie Auto gefahren. Ich kam mir vor wie in einer fliegenden Zaubermaschine. Und beim Tempel setzte er mich ab mit den Worten, ich solle immer schön brav und artig sein, meiner Mutter zuliebe, zerzauste mir das Haar und brauste davon. Dank der Art und Weise meiner Ankunft hatte ich bei den anderen Novizen sofort einen dicken Stein im Brett.«

»Wissen Sie noch, wo der Tempel war?«

»Selbstverständlich. Er war schließlich lange genug mein Zuhause. Wat Po in Udon Thani.«

»Und sind Sie später je dorthin zurückgekehrt und haben nach dem Mann mit dem Auto gefragt?«

Der Abt starrte lange auf seine Fäuste. »Erst als es schon zu spät war. Die Mönche, denen ich als Novize gedient hatte, waren tot, und schriftliche Aufzeichnungen existierten nicht. Heutzutage geben die Leute Hunde im Tempel ab, wenn sie mit ihnen nicht zurande kommen oder kein Geld für Futter haben. Damals machte man dasselbe mit männlichen Kindern. Ich war ein ungewollter Streuner, aber im Tempel fand ich Geborgenheit und Frieden.«

»Bis jetzt.«

»Es ist mein Schicksal.«

»Bitte verschonen Sie mich mit diesem Karma-Quatsch.«

Doch noch in derselben Nacht stellte das Schicksal seine Macht unter Beweis. Unter dem Licht ein und desselben Mondes ließen drei Frauen, die in keinerlei Beziehung zueinander standen, ihr Leben: eine am Stadtrand von Vientiane, eine in Pakxan und eine in einem Dorf voll schlafender Schamanen. Es war Mitternacht, und Madame Daeng wurde von dem – mehrfach wiederholten – Wörtchen »*merde*« geweckt. Als sie die Augen aufschlug, sah sie ihren Gatten, der im Vollmondschein hastig in seine Hose stieg. Da sie derlei Noteinsätze gewohnt war, stand sie sofort senkrecht im Bett und begann ihrerseits, sich anzuziehen.

»Wo willst du hin?«, fragte sie.

»Ins Dorf«, sagte er.

»Was fehlt dir denn?«

»Grips. Grütze. Graue Zellen. Ich bin so blöd, man fasst es nicht.«

»Wenn ich dich wieder mal daran erinnern soll, brauchst du es bloß zu sagen.«

Und schon waren sie mit ihren Taschen auf dem Weg zur Tür.

»Fünf Jahre, Daeng«, sagte er. »Fünf Jahre war ich im Tempel. Sie haben uns diese verfluchten Geschichten immer und immer wieder erzählt, bis sie sich als große klebrige Klumpen in unserem Gedächtnis festsetzten. Die Buddha-Geschichten. Ein Königssohn beschließt, seinem irdischen Reichtum zu entsagen und in die Welt hinauszuziehen, wo er auf Schritt und Tritt, von Nepal bis China, Fußabdrücke und Körperteile hinterlässt.«

Heute funktionierte Daengs Taschenlampe, dabei schien der Mond so hell, dass man die Wimpern der Mücken erkennen konnte. Sie verließen die Tempelanlage durch das Haupttor und machten sich zum Spukpfad auf. Wieder scheute Köter am Eingang des Wegs. Das greise Pärchen absolvierte die Strecke im Senioren-Dauerlauf und ignorierte das Heulen und Ächzen, das von allen Seiten aus dem Dschungel drang. Siris Lunge hatte ihre besten Tage hinter sich, und Daeng hatte erst vor Kurzem ihre Beine zurückgewonnen.

»Ich wollte, wir wären mit der Triumph gekommen«, sagte Siri.

»Und was hat der Buddha so Bedeutendes vollbracht, dass wir deswegen einen Herzinfarkt riskieren müssen?«, keuchte Daeng.

»Die vier … Begegnungen.«

»Was denn für Begegnungen?«

»Die vier Begegnungen, die Buddha ins Bewusstsein riefen, dass die Welt nicht nur aus Frangipani-Leis und Champagnercocktails bestand. Er kletterte über die Palastmauer und ging in die Stadt, weil er wissen wollte, was seine Eltern ihm vorenthalten hatten. Und da sah er sie.«

»Was? Wen?«

»Einen Asketen, einen Leichnam, einen Greis …«

Für die kranke Frau kam jede Hilfe zu spät. Sie hatte ein schnell wirkendes Gift verabreicht bekommen. Als sie bei ihrer Hütte eintrafen, hatten ihre Lippen und das Innere ihrer Nase sich bereits gräulich-weiß verfärbt, und der Schaum stand ihr vor dem Mund. Siri kannte sie von seiner nachmittäglichen Visite, als er sich erboten hatte, die Kranken des Dorfes zu besuchen. Zu seinem Erstaunen waren die Alten in bemerkenswert guter Verfassung. Die Frau war der einzige schwere Fall, dem die Kräuter des jungen Bruders Ya nicht hatten helfen können, und Siri hatte ihr etwas gegen ihre Hepatitis gegeben. Bei seinem Ausflug in die Realität war der Buddha einem kranken Mann begegnet, aber mangels kranker Männer musste eine kranke Frau als Ersatz herhalten.

Auf Siris Alarmruf hin hatten sich die Dorfbewohner mit ihren Waffen auf die Suche nach dem Mörder gemacht. Einige vertraten die Ansicht, dass der Täter im Tempel zu finden sei, aus dem Siri gekommen war. Eine alte Hexe, die an Schlaflosigkeit litt, hatte in dem Schaukelstuhl auf ihrer Veranda gesessen und den Mönch zum Haus der Toten gehen sehen. Und sie hatte nicht den geringsten Zweifel, dass es sich bei besagtem Mönch um Rayron handelte.

Humnoy, der derzeitige Chef der laotischen Staatspolizei, war weder Polizist noch Militär. Oder gar ein Rechtsgelehrter, der sich mit den Gesetzen seines Landes auskannte, denn die waren noch nicht geschrieben. Und auch als Schreibtischhengst machte er eine eher traurige Figur. Seine Qualifikation für diesen Posten ließ sich in einem Satz zusammenfassen: »Er ist ein aufrechter Parteisoldat und der Schwager irgendeines Bonzen.«

Sein eklatanter Mangel an Fähigkeiten hielt ihn allerdings nicht davon ab, seine Amtspflicht zu erfüllen. Denn wer, wenn nicht er, hätte die Last der Verantwortung auf seine Schultern nehmen sollen? Er fällte ohne nachzudenken zahllose Entscheidungen, alle mit dem einen Ziel, seine Vorgesetzten nicht zu vergrätzen. Seine beiden Lieblingswörter waren *bo dai*, was selbstredend nichts anderes hieß als »nein«.

»*Bo dai*«, sagte er, nachdem er dem Vortrag des Inspektors aufmerksam gelauscht hatte. Phosy hatte wenig anderes erwartet, besaß aber weiß Gott keine zwei linken Füße, wenn es darum ging, mit einem Regierungskader Ringelreih zu tanzen.

»Ja, das war auch meine erste Reaktion«, sagte er. »Wozu die Armee verärgern? Wen interessiert schon, dass zwei ihrer Soldaten auf offener Straße und vor Zeugen einen Unschuldigen gekidnappt haben? Vermutlich hatte er es verdient. Wer weiß, am Ende erstatten die beiden jungen Soldaten unten im Erdgeschoss in diesem Moment Strafanzeige gegen den Mann. Schließlich ist dieses Land, wie wir alle wissen, nicht etwa eine Militärdiktatur, sondern eine demokratische Republik mit einer funktionierenden Polizei, der es obliegt, den Frieden zu wahren.«

»Ich bin nicht …«

»Genau das habe ich am Freitag auch Unteroffizier Suwit dargelegt.«

»Wem?«

»Unteroffizier Suwit im Ministerium der bewaffneten Streitkräfte. Oh, verzeihen Sie. Ich dachte, Sie beide kennen sich. Er weiß alles, was es über Sie zu wissen gibt, bis hin zu ihrer Schuhgröße.«

»Was, zum Teufel, hat dieser Suwit mit mir zu tun?«

»Er ist der Leiter der Abteilung für die Zusammenarbeit von Militär und Polizei. Die ist Ihnen doch sicher ein Begriff?«

»Es gibt keine Abteilung dieses Namens.«

Phosy hatte sich darauf verlassen, dass sein Dienstherr ebenso wenig von besagter Abteilung wusste wie er selbst, bevor er zufällig auf sie gestoßen war.

»Mit Verlaub, Herr Polizeichef, aber ich bin vor ein paar Tagen erst dort gewesen. Suwit schien allerhand über mich und meine Fälle zu wissen. Seine Akte über meine Abteilung ist so dick wie eine Tempelschwelle.«

»Aber das … das ist ja furchtbar.«

»Sie sprechen mir aus der Seele, Herr Polizeichef. Besonders seine Bemerkungen über … Nein, das tut nichts zur Sache.«

»Phosy!«

»Nein, wirklich. Das behalte ich doch lieber für mich.«

»Ich befehle Ihnen, es mir zu sagen.«

»Nichts Konkretes. Nur die eine oder andere Bemerkung über … über Ihre Eignung für diesen Posten. Ihre – wie nannte er es noch gleich? – Ihre ›mäßige Erfolgsbilanz‹.«

»Diese Schweine.«

»Jawohl, Herr Polizeichef. Ich habe ihm unmissverständlich zu verstehen gegeben, dass ich darüber weiter nichts zu hören wünsche.«

»Was fällt der Armee überhaupt ein, Akten über uns zu führen?«

»Sie sagen es, Herr Polizeichef.«

Der Polizeichef war ein breiter, bulliger Mann, der leicht aus der Haut fuhr. Die starke Rötung seiner Wangen zeigte an, dass seine Toleranzschwelle überschritten war, aber die Stimme erhob er dankenswerterweise nicht. Stattdessen stemmte er seine fleischigen Pranken auf die Schreibtischplatte und atmete ein paar Mal tief durch. Schließlich nickte er.

»Diese Zeugen«, sagte er.

»Ja, Herr Polizeichef?«

»Wären sie zur Aussage bereit?«

»Ich denke schon.«

»Gut. Dann nichts wie her mit ihnen.«

»Sind Sie sicher, dass …?«

»Je schneller, desto besser.«

Vor der Tür des Polizeichefs blieb Phosy stehen. Von Rechts wegen hätte er auf diesem Stuhl sitzen müssen. In der Zeit des Widerstands hatte er für die Pathet Lao tapfer gekämpft und spioniert. Er war zur Polizei gegangen, um aus Kriegern Friedenswächter zu machen. Er war einer der Hauptautoren der vorläufigen Rechtsordnung, die der laotischen Justiz als – reichlich wackliges – Fundament diente. Doch wie es schien, gab es für jeden kompetenten Mann und jede kompetente Frau einen inkompetenten Mann in übergeordneter Stellung. Es herrschte eine Hierarchie der Verantwortungslosigkeit. Und der kompetente Mann und die kompetente Frau waren so sehr damit beschäftigt, die inkompetenten Männer zu manipulieren, dass sie weder die Zeit noch den Ehrgeiz hatten, anständige Arbeit zu leisten.

Phosy fuhr mit dem Polizeijeep zum Stand der Sirupverkäuferin hinaus. Er hatte einen jungen Sergeanten mitgenommen. Dummerweise hatte er vergessen zu erwähnen, dass es sich bei dem »unschuldigen Zivilisten« nicht um einen Laoten handelte. Und natürlich gab es auch nur die eine Zeugin, und die hatte keinen Schimmer, wer die Entführer waren. Sie hatte lediglich ein vages Bauchgefühl, und das wäre vor Gericht ohne Bestand gewesen – so es in Laos denn ein Gericht gegeben hätte. Aber Phosy kannte Leute, die ihm einen Gefallen schuldeten und sich, mit etwas Glück, retrospektiv zum Tatort umleiten ließen. Und wer weiß, woran die Sirupverkäuferin sich mit ein wenig Hilfestellung noch alles erinnern würde?

Sie saß nicht hinter ihren Flaschen, als sie ankamen. Er bog von der Straße ab auf den schmalen Pfad, der zu ihrer Bambushütte führte. Der Berg von Leergut beherrschte nach wie vor den Hof. Die Hütte war kein komplizierter Bau: Ein Zimmer auf Pfählen, unter dem es kaum genug Platz für ein Schwein gab. Eine Leiter, die zu einem Balkon ohne Geländer hinaufführte.

Phosy stellte sich auf die mittlere Sprosse und schlug mit der Faust gegen die Tür aus Bananenblättern. Keine Reaktion. Der Balkon war mit einer dicken Schicht aus Straßenstaub überzogen, doch höflich, wie er war, schleuderte er die Sandalen von den Füßen und kletterte hinauf.

»Jemand zu Hause?«, rief er.

Keine Antwort. Noch bevor er die klapprige Tür aufstieß,

schlug ihm ein vertrauter Geruch entgegen. Er wusste, was ihn hier erwartete. Der Raum schwirrte von Fliegen. Sie schienen sich vornehmlich am anderen Ende des Zimmers zu sammeln, wo ein schiefes Fenster in die Wand geschnitten war. Darunter eine dunkle, trockene Pfütze. Es war viel Blut geflossen, auch wenn der größere Teil vermutlich zwischen die Ritzen des Bambusfußbodens gesickert war. Seufzend sah er aus dem Fenster. Ein malerischer Anblick: Büffel, auf deren Rücken weiße Seeschwalben hockten, sattsmaragdene Reisfelder und grünende Bäume, die aussahen, als könnten sie dem Wachstum ewig trotzen. Die einzige Natur, die ihn jemals enttäuschte, war die menschliche.

Es war ein sonderbares Frühstück. Hauptmann Gumron war um zwei Uhr morgens aus dem Bett geholt worden, um in einem weiteren Mordfall in Sawan zu ermitteln. Da es nach Nam Som keine Telefonverbindung gab, war Yuth, der etwas begriffsstutzige Sohn des Vorstehers, mit dem Dorfmotorrad zur Polizei gefahren. Nachdem der Hauptmann mit einem seltsamen Leichenbeschauer aus Laos und dessen Frau gesprochen hatte – die sich offenbar illegal im Land aufhielten –, hatte er die einzige Zeugin des Verbrechens befragt. Sie hatte auf beiden Augen grauen Star, doch letztlich blieb ihm gar nichts anderes übrig, als Abt Rayron wieder in Haft zu nehmen. Die Sonne stand am Himmel, und sein Wachtmeister und er waren todmüde und bedurften der Speisung. Da Sawan für seine üppigen Almosen in dieser Gegend weltberühmt war, beschlossen sie, die Einladung zum Frühstück anzunehmen, bevor sie den Verdächtigen ins Gefängnis brachten. Gut nur, dass heute Gerichtstag war. Sie hätten ohnehin hier herauskommen müssen, um den Mönch zum Richter zu bringen, damit dieser nach der letztmonatigen Verhandlung sein hoffentlich weises Urteil sprechen konnte. So gesehen schlugen sie zwei Fliegen mit einer Klappe.

Da Rayron des mehrfachen Mordes beschuldigt wurde, hatte der Sangharaj sich großzügig bereit erklärt, die für den Abt bestimmten Almosen entgegenzunehmen. Er kehrte zurück mit einem Festmahl, das eines Fünf-Sterne-Hotels würdig gewesen wäre. Abt Rayron saß ein paar Meter hinter dem Obersten Patriarchen und aß spärlich.

»Also, wenn Sie es nicht waren, Bruder«, sagte Hauptmann Gumron und schlürfte einen Löffel seines köstlichen Reisbreis, »dann müssen Sie irgendwem schwer ans Bein gepinkelt haben. So schwer, dass er als Abt verkleidet da draußen herumläuft, Leute umbringt und Leichen schändet. Gibt es jemanden, der Sie so sehr hasst?«

»Nicht, dass ich wüsste«, sagte der Abt.

»Vielleicht geht es gar nicht gegen ihn persönlich«, gab Siri zu bedenken.

Der Hauptmann hatte von den Theorien des alten Laoten die Nase voll. Er war kurz davor, aus einer Festnahme zwei zu machen.

»Was meinen Sie, Siri?«, fragte der Sangharaj.

»Überlegen Sie doch mal«, sagte Siri. »Ein namenloser Mönch, der nach dem Vorbild der Begegnungen des Buddhas mordet. Nicht Abt Rayron gilt der Hass des Täters. Sondern der Religion an sich.«

»Darf ich Sie daran erinnern, dass dies eine laufende Ermittlung ist?«, sagte der Hauptmann. »Es ist mir nicht gestattet, über Theorien oder wilde Anschuldigungen zu sprechen.«

»Dann seien Sie doch einfach still«, sagte Madame Daeng, »und spitzen Sie die Ohren.«

Der Hauptmann lachte. »Noch so eine Bemerkung, junge Frau, und Sie hören die Handschellen klicken.«

Siri saß wie auf Kohlen. Der Polizist flirtete eindeutig mit seiner Frau. Diese Thais schreckten vor nichts zurück. Dem Doktor blieb keine andere Wahl, als seinen Rivalen auf die Hörner zu nehmen.

»Im Zuge meiner ärztlichen Visite der Alten und Gebrechlichen«, sagte er, »ist mir aufgefallen, dass nur sehr wenige Dorfbewohner über üppig sprießendes Haupthaar verfügen. Ich finde, das sollten die thailändischen Behörden bei ihren Ermittlungen unbedingt in Betracht ziehen.«

»Was?«, erwiderte der Hauptmann. »Die Haarmode? Ist das nicht eher ein Fall für die Moralpolizei bei euch in Laos? Haarlänge. Rocklänge. Wir haben wahrhaftig Besseres zu tun.«

»Ich spreche natürlich von der Suche nach dem Mann, der sich als Abt Rayron ausgibt. Mit der Sie schon vor Monaten hätten beginnen sollen.«

Er starrte den thailändischen Polizisten an, der sich für die Mönche bestimmte Spezereien in sein Spundloch stopfte. Er war Mitte fünfzig und hatte, trotz der beengenden Eigenschaften thailändischer Polizeiuniformen, einen beträchtlichen Wanst und solche O-Beine, dass ein Wildschwein bequem zwischen ihnen hätte hindurchgaloppieren können. Obwohl er ganz und gar nicht Daengs Typ war, klimperte sie jedes Mal betörend mit den Wimpern, wenn er in ihre Richtung sah.

»Wäre ich ein thailändischer Polizist«, fuhr Siri fort, »würde ich die Ältesten des Dorfes etwas genauer unter die

Lupe nehmen. Dem einen oder anderen gehen nämlich die Haare aus. Ich würde mich auf Männer über vierzig konzentrieren.«

»Herr Leichenbeschauer«, sagte Gumron. Er benutzte die abwertende Bezeichnung »Geisterdoktor«, die unterstellte, dass Siris Tätigkeit nicht Beruf, sondern Berufung war. »Von meinem warmen Bettchen bis hierher habe ich eine halbe Stunde gebraucht. Jeder, der ein Motorrad oder ein Auto besitzt, kann sich nach Sawan aufmachen. Warum also sollte ich meine Bemühungen auf das Dorf beschränken, wenn der Täter ebenso gut aus der Stadt kommen kann?«

Siri lächelte. »Weil«, erwiderte er, »es hier um ein Hassverbrechen geht. Rings um Nam Som gibt es zahllose prächtige Tempel, deren Äbte man quälen und peinigen könnte. Mit weitaus durchschlagenderer Wirkung. Aber er entscheidet sich für einen kleinen Tempel im Dschungel. Nein. Das Motiv für diese Morde hat seine Wurzeln hier, in diesem Dorf.«

»Logisch«, sagte der Hauptmann. »Ein Mann der Wissenschaft. Sie würden sich wahrscheinlich ein Loch in den Bauch freuen, wenn der Mörder ein Schamane oder Exorzist oder eine der vielen schrägen Gestalten wäre, die hier heidnische Rituale praktizieren. Vorurteile, nichts als Vorurteile.«

Daeng wischte sich mit einem Papiertuch die Lippen und überließ die Männer lächelnd ihrem Duell. Siri spielte mit dem Gedanken, ihr nachzulaufen, ihren Schwanz anzuheben und zu rufen: »Vorurteile?«

Am liebsten wäre er auf der Stelle verschwunden und in fünf Minuten wieder aufgetaucht, nur um die verblüffte Miene des Hauptmanns zu sehen. Doch mit dem Hauptmann stimmte irgendetwas nicht. Sein lockerer Umgang mit den Dorfbewohnern. Seine Bereitschaft, allein nach Sawan zu kommen, obwohl die Leute aus der Stadt sich gewöhnlich nur in Truppenstärke hierher trauten. Siri ging ein Licht auf.

»Sie sind von hier«, sagte er.

»Was?«

»Sie sind in Sawan geboren. Ein Kind der Weisen. Das hier sind Ihre Leute.«

»Opa, ich glaube, für heute haben Sie genug Detektiv gespielt, meinen Sie nicht auch?« Er ignorierte Siris zufriedenes Lächeln und wandte sich an den Abt. »Der Wachtmeister und ich sind mit dem Motorrad gekommen. Soll ich den Jungen in die Stadt schicken, einen Wagen holen, oder ...?«

»Mir reicht der Soziussitz«, sagte der Abt.

»Wusste ich's doch«, sagte der Hauptmann. »Ich nehme an, als Mönch reisen Sie mit leichtem Gepäck?«

Der Abt hielt seine kleine safrangelbe Umhängetasche hoch.

»Wann wird der Richter den Fall des Abts verhandeln?«, fragte der Sangharaj.

»Nun ja, das lässt sich nicht auf Stunden und Minuten vorhersagen«, antwortete der Hauptmann. »Wir liegen auf dem sogenannten Gerichtsrundkurs. Ankläger Suthon kommt einmal im Monat vorbei. Wenn er in der Stadt ist, verhandelt er so viele Fälle, wie er in drei Tagen bewältigen kann. Er ist gestern gekommen. Und je ernster der Fall, desto höher die Priorität. Er wird in dem Mordfall vom letzten Monat ein Urteil sprechen wollen. Und auf die Ereignisse der vergangenen Nacht nicht vorbereitet sein. Ich muss die Ermittlungsergebnisse erst einmal schriftlich niederlegen, und das dauert. Ich glaube kaum, dass er ein Urteil fällen wird, ohne einen Blick auf die neuen Beweise geworfen zu haben. Also wird er heute wohl nicht mehr sehr viel sagen.«

»Hat der Abt denn nicht das Recht, einen oder mehrere Zeugen zu berufen, die zu seinen Gunsten aussagen könnten?«, fragte Siri.

»Normalerweise nicht«, sagte der Hauptmann. »Aber das steht dann alles in meinem Bericht.«

»Macht Sie das denn nicht zum Richter?«, fragte Siri.

»Ich schreibe nicht, was ich glaube oder denke, Opa. Ich notiere lediglich, was ich sehe und was die Leute mir erzählen.«

»Das behaupten auch die meisten Zeitungen auf dieser Welt, und Sie würden sich wundern, wie tendenziös die fertigen Texte bisweilen sind.«

»Ich lach mich tot. Als ob Sie sich mit der Weltpresse auskennen würden.«

»Ein bisschen.«

»Meine Berichte hat noch nie jemand bemängelt«, sagte der Polizist. »Ich habe mich immer um größtmögliche Genauigkeit bemüht.«

Seine Abwehr drohte sich in Verdruss zu verwandeln, sein Geduldsfaden war zum Zerreißen gespannt. Aber Siri ließ nicht locker. »Und in der Zwischenzeit gammelt der Angeklagte vier Wochen lang in einer Zelle vor sich hin und wartet auf den nächsten Besuch von Ankläger Suthon«, sagte er.

Der Sangharaj ging dazwischen wie ein Boxringrichter. »Auch mir macht die lange Wartezeit bis zum nächsten Gerichtstermin ein wenig Sorgen.«

»Die Mühlen mahlen langsam«, sagte der Hauptmann. »Es gibt Fälle, die ziehen sich über vier oder fünf Jahre hin, wenn nicht mehr. Bis die vor Gericht landen, sind Zeugen und Verdächtige an Altersschwäche gestorben.«

»Und es gibt keine Möglichkeit, diesen, äh, Prozess ein wenig zu beschleunigen?«, erkundigte sich der Sangharaj.

»Mit dem nötigen Kleingeld geht in diesem Land fast alles besser«, warf Siri ein.

Gumron ignorierte ihn. »Mir fällt nur eine ein«, sagte er.

»Nämlich welche?«, fragte der Sangharaj.

»Publicity«, sagte der Hauptmann. »Wenn die Presse von so einer Geschichte Wind bekommt und die Fernsehleute auf den Zug aufspringen und die Öffentlichkeit für den – vorzugsweise prominenten – Angeklagten Partei ergreift, kann es manchmal verdammt schnell gehen, Sie würden sich wundern. Druck aus Bangkok, das auf möglichst zügige Bearbeitung des Falls drängt. Gute Presse im Ausland. Andererseits könnte es natürlich auch heute schon vorbei sein.«

»Wie das?«, fragte Siri.

»Nun ja, der Richter hat genügend Zeit gehabt, die Akten der ersten drei Fälle zu studieren. Nach den ersten beiden war ihm die Beweislage noch zu dürftig. Aber seitdem hat es zwei weitere Morde gegeben. Womöglich empfiehlt er noch heute die Todesstrafe, und Ihr Abt wird nach Udon überstellt.«

Siri sah zu Abt Rayron, der seit Siris Ankunft keine Miene verzogen hatte. Sein Gesicht zeigte weder Freude noch Schrecken oder gar Entsetzen. Der Doktor wusste den Ausdruck nicht zu deuten: War es Erleuchtung oder Resignation?

»Und das alles auf der Grundlage einiger zwangloser Plaudereien mit den Dorfbewohnern, ein paar handschriftlicher Notizen und wenig schlüssiger Indizien«, sagte Siri.

»Kein Kreuzverhör. Keine Recherche. Keine Rechtsmittel. Und ich dachte immer, *unser* System sei barbarisch.«

Dem Polizisten platzte der Kragen. »Pass mal auf, du Bauerntrottel, du mickriger Kommunistengreis, wir tun, was unsere begrenzten Mittel uns erlauben. Wir ersticken hier förmlich in Arbeit. Bis vor Kurzem wurden solche Fälle von Dorfvorstehern verhandelt, die vor allem ihr eigenes Wohl im Sinn hatten. Da geriet man an einem Tag mit irgendeinem alten Schwachkopf aneinander und fand sich am nächsten vor seiner Richterbank wieder. Diese Zeiten sind zum Glück vorbei. Bringt erst mal euer eigenes Haus in Ordnung, bevor ihr mit Steinen nach uns werft.«

Madame Nong war mit dem Chauffeur nach Vientiane zurückgefahren. Civilai stand pünktlich zur Öffnungszeit vor der Tür des Ratsbüros. Die Beamten des Bezirksratsbüros kamen zwanzig bis vierzig Minuten später. Civilai saß noch immer auf einer Betonbank im Garten, wo braune Ranken auch den letzten noch verbliebenen Blumen den Garaus zu machen drohten und der Rasen so hoch stand, dass man ihn nicht betreten konnte. Niemand fragte ihn, wer er sei und was er wolle. Eine kommunistische Bürokratie, in der die Kader in einem fort rotierten, verwandelte sich früher oder später zwangsläufig in ein unpersönliches, kaltherziges System.

Er wusste nicht recht, warum er eigentlich hier war. Vielleicht weil es im Dorf niemanden gab, bei dem er sich hätte beschweren können, und er das heftige Bedürfnis verspürte, seinem Ärger Luft zu machen. Aber es gab noch einen anderen Grund. Er hatte sich in Ban Toop einfach nicht wohlgefühlt. Das war kein normales laotisches Dorf. Er hoffte, dass die Beamten der Regierung ihm erklären konnten, was dort vor sich ging.

Schließlich betrat er das Büro, wo eine junge Frau mit fettig glänzender Gesichtshaut Akten archivierte. »Wo ist Ihr Direktor?«, fragte er.

»Setzen Sie sich, Großvater«, sagte sie. »Sie werden gleich bedient.«

»Vielen Dank, aber das bin ich bereits«, sagte er. »Ich möchte Ihren Direktor sprechen.«

Sie seufzte, als habe sie endgültig genug von mürrischen alten Männern. Dann ignorierte sie ihn. Widmete sich wieder ihren Akten und würdigte ihn keines Blickes. Ignoriert zu werden verabscheute Civilai beinahe genauso sehr, wie er die Chinesen verabscheute. Er trat hinter sie.

»Was steht denn in diesen Akten?«, fragte er.

»Setzen Sie sich wieder«, sagte sie.

»Es würde mich nicht wundern, wenn auf einem Ihrer Aktenschränke so etwas stünde wie … Politbüro. Stimmt's, oder hab ich recht?«

Sie gab keine Antwort, fühlte sich jedoch sichtlich unwohl in ihrer Haut. Er schritt die Reihe von Aktenschränken ab und sagte die Buchstaben des Alphabets laut vor sich hin, bis er die gesuchte Schublade gefunden hatte. Er zog sie auf und blätterte die Akten schneller durch, als das Mädchen reagieren konnte. Wie nicht anders zu erwarten, hatte man die Fotos derjenigen Politbüromitglieder, die in den Ruhestand versetzt und nicht nur aus dem Kabinett, sondern auch von den Bilderwänden verbannt worden waren, in der Schublade abgelegt. Erstaunlich viele seiner früheren Kollegen waren inzwischen verstorben. Er fand sein Foto just in dem Moment, als das Mädchen bei ihm ankam. Sie versuchte, es ihm aus der Hand zu reißen, doch er wich blitzschnell zurück.

»Sieh mal einer an«, sagte er. »Wer mag dieser dynamische junge Bursche wohl sein? Er war noch etwas dünner damals, bevor er sein Pensionärsdasein den Küchengöttern weihte, aber er macht eigentlich immer noch eine recht stattliche Figur, finden Sie nicht?«

Sie betrachtete erst das Foto, dann den Mann, der es in der Hand hielt, dann wieder das Foto. Dann schien der Boden unter ihren Füßen ins Wanken zu geraten.

8

DIE RÜCKKEHR DER LEBENDEN TOTEN

Civilai stand im Büro des Genossen Luangrat, seines Zeichens Direktor des örtlichen Rates, und hatte Wasser, Saft, Coca-Cola, Tee, Kaffee, Knabberzeug und Zigaretten sowie »etwas Stärkeres« samt und sonders abgelehnt. Auch weigerte er sich, Platz zu nehmen, während er die Verfehlungen des Ratsbüros aufzählte. Anschließend schilderte er das Debakel seines offiziellen Besuchs in der Region und beklagte sich über das Fehlen von dem feierlichen Anlass angemessenem Glanz und Gloria. Der Direktor war nicht der dynamischste. Er sah aus wie ein alter Kinoplatzanweiser, der sein Leben im Dunkeln verbracht hatte. Selbst seine Verlegenheit wirkte gedämpft.

»Wir haben die Mitteilung aus Vientiane erhalten«, sagte er.

»Und auf direktem Weg in den Papierkorb befördert?«

»Nein, Genosse«, sagte er. »Wir haben sie an den Ortsvorsteher in Ban Toop weitergeleitet. Der die Feierlichkeiten zu Ihrem Empfang unbedingt selbst ausrichten wollte.«

»Und warum haben Sie dann nicht noch einmal nachgehakt? Notfalls hätten Sie meine Frau und mich eben persönlich in Empfang nehmen müssen. Wie das Protokoll es vorschreibt.«

»Sie haben ja recht«, sagte der Direktor kleinlaut.

»Und warum haben Sie es dann nicht getan?«

»Das … das ist etwas schwierig zu erklären.«

»Gut. Dann versüßen Sie mir doch den Lebensabend mit Ihrer etwas schwierigen Erklärung.«

Civilai setzte sich an den Schreibtisch. Das Schweigen des Direktors wurde lang und länger.

»Ich höre!«, bellte Civilai.

»Der Ortsvorsteher von Ban Toop ist ein hochangesehener und mächtiger Mann.«

»Angesehener und mächtiger als Sie? Mächtiger als die Regierung, die Sie vertreten?«

»Auf lokaler Ebene, ja.«

»Sie haben Angst vor ihm.«

»Um Himmels willen, nein. Aber meine Aufgabe ist es, herzliche und produktive Beziehungen mit Dorfgemeinschaften zu pflegen, die seit Generationen Bestand haben.«

»Und er hat Sie nicht gebeten, ihm jemanden zu schicken, der mich in Empfang nimmt?«

»Er hat es etwas anders formuliert.«

»Nämlich wie?«

»Er sagte, man werde den hochverehrten Gast der Tradition des Dorfes entsprechend willkommen heißen.«

Mit anderen Worten, gar nicht, dachte Civilai, sagte jedoch nichts. Er hatte die Nase voll. Er war offenbar an den Falschen geraten.

»Ich brauche einen Wagen«, sagte er.

»Wir …«

»Ja?«

»Wir haben nur den einen.«

»Der sollte genügen.«

»Aber wir können Ihnen keinen Fahrer zur Verfügung stellen.«

»Das ist auch nicht nötig. Ich fahre seit 1921 Auto.«

»Aber …«

»Sie wollen nach alldem doch nicht ernsthaft Einwände erheben?«

»Nein.«

»Ich nehme an, Sie haben ein Faxgerät.«

»Ja.«

»Dann setzen Sie sich mit meiner Dienststelle in Vientiane in Verbindung. Ich gebe Ihnen die Nummer. Bestellen Sie meinen Mitarbeitern einen schönen Gruß und richten Sie ihnen aus, dass es hier ein Dorf gibt, dem es an Zucht und Ordnung mangelt. Den genauen Wortlaut überlasse ich Ihnen. Erklären Sie, was passiert ist, und sie sollen sofort eine Einsatztruppe losschicken. Ich warte hier, bis sie da ist. Ich komme morgen noch einmal vorbei und hole mir die Antwort ab.«

»Sie werden doch nicht … ich meine, das alles wird meine Stellung hier doch nicht gefährden, oder?«

»Offen gestanden, Genosse Luangrat«, sagte Civilai, »wundert es mich, dass Sie hier *überhaupt* eine Stellung innehaben.«

Schwester Dtui und Herr Geung saßen seit vierundvierzig Minuten im Empfangsbereich des Justizministeriums. Da zwischen Mittag- und Abendschicht im Nudelrestaurant gerade einmal vier Stunden lagen, war die Zeit knapp und deshalb kostbar. Manivone, die Leiterin des Schreibbüros und persönliche Sekretärin Richter Haengs, hatte sich alle zehn Minuten entschuldigt. An den meisten Tagen ging ein Gutteil ihrer Arbeitszeit für Entschuldigungen drauf. Dtui und Manivone kannten und mochten sich schon seit Langem, und wenn Fäden gezogen und Hebel in Bewegung gesetzt werden mussten, um Dtui eine Audienz beim Richter zu verschaffen, zog und setzte Manivone nach Kräften. Doch wie ihr Chef nicht müde zu betonen wurde, waren dies ungemein hektische Zeiten. In einer Woche sollten die diplomatischen Beziehungen zwischen Laos und Bulgarien auf eine formelle Grundlage gestellt werden. Anlässlich eines Besuchs des thailändischen Premierministers hatte eine Reihe spontaner Treffen arrangiert werden müssen. Die sowjetische Entwicklungskommission hatte die desaströsen Landwirtschaftlichen Produktionsgenossenschaften im Süden besichtigt, und die Anerkennung einer vietnamesischen Marionettenregierung in Kambodscha unter Führung eines früheren Offiziers der Roten Khmer stand kurz bevor.

Mit all diesen politischen Belangen hatte Richter Haeng zwar nichts zu tun, aber sie waren ihm ein willkommener Vorwand, um sich bei geschlossenen Jalousien in seinem Büro zu verschanzen. Immer, wenn Manivone an die Tür klopfte, fuhr er vor Schreck fast aus der Haut. Er zuckte bei jedem lauten Geräusch zusammen und verweigerte jegliche Nahrung. Im Ministerium ging das Gerücht, er sei der Opiumsucht anheimgefallen.

Dtui tippte Herrn Geung aufs Knie. »Gehen wir«, sagte sie.

»W-w-wohin?«, fragte Geung.

»In Haengs Büro«, sagte Dtui. »Dem Richter ein paar Manieren beibringen.«

»Armer Richter«, sagte er und folgte ihr den offenen Korridor entlang. Viele hassten den kleinen Richter, doch Geung hätte ganz vorne in der Schlange stehen müssen. Haeng hatte nichts unversucht gelassen, um Geung aus seinem Posten als Sektionsassistent an der Mahosot-Klinik zu drängen. Er hatte ihn eine Missgeburt genannt und behauptet, für die Anstellung eines Schwachkopfs sei kein Geld da. Doch obwohl er all diese Ausdrücke sehr wohl verstand, trug der aufrechte, seelengute Geung nicht den geringsten Groll in seinem Herzen.

Vor einer Tür ohne Schild blieben sie stehen, und Dtui klopfte leise, bevor sie ins Zimmer platzte. Sie sah gerade noch, wie der Richter sich ängstlich unter seinen Schreibtisch duckte.

»Ha, ha. Ich kann Sie sehen«, sagte Geung.

»Richter Haeng«, sagte Dtui, »ich bin's, Schwester Dtui.«

»Was wollen Sie?«, fragte er.

Sie ging auf die Knie. »Was machen Sie unter dem Schreibtisch?«, fragte sie.

»Büroklammer«, sagte er. »Heruntergefallen.«

»Kann ich Ihnen helfen?«, fragte sie.

»Nein.« Als er auf seinen Stuhl zurückzukehren versuchte, stieß er mit dem Kopf gegen die Unterseite der Schreibtischplatte. Erst als er endlich saß, sah er Geung in der Tür stehen.

»Was will der da denn hier?«, fragte er.

»›Der da‹ gehört zu mir«, sagte Dtui.

»Das sehe ich«, sagte der Richter. Allmählich gewann er seine Contenance zurück.

Für Dtui sah Haeng aus wie ein Ballen schimmligen Flanells.

»Fehlt Ihnen etwas?«, fragte sie.

Er zwirbelte einen Bleistift zwischen den Fingern, damit sie nicht bemerkte, dass seine Hände zitterten.

»Wie kommen Sie dazu, sich nach meinem Geisteszustand zu erkundigen?«, fragte er.

»Äh«, machte sie. »Ich habe mich nicht nach Ihrem Geistes-, sondern nach Ihrem *Gesundheits*zustand erkundigt.«

»Danke«, sagte er. »Mir geht es blendend. Im Übrigen wüsste ich nicht, dass wir einen Termin haben.« Er warf Geung einen drohenden Blick zu, der diesen mit einem fröhlichen Winken quittierte.

»Doch, in gewissem Sinne schon«, sagte Dtui. »Der Doktor hat nämlich eine Lösung für Ihr kleines Geisterproblem gefunden. Also hat er uns geschickt.«

»Siri?«, sagte der Richter. »Wo, zum Teufel, steckt er überhaupt? Ich versuche seit zwei Tagen vergeblich, ihn zu erreichen.«

»Der Doktor und Madame Daeng mussten … geschäftlich verreisen.«

»Mist. Und womit könnte eine vollschlanke junge Dame jemandem wie mir wohl dienen?«

Dtui nahm einen letzten Schluck von ihrem Stolz. Schließlich hatte sie Siri ihr Wort gegeben. Einer der vielen Sprüche ihrer Mutter kam ihr in den Sinn: *Wer einem Bären einen Splitter aus der Tatze zieht, muss mit dem einen oder anderen Kratzer rechnen.* Richter Haeng machte es einem wahrlich nicht leicht, ihm zu helfen.

»Hören Sie«, sagte sie. »Alles, was Dr. Siri über Sie weiß – medizinisch, politisch, geistig und moralisch –, weiß auch ich. Der Doktor und ich haben keine Geheimnisse voreinander. Also spielen Sie hier nicht den harten Hund. Ich muss meine Zeit nicht mit Ihnen vertrödeln. Ich habe Nudeln zu kochen, Schwesternschülerinnen zu unterrichten und eine Tochter zu bespaßen.«

»Ich auch«, setzte Geung grinsend hinzu.

»Und ich würde ehrlich gesagt lieber im Gemeinschaftsgarten Runkelrüben ernten, als Ihnen zu helfen. Also kommen Sie gefälligst von Ihrem hohen Ross herunter, oder wir gehen, und Sie lassen sich bis ans Ende Ihrer Tage von einem toten Zwerg terrorisieren.« Sie marschierte zur Tür.

»Nein, warten Sie«, rief er.

Bevor sie zur Wohnung des Genossen Koomki aufbrachen, machten sie auf dem Markt Station und kauften ein paar Dinge, zu denen ihnen der Doktor geraten hatte. Bei der alten Kolonialvilla angekommen, weigerte sich Haeng, sie zu betreten.

»Sagen Sie mir, weshalb wir hier sind«, verlangte er.

»Um eine Hypothese des Doktors zu überprüfen«, sagte Dtui. »Haben Sie die Schlüssel?«

Sie wusste die Antwort längst, denn seine Hand zitterte so sehr, dass die Schlüssel darin klirrten. Sie nahm sie ihm ab, ging zu Koomkis Wohnungstür und schloss sie auf. Im Zimmer stank es nach Exkrementen, aber nicht nach Tod. Dtui deutete das als gutes Zeichen.

»Wir kommen vielleicht gerade noch rechtzeitig«, sagte sie.

»Wozu?«, rief der Richter.

»Um den Verlust eines Lebens zu verhindern.«

»Wessen Leben?«, fragte der Richter und schob sich über den dunklen Flur langsam auf das Zimmer zu.

»Wir werden sehen.«

Dtui ging schnurstracks zum Kleiderschrank und riss ihn auf. Ein entsetzlicher Gestank schlug ihr entgegen. Sie hielt sich Mund und Nase zu und sah hinein. Ein irrer Derwisch mit Machete schien sich darin ausgetobt zu haben. Die Kleider hingen in Fetzen, die Regalbretter waren gesplittert und zerkratzt, und rings um das Schloss befanden sich Blutflecke. Sie nahm einen Drahtbügel und stocherte damit in dem Unrat. Im untersten Fach, unter einem Bettüberwurf aus Nylon, wurde sie fündig. Sie war so gut wie tot. Die Krallen waren mit getrocknetem Blut verklebt, das Ergebnis ihrer vergeblichen Ausbruchsversuche. Mehrere Zähne waren abgebrochen. Das Fell ging ihr in Büscheln aus, und sie war so dürr wie eine Zahnstocherfigur. Aber tot war sie nicht.

»Sie lebt!«, rief Dtui.

Zögernd betrat Haeng das Zimmer. »Wer, sie?«, fragte er.

»Die Katze«, sagte Dtui.

»Bitte, was?«

»Koomki hatte eine Katze«, sagte Dtui. »Die Sie bei der Wohnungsinspektion versehentlich im Kleiderschrank eingeschlossen haben.«

»Könnte sein.«

Herr Geung nahm das halb verhungerte Tier auf den Arm. Es wog kaum mehr als eine Glühbirne.

»Aber das ist vier Wochen her«, sagte der Richter. »Das ist unmöglich.«

»Sollte man denken«, sagte Dtui. »Es widerspricht jeglicher Logik. Aber wie Sie sehen …«

Sie griff in eine der Plastiktüten, die sie vom Markt mitgebracht hatte, und löste den Gummi, der als Verschluss eines Beutels Kokoswasser diente. Herr Geung tauchte den Finger in die Flüssigkeit und benetzte die Lippen der Katze damit. Keine Reaktion. Er versuchte es gleich noch einmal.

»Kokoswasser«, sagte Dtui. »Nährstoffreich und leicht verdaulich. In der Not ein guter Ersatz für eine Kochsalzinfusion. Es wäre mir allerdings lieber, wenn sie die Kraft hätte, es oral zu sich zu nehmen.«

»Aber wie …« Der Richter geriet ins Stammeln. »Wie konnte Siri wissen, dass sie da drin war?«

»Eine Vermutung«, sagte sie. »Instinkt. Ein Flüstern aus dem Jenseits. Wer weiß? Aber der Doktor dachte, selbst ein Mensch wie Koomki brauchte Gesellschaft, und einer Katze ist es relativ egal, ob ihr Herrchen stinkt oder ein Kotzbrocken ist, solange sie nur regelmäßig gefüttert wird. Siri hat einfach zwei und zwei zusammengezählt. Die Untertasse und das Handtuch auf dem Fußboden, Tiercomics, das Wimmern. Und gelangte zu dem Schluss, dass der Genosse Koomki nicht halb so herzlos war, wie er gern tat. Er liebte seine Katze und konnte nicht ins Totenreich eingehen, solange sie solche Qualen litt.«

»Und d-d-darum … darum …?«

»Erscheint er Ihnen als Geist? Wahrscheinlich. Aber das werden wir erst dann mit Sicherheit wissen, wenn es uns nicht gelingt, den Kleinen hier ins Leben zurückzuholen.«

»Die Kleine«, korrigierte Geung.

»Sollten Sie seine Katze tatsächlich getötet haben, könnte ich mir gut vorstellen, dass der Genosse Koomki den Rest seiner jenseitigen Existenz damit verbringt, Ihnen die Hölle heiß zu machen.«

Geung legte die Katze auf den Tisch und träufelte ihr noch einmal Kokoswasser ein. Richter Haeng betrachtete sie wie ein trauernder Vater.

»Wird sie …?«, fragte der Richter.

»Ihr Schluckreflex ist gestört«, sagte Dtui. »Dann müssen wir wohl zu brachialeren Methoden greifen.«

Dtui biss eine Ecke des Plastikbeutels ab und spritzte der Katze den Saft durch das Loch wie mit einem Schlauch ins Maul. Das meiste landete auf dem Tisch, doch ein paar

Tropfen fanden den Weg in ihre Kehle und brachten sie zum Husten.

»Na also, geht doch«, sagte Dtui.

Eine winzige Zunge erschien zwischen den Lippen der Katze und leckte ihre feuchten Schnurrhaare.

»So ist's brav«, sagte Geung.

Er gab die Katze in Dtuis Obhut und warf einen Blick in den Schrank.

»In-in-instantnudeln«, sagte er und sichtete den Inhalt der diversen Fächer, »b-b-b-bis auf die Sohlen abgekaute Lederstiefel. P-p-papierfetzen.«

Er kniete sich hin, um das unterste Schrankfach zu durchforsten, und stieß einen Triumphschrei aus.

»Ich hab's, ich hab's«, sagte er.

Er förderte einen 25-Liter-Wasserkanister aus dickem Plastik zutage, der auf der Seite gelegen hatte. Der Deckel war fest verschlossen und versiegelt.

»Ein frustrierendes Hindernis für eine verdurstende Katze«, sagte Dtui. »Aber der Kanister ist nicht mehr voll, sprich, irgendwie muss sie an das Wasser gekommen sein. Sehen Sie etwas, Geung?«

»Hier an der Seite«, sagte Geung. »Sie hat sich durchge-k-k-kratzt.«

»Und sich die Krallen dabei bis zur Wurzel abgewetzt«, sagte Dtui und hob behutsam eine Vorderpfote an.

Kraftlos schlappte die Katze das Kokoswasser aus Dtuis hohler Hand, denn zum Stehen war sie noch zu schwach. Sie hielt die Augen geschlossen, und von Zeit zu Zeit durchlief ein Schauder ihren kleinen Körper.

»Zum Glück hatte er keinen Hund«, sagte Dtui. »Katzen kommen ursprünglich aus wärmerem Klima. Sie trinken nicht so viel wie Hunde. Umso besser. Das Loch ist vermutlich nicht besonders groß, was?«

»Bisher ist nur ein Tropfen herausgekommen«, sagte Geung.

»Dachte ich's mir doch«, sagte Dtui. »Ein Tropfen alle zehn Minuten. Eine harte Geduldsprobe für eine so kleine Katze.«

»Sie ist eine K-k-kämpfernatur«, meinte Geung.

»Allerdings«, sagte Dtui. »Ich finde, wir sollten sie mit nach Hause nehmen und wieder aufpäppeln.«

»Nein«, sagte der Richter.

»Was soll das heißen?«, sagte Dtui und war kurz davor, ihrerseits aufs hohe Ross zu klettern.

»Das soll heißen, dass ich sie nehme.«

»Nicht nötig«, sagte Dtui. »Sie wird Ihnen nur zur Last fallen. Wir können …«

»Im Ernst«, fiel Haeng ihr ins Wort. »Geben Sie sie mir. Schließlich bin ich an ihrem Martyrium schuld.«

»Wenn Sie unbedingt wollen. Aber es gibt hundert gute Gründe, weshalb sie die Nacht vielleicht nicht überstehen wird.«

»Ich weiß.«

Und so überließ Dtui die Katze einem Mann, bei dem sie so etwas wie Mitgefühl für Mensch und Tier niemals vermutet hätte.

Civilai fand sich hinter dem Steuer eines Renault wieder, der stark an das Modell erinnerte, das er schon 1921 gefahren hatte. Zugegeben, hier und da wurde die Karosserie nur noch von Klebeband zusammengehalten, aber er war ungleich robuster, als er aussah. Er holperte munter über Stock und Stein, als sei er nur dafür gemacht. Auf der vierzigminütigen Fahrt gab es nicht allzu viel zu sehen. Die Reisbauern ließen ihre Felder lieber unbestellt, als einer der zahlreichen Kooperativen beizutreten, und die trocken-rissigen Parzellen dorrten in der Mittagssonne. In der Ferne braute sich ein Unwetter zusammen. Es sah aus, als sei Mutter Natur beim Entwurf des Himmels ein Fehler unterlaufen, den sie nun krampfhaft auszustreichen versuchte. Es war weit und breit kein anderes Fahrzeug unterwegs, mit Ausnahme eines selbstgebauten Traktors, der von einem Zweitakt-Dieselmotor angetrieben wurde und auf dem gut zwanzig Feldarbeiter mit Strohhut saßen. Civilai winkte ihnen lächelnd, doch sie schauten nur sauertöpfisch zu ihm herab.

Auch in Ban Toop wurde er nicht gerade mit einem Lächeln empfangen. In Schrittgeschwindigkeit und mit dem Ellbogen im Fenster rollte er die staubige Hauptstraße entlang. Er rief einen kleinen Jungen zu sich, doch der sah demonstrativ in eine andere Richtung und tat, als habe er ihn nicht gehört. Trotz des mehr als gemächlichen Tempos warf sich ein lebensmüdes Huhn unter die Vorderräder des Renault. Ein markerschütternder Schrei ertönte, bevor das Federvieh krepierte. In einer normalen Welt wäre die Besitzerin des Vogels aus ihrem Haus gerannt gekommen und hätte eine saftige Entschädigung von Civilai gefordert. Doch in Ban Toop reagierte niemand. Nicht ein einziges Gesicht linste hinter einer Eingangstür hervor.

»Was muss ich tun, um eure Aufmerksamkeit zu erregen?«, rief Civilai. »Auf dem Wagendach einen Striptease hinlegen?«

Im rasanten Tempo einer Regierungsausschusssitzung fuhr er weiter. Als er an der alten Kolonialvilla vorbeikam, fiel ihm zum wiederholten Male auf, wie außerordentlich gut erhalten sie war. Vor dem Haus des Dorfvorstehers stellte er den Wagen ab. Nach seiner jüngsten Erfahrung rechnete er eigentlich nicht damit, dass der Mann zu Hause war, und er wurde nicht enttäuscht. Selbst seine Frau war ausgegangen. Da plötzlich erhob sich hektische Betriebsamkeit. Er ging um das Haus herum und sah gerade noch, wie ein schlaksiger Jüngling aus der Hintertür gestürzt kam und über das Feld davonlief. Er hatte in diesem Dorf noch nie jemanden gesehen, der sich so schnell bewegte. Dann, auf dem Weg zurück zum Wagen, erblickte er eine Passantin. Eine gebeugte alte Dame mit knorrigem Stock schob sich auf der anderen Straßenseite in winzigen Trippelschritten vorwärts. Da sie das Ende der Straße wohl nicht vor der Jahrtausendwende erreichen würde, war sie ihm hilflos ausgeliefert.

»Sie wissen nicht zufällig, wo der Ortsvorsteher steckt?«, rief er.

Sie ignorierte ihn. Und wenn Civilai eines auf den Tod nicht ausstehen konnte, dann das. Eher rang er die gebrechliche Alte eigenhändig zu Boden, als sich von ihr mit Nichtachtung strafen zu lassen. Doch dann brauchte er weiter nichts zu tun, als die Straße zu überqueren und sich vor sie hinzustellen.

»Aus dem Weg, Glatzkopf«, sagte sie.

»Wie schön«, sagte Civilai. »Sie können mich sehen.«

»Natürlich. Ich bin ja nicht blind.«

»Aber taub?«

»Was?«

»Ich habe Sie gefragt, ob Sie wissen, wo der Ortsvorsteher abgeblieben ist«, sagte er.

Sie saß in der Klemme. Sie wollte weiter, doch dieser unverschämte Kerl verstellte ihr den Weg, und wenn sie das Hindernis umgehen wollte, würde sie das mehrere Minuten kosten.

»Weg da!«, schnauzte sie.

»Erst wenn Sie mir verraten haben, wo der Ortsvorsteher steckt«, sagte er.

»Das weiß ich nicht.«

»Ich glaube Ihnen kein Wort.«

Ihr Gesicht war vertrocknet und zerfurcht wie ein terrassiertes Reisfeld, das seit hundert Jahren brachlag. Aus den tiefen Falten lugten winzige Schweißperlen hervor.

»Lassen Sie uns in Ruhe«, sagte sie. »Wir haben endlich so etwas wie Frieden gefunden. Rühren Sie nicht alles wieder auf.«

Sie schlurfte ein, zwei Schritte weiter, und Civilai trat beiseite. Er hatte keine Ahnung, was sie meinte, doch ihre überwältigende Verzweiflung war ihm keineswegs entgangen. Er wollte ihren Schmerz nicht unnötig vergrößern.

Er fuhr zur Tasitu Motorenwerkstatt, doch auch der Mechaniker war ausgeflogen. Die über den Hof verstreuten Ersatzteile wirkten noch älter als zuvor. Diesmal kam kein fröhlicher Mechaniker mit nacktem Oberkörper aus dem Schuppen gelaufen, um den Renault gebührend in Empfang zu nehmen. Civilai stellte den Wagen ab, ging zu dem gemauerten Unterstand und rief: »Maitreya, sind Sie da?«

Als die Antwort ausblieb, betrat Civilai die Werkstatt. Sie stank nach altem Schmierfett und schalem Benzin. In einer funktionierenden Autowerkstatt roch es nach ausgelassenem Motoröl und frisch geschmierten Achsen. In diesem Betrieb jedoch wohnten nur noch die Geister der Arbeit, die einst hier verrichtet worden war. Civilai bezweifelte, dass Maitreya seit der Wende einen Automotor repariert hatte. Nur wovon lebte er dann? Und wovon lebten die anderen Dorfbewohner? Vor seiner Abreise aus Vientiane hatte er im Register nachgesehen und festgestellt, dass Ban Toop das Angebot, einer Kooperative beizutreten, kollektiv ausgeschlagen hatte, mit der Begründung, es gebe nicht genug taugliche Arbeiter. Normalerweise hieß das, dass die Reisbauern glänzende Geschäfte machten, Zugang zum Schwarzmarkt hatten und sehr viel mehr Geld verdienten, wenn sie auf eigene Faust wirtschafteten. Doch in dieser Gegend lagen alle Felder öde und verlassen.

Civilai ging zu einer Nische hinter einem Stoffvorhang im hinteren Teil der Werkstatt. Der Raum war gerade breit genug für eine Werkbank mit Schraubstock und eine Acetylenflasche mit Schneidbrenner. Und auf der Bank stand das Seltsamste, was er seit langer …

»Machen Sie das in Vientiane etwa immer so?«, polterte eine Stimme in seinem Rücken.

Civilais altersschwaches Herz setzte gleich mehrere Schläge aus. Er wandte den Kopf und erblickte Maitreya, der mit einem rostigen Schraubenschlüssel in der erhobenen Hand hinter ihm stand. Der alte Mann riss sich zusammen.

»Was?«, fragte er.

»Unaufgefordert fremder Leute Häuser betreten.«

»Korrigiere, Werkstatt«, sagte Civilai. »Offen gestanden, war ich auf der Suche nach einer Toilette.«

Der Mechaniker runzelte die Stirn. »Draußen gibt es jede Menge Bäume und Büsche«, sagte er.

»Ah, Maitreya«, sagte Civilai und zwängte sich an dem Jüngeren vorbei und in die Werkstatt zurück, wo er dem Schraubschlüssel ausweichen konnte, »für den Kauernden

Tiger bin ich endgültig zu alt. Wenn ich keine französische *toilette* mit bequemem Sitz finden kann, halte ich es lieber ein, wenn nötig eine ganze Woche. Ich fürchte, das wird mich noch mal das Leben kosten.«

»Sie haben in einer Werkstatt wie dieser doch nicht ernsthaft ein Franzosenklo erwartet?«

»Warum nicht? Der noblen französischen Villa unten im Dorf nach zu urteilen, haben sie auch hier in Ban Toop ihre Spuren hinterlassen. Und wie alle Welt weiß, bauen die Froschfresser erst einmal das Bad, bevor sie die Mauern hochziehen und das Dach aufsetzen.«

Der Mechaniker verzog die Lippen zu einem Lächeln und ließ den Schraubenschlüssel zu Civilais gelindem Erstaunen auf den schmutzigen Fußboden fallen.

»Vorsicht«, sagte Maitreya. »Ich komme zurück, und auf meinem Hof steht ein fremder Wagen und jemand stöbert in meinen Sachen. Da kann man schon mal etwas unbesonnen reagieren, wenn Sie verstehen, was ich meine. Einer der Jungs hat mir gesagt, dass hier ein Fremder rumschnüffelt.«

»Ich habe Sie nicht kommen hören«, sagte Civilai.

»Fahrrad. Erstklassige Kriegswaffe. Die Japsen haben es des Öfteren gegen die Briten eingesetzt. Radfahrtruppen konnten still und leise eine ganze Garnison auslöschen. Ehe die Tommies sich's versahen, hatten sie ihnen auch schon die Kehle durchgeschnitten.«

»Davon höre ich zum ersten Mal.«

Die beiden starrten sich eine Weile an.

»Tee?«, fragte der Mechaniker.

»Danke, gern.«

Sie saßen auf zwei alten Shell-Ölfässern unter einem üppigen Eisenspanbaum und tranken Tee. Die Feige gleich daneben hatte es nicht ganz so gut getroffen. Sie war als schwarzes Brett zweckentfremdet worden. Hunderte von Nägeln waren in den Stamm gehämmert. Blattlos und krank stand sie da, ihre einzige Frucht ein an einem Seil baumelnder Lkw-Reifen. Mit dem Baum war vermutlich auch der Reparaturbetrieb zugrunde gegangen.

»Ich dachte, ich hätte Ihnen unmissverständlich klargemacht, dass mich dieser ganze Buddha-Unfug nicht die Bohne interessiert«, sagte Maitreya.

»Sie haben«, sagte Civilai.

»Und warum sind Sie dann nicht mit Ihrer Frau nach Hause zurückgefahren?«

Civilai lächelte. »Sie haben recht«, sagte er, »Sie sind nicht der nächste Buddha. Da habe ich keinen Zweifel. Aber ich muss einen Bericht schreiben, und just als wir aufbrechen wollten, ist etwas Seltsames passiert. Ich gehöre zu den Menschen, die nicht schlafen können, solange ein Rätsel nicht gelöst ist.«

»Ich hoffe, ich kann Ihnen helfen«, sagte Maitreya.

»Eine alte Frau hat uns in unserer Pension aufgesucht. Sie hat sich als Ihre Mutter ausgegeben.«

Maitreya lachte. »Spindeldürr? Haare wie ein alter Teppich? Zitternde Hände?«

»Genau die.«

Der Mechaniker nippte etwas zu lange an seinem Tee. »Sie heißt Wan«, sagte er. »Die Leute nennen sie die Irre von Ban Toop. Sie gehört schon seit Ewigkeiten weggesperrt.«

»Dann ist sie also nicht Ihre Mutter?«

»Sie ist niemandes Mutter. Sie ist bloß verrückt. Welche Nummer hat sie Ihnen vorgespielt? Die mit der Jungfrauengeburt?«

»Sie hatte eine Bescheinigung des Krankenhauses.«

»Und ist Ihnen aufgefallen, dass auf dieser ›Bescheinigung‹ kein Name steht? Immer, wenn Fremde ins Dorf kommen, kramt sie dieselbe alte Geschichte aus der Mottenkiste und behauptet, sie sei die Mutter desjenigen, den diese Fremden besuchen möchten. Ich weiß nicht, wer ihr den Wisch geschrieben hat. Aber ich weiß genau, dass sie weder lesen noch schreiben kann. Sie hat den Text einfach auswendig gelernt. Es ist traurig, Onkel, aber alles andere als rätselhaft. Aber wo wir gerade bei ungelösten Fragen sind: Sie haben sich doch bestimmt gefragt, warum das Dorf verlassen ist.«

»Durchaus.«

»Ganz einfach. Wir treffen Vorbereitungen für unser Dorffest. Alle sind in den Hügeln, sammeln Holz und jagen Wild. Es ist unser höchster Feiertag. Es war einfach Pech, dass Ihr Besuch damit zusammenfiel. Der Vorsteher hätte Sie gern kennengelernt.«

Bevor er Civilai von dannen tuckern ließ, frisierte Maitreya den Renault ein wenig. Seltsam, dass der Mechaniker das einzige Auto in fünfzig Kilometer Umkreis nicht erkannt haben wollte. Auf der Rückfahrt nach Pakxan stellte Civilai eine lange Liste von Bizarrerien und Befremdlichkeiten zusammen. So dünkte es ihn äußerst seltsam, dass das Dorf ein Fest feierte, das in keinem Kalender verzeichnet war. Seltsam auch, dass man im einzigen Gästehaus der Stadt behauptete, die Irre von Ban Toop noch nie gesehen zu haben. Wo sonst sollte sie Fremden auflauern? Seltsam, dass ein Dorfbewohner einen Staatsbeamten »Onkel« nannte und nicht »Genosse«. Seltsam, dass ein Mann in einem abgelegenen Dorf wie diesem wusste, dass Madame Nong bereits abgereist war. Seltsam, dass ein armes Dorf die Gelegenheit ausschlug, einer Reiskooperative beizutreten. Seltsam, dass ein Mechaniker so achtlos mit seinem Werkzeug umging.

Doch auf das Seltsamste von allem, dachte Civilai, während er einem knallrosa Sonnenuntergang entgegenfuhr, konnte er sich beim besten Willen keinen Reim machen. Auf der Werkbank in der Nische hinter dem Vorhang stand ein sechzig Zentimeter hoher Buddha. Dem die Schädeldecke fehlte. Aus irgendeinem Grund hatte sie jemand abgesägt und wie die eine Hälfte eines Blindgängers neben dem Buddha auf die Bank gelegt.

Inspektor Phosy hatte telefonisch einen Termin vereinbart, ein seltenes Ereignis in der Demokratischen Volksrepublik Laos. Es war meist einfacher, unangemeldet vorbeizuschauen, zu fragen, ob die gewünschte Person anwesend sei, und dann zu warten, bis man vorgelassen wurde. Ein Termin im Ministerium der bewaffneten Streitkräfte hingegen hatte etwas Feierliches. Die Telefonistin im Polizeipräsidium rief die Telefonistin im Ministerium an und bat um einen Termin. Zwanzig Minuten später rief die Telefonistin des Ministeriums zurück und ließ ausrichten, der Inspektor könne jederzeit vorbeikommen.

Phosy wurde empfangen wie ein Mitglied der Königsfamilie. Ein ranghoher Beamter holte ihn am Eingang ab und geleitete ihn zur Abteilung für die Zusammenarbeit von Militär und Polizei. Der Beamte klopfte an, öffnete Phosy die Tür und ging. Er wurde von drei Männern erwartet. Unteroffizier Suwit thronte hinter seinem Schreibtisch, die anderen beiden Beamten saßen auf der Plastikcouch. Sie trugen grüne Uniformen, die passten, auch das in Laos eine Seltenheit.

Phosy schüttelte ihnen reihum die Hand, beginnend bei den beiden Beamten, die er nie zuvor gesehen hatte. Sie erhoben sich (widerstrebend, wie Phosy fand), um den Handschlag zu erwidern.

»Das sind die Obristen Viboun und Vinai«, sagte Suwit. »Ich habe Sie dazugebeten, weil dieses Missverständnis uns große Sorge bereitet. Die Kollegen möchten es so schnell wie möglich aus der Welt schaffen.«

»Da bin ich doch fix dabei«, sagte der Polizist und setzte sich nicht etwa auf den bereitgestellten Holzstuhl, sondern auf das Ende der Couch. Ihre beiden Besetzer mussten rücken, um ihm Platz zu machen.

»Ich kann Ihnen gar nicht sagen, welche Albträume mir dieser Fall bereitet«, sagte der Inspektor.

»Sie sind hoffentlich ein Stück weitergekommen«, sagte der Mann direkt neben ihm. Er sprach, ohne den Kopf in Phosys Richtung zu drehen.

»Ach, Genosse«, sagte der Inspektor. »Sie machen sich ja keine Vorstellung davon, in wie viele Sackgassen wir uns manövriert haben und wie viel Pech wir hatten.«

Er dachte, es hätte vielleicht jemand eine Frage, doch das war offensichtlich nicht der Fall.

»Folgendes hat vermutlich gar nichts mit Ihnen zu tun, aber ich wäre Ihnen äußerst dankbar, wenn ich es mir von der Seele reden dürfte.«

»Nur zu«, sagte der zweite Oberst.

»Also, zunächst einmal«, sagte Phosy, »konnten wir ermitteln, dass es sich bei dem entführten Radfahrer gar nicht um einen Laoten handelt. Sondern um einen Thai.«

»Wie haben Sie das herausbekommen?«, fragte Suwit.

»Wir haben seinen Ausweis gefunden, in der Pension, in der er abgestiegen war«, sagte Phosy. »Also mussten wir uns natürlich mit den Thais in Verbindung setzen, die wiederum darauf bestanden, uns ein paar ihrer Leute zu schicken, um uns bei den Ermittlungen zu unterstützen. Wir haben ihnen gesagt, dass wir durchaus in der Lage seien, den Mann selbst zu finden. Sie meinten, wenn nicht, könnte das zu internationalen Verwicklungen führen, woraus wir schlossen, dass er gute Beziehungen hatte … wenn Sie verstehen, was ich meine. Sie würden wohl kaum so ein Kasperletheater veranstalten, wenn er ein einfacher Tourist wäre. Das hat die Öffentlichkeit hellhörig werden lassen, und ich kann Ihnen sagen, etwas Schlimmeres hätte mir kaum passieren können, denn meine Zeugen kriegen schon jetzt das große Flattern.«

»Zeugen?«, fragte der erste Oberst.

»Jawoll«, sagte Phosy. »Unsere Hauptzeugin, also die Frau, die die Entführung mit eigenen Augen gesehen hat, die hat kalte Füße bekommen, weil ihre Schwester – nach dem derzeitigen Kenntnisstand – von ihrem eifersüchtigen Liebhaber ermordet wurde, und als sie – also die Zeugin – nach Hause kam, war alles voller Blut und ihre Schwester lag unter einem Berg von leeren Flaschen begraben. Es dauerte eine Ewigkeit, bis wir die Zeugin so weit beruhigt hatten, dass … Bin ich Ihnen zu schnell? Nein? Gut.«

Er nutzte die Gelegenheit und schnappte sich eines der ungekühlten Erfrischungsgetränke vom Beistelltisch. Die Couchsoldaten waren erstaunlich schweigsam.

»Sie haben die Zeugen doch hoffentlich an einem sicheren Ort untergebracht?«, sagte Suwit.

»Sicher würde ich es jetzt nicht unbedingt nennen«, sagte

Phosy. »Und euch kann ich's ja verraten, ihr sagt es ja nicht weiter, aber die Hauptzeugin haben wir über der Nudelküche einer Freundin in der Fa Ngum Road einquartiert. Wir gehen zwar nicht davon aus, dass der Tod ihrer Schwester etwas mit diesem Fall zu tun hat, aber man kann schließlich nie wissen. Stimmt's, oder hab ich recht? Und ob ich recht hab. Aber wenn der Liebhaber wieder auftaucht, steht fest, dass er es war, wir haben am Tatort nämlich seine Fingerabdrücke gefunden.«

»Seine Fingerabdrücke?«, fragte der erste Oberst.

»Ein, zwei Sätze konnten wir noch nicht identifizieren«, sagte Phosy.

Der andere Oberst lachte. »Wir sind doch hier nicht in einem amerikanischen Krimi«, sagte der zweite Oberst. »Sind Sie sicher, dass Sie die Fähigkeiten Ihrer Behörde nicht ein klein wenig überschätzen?«

»Ich verstehe Sie sehr gut«, sagte Phosy. »Bis vor ein paar Monaten war ich genauso skeptisch wie Sie. Aber dann stand dieser – wie hieß das noch gleich? Egal –, also, dann stand plötzlich dieses in Übersee ausgebildete Forensikgenie vor unserer Tür, und auf einmal können wir mit unseren Nachbarländern nicht nur mithalten, sondern sind ihnen sogar ein paar Nasenlängen voraus. Da gibt es Sachen, die hätten wir früher gar nicht bemerkt, wie zum Beispiel die Motorradspuren.«

»Motorradspuren?«, fragte Suwit.

»Wir haben die Spuren des Motorrads, das die beiden Kidnapper fuhren, mit Gips ausgegossen. Und wir haben auch die Reifenspuren des Mörders der Schwester unserer Zeugin. Das eine hat mit dem anderen natürlich nichts zu tun, sonst hätten wir es sofort bemerkt.«

Wieder machte sich Schweigen breit.

»Sie haben von Zeugen gesprochen, Plural«, sagte der erste Oberst.

»Ja, es ist schon erstaunlich, wie viele Leute nichts Besseres zu tun haben, als den ganzen Tag in der Gegend herumzusitzen und andere zu bespitzeln«, sagte der Polizist. »Ich finde, wir sind zu großzügig zu den Alten. Sie sollten zum Arbeitsdienst verpflichtet werden, Gräben ausheben und so. Aber das ist nur meine persönliche Meinung. Nachdem wir einen Zeugen gefunden hatten, der die Kidnapper beschreiben konnte, brauchten wir nur noch die Strecke zurückzuverfolgen, die sie genommen hatten. So fanden wir Leute, die den Radfahrer gesehen hatten, und andere, die sich entsinnen konnten, dass er von zwei soldatisch aussehenden jungen Männern auf einem Motorrad verfolgt wurde.«

»Reine Spekulation«, sagte der zweite Oberst.

»Ganz recht«, bekräftigte Phosy. »Aber in Kürze dürften uns Phantombilder der beiden vorliegen. Die Thais haben uns freundlicherweise einen Polizeizeichner zur Verfügung gestellt, und die Zeugen sind über die Ergebnisse ganz aus dem Häuschen. Aber jetzt plappere ich schon wieder die ganze Zeit vor mich hin und lasse niemand anderen zu Wort kommen. Bitte entschuldigen Sie, dass ich Ihre kostbare Zeit in Anspruch genommen habe. Ich wollte Sie lediglich auf den neuesten Stand bringen. Die guten Beziehungen zwischen Armee und Staatspolizei vertiefen. Ich kann Ihnen gar nicht sagen, wie sehr ich mich auf unsere künftige Zusammenarbeit freue. Ich danke Ihnen.«

Er stand auf, und ehe sich's jemand versah, hatte er auch schon allen die Hand geschüttelt, und die Unterredung war beendet. Er ging zur Tür, öffnete sie und drehte sich noch einmal um.

»Wirklich, vielen Dank«, sagte er. »Ich finde schon allein hinaus.«

Auf dem Weg durch das hallende Treppenhaus musste er ein paarmal tief Luft holen. Natürlich war das alles frei erfunden. Erstunken und erlogen. Seine einzige Zeugin war tot. Es gab weder Gipsabgüsse noch Fingerabdrücke, von einem Phantombildzeichner ganz zu schweigen. Die Polizei hatte ja noch nicht einmal genügend Trillerpfeifen. Zwei Überfälle in ein und derselben Woche galten bereits als Verbrechensserie. Die Luxuspolizei, die er den Soldaten geschildert hatte, kannte er nur aus den Geschichten Dr. Siris. In seiner Behörde gab es keine Abteilung für Kriminologie oder Forensik. Seine maßlose Übertreibung der Fortschritte im Falle Noo war quasi der – recht kurze – Stock, mit dem er in ein gigantisches Hornissennest gestochen hatte. Jetzt konnte er sich bequem zurücklehnen und zusehen, wie die possierlichen Tierchen den Stachel ausfuhren.

Zuerst jedoch musste er noch einmal ins Präsidium und jemanden zum Schutz seiner Frau abstellen. Schwester Dtui ging mit etwas Glück als die tote Sirupverkäuferin durch. Wenn der Mörder glaubte, er habe die Falsche umgebracht, versuchte er es vielleicht ein zweites Mal. Und Phosy benutzte seine Frau als Lockvogel, ja, er hatte ihnen sogar eine Adresse genannt. Wenn die Militärs hinter der ganzen Sache steckten, und davon war er fest überzeugt, würden sie Madame Daengs Nudelküche schon bald einen Besuch abstatten.

Er fuhr auf seiner fliederfarbenen Vespa über die Lane Xang Avenue, was ihm Gelegenheit gab, sein Vorgehen noch einmal zu überdenken. Was machte er bloß? Wie konnte man derart verantwortungslos sein? Was, wenn die Killer erst schossen und dann Fragen stellten? Und wozu? Um das Leben eines Mannes zu retten. Noch dazu eines Mannes, den er kaum kannte. Wen interessierte es nach so vielen Jahren des Blutvergießens schon, ob irgendein thailändischer Problemmönch vom Antlitz der Erde verschwand? Oder eine Sirupverkäuferin? Oder seine Frau und seine Tochter? Und genau das war der springende Punkt. Die Opfer hätten ebenso gut Dtui oder Malee heißen können. Die Umerzieher hatten es ihm in den Seminaren immer wieder eingehämmert. In diesem neuen System hatte noch der ärmste und buckligste Reisbauer dieselben Rechte wie der größte General. Das waren ihre Worte gewesen. Das war der Mythos des Sozialismus. Nicht gegen die Armee kämpfte er. Sondern für die unbedingte Durchsetzung der Lehre. Es war die Pflicht jeder Gemeinschaft, ihre schwächsten Mitglieder zu schützen. Nie hätte er gedacht, dass er es tatsächlich einmal aussprechen würde, aber verdammt, hier ging es ums Prinzip. Dtui ließ sich so leicht nicht unterkriegen. Sie war hart im Nehmen. Genau deshalb hatte er sie geheiratet.

Bevor er den Renault seinem rechtmäßigen Besitzer zurückbrachte, füllte Civilai an einer der ebenso seltenen wie rostzerfressenen Zapfsäulen den Tank und fragte nach dem Weg zur Oberschule. Als er dort ankam, war der Unterricht bereits beendet, aber vielleicht trieb sich ja noch der eine oder andere Lehrer hier herum. Die Schule wirkte neu und baufällig zugleich. Im Unterschied zu den französischen Kolonisten, die in Sachen Bildung eher geizig gewesen waren, hatten die Amerikaner das Land mit Schulen regelrecht gepflastert. Weil dabei vor allem einheimische Handwerker und Materialien zum Einsatz gekommen waren, drohten viele der Gebäude schon jetzt wieder einzustürzen.

Wie sich herausstellte, engagierte sich eine Reihe von Lehrern in außerschulischen Aktivitäten: das Orchester, der Gemüsegarten, politischer Nachhilfeunterricht für Begriffs- und Leistungsschwächere, und obwohl es bald dunkel werden würde, war ein Fußballspiel im Gange. Die beiden Mannschaften, die oben mit gegen oben ohne spielten, traten gerade zur zweiten Halbzeit an. Obgleich er sich jahrelang und in stets weihevollen Worten für Emanzipation und Gleichberechtigung starkgemacht hatte, stellte Civilai mit Erstaunen – und Verwirrung – fest, dass der Schiedsrichter eine junge Frau war.

»Gutes Spiel?«, fragte er.

»Ein bisschen einseitig«, sagte sie.

»Unterrichten Sie hier?«

»Ja, Genosse.«

»Ich suche jemanden, der schon unter dem alten Regime in Pakxan unterrichtet hat.«

»Dann suchen Sie Lehrer Grit.«

Lehrer Grit unterrichtete Mathematik, und das schon seit der Zeit vor Pythagoras' Geburt, wie er zu sagen pflegte. Mit seinem von unzähligen Falten und Runzeln durchzogenen Knautschgesicht sah er buchstäblich zum Knuddeln aus. Er arbeitete an dieser Schule, seit die Amerikaner sie hatten bauen lassen. Er erinnerte sich gern an die Besatzer zurück und würzte seine Reminiszenzen mit dem einen oder anderen englischen Wort. Für den Bau der Schule hatten die Yankees das Domizil seiner Familie niedergerissen und sie in einen kulturlosen Massivbau auf der anderen Straßenseite umgesiedelt.

»Wir unterrichten auf dem heiligen Boden meiner Vorfahren«, sagte Grit. »Es würde mich nicht wundern, wenn wir hier auf der Urne meiner Urgroßmutter säßen. Damals wurden die Toten grundsätzlich anonym bestattet.«

»Dann erinnern Sie sich wohl auch noch an die Franzosen«, sagte Civilai.

»*Bien sûr*«, sagte Grit. »Diese Mistkerle wollten mich nicht zur Schule gehen lassen. Sie schärften meiner Mutter ein, ich sei Laote, und die Franzosen und die Vietnamesen seien die Elite. Wir hingegen seien Arbeiter.«

»Und wie sind Sie Lehrer geworden?«, fragte Civilai.

»Wir sind über den Fluss geflohen. Meine Mutter hat die Behörden davon überzeugt, dass wir Thais waren, und so konnten meine drei Geschwister und ich in Beun Kan die Schule besuchen. Danach habe ich an der Pädagogischen Hochschule in Chiang Mai studiert. Dann bin ich hierher zurückgekommen und habe für die französischen Mistkerle gearbeitet, bis die Amerikaner aufkreuzten. Verdammt gute Kolonisten, diese Amis.«

»Was ist Ihnen aus der Zeit der französischen Besatzung in Erinnerung geblieben?«

»Mistkerle.«

»Davon einmal abgesehen.«

»Dumm wie die Schweine. Arrogant.«

»Ich dachte eigentlich eher an den Besitzer einer Kolonialvilla draußen in Ban Toop«, sagte Civilai.

»Ah, ja. Der dümmste und arroganteste Froschfresser von allen, Administrateur Marche. Er war fast zehn Jahre hier stationiert.«

»Und in welcher Verbindung stand er zu Ban Toop?«

»Er *war* Ban Toop. Er hat das Dorf gegründet. Niemand wusste, weshalb er sich ausgerechnet diesen Ort ausgesucht hatte. Es gibt weiß Gott hübschere Fleckchen. Er hatte ein wunderschönes Haus hier in Pakxan. Er lebte wie ein Kaiser. Alles tanzte nach seiner Pfeife. Als ich aus Thailand zurückkam, hatten hier alle Angst vor ihm. Und als ich ihm anbot, in der Tempelschule zu unterrichten, lachte er mir ins Gesicht und schickte mich in den Steinbruch.«

»Wer hat sein Haus in Ban Toop gebaut?«

»Eine vietnamesische Maurerkolonne hat es in nur drei Monaten hochgezogen. Als es fertig war, kehrten die Arbeiter nach Vietnam zurück, und Marche hatte eine hochherrschaftliche Villa mitten im Dschungel. Am Ende der Welt. Ein Landhaus wie die Europäer. Wo er abschalten und sich entspannen konnte. Normalerweise verbrachte er die Wochenenden dort, mit seinen diversen Konkubinen.«

»Was hat er dort getrieben?«

»Weiß der Himmel. Er war ein sehr verschlossener, um nicht zu sagen geheimnisvoller Mann. Und ihn umgab eine … dunkle Aura. Es kursierten zahlreiche Gerüchte, aber Klatsch und Tratsch sind hierzulande Volkssport.«

»Können Sie sich an irgendetwas Bestimmtes erinnern?«

»Es wurde gemunkelt, dass immer wieder Kinder verschwanden. Nie Kinder aus der Stadt. Immer die Töchter von Touristen.«

»Meinen Sie, er hatte etwas damit zu tun?«

»Wer weiß das schon? Wenn man jemanden nicht leiden kann, wünscht man sich, dass die Klatschgeschichten wahr sind. Ich weiß nur, dass er vom französischen Protektorat von heute auf morgen seines Postens enthoben wurde. Eines

Tages war er verschwunden, und die Leute tanzten auf den Straßen. Aber da hatte sich rings um sein Haus in Ban Toop bereits eine kleine Gemeinde gebildet. Die nach seinem Verschwinden sogar noch größer wurde.«

»Und wie geht es in dem Haus heute zu?«

»Da fragen Sie den Falschen. Ich bin seit einer Ewigkeit nicht dort gewesen.«

»Sie sind vermutlich vertrauenswürdiger als jeder andere, dem ich hier in offizieller Funktion begegnen werde.«

Der alte Lehrer stand auf und wischte mit einem feuchten Lappen die Gleichungen von der Tafel. »Es heißt, Ban Toop funktioniert nach eigenen Regeln und Gesetzen«, sagte Grit. »Die hiesigen Regierungskader machen einen großen Bogen um das Dorf. Sie haben Angst, und in gewissem Sinne habe ich dafür sogar Verständnis. Wenn Vientiane einer Kommune über Jahrzehnte jegliche Unterstützung verweigert, muss die Bevölkerung notgedrungen lernen, für sich selbst zu sorgen. Sie baut Mauern. Dann kommt der nächste große Führer des Weges und erklärt: ›Jetzt sind wir am Drücker. Und ihr tut gefälligst, was wir sagen.‹ Aber wer weiß schon, wer das Land nächstes Jahr regiert, oder auch nur nächsten Monat? Also hat die einheimische Bevölkerung sich sozusagen einen Panzer zugelegt.«

»Sie sind ein hemmungsloser Anarchist, nicht wahr?«

»Als ich aus Thailand zurückkam, war ich ein junger Hitzkopf voller Ehrgeiz und Energie«, sagte Grit. »Aber ich lernte rasch, Augen und Ohren offen und den Mund geschlossen zu halten. Irgendwann kommt man dann in das Alter, wo Sehkraft und Gehör allmählich nachlassen und man die Klappe nicht mehr zukriegt. Aber wen interessiert schon das Geschwätz eines alten Mannes?«

»Gut gebrüllt, Genosse. Kennen Sie den Ortsvorsteher von Ban Toop?«

»Ich bin ihm ein paarmal begegnet. Er wirkte eigentlich ganz harmlos. Warum fragen Sie?«

»Reine Neugier. Ich habe dem Dorf einen offiziellen Besuch abgestattet, und er war so sehr mit seinen Hahnenkämpfen beschäftigt, dass er keine Zeit hatte, mich zu empfangen.«

»Ja, wie man hört, ist er kein Freund von Parteiaktivitäten.«

»Dann sollte ich der Regierung vielleicht empfehlen, ihre politischen Seminare künftig in Ban Toop abzuhalten. Irgendjemand muss dem Ortsvorsteher schließlich Manieren beibringen.«

Civilai stand auf und schüttelte dem alten Lehrer herzlich die Hand. »Ein Letztes noch«, sagte er. »Gibt es hier eventuell so etwas wie ein Archiv, wo ich Dokumente aus der Zeit der französischen Regierung finde?«

»Das gäbe es, wenn Ihre Leute auf ihrem Marsch durch die Behörden und Institutionen nicht alles niedergebrannt hätten.«

»Ich hatte befürchtet, dass Sie das sagen würden.«

»Aber …«

»Ja?«

»Nur wenn Sie mir versprechen, es nicht anzuzünden: Es gibt da ein … Archiv ist vielleicht doch etwas hoch gegriffen, Koffer trifft es eher.«

»Ein Koffer?«

»Zwei, wenn ich mich recht entsinne. Der letzte *administrateur* wollte sie vermutlich mitnehmen, als er das Land verließ, aber im Fluchtwagen war wohl nicht genug Platz. Sie lagern in einem Schrank im Sirimongkol-Tempel.«

»Meinen Sie, ich könnte einen Blick hineinwerfen?«

»Ich wüsste nicht, wer Sie daran hindern sollte.«

Civilai stellte den Renault vor dem Büro des Bezirksrats ab. Eigentlich hatte er erwartet, das Gebäude verlassen vorzufinden, doch in einem Fenster brannte noch Licht. Als er eintrat, traf er auf dieselbe fetthäutige junge Frau, die es sich offenbar zum Ziel gesetzt hatte, im Alleingang sämtliche Registraturprobleme dieser Welt zu lösen.

»Genosse«, sagte sie erschrocken.

»Haben Sie denn keinen Mann, der zu Hause auf Sie wartet?«

Sie lächelte zum ersten Mal. Ihre Zähne standen kreuz und quer. »Eilauftrag«, sagte sie.

»Wissen Sie zufällig, ob Vientiane auf mein Fax geantwortet hat?«

»Fax? Nicht, dass ich wüsste.«

»Wer bedient das Faxgerät?«

»Normalerweise ich. Aber wenn es wichtig war, hat der Genosse Luangrat es vermutlich selbst erledigt«, sagte sie.

»Hören Sie«, charmierte Civilai. »Ich weiß, Sie haben schrecklich viel zu tun, deshalb wäre ich Ihnen unendlich dankbar, wenn Sie mir ein Gruppenfoto sämtlicher Dorfvorsteher dieser Gegend heraussuchen könnten.«

»Ein Gruppenfoto?«

»Ja, Sie wissen schon. Ortsvorsteherseminar, Arbeitskreise, Reden. Zum Abschluss machen sie immer Fotos. Verteilen Urkunden und so weiter.«

»Ich denke, schon«, sagte sie und hatte den richtigen Aktenschrank sofort gefunden. Sie war mit Leib und Seele Archivarin. »Hier, das ist von letztem Oktober. Ein Lehrgang in Genossenschaftlicher Landwirtschaft speziell für Ortsvorsteher.«

Civilai blätterte die Fotos durch. Hundert Männer in drei Reihen vor dem Bezirksratsbüro. Nicht einer von ihnen lächelte.

»Und welcher dieser Herren ist Genosse Noulak, der Ortsvorsteher von Ban Toop?«, fragte er.

»Oh, der war nicht dabei«, sagte sie.

»Warum nicht?«

»Er hatte eine Erkältung. Oder doch Malaria? Eins von beidem.«

»Und sein Stellvertreter?«

»War auch nicht hier.«

»Das klingt nach einer Epidemie. Ein Glück, dass nicht das ganze Dorf daran zugrunde gegangen ist.«

Sie machte ein verständnisloses Gesicht.

»Gab es noch andere Veranstaltungen?«, fragte er.

Sie förderte Abschlussfotos vom Arbeitskreis für Wasser- und Abwasserwirtschaft und dem Seminar zum Thema »Obst für eine gesunde Zukunft« vom Juli respektive Februar zutage. Wieder konnte sie den Vorsteher darauf nicht finden.

»Er ist kein Freund solcher Zusammenkünfte«, sagte sie.

»Seltsam«, meinte Civilai. »Als Ortsvorsteher ist er zur Teilnahme verpflichtet.«

Sie betrachteten fünf weitere Fotos von ernst dreinblickenden Männern bei Konferenzen der Bezirksregierung, aber die Sekretärin vermochte darauf niemanden aus Ban Toop zu entdecken.

»Allmählich habe ich den Verdacht, dass er gar nicht existiert«, sagte Civilai.

»O doch«, entgegnete die Sekretärin. »Ich habe ihn persönlich kennengelernt. Er ist ein sehr höflicher Mann. Vielleicht …«

»Was, vielleicht?«

»Vielleicht gibt es keine offiziellen Fotos, und wir werden unter der Rubrik ›inoffizielle Fotos‹ fündig, jedenfalls weiß ich genau, dass er letztes Jahr zum Raketenfest in die Stadt gekommen ist.«

»Das verbotene Raketenfest?«

»Genau das. Unser offizieller Fotograf war leider unabkömmlich, aber einer der sowjetischen Experten vom Straßenvermessungsprojekt hatte eine Kamera dabei. Er hat uns Abzüge zukommen lassen. Hier sind sie.«

Sie zog einen großen Umschlag hervor, auf dem der Name der Apotheke stand, die den Film entwickelt hatte. Es waren thailändische Schriftzeichen. Die Fotos waren noch keine fünf Monate alt und schon halb verblasst.

»Er muss hier irgendwo drauf sein«, sagte die Sekretärin, während sie den Bilderstapel durchsah.

Civilai war erschöpft von dem langen Tag und einem noch viel längeren Leben. Jeden Abend erinnerte sein Körper ihn schmerzhaft daran, dass er keine vierzig mehr war.

»Lassen Sie's gut sein«, sagte er. »Ich werde ihn vermutlich ohnehin nie kennenlernen.«

»Nein, ich bin hundertprozentig sicher … Ja, da ist er.«

Sie reichte Civilai das Foto. Es bildete eine typisch laotische Party-Szene ab. Jede Menge betrunkener Männer. Einige ebenso betrunkene Ehefrauen. Im Hintergrund die Worte PAKXAN HEISST UNSERE SOWJETISCHEN BRÜDER HERZLICH WILLKOMMEN. Die Buchstaben waren aus Styropor geschnitten und an die Wand geklebt. Und neben einem grotesk überdimensionierten Lautsprecher stand, mit einem Glas in der Hand, der menschenscheue Ortsvorsteher von Ban Toop. Die Aufnahme war leicht verwackelt, und Civilai vermochte nicht zu sagen, ob der Mann betrunken war oder nur geblinzelt hatte, als der Blitz aufgeflammt war. Er trug ein traditionelles kragenloses laotisches Hemd, das seinen Bauch kaschierte, aber für Civilai gab es nicht den geringsten Zweifel: Genosse Noulak, der Dorfvorsteher von Ban Toop, und Maitreya, die angebliche Reinkarnation des Buddhas, waren ein und dieselbe Person.

9

IN DER FALLE EINES FALLES

Eigentlich sah alles ganz normal aus. Aber wenn man Böses ahnt, wenn einem die innere Stimme sagt, dass Unheil droht, gilt es noch die kleinste Unregelmäßigkeit zu überprüfen. Das Motorrad war ihnen schon am frühen Abend aufgefallen. Der Fahrer hatte gegenüber von Daengs Nudelrestaurant gehalten und so getan, als würde er auf den Fluss hinaussehen. Er war um die dreißig, durchtrainiert und trug eine Baseballmütze, unter der sein kurzgeschorenes Haar hervorlugte.

Wie geplant hatte Herr Geung einen Eimer Schmutzwasser über die Straße geschleppt, um es am Flussufer zu entsorgen. Sie hatten ihm aufgetragen, einen geistig Behinderten zu spielen. Er hatte den ganzen Nachmittag geübt. Der Verrückte Rajid saß als unsichtbare Verstärkung im Baum.

»He, Schwachkopf«, sagte der Mann.

»J-j-j-ja, Genosse?«, sagte Geung.

»Die Frau da«, sagte der Mann und wies mit einem Nicken in Richtung Dtui, die gerade die Tische abwischte. »Wie lange arbeitet die schon hier?«

»No-no-no-no-no …«

»Ach du Scheiße.«

»No-no-noch nicht sehr lange«, sagte Geung.

»Was soll das heißen?«, fragte der Mann. »Einen Monat? Eine Woche? Einen Tag?«

»Ja«, sagte Geung.

»Was jetzt?«

»Ich ha-, ich ha-, ich hab's nicht so mit Zahlen.«

»War sie letzte Woche schon hier?«

»Seit ze-ze-ze« – dem Mann war deutlich anzusehen, dass ihm das Gestotter enorm auf die Nerven ging – »ze-ze …«

»Ich hab nicht die ganze Woche Zeit, du Trottel.«

»Seit ze-ze-zwei oder drei Tagen. Wwaaaa-warum fragen Sie?«

»Sie gefällt mir«, sagte er. »Ich würde sie gern zum Essen einladen.« Der Mann lächelte. Seine Zähne waren gepflegt und wie aus Kokosnuss so weiß.

»Sie, sie, sie, sie ist traurig«, sagte Geung. »Weil ihre Scha-scha-scha-wester gestorben ist.«

Der Mann trat den Kickstarter durch und ließ den Motor aufheulen.

»Keine Sorge, Schwachkopf«, sagte er. »Ich werde sie schon aufheitern. Übernachtet sie auch hier?«

»Ja, Genosse.«

Geung blieb in einer Abgaswolke zurück.

Agent Geung hatte das Gespräch Wort für Wort wiedergeben können, weshalb sie mit einem nächtlichen Besuch des Motorradfahrers und seiner Kumpane rechneten. Als er nach dem Bluff im Ministerium ins Polizeipräsidium zurückkehrte, wurde Phosy klar, dass er unmöglich einen Trupp von Männern zum Schutz seiner Frau anfordern konnte. Und so blieben ihm nur sein alter Freund und Kollege Sergeant Sihot, der abends meistens Zeit hatte, und Tumsin, der Fleischer, der dem Inspektor so viele Gefallen schuldete, dass dieses eine Leben kaum genügen würde, um sie ihm zu vergelten. Nach Ende der Abendschicht saßen sie bei warmem Tee und chinesischen Krapfen im Restaurant und wägten die Möglichkeiten ab.

»Handgranate«, sagte Sergeant Sihot.

»Das wäre die Waffe meiner Wahl, wenn ich dem Restaurantbesitzer einen Denkzettel verpassen wollte«, sagte Phosy. »Aber hier geht es um einen Mordanschlag. Ich muss sicherstellen, dass meine Zielperson ausgeschaltet ist. Eine Handgranate hat eine viel zu große Breitenwirkung.«

»Dann erschießen sie mich eben«, sagte Dtui erstaunlich gut gelaunt.

»Möglich«, sagte Phosy. »Aber sie wissen, dass ich in dem Fall ermittle und wahrscheinlich Verstärkung habe.«

»Er meint mich«, sagte Tumsin, der Fleischer.

»Einen Schusswechsel oder eine Prügelei werden sie wohl nicht riskieren wollen«, fuhr Phosy fort. »Ein Scharfschütze am Flussufer oder in einem Boot könnte funktionieren, aber der müsste die ganze Nacht auf dem Posten sein, immer in der Hoffnung, dass Dtui an einem Fenster vorbeigeht.«

»Und das Militär würde noch nicht mal einen Büffel aus zwei Meter Entfernung treffen«, sagte Sergeant Sihot.

»Seit Ihrer Zeit in der Armee hat sich einiges geändert«, widersprach Phosy. »Inzwischen werden sämtliche Soldaten an der Waffe ausgebildet.«

»Machen wir uns nichts vor«, sagte Dtui. »Der Motorradfahrer hat gefragt, ob ich hier übernachte. Die machen es auf die Ninja-Tour. Abwarten, bis alle schlafen, auf Zehenspitzen übers Dach, durch ein offenes Fenster einsteigen und mich garottieren, bevor ich auch nur Pieps sagen kann.«

»So würde ich es anstellen«, sagte Phosy.

»Versteht ihr jetzt, weshalb ich ihn geheiratet habe?«, fragte Dtui. »Wir haben so viel gemeinsam.«

Herr Geung wandte sich an seine Verlobte Tukta.

»Ich w-w-würde niemals zulassen, dass dich jemand garottiert, mein Schatz«, sagte er, und dann küssten sie sich. Die anderen sahen diskret zur Seite.

Nachdem Sergeant Sihot seinen Posten am Flussufer eingenommen hatte und der Verrückte Rajid noch immer in den Ästen seines Baumes hing, war die Vorderseite des Restaurants gesichert. Herr Geung fuhr mit Tukta auf dem Fahrrad in Richtung von Siris Haus, nur für den Fall, dass sie beobachtet wurden. Beim Lane Xang Hotel stiegen sie ab, schlichen im Dunkeln zurück und nahmen ihre Positionen ein. Die anderen zogen die Fensterläden zu und löschten das Licht. Tumsin postierte sich mit seinem Lieblingshackebeil auf einem Hocker in dem kleinen Garten, und Phosy und Dtui gingen nach oben, in der Gewissheit, dass sie für jede Eventualität gewappnet waren. Ihre neugierige Tochter war aushäusig, und da sie nicht damit rechneten, vor Mitternacht in ihren Betten abgeschlachtet zu werden, nutzten sie die Gelegenheit und die bequeme Matratze und ließen dem Adrenalin eine halbe Stunde freien Lauf, bevor sie sich in ihr jeweiliges Zimmer zurückzogen.

Der Motorrad-Ninja blieb unbemerkt, als er gegen zwei Uhr morgens zum Restaurant zurückkehrte, weil er über die niedrige Mauer in den Garten gesprungen war, ohne den schlafenden Fleischer zu wecken. Im ersten Stock standen die Fensterläden offen. Seine Ausrüstung war simpel: ein Seil, an das er eine Fußballsocke gebunden hatte. In der Socke steckte eine Pétanque-Kugel aus Metall. Er zielte auf einen Punkt zwischen den Läden und warf das Seil. Die Kugel beschrieb einen Bogen und schlang sich um den linken Fensterladen. Das Seil fand in die Hand des wartenden Ninjas zurück, und er zog an den beiden Enden, um die Tragkraft der Scharniere zu prüfen. Dann hievte er sich wendig und gelenkig wie ein Gibbon daran empor.

Es hätte einfacher nicht sein können. Er hockte auf dem Fensterbrett und sah zu der Dicken hinab. Sie war allein. Es war eine dunkle, wolkenverhangene Nacht, doch neben ihrer Schlafmatte brannte eine Duftkerze. Die Flamme flackerte. Sie trug ein hautenges Nylonnachthemd. Ihr Haar lag über das Kopfkissen gebreitet. Er stand auf mollig. Es war beinahe eine Schande, dass er sie umbringen musste. Aber er hatte schon einmal Mist gebaut. Und durfte kein zweites Mal versagen. Lautlos glitten seine nackten Füße über das Parkett. Das Messer steckte in einem Holster an seinem Gürtel. Es war ein Ballett, bis ins Detail choreografiert. Zwei Schritte nach vorn, Schnitt und zwei Schritte zurück, um der Blutfontäne zu entgehen. Er wollte eben den ersten Schritt tun, als …

Eine dunkle, hagere Silhouette erschien in dem Fensterrahmen, durch den er soeben geklettert war. Er wandte den Kopf und sah einen halb nackten Inder auf dem Sims sitzen. Und die nackte Hälfte war nicht die obere. Dann, nur den Bruchteil einer Sekunde später, schloss sich eine starke Hand um die Hand, in der das Messer steckte, so fest, dass er sich unmöglich befreien konnte. Die schlafende Frau war weder eine Frau, noch hatte sie geschlafen. Die Perücke lag noch immer über das – nun kopflose – Kissen ausgebreitet. Der Verrückte Rajid sprang vom Fenstersims und trat dem Motorrad-Ninja mit Anlauf zwischen die Beine. Dagegen macht kein Kampfsport dieser Welt immun. Dann erschien ein zweiter Mann, dann eine Frau, und der Ninja war auf das Parkett gepinnt wie ein Schmetterling in einer Museumsvitrine.

»Mist, verfluchter«, sagte er.

Eine brach liegende Fremdsprache konnte ebenso verblassen wie ein Blumenkranz. In seinen fünfzehn Jahren in Paris war ihm das Französische leichter über die Lippen gekommen als das Laotische. Und nun saß Civilai in einem staubigen Tempelbüro an einem Tisch, auf dem sich modrige Papiere stapelten. Jeder einzelne der unzähligen Berichte stellte sowohl seine Sehkraft als auch sein Gedächtnis auf die Probe. Der Sirimongkol-Tempel diente eher praktischen als dekorativen Zwecken. Seine große Versammlungshalle hatte sich in ein Gemeindezentrum verwandelt, mit Kursen in Vietnamesisch, Bombenentschärfung und Bienenzucht. Die Stöcke standen auf dem Hof verteilt, wo einst fröhliche Feste gefeiert worden waren. Doch bei Civilais Ankunft am frühen Morgen hatte sich hier nichts geregt außer einer Hühnerschar, die man aus der Gebetshalle gescheucht hatte.

Im Tempel gab es nur einen Mönch, einen geistesschwachen jungen Mann, der lieber Befehle entgegennahm, als Entscheidungen zu treffen. Er hatte sich sofort an die beiden französischen Koffer erinnert und Civilai zu einem hohen Schrank aus Holz geführt, in dem sie seit Jahrzehnten verwahrt wurden. Er hatte Civilai weder nach seinem Namen noch nach seinem Anliegen gefragt. Und den Besucher auch nicht ermahnt, vorsichtig mit den alten Dokumenten umzugehen. Sondern lediglich kurz aufgelacht, als Civilai sich bedankt hatte.

Ein Koffer enthielt Papierspaghetti und Nagerkot. In dem Vinyl befanden sich mehrere Ein- und Ausgänge, die von der Form her an die Mauselöcher in Zeichentrickfilmen erinnerten. Civilai konnte sich ein Kichern nicht verkneifen. Der Kofferinhalt hatte den Tempelratten bessere Dienste geleistet als ihm. Der andere Koffer hatte sich den Bemühungen der Nager erfolgreich widersetzt. Civilai erging es nicht viel anders. Er hatte über eine halbe Stunde gebraucht, um die verrosteten Krallen der Schnappverschlüsse mit dem Taschenmesser aufzustemmen. Er hatte befürchtet, die Dokumente seien womöglich nicht mehr lesbar. Als sich der Deckel schließlich hob, schlug ihm ein überwältigender Schimmelgeruch entgegen. Doch seine Befürchtung erwies sich als unbegründet. Auf den meisten Papieren waren die Buchstaben so deutlich zu erkennen, als seien sie vergangene Woche erst getippt worden.

Anhand der Daten, die er von Lehrer Grit bekommen hatte, konnte sich Civilai bei seiner Suche auf die Zeit um das Jahr 1942 beschränken. Geduldig arbeitete er sich durch die Stapel. Er würde wahrscheinlich an einer Lungenentzündung verenden, ehe er gefunden hatte, was er suchte. Bislang war seine *recherche* frucht- und ergebnislos geblieben. Der einzige persönliche Brief an Administrateur Marche, den er hatte finden können, war ein offizielles Schreiben aus Paris, in dem die Vichy-Regierung ihm mitteilte, dass sie ihr Versprechen halten und sein Gepäck am Ende seiner verkürzten Amtszeit auf Staatskosten nach Frankreich zurückbefördern werde. Die Formulierung, die Civilai besonders ins Auge stach, lautete »... trotz der bedauernswerten Umstände«. Der Brief enthielt zwar detaillierte Anweisungen zur Auflistung seiner Siebensachen, führte die »bedauernswerten Umstände« jedoch nicht weiter aus.

Erst als Civilai die persönliche Korrespondenz von Administrateur Lebœuf, Marches Nachfolger, zu durchforsten begann, entspann sich so etwas wie eine Geschichte. Kurz nach seiner Amtseinführung hatte man Lebœuf gebeten, einen gewissen Monsieur Gallas, einen untergeordneten Beamten der französischen Sûreté nationale, bei sich aufzunehmen. Er hatte den Auftrag, die Machenschaften von Administrateur Marche während seines Laos-Aufenthaltes unter die Lupe zu nehmen. Offenbar hatten eine oder mehrere einflussreiche Personen Marches Vertrag vorzeitig beendet und eine Untersuchung angeordnet. Kopien von Monsieur Gallas' Berichten gab es leider keine, doch Administrateur Lebœuf war so freundlich gewesen, seinem Schreiben an das Protektorat das Original des Einsatzbefehls beizulegen.

Wie es schien, hatte Marche pikante Details über sein Vorleben absichtlich verschwiegen, als er sich um den Posten in Französisch-Indochina beworben hatte, und die Pariser Polizei hatte die Vergangenheit des Mannes nicht allzu gewissenhaft durchleuchtet. Hätten sie etwas mehr Sorgfalt walten lassen, wären die Beamten womöglich dahintergekommen, dass er zweimal wegen des Verschwindens halbwüchsiger Mädchen vor Gericht gestanden hatte. Die Anklage hatte Marche die Taten jedoch nicht zweifelsfrei nachweisen können, und so war er in beiden Fällen freigesprochen worden. Was ihn von der Pflicht entbunden hatte, seine Dienstherren über die Verhaftungen zu informieren. In dem Einsatzauftrag hieß es weiter:

Unsere Behörde wurde auf diesen Fall erst aufmerksam, als M. Marche schriftlich darum ersuchte, nach seiner Rückkehr einen Regierungsposten in Paris bekleiden zu dürfen. Es ist ein Leitprinzip der Vichy-Regierung, jeden Bewerber um ein öffentliches Amt einer gründlichen Musterung zu unterziehen. Bei der Überprüfung von M. Marches Vorleben stießen wir auf die oben erwähnten Gerichtsprotokolle und eine Reihe weiterer Beschwerden, denen jedoch aus irgendeinem Grund nicht weiter nachgegangen wurde. Und auch während seiner Amtszeit in Pakxan kam es vonseiten vietnamesischer und französischer Staatsbürger wiederholt zu Klagen. So behauptete M. Charles Delon, ein französischer Buchhalter, der im Auftrag der Vichy-Regierung zur selben Zeit in Südostasien tätig war, Administrateur Marche habe in Laos halbwüchsige Mädchen in großem Stil zur Prostitution gezwungen. M. Delon war von einer seiner Büroangestellten auf diesen Umstand hingewiesen worden, einer französischen Staatsbürgerin vietnamesischer Herkunft und Mutter eines der betroffenen Mädchen.

Da der bezahlte Verkehr mit Minderjährigen in Laos an der Tagesordnung war und gemeinhin für »einvernehmlich« erachtet wurde, ließ man die Sache seinerzeit auf sich beruhen. Erst im Abgleich mit den älteren Fällen zeichnete sich ein Muster ab. Unsere Abteilung ermittelte nun mit noch größerem Nachdruck gegen M. Marche, wobei sich herausstellte, dass er allem Anschein nach mit einer Reihe von Verbrechen in Verbindung stand, die weitaus schändlicher waren als bloße Zuhälterei. Somit erklärt sich auch Marches plötzlicher Rückruf nach Frankreich sowie Inspektor Gallas' Reise nach Indochina und insbesondere nach Pakxan. Wir hoffen auf Erkenntnisse, die unseren Verdacht bestätigen und uns in den Stand versetzen werden, Marche vor Gericht zu stellen.
Haben Sie vielen Dank für Ihre Unterstützung.
Hochachtungsvoll,
Alain Boyer, Polizeikommissar

»Verbrechen, die weitaus schändlicher waren als bloße Zuhälterei«, sagte Civilai laut. »Verdammt, das ist spannender als jeder Krimi.«

Hustend und keuchend wühlte er sich eine weitere halbe Stunde durch staubtrockene Beamtenprosa, fand jedoch weder ein Wort zu den Fortschritten des Inspektors noch etwas über einen Prozess oder den Verbleib der vermissten Tochter der vietnamesischen Sekretärin. Trotzdem ließ Civilai nicht locker, denn wie pflegte Siri noch gleich zu sagen? »Eine Geschichte ohne Schluss ist wie eine Büchse Corned Beef ohne Dosenöffner.«

Die Sonne stand bereits im Zenit, als Civilai auf eine weitere Erwähnung des Falls stieß, in der Durchschrift eines Monatsberichts von Administrateur Lebœuf an seinen Referenten in Paris. Es war die Nummer siebzehn auf einer zweiundvierzig Punkte umfassenden Pendenzenliste. Ein ebenso kurzer wie grimmiger Vermerk – bei dessen Lektüre sich Civilai die Nackenhaare sträubten.

Sechs Monate, und noch immer keine Nachricht über den Verbleib von Inspecteur Gallas.

Auf dem Rückweg in seine Pension hatte Civilai es nicht besonders eilig. Es fiel ihm schwer, schnell zu gehen und gleichzeitig genial zu sein. Und diese Sache erforderte sein ganzes Genie. Die Einsatztruppe, die er angefordert hatte, würde hoffentlich bald hier sein. Die ganze Geschichte hatte etwas Unheimliches, ja Bedrohliches. Die Leute aus dem Ministerium würden ihm Mut und Auftrieb geben. Anfangs hatten seine Fragen zu der alten Kolonialvilla mit dem Empfang, der ihm versagt geblieben war, in keinerlei Zusammenhang gestanden. Er hatte sich aus rein müßigem Interesse danach erkundigt. Doch das Haus war ihm nicht ganz geheuer, seit er zum ersten Mal davor geparkt hatte. Unscheinbar und imposant zugleich, passte es hierher wie ein Triumphbogen in die Wüste. Zwar gab es zwischen einem vermeintlichen Buddha wider Willen und einem französischen Kinderschänder aus der Zeit der Vichy-Regierung keine logische Verbindung, aber Civilai war sich so gut wie sicher, dass da ein Zusammenhang bestand.

In der Pension hievte sich ein stark schwitzender Mann im dunkelgrauen Hemd aus dem einzigen Sessel im Empfangsbereich und nickte knapp. Seine Frisur machte den Eindruck, als sei er mit dem Kopf unter die Messer eines Mähdreschers geraten.

»Civilai Songsawat?«, fragte er.

»Ja.«

»Ich bin Sergeant Savath von der Polizei Pakxan.«

»Sie sind Polizist?«, sagte Civilai und musterte ihn von Kopf bis Fuß.

»Ja«, sagte er.

»Sie tragen Gummi-Flip-Flops.«

»Die sind bequem.«

Vor Civilais Ausflug nach Pakxan war Anarchie für ihn nur ein abstrakter Begriff gewesen. Als ranghoher und deshalb privilegierter Staatsbeamter hatte er sie nie zu spüren bekommen. Aber diese Gegend war ein veritabler Hort der Respektlosigkeit.

»Sind Sie dienstlich hier?«, wollte Civilai wissen.

»Ja.«

»Dann gehen Sie gefälligst nach Hause und ziehen Sie sich etwas Ordentliches an, bevor Sie wiederkommen.«

Er wollte sich an dem stämmigen Mann vorbei in Richtung Treppe zwängen, doch der Polizist packte ihn am Arm. Civilai versuchte, sich loszureißen, und wollte eben die alte »Wissen-Sie-eigentlich-wen-Sie-vor-sich-haben?«-Platte auflegen, als der Polizist ihm zuvorkam.

»Heute Morgen wurde die Leiche einer Frau gefunden, nur wenige Meter entfernt von der Stelle, wo Sie und Ihre Frau sich am Sonntagabend betrunken haben.«

Civilai wich einen Schritt zurück, und der Polizist lockerte den Griff.

»Sie war seit etwa achtundvierzig Stunden tot«, fuhr Savath fort. »Sie war so übel zugerichtet, dass wir sie zunächst nicht identifizieren konnten. Als wir endlich wussten, wer sie war, kam uns etwas Interessantes zu Ohren. Dreimal dürfen Sie raten, mit wem sie am Abend ihres Ablebens zuletzt gesehen wurde.«

Mit echten Richtern hatte Siri nicht allzu viel Erfahrung. Die einzigen Schiedsleute, vor denen er je hatte erscheinen müssen, waren entweder Armeeoffiziere, die nebenbei als Streitschlichter fungierten, oder Haeng, aber der war bestenfalls ein schlechter Witz von einem Rechtsgelehrten. Siris Idealvorstellung von einem Richter stammte aus der Frühzeit Hollywoods, als der Mann auf dem Stuhl grundsätzlich eine Glatze, einen weißen Backenbart und weise, schwer besackte Augen sein Eigen nannte.

Weshalb Siri unwillkürlich nach dem wahren Richter Ausschau hielt, als Suthon, der öffentliche Wanderankläger von Udon Tani, den provisorischen Gerichtssaal betrat. Doch niemand kam. In Siris Augen war der Ankläger ein grüner Junge. Ein blässliches Kerlchen mit fliehendem Kinn und ganz und gar unpassender Schweinsnase. Er hatte auch keine Robe, sondern trug stattdessen ein weißes Hemd mit Krawatte und schwarze Hosen, wie ein Student. Fast hätte Siri laut gerufen: »Wie alt sind Sie eigentlich genau?« Doch zu Madame Daengs Erleichterung hielt er den Mund.

Sie waren bereits vor drei Stunden angekommen, mit dem Dorfpick-up von Sawan, der nur zu besonderen Anlässen gefahren wurde. Der Sangharaj war ohne Murren auf die Ladefläche geklettert. Zum Schutz vor der Sonne hatte er sich das Mönchsgewand über den Kopf gezogen und bis zu ihrer Ankunft in Nam Som höchst profane Melodien vor sich hin gesummt.

Siri hatte ihn angestarrt und sich in seine Rolle versetzt. Als Oberster Patriarch wäre er vermutlich nicht halb so demütig und bescheiden gewesen. Er wäre auf seiner Triumph durchs Land gefahren, mit einer amerikanischen Sonnenbrille auf der Nase, und hätte Jagd auf Sünder gemacht. Er hätte sich in goldenen Lettern *O.P.* auf den Rücken seiner Lederjacke prägen lassen. Vielleicht hatte ihm deshalb bislang niemand das Amt des Obersten Patriarchen angetragen.

Der junge Richter arbeitete die Fälle im Eilverfahren ab. Siri fiel auf, dass er gute Ratschläge nur dann erteilte, wenn der Angeklagte den Eindruck machte, dass er sie zu würdigen wusste und sie verstand. Ansonsten sprach er seine Urteile ohne viel Schnickschnack und Schmuck. Er kannte die Gesetze und die Strafen für den Verstoß dagegen. Er wusste sich auszudrücken und sprach nie von oben herab. Obgleich der glatt rasierte Mann von Anfang vierzig viel zu jung war für sein Amt, konnte Siri nicht anders, als ihn zu bewundern.

Einige der Angeklagten betraten den Saal in Fußfesseln,

begleitet von uniformierten Polizisten. Wenn sie ihr Urteil vernommen hatten, wurden sie entweder zurück in ihre Zellen oder in die Arme der Freiheit eskortiert. Meistens sagten sie weiter nichts als »Jawohl«, wenn der Beamte sie fragte, ob sie das Urteil verstanden hatten. Es hing kein Terminplan aus, und die einzige Liste der zu bearbeitenden Fälle lag vor dem Richter auf dem Tisch. Insofern war es eine angenehme Überraschung, als er aufblickte und sagte: »Wie ich sehe, befindet sich Abt Rayron frei und ohne Fesseln in diesem Gerichtssaal.«

Hauptmann Gumron hatte die ganze Zeit in der letzten Reihe gesessen und eifrig Berichte verfasst. Jetzt eilte er nach vorn und entbot dem Richter einen *wai*. Zu Siris größtem Erstaunen erwiderte der Richter die Geste.

»Der Abt steht unter der Aufsicht des Sangharaj von Laos«, sagte der Hauptmann.

»Und das ist so weit gut gegangen?«, erkundigte sich der Richter.

»Sehr gut, Euer Ehren. Das heißt … bis heute Morgen.«

»Wollen Sie damit sagen, es hat einen weiteren Zwischenfall gegeben?«, fragte der Richter.

»Mord. Der Bericht müsste auf Ihrem Tisch liegen, Euer Ehren«, sagte der Hauptmann.

»Zeugen?«

»Zeugin. Eine.«

»Glaubwürdig?«

»Blind wie ein Maulwurf, Euer Ehren.«

Der junge Richter musterte den Abt. »Immer wenn ich hierherkomme, scheinen neue Anschuldigungen gegen Sie vorzuliegen«, sagte der Richter. »Was sollen wir nur mit Ihnen machen?«

Obwohl es sich unzweifelhaft um eine rhetorische Frage handelte, konnte Siri dem Drang nicht widerstehen, sie zu beantworten.

»Ihn freilassen«, rief er in den Saal.

Daeng zwickte ihn in den Arm.

»Wie war das?«, fragte der Richter. »Hat jemand etwas zu sagen?«

»Ich«, sagte Siri.

Daeng seufzte laut.

»Und Sie sind …?«, fragte der Richter.

»Euer Ehren, er ist nur …«, begann der Hauptmann, doch der Richter brachte ihn mit einer unwirschen Handbewegung zum Schweigen.

»Nur ein alter Student der Juristerei«, sagte Siri.

Der Richter lächelte. »Ihr werter Name …?«

»Dr. Siri Paiboun.«

»Und wie lautet Ihre Einschätzung des vorliegenden Falles, alter Student?«, fragte der Richter.

Siri stand auf. »Dass die Beweislage dürftig ist, es sich größtenteils um bloße Indizien handelt, die Zeugen unglaubwürdig sind und ein überzeugendes Motiv fehlt.«

Siri hoffte inständig, dass es sich bei dem Lächeln im Gesicht des jungen Richters um eines der Bewunderung handelte.

»Ihrem Akzent entnehme ich, dass Sie aus einem Land kommen, in dem es derzeit keine Gesetze gibt«, sagte der Richter.

»Weshalb einem Rechtssystem mit so klar definierten Maßstäben meine allergrößte Bewunderung gilt«, sagte Siri.

»Gute Antwort, alter Knabe«, sagte der Richter. »Ich begegne in meinem Gerichtssaal nur selten Männern, die in der Lage sind, so lange und noch dazu grammatisch korrekte Sätze zu bilden. Vielleicht können wir uns ja gelegentlich einmal zusammensetzen und bei einem Bier über die jeweiligen Vorzüge von Recht und Rechtlosigkeit debattieren. Bis dahin jedoch halte ich mich an die Prämisse, dass wir, wenn eine ausreichende Menge an Indizien zum wiederholten Male auf ein und denselben Verdächtigen als Täter hinweist, die Linie des Zufalls überschritten und das Reich der Wahrscheinlichkeit betreten haben.«

»Aber Sie haben den neuesten Bericht doch noch gar nicht gelesen«, widersprach Siri.

»Da haben Sie allerdings recht, Genosse Verteidiger«, sagte der Richter verschmitzt lächelnd. »Aber wie es scheint, gibt es immer wieder neue Morde, solange der Abt nicht hinter Schloss und Riegel sitzt. Das mag zwar alles nur Zufall sein, aber tot sind die Opfer trotzdem. Und deshalb, Abt Rayron, ordne ich hiermit Ihre Verwahrung im Polizeirevier von Nam Som an, bis wir Sie nach Udon Thani überstellen können, wo man Sie vor dem Provinzgericht wegen vorsätzlichen Mordes in drei Fällen anklagen wird.«

»Aber das ist nicht …«, begann Siri.

»Ruhe!«, rief Hauptmann Gumron.

Draußen vor dem Gerichtssaal schlug Köter mächtigen Rabatz.

»Ich nehme doch an, das ist Ihr Hund?«, sagte der Richter. »Ich glaube, ich habe Sie zusammen kommen sehen.«

»Ich bitte um Verzeihung«, sagte Siri. »Er ist kein großer Freund der Polizei.«

»Angenommen und genehmigt«, sagte der Richter noch immer lächelnd. »Wenn ich jetzt in Ruhe fortfahren dürfte, ich wollte nämlich soeben erwähnen, dass bis zur ersten Anhörung in Udon noch vier Wochen vergehen werden. Sollte bis dahin jemand ein wenig brillante Detektivarbeit geleistet haben und mit einem neuen Verdächtigen aufwarten können, versetzte uns das womöglich in die Lage, Abt Rayron unsererseits um Verzeihung zu bitten und den wahren Mörder zur Rechenschaft zu ziehen.«

Interessanterweise sah er während dieser kleinen Rede nicht etwa den Polizeihauptmann, sondern die Entourage des Abts an, besonders Siri.

»Euer Ehren«, sagte Abt Rayron.

Da der Mönch die ganze Zeit kein Wort gesprochen hatte, waren die Leute bass erstaunt, als sie seine Stimme hörten.

»Ja?«, sagte der Richter.

»Auch ich möchte um Verzeihung bitten«, sagte der Abt.

»Wofür?«, fragte der Richter.

»Dafür, dass ich Sie zu dieser schwierigen Entscheidung genötigt habe.«

Die Leute staunten nicht schlecht. Der Abt hatte sich beim Richter für die Ungelegenheiten entschuldigt, die er ihm bereitet hatte. Selbst der ansonsten unerschütterliche Richter war perplex. Er starrte den Mönch sekundenlang an, ehe er ihn stumm entließ.

Nur sehr wenige Verdächtige waren lebend aus Udon zurückgekehrt. Da die Justizabteilung der Provinz nur wenig Lust verspürte, für eine Hin- *und* Rückfahrkarte aufzukommen, wurden nur todsichere Einwegkandidaten vor Gericht gestellt. Trotzdem hatte der Richter ihnen Hoffnungen gemacht. Ein uniformierter Polizeibeamter entbot Abt Rayron einen *wai*, bevor er sich mit Handschellen an ihn kettete. Als das Schloss einrastete, nickte er und geleitete den Mönch nach draußen. Siri und Co. folgten mit gesenktem Kopf.

Als sie an der Tür ankamen, wurde der nächste Fall schon aufgerufen. Siri und Daeng waren ausnahmsweise einmal sprachlos. Sie folgten dem Sangharaj durch die Flügeltür ins grelle Licht des späten, von Schreien widerhallenden Nachmittags.

»Wie viele Opfer haben Sie auf dem Gewissen, Abt?«

»Gibt es noch weitere Leichen, von denen wir bislang nichts wissen?«

»Will der Tempel auf diese Weise die Schamanen aus dem Weg räumen?«

Der an seinen grinsenden Bewacher gekettete Abt war von Reportern umringt. Kameras sirrten, und die Fotografen riefen: »Hierher, Abt!«

Sie rückten ihm unsanft auf die Pelle. Einer hielt ihm einen Kassettenrekorder unter die Nase. Die Fragen prasselten derart heftig auf ihn ein, dass er sie gar nicht beantworten konnte. Der Wachpolizist genoss das Scheinwerferlicht und hatte nicht die Absicht, den Abt auf schnellstem Weg in seine Zelle zu befördern. Erst als Siri, Daeng und Yuth, der Sohn des Dorfvorstehers, sich ins Getümmel stürzten und den Abt samt seinem Bewacher den Klauen der Meute entrissen, legte sich das Durcheinander. Die meisten Reporter waren Einheimische, aber es war auch der eine oder andere Hauptstadtjournalist darunter.

Irgendjemand hatte geplaudert.

10

AUF TEUFEL KOMM RAUS

Phosy saß seit einer Stunde auf einer unbequemen Bretterbank ein Stockwerk unter dem Büro des Chefs. Sein siebter Polizistensinn arbeitete auf Hochtouren. Im Geiste spielte er sämtliche Möglichkeiten durch. Gleich nach der Ergreifung des Ninjas hatte Sergeant Sihot angeregt, den Kerl zu fesseln und zu knebeln und ihn in den Mekong zu werfen. Einfach nur, um dem Feind zu zeigen, mit wem er es zu tun hatte. Die Hälfte der Beamten im Präsidium hätte immerhin ein Geständnis aus dem Mann herausgeprügelt. Wie er so dasaß, auf der rauen Bank im kalten Tageslicht, konnte Phosy beiden Szenarien etwas abgewinnen. Selbst als der rotzfreche Ninja ihm eiskalt ins Gesicht gelächelt und sich über ihn lustig gemacht hatte, war der Inspektor seelenruhig geblieben.

»Sie wissen hoffentlich, dass das alles keine Rolle spielt?«, hatte er gesagt.

»Dass was keine Rolle spielt?«, hatte Phosy gefragt.

»Ganz gleich, was Sie mit mir anstellen und mit welchen Mitteln Sie versuchen, mich zum Reden zu bewegen – es wird alles nichts bringen.«

»Dir die Seele aus dem Leib zu prügeln würde mit Sicherheit was bringen«, hatte Phosy erwidert, obgleich er nicht der Typ war, der auf einen wehrlosen Mann einschlug.

»Ihnen vielleicht, Bulle. Aber Ihren Fall lösen Sie so nicht.«

»Ach, ich weiß nicht. Morgen werde ich offiziell Anklage gegen dich erheben. Mal sehen, wer dich hier rauszuholen versucht. Denn dann werden wir wissen, für wen du arbeitest, wer im Ministerium der bewaffneten Streitkräfte dein Boss ist. Und der kann sich warm anziehen, die Polizei ist nämlich schon lange nicht mehr, was sie unter dem alten Regime mal war.«

»Sie haben keine Ahnung, was?«

»Dann verrate mir doch, wovon ich keine Ahnung habe.«

»Sie haben keine Ahnung, wer wir sind«, sagte der Mann. »Keine Ahnung, wie tief Sie in einer Sache stecken, aus der Sie sich lieber herausgehalten hätten. Keine Ahnung, wie mickrig und erbärmlich Sie sind. Wie unbedeutend.«

»Ach, Junge«, sagte Phosy, »wann wirst du endlich erwachsen? Es gibt kein ›wir‹. Du bist ein elender Mistkerl, der für andere die Drecksarbeit erledigt, und das noch nicht mal besonders gut. Du tust einfach das, was dein Boss dir sagt. Und selbst wenn du Geld dafür bekommst, bist du bloß ein kleiner Handlanger und weiter nichts. Du bist eine Soldatenameise, mein Freund, und heute Abend haben wir dich zertreten.«

»Sie hätten warten sollen, bis ich sie umgebracht hatte.«

»Was?«

»Wegen Mord hätten Sie mich lebenslänglich in den Knast schicken können. Aber so? Was wollen Sie mir denn vorwerfen? Einbruchdiebstahl? Ein kleiner Gauner. Ihre Anklage können Sie sich sparen. Ich bin spätestens zum Mittagessen wieder draußen. Im Ernst, Wachtmeister. Sie hätten mich der hässlichen fetten Kuh die Kehle durchschneiden lassen sollen.«

Phosy griff in seine Umhängetasche.

»Peng«, sagte der Ninja.

Doch Phosy förderte keine Waffe, sondern eine Brownie-Instamatic-Kamera zutage. Die Polizei hatte drei Stück davon.

»Souvenir?«

»Sozusagen. Ich möchte vor deinem Unfall noch ein Foto von dir machen.«

Als Polizist in der Demokratischen Volksrepublik Laos genoss man nur wenige Vorzüge. Zu den angenehmeren gehörte der Umstand, dass sich für Brutalität im Polizeigewahrsam niemand interessierte. Und so hatte Phosy dem Diensthabenden heute Morgen einfach erzählt, sein Gefangener habe sich die beiden blauen Augen beim Tanzen mit einer baumlangen Ukrainerin mit stahlverstärktem Büstenhalter geholt. Der Sergeant war vor Lachen fast vom Stuhl gekippt. Doch jetzt, wo er auf dieser harten Holzbank saß und seine sieben Sinne verrücktspielten, gelangte Phosy allmählich zu der Überzeugung, dass er den Ninja vielleicht doch lieber an die Riesenwelse hätte verfüttern sollen.

Die meisten Amtsgebäude hatten offene Korridore, und so war die Stimme aus dem Stockwerk über ihm nur schwer zu überhören.

»Phosy? Sind Sie da unten?«

»Ja.«

»Kommen Sie rauf.«

Die laotische Version der Gegensprechanlage.

Der Chef lehnte vor seinem Büro an der Wand und rauchte eine Marlboro.

»Zigarette?«, fragte er.

»Nein, danke«, sagte Phosy, als er schließlich vor ihm stand. »Gibt's was Bestimmtes?«

Der Chef paffte seine Zigarette. Vier Jahre waren seit der Wende vergangen, und noch immer fanden sie ganze Vorratslager von den Dingern. Als hätten die Royalisten sie vor ihrer Flucht absichtlich zurückgelassen, um den Feind Raucherlunge für Raucherlunge auszulöschen.

»*Bo dai*«, sagte der Chef.

»Was, *bo dai?*«, fragte Phosy, als hätte er's nicht längst gewusst.

»Sie müssen Ihre Ermittlungen einstellen.«

»Ich dachte, es wären *unsere* Ermittlungen.«

»Sämtliche Spuren verlaufen im Sande. Vergessen Sie's.«

»Wir haben einen Profikiller der Armee im Keller sitzen und sieben Zeugen, die zu einer Aussage gegen …«

»Er ist wieder draußen«, sagte der Chef.

Phosy nahm die angebotene Zigarette. Er rauchte zwar nicht, aber er wollte etwas in seiner Faust zerquetschen.

»Sie hatten Besuch, nicht wahr?«, sagte er.

»Phosy, ich muss doch …«

»Wissen Sie was? Wir könnten jede Menge Miete sparen, wenn wir gleich ins Ministerium der bewaffneten Streitkräfte umziehen würden. Da gibt es sogar eine hübsche junge Dame, die einem Tee und Kekse ins Büro bringt.«

»Phosy!«

»Natürlich wären wir dem General gegenüber zur Rechenschaft verpflichtet, aber das ist auch nicht sehr viel anders als …«

»Phosy. Sie war es nicht.«

»Wer?«

»Die Armee. Sie war es nicht.«

»Unsinn.«

»Wenn ich es Ihnen doch sage. Die Armee hat mit der Entführung nichts zu tun. Sie sind auf dem Holzweg.«

Vom Dach seiner Pension aus konnte Civilai bis nach Thailand hinübersehen. Die Thais hatten Fernsprechtelefone und Faxgeräte, die Motorradkuriere nicht zu vergessen, die dem Empfänger einen Brief persönlich überbrachten. So nah – am anderen Ufer des Mekong – und doch so fern. Das öffentliche Telefon auf dem hiesigen Postamt hingegen funktionierte nicht. Irgendwo war eine Leitung unterbrochen. »Aber wir haben ein Faxgerät«, hatte der Postbeamte frech hinzugesetzt.

Zweimal täglich kam der Fernbus nach Vientiane durch Pakxan. Civilai hatte beiden Busfahrern Briefe anvertraut und ihnen ein großzügiges Trinkgeld in die Hand gedrückt mit der Bitte, die Nachrichten im Ministerium abzuliefern. Die Wahrscheinlichkeit, dass dieses Manöver zum Erfolg führte, war ungefähr genau so groß wie die Chancen der Demokratischen Volksrepublik Laos, bei den nächsten Olympischen Spielen eine Medaille zu gewinnen. Wie schon so oft war er dem Kommunikationsunwesen seines Heimatlandes hilflos ausgeliefert.

Er ging ins Bezirksamt, vielleicht hatte man dort mit dem Telefon ja etwas mehr Glück. Aber die fetthäutige Sekretärin hatte frei, der Direktor war »im Außeneinsatz« und das Telefon mit einem Vorhängeschloss gesichert, das Unbefugte am Wählen hindern sollte. Der Stellvertreter des Direktors versprach Civilai, ihm die Nachricht auf schnellstem Weg zu überbringen, sobald Antwort aus Vientiane eintraf. Die einzige Antwort, die Civilai wollte, war ein Pickup mit einem halben Dutzend Botschaftsangestellten an Bord. Da der Direktor den Renault genommen hatte, gab sein Assistent dem alten Mann in ungemein herablassendem Ton den Rat, die Gelegenheit zu nutzen und sich ein wenig auszuruhen. Falls er einsam sei, sagte der Mann, kenne er eine hübsche junge Dame und wahre Meisterin der Massagekunst. Er bekräftigte diesen Vorschlag mit einem Zwinkern.

Civilai hatte sich widerstrebend bereit erklärt, auf dem Polizeirevier Station zu machen und dem flegelhaften Flip-Flop-Kommissar einen Höflichkeitsbesuch abzustatten. Der saß an seinem Schreibtisch und aß süße Rindertalgbällchen, ohne seinem Gast eins anzubieten.

»Woher kannten Sie die Tote?«, fragte er, während ihm die Sauce das Kinn hinabrann.

»Sie müssen ja ein erstaunliches Gedächtnis haben«, sagte Civilai und nahm unaufgefordert Platz.

»Wieso?«

»Weil Sie ohne Bleistift und Papier eine Befragung durchführen. Also muss ich wohl oder übel annehmen, dass Sie sich alles merken können, es sei denn, Sie haben die Absicht, meine Aussage in Morsecode in Ihr Talgbällchen zu beißen«, sagte Civilai.

Der Polizist schien seine kleine Rede überhört zu haben. »Ich habe Ihnen eine Frage gestellt«, sagte er.

Civilai seufzte. »Meine Frau und ich sind ihr am Sonntagabend das erste Mal begegnet«, sagte er. »Wir hatten sie nie zuvor gesehen.«

»Aber sie wusste, wer Sie waren«, sagte der Polizist.

»Nein, sie wusste nur, dass wir in Ban Toop gewesen waren.«

Bei diesen Worten löste sich eines der fünf gerahmten

Schwarz-Weiß-Porträts hochrangiger Parteimitglieder, die an der Wand hinter dem Schreibtisch hingen. Damit ein Holzrahmen sich nicht verzog, was in den Tropen häufig vorkam, wurde er an der Unterkante mit einer zweiten Schraube gesichert. Diese hielt, sodass der Präsident nun nicht nur schief, sondern auch auf dem Kopf hing. Man musste dem Polizisten zugutehalten, dass er diese Deko-Fehlfunktion weitgehend ignorierte und die Befragung ungerührt fortsetzte. Civilai hingegen fand den Anblick des kopfstehenden Ex-Royalisten mit den zusammengewachsenen Augenbrauen zum Schießen. Seine Antworten auf die Fragen des Polizisten wurden immer wieder von Glucksen und Kichern unterbrochen. Das brachte den Polizisten, der dies als persönliche Beleidigung auffasste, fast zur Weißglut. Damit zerstob auch die letzte Hoffnung auf Entspannung zwischen den beiden Kriegsparteien.

Plötzlich sah Civilai das schief hängende Foto mit völlig anderen Augen. Der Kippsturz war kein bloßer Unfall mehr, sondern von symbolischer Bedeutung. Und während er seine Antworten auf die Fragen des Polizisten mechanisch wie ein Roboter herunterratterte, durchforstete er sein zugerümpeltes Gedächtnis nach einer Geschichte. Gruselgeschichten, wie er sie als Halbwüchsiger am Lagerfeuer zu hören bekommen hatte. Klatsch und Gerüchte, die Volksgut geworden waren. Verzweifelt suchte er nach einer Verbindung.

»Hören Sie mir überhaupt zu?«, fragte der Polizist.

»Nein, eigentlich nicht«, sagte Civilai. »Ich brauche dringend eine Bibliothek.«

»Ich glaub, ich hör nicht recht. Soll ich Sie festnehmen?«

»Soll ich für Ihre fristlose Entlassung sorgen?«

»Was?«

»Sperren Sie die Augen auf. Wissen Sie nicht, wen Sie vor sich haben?«

In Vientiane, um Vientiane und um Vientiane herum interessierte sich so gut wie niemand dafür, wer in welchem Ausschuss oder Komitee saß. Nichts weiter als ein Haufen alter Knacker in Anzug und Krawatte.

»Ich ...«

»Dann denken Sie mal scharf nach, mein kleiner Freund, denn in einer Stunde kommen meine Leute aus Vientiane, und Ihr Posten hängt am seidenen Faden. Notieren Sie: Civilai Songsawat, laotisches Politbüro. Oh, ich vergaß. Sie haben ja keinen Stift, nicht wahr? Dann prägen Sie sich meinen Namen gut ein. Und wenn Sie damit fertig sind und hoffentlich begriffen haben, in welchen Schwierigkeiten Sie stecken, dürfen Sie mir verraten, wo ich in diesem Kuhkaff ein paar Bücher finde.«

Eine Bücherei gab es hier natürlich nicht. Selbst die Nationalbibliothek in der Sethathirat Road ähnelte eher einer schlecht sortierten *librairie*. Abgesehen von den Palmblatt-Manuskripten in den Tempeln existierte nur sehr wenig Literatur in laotischer Sprache. Doch genau wie Siri klammerte Civilai sich an die Hoffnung, dass nicht alle englischen und französischen Bücher vernichtet worden waren. Dass es außer Siris verlorener Goldgrube französischer Klassiker noch andere geheime Schätze gab, die versteckt blieben bis zu dem Tag, da dieses Land endlich wieder zu Verstand kam. Wie nicht anders zu erwarten, konnte ihm der Polizist nicht weiterhelfen. Wer gestand schon den Besitz verbotener Bücher? Aber eine mögliche Quelle gab es.

Civilai betrat zum zweiten Mal Lehrer Grits Klassenzimmer. Die Kinder brüteten über mathematischen Rätseln und nahmen von dem Fremden kaum Notiz.

»Ah, Bruder«, sagte Grit und schüttelte Civilai herzlich die Hand. »Wie war Ihr Besuch im Tempel?«

»Enttäuschend«, sagte Civilai. »Die Ratten von Pakxan fressen offenbar mit Vorliebe französische Berichte.«

»Das tut mir leid«, sagte Grit, »aber Sie haben doch hoffentlich nicht aufgegeben?«

»Ich brauche ein Lexikon.«

»Und einen Rembrandt und ein U-Boot?«

»Ist das wirklich so schwierig? Die Schiedsrichterin meinte, Sie seien der Quell allen Wissens.«

»Sie neigt zur Übertreibung.«

»Ich bitte Sie. Sie waren stocksauer, als die kommunistischen Kader hier Bücher verbrannt haben. Und da wollen Sie mir weismachen, dass Sie nicht heimlich ein paar Bände beiseitegeschafft haben? Keine Angst, ich melde Sie schon nicht. Ich möchte nur etwas nachschlagen.«

Der alte Lehrer blies die Backen auf. »Englisch oder Thailändisch?«, fragte er.

»Französisch.«

»Damit kann ich leider nicht dienen.«

»Ich weiß nicht, ob ich bei den Thais fündig werde, und mein Englisch ist eine Katastrophe.«

»Warten Sie zwanzig Minuten. Dann habe ich Pause und kann Ihnen helfen.«

Die elfte Ausgabe der *Encyclopedia Britannica* stammte aus dem Jahr 1911, und man sah ihr das Alter an. Während Amerikas Spione gegen die Kommunisten in einen kalten Krieg gezogen waren, hatten US-Pädagogen und -Entwicklungshelfer die laotischen Schulbibliotheken mit – hauptsächlich antiquarischen – Büchern bestückt. Vieles davon war unverhohlene Propaganda: bereinigte Biografien großer Amerikaner und dergleichen. Viele Schulen hatten ihre Bestände 1975 vernichtet, weil sie nicht wussten, wie die Pathet Lao reagieren würden, wenn sie die Bücher entdeckten. Andere, wie Lehrer Grit, hatten sie vorübergehend versteckt und der Schule zurückgegeben, als die Luft endlich wieder rein war.

»Ein bisschen verstaubt«, sagte Grit, »aber vollzählig vorhanden, alle fünfunddreißig Bände. Wir haben den Alkoven in den ersten, besonders paranoiden Jahren mit Brettern vernagelt, aber wie Sie sehen, gibt es da unten eine kleine Klappe, und diese Paraffinlampe scheint während der Unterrichtszeit stets zu brennen. Es ist so eine Art geheime Höhle. Die Schüler lieben sie. Also, Bruder, wonach suchen wir?«

»Missa Niger«, sagte Civilai, »obwohl ich bezweifle, dass Sie das finden werden. Nur so ein Wort aus meiner Jugend, an das ich mich dunkel entsinne. Sie können es natürlich auch mit *la messe noire* versuchen. Der schwarzen …«

»*Black mass*«, sagte Grit auf Englisch. Er blätterte bereits in dem ziemlich mitgenommenen Band B. Der Suchbegriff schien ihn in keiner Weise zu beunruhigen. Er wusste vermutlich nicht, was es damit auf sich hatte, dachte Civilai. Er war sich selbst nicht ganz sicher. Es war nur so ein Ausdruck, den er aus einer der vielen Geschichten kannte, die er als Junge erzählt bekommen hatte. Und von einem Bild, das er seinerzeit in einem Buch aus der Schulbibliothek gesehen hatte: in dunkle Mäntel gehüllte Gestalten und an der Wand ein umgekehrtes Kruzifix. Er hatte über die Buddha-Figuren auf dem Werkstatthof nachgedacht. Ihre Schändung war kein Dummejungenstreich gewesen, sondern ein bewusster Frevel.

Grit fand den Eintrag, zog die Lampe näher heran, damit er die winzige Schrift entziffern konnte, und übersetzte beim Lesen.

Schwarze Messe: eine blasphemische und obszöne Parodie der Heiligen Messe, bei welcher Teufelsanbetungen und andere satanistische Rituale vollzogen werden, eine Umkehrung der wahren Messe, wie sie in der römisch-katholischen Kirche gefeiert wird. Seit frühchristlicher Zeit wurden Personen, denen man Ketzerei und Hexerei vorwarf, nicht selten auch des Satanismus und der Feier blasphemischer Messen bezichtigt. Dabei spielt der Glaube an eine heidnische Gottheit stets eine bedeutende Rolle.

Der Ritus umfasst gemeinhin auch andere Elemente satanischer Magie wie philters *oder* abortifacients. (Diese beiden Wörter konnte Grit nicht übersetzen.) *Der nackte Rücken einer Frau dient häufig als Altar, und um den Spott noch zu steigern, bedient man sich im Allgemeinen einer geschändeten Hostie wie Altarbrot. Es gibt Behauptungen, wonach die Messe auch perverse geschlechtliche Rituale sowie die Opferung von Kindern einschließt. Mitunter kommt es während der Messe zu Praktiken wie der Umkehrung des Kreuzes, welches sodann angespien und mit Füßen getreten wird, dem Durchstechen der Hostie und anderen Obszönitäten.*

Als er zu Ende gelesen hatte, hob Lehrer Grit den Kopf und musterte Civilai, dem tausend Fragen ins Gesicht geschrieben standen.

»Hilft Ihnen das weiter?«, fragte er.

»Aber wer hätte etwas davon, das der Presse zu stecken?«, fragte Daeng.

Sie schrie gegen den brummenden Motor des Toyota an. Vorsteher Thams Sohn Yuth steuerte den Pick-up des Dorfes, und die anderen hatten sich auf der Ladefläche niedergelassen und machten ihrem Unmut Luft.

»Der Polizist«, brüllte Siri.

»Ich wusste, dass du das sagen würdest«, brüllte Daeng zurück.

»Wer denn sonst?«, sagte Siri. »Mit seinem Gerede über den Einfluss der Medien hat er sich verraten. Er ist genau der Typ, der auf Teufel komm raus Karriere machen will und sein Gesicht am liebsten in der Zeitung sehen würde. Schlagzeile: Ortspolizist fasst Serienmörder aus Schamanendorf.«

»Und warum hat er uns dann lang und breit erklärt, was es für Konsequenzen haben könnte, wenn die Presse von der Sache Wind bekommt?«

»Er ist eben nicht der Hellste.«

Daeng küsste ihn lächelnd auf die Wange. Was ihm vor dem Dorfvorsteher und dem Sangharaj ein klein wenig peinlich war.

»Nur kein Neid«, sagte Daeng.

»Ich …«

»Zurück zum Thema«, sagte der Sangharaj. »Im Gefängnis sitzt ein Unschuldiger, dessen Verurteilung von vornherein feststeht. Er hat die Presse und das halbe Land gegen sich. Und da die Medien auf den Fall angesprungen sind, bleibt uns nicht mehr so viel Zeit, um ihn noch zu entlasten. Wenn Sie mich fragen, hat der wahre Mörder die Presse auf den Plan gerufen.«

»Es könnte genauso gut jemand aus dem Dorf sein«, sagte Vorsteher Tham.

»Wie kommen Sie darauf?«, fragte Daeng.

»Wir leben hauptsächlich vom Tourismus«, sagte er. »Das meiste ist Kleinkram. Die Gäste kommen nur selten mit ernsthaften Problemen zu uns, deshalb müssen wir die Preise niedrig halten. Sie kaufen Andenken, machen Fotos, nehmen ein traditionelles Mittagessen und das eine oder andere Glas Reiswhisky zu sich und hauen wieder ab. Wenn Sawan es in die Nachrichten schaffen würde, wären wir gemachte Leute. So einen kleinen Schub könnten wir gut gebrauchen. Wir haben ihn verdient.«

»Aber das ist nicht so einfach, was?«, brüllte Siri.

Tham sah erst ihn an, dann den Sangharaj, und schüttelte lächelnd den Kopf. »Nein, Yeh Ming«, sagte er. »Im Gegenteil. Das ist alles andere als einfach. In unserem Dorf herrscht ein empfindliches Gleichgewicht. Wir müssen dafür sorgen, dass alles halbwegs im Lot bleibt. Jeder von uns hat mit seinen eigenen Dämonen zu kämpfen. Wer ist schon vollkommen?«

»Ich verstehe kein Wort«, sagte Daeng.

»Sie haben Angst«, sagte Siri. »Von Exorzismen und spiritistischen Sitzungen mussten sie sich verabschieden. Sie haben die Geister nicht mehr im Griff.«

»Ich habe meine rote Kapuze schon seit zwei Jahren nicht mehr aufgehabt«, sagte Tham. »Wissen Sie was, Yeh Ming? Ich weiß nie, wer oder was mir auf der Reise in die Anderwelt begegnet. Geschweige denn, was ich, womöglich aus Versehen, mit ins Diesseits schleppe. Oder, schlimmer noch, ob sie mich kriegen, bevor ich es nach Hause schaffe. Ich habe Angst vor ihnen. Das haben wir alle.«

»Vor wem?«, fragte der Sangharaj.

»Vor den *phibob*«, sagte Tham. »Ihretwegen sind wir aus unseren Heimatdörfern vertrieben worden. Nur ihretwegen haben wir uns hier in Sawan zusammengefunden. Wir wussten, dass wir *phibob* in uns hatten, nur wussten wir leider nicht, was das bedeutete. Sie sind überall und warten nur darauf, dass wir sie aus dem Käfig lassen.«

»Sie wissen hoffentlich, dass Sie zusammengenommen genügend seherische Kraft besitzen, um herauszufinden, wer Ihre Leute umgebracht hat«, sagte Siri.

»Dazu fehlt uns der Mut«, sagte der Dorfvorsteher.

»Sie wären also bereit, Abt Rayron hinrichten zu lassen, nur weil Sie Angst vor Geistern haben?«

Vorsteher Tham sah Siri flehentlich an. »Sie kennen sie doch, Yeh Ming«, sagte er. »Sie wissen, wozu sie fähig sind.«

»Ja, ich kenne sie«, sagte sie. »Aber ich habe sie schon einmal bezwungen. Ich habe keine Angst. Meinen Sie, Ihre Ältesten würden zusammenstehen, wenn ich die ganze Sache koordiniere? Oder würden sie Yeh Ming allen Ernstes zutrauen, dass er eine Plage böser Geister über sie bringt?«

Der Dorfvorsteher dachte darüber nach. »Nein«, sagte er schließlich. »Wenn es tatsächlich Yeh Ming wäre, könnte ich sie, glaube ich, überreden.«

Yuth setzte Daeng, Siri und den Sangharaj am Tempel ab, und Vorsteher Tham machte sich ins Dorf auf, um einen räudigen Haufen verängstigter Ältester für seine Sache zu gewinnen. In Nam Som hatte Siri eine Kiste Bier erstanden: Singha. Es kostete hier nur etwa ein Drittel so viel wie in Vientiane. Er wollte, er hätte mit Civilai das Glas erheben, wirre Theorien spinnen und die Rätsel des Universums lösen können. Dummerweise hatte er sich stattdessen eine unauslöffelbare Suppe eingebrockt. Siri, buchstäblich ein Novize in der Welt der Geister, hatte einem Profi-Schamanen versprochen, eine Rebellion der *phibob* quasi im Alleingang niederzuschlagen. Und sie daran zu hindern, sämtliche Männer, Frauen und Kinder des Dorfes in den Hexenkessel des Wahnsinns zu stürzen. Sie sozusagen zu Tode zu begeistern. Leider hatte er keinen blassen Dunst, wie er das anstellen sollte. Yeh Ming konnte es ihm bestimmt verraten. Yeh Ming, der tausend Jahre alte, unsterbliche Erzrivale der *phibob*. Er hatte sein Leben lang mit ihnen gerungen und sie selbst im Jenseits noch über Jahrhunderte bekämpft. Doch er saß in seinem Büßerwinkel irgendwo in Dr. Siris tiefstem Innern, wie ein gebrechlicher Pensionär, und schwieg.

Siri stellte die Holzkiste mit dem Bier in den Karpfenteich. Das Wasser war tags wie nachts angenehm kühl. Er legte drei dreieckige Kissen auf die Schieferplatte mit Blick zum Himmel, zum Himmelreich und allem, was dazugehörte. Der Mond war zwar noch rundlich, aber nicht mehr voll. Siri öffnete mit den Zähnen eine Flasche Bier und nahm genüsslich einen ersten, langen Schluck. Köter ließ sich zu seinen Füßen nieder.

»Darf ich mich zu Ihnen setzen, Yeh Ming?«, fragte der Sangharaj.

Siri drehte sich um. »Auf ein Bier?« Er lächelte.

»Auf ein vernünftiges Wort.«

»Dann können Sie von Glück sagen, dass ich noch nicht beim sechsten oder siebten Fläschchen bin.«

Der Mönch setzte sich auf das ihm zugewiesene Kissen. »Sie spüren sie auch, nicht wahr?«, sagte er. »Die Spannung?«

»Ja«, sagte Siri. »Und Sie?«

»Nicht die der dunklen Geister. Aber die der Verstorbenen. Ich spüre nur ihre Gegenwart. Sie aber können sie vermutlich sehen. Wird einem das nicht irgendwann zu viel?«

»Hier oder in Vientiane nicht. Da haben sie eher dekorative Funktion. Wie lebende Statuen, die atmen und durch die Gegend schlurfen. Sie sind weiter nichts als arme Seelen, die darauf warten, endlich ins Totenreich eingehen zu können. Sie stellen keine Bedrohung dar. In Kambodscha hingegen fühlte ich mich von ihnen regelrecht überrannt. Als würde ein endloser Strom verzweifelter Schmetterlinge gegen meine Windschutzscheibe klatschen. Für Mitgefühl blieb keine Zeit. Also habe ich einfach den Scheibenwischer angeschaltet und das Gaspedal voll durchgetreten. Ich hatte keine Ahnung, wie ich damit umgehen sollte.«

»Daher der Alkohol?«

»Nein. Ich trinke, damit ich etwas habe, worauf ich meine Dummheit schieben kann.«

Der Sangharaj versuchte erfolglos, sich ein Lachen zu verkneifen. »Wo ist Madame Daeng?«, fragte er.

»Ich nehme an, sie hat uns reden sehen und ist in unser Zimmer zurückgegangen.«

»Warum?«

»Weil sie weiß, dass wir etwas zu besprechen haben.«

»Früher oder später wird sie Durst bekommen.«

»Sie hat zwei Flaschen mit aufs Zimmer genommen.«

Der Mond glitt hinter einer Wolke hervor und beschien ihre Gesichter.

»Was ist schiefgelaufen?«

»In Laos?«

»Ein Sangharaj ergreift nur dann die Flucht, wenn es keine Hoffnung mehr gibt. Wann ist die Situation gekippt?«

Der alte Mönch zupfte kopfschüttelnd seine Gewänder zurecht, als wollte er eine Predigt halten.

»Wie das eben so ist«, sagte er. »Auf dem Papier scheint alles logisch, vernünftig und richtig zu sein. Aber kaum kommen Leichtsinn, Unverstand und die falschen Leute ins Spiel, treten Fehler und Mängel deutlich zutage.«

»Sprechen Sie vom Sozialismus?«, fragte Siri.

»Ich spreche von jeder zarten Blume in den Händen eines Gorillas. Als wir hörten, dass die Kommunisten von Vietnam und China unterstützt wurden, bekamen wir es mit der Angst zu tun. Für sie waren wir das Opium des Volkes. In der Sowjetunion waren tausende von Mönchen inhaftiert und umgebracht worden. Darum rechneten wir mit einer Säuberung.

Dann tauchten diese Pathet-Lao-Kader in unseren Dörfern auf und erklärten uns, Buddhismus und Sozialismus lägen in ihren Augen gar nicht so weit auseinander. Der Herr Buddha wirke mit dem Volk und für das Volk. Sie redeten uns ein, er sei schon lange vor Marx Marxist gewesen. Und sie genossen unseren Respekt. Sie waren so ganz anders als die feisten Regierungsbeamten, die alle Jubeljahre einmal vorbeischauten und uns erzählten, für die Tempel sei kein Geld da. Dieselben korrupten Schweine, die sich an fünfhundert Millionen Dollar US-Entwicklungshilfe jährlich mästeten.

Diese jungen Sozialisten übten sich wie wir in Genügsamkeit. Es waren Knaben und Mädchen vom Lande. Sie wussten, wie sehr die Bevölkerung unter dem jahrelangen Bürgerkrieg gelitten hatte. Sie wussten, dass die Dörfer Steuern an die Regierung bezahlten, dafür aber keinerlei Gegenleistung erhielten. Wir erlebten dieselben Demütigungen, die der Herr Buddha schon vor zweitausend Jahren infrage gestellt hatte. Wir bewunderten die jungen Soldaten, die bei Nacht durch den Dschungel marschierten und unseren Novizen anhand von Diagrammen und Statistiken erklärten, dass es in Laos mehr als genug Rohstoffe und Bodenschätze gab, um jedem Mann, jeder Frau und jedem Kind zu einem angenehmen und auskömmlichen Leben zu verhelfen. Und sie rekrutierten uns. Unsere jungen Mönche zogen von Tempel zu Tempel, mit den gleichen aufmunternden Reden im Gepäck. Und unsere neuen besten Freunde, die Pathet Lao, versprachen uns hoch und heilig, nach der Machtübernahme das buddhistische Portfolio zu stärken und das Los der Sangha zu erleichtern.

Und dank einiger diplomatischer Mauscheleien in Europa kam es kurzzeitig tatsächlich zu einer Koalitionsregierung unter Beteiligung der Pathet Lao. Und sie hielten Wort und kümmerten sich um religiöse Dinge, an denen sich sonst niemand die Finger schmutzig machen wollte. Sofort erhielten sämtliche Tempel die Order, ihre Bemühungen zur Verbreitung der kommunistischen Lehre in der Provinz erheblich zu verstärken. Es war einfach perfekt. In einem Land ohne modernes Fernmeldesystem hatten sie plötzlich ein traditionelles Kommunikationsnetz zu ihrer freien Verfügung. In höher entwickelten Ländern pflegen die Invasoren zuerst die Rundfunksender zu besetzen. In Laos hatten sie uns, und sie baten nicht als Freunde um unsere Unterstützung, sondern forderten sie als unsere Vorgesetzten ein.«

Siri ging zum Teich hinunter und holte zwei frische Flaschen Bier. Der Monolog des Mönchs hatte Köter in ein künstliches Koma versetzt. Siri öffnete eines der Biere mit den Zähnen und reichte es seiner Frau, die sich lautlos genähert hatte und ein Stück abseits der beiden Männer im süß duftenden Gras saß. Er zwinkerte ihr zu und widmete sich wieder dem Mönch.

»Kurz darauf brach die Koalition auseinander«, sagte der alte Mann, »und die Pathet Lao verloren ihre Sitze, aber der Tempel-Buschfunk sendete weiterhin mit voller Kraft. Ebenso wie Könige und Kriegsherren im Lauf der Geschichte immer wieder Unmengen von Geld und Gold in die Tempel pumpten, um die Bauern zu einen und zu befrieden, benutzten die PL uns zu exakt demselben Zweck, nur ohne Geld und Gold. 1975, mit mehr als nur ein wenig Hilfe aus Hanoi, übernahmen die Pathet Lao das Land. Die Chinesen und die Sowjets konnten ihr Glück kaum fassen. Die Amerikaner hatten es versäumt, ihren wichtigsten Dominostein in Indochina aufzustellen. Und genau wie die Amerikaner in der Niederlage ihre Hmong-Verbündeten im Stich gelassen hatten, vergaßen die PL im Siegesrausch, was sie uns zuvor versprochen hatten. Ihre sozialistischen Verwandten aus Übersee riefen ihnen ins Gedächtnis, Religion sei ›der Seufzer der unterdrückten Kreatur‹.

Sie hätten unsere Tempel natürlich zerstören können, wie die Vietnamesen und die Ho-Banditen vor ihnen. Sie hätten die Mönche aufreihen und einen nach dem anderen köpfen können, wie es die Roten Khmer so gerne taten. Aber es pulsierte wohl noch ein wenig laotischer Edelmut in ihren Adern, und so ließen sie uns lediglich hungern. Nichtachtung kann eine der effektivsten Formen der Misshandlung sein.«

»Und warum sind Sie dann nicht schon früher geflohen?«, fragte Siri.

»Geduld, Freund Siri, ist oberste Buddhistenpflicht. Mitunter gehen Jahrhunderte ins Land, bis unsere Feinde als Wachteln wiedergeboren werden. Aber Scherz beiseite: Weil ich hoffte, dass sich das Blatt irgendwann zum Guten wenden würde.«

»Aber …?«

»Aber dann, vergangenen Januar, rief das neu gegründete Tourismusministerium 1980 zum Jahr des Buddhismus aus. Die Tempel sollten der Köder sein, der Touristendollars ins Land lockte. Es hieß, man sei sehr enttäuscht darüber, wie wenig die Mönche doch zur Förderung unseres wunderbaren Vaterlandes beitrügen. Wir erhielten ein Memo mit der Aufforderung, uns am Riemen zu reißen und endlich den Hintern hochzukriegen. Das war der berühmte Tropfen, der undsoweiterundsofort. *Et voilà.*«

»Und wie haben Sie unseren Freund Noo dazu gebracht, für Sie den Fluchthelfer zu spielen?«

»Er hatte einen thailändischen Personalausweis und Kontakte auf dieser Seite des Flusses. Er wusste, was wir durchmachten. Wir bewunderten ihn für seine Artikel.«

»Artikel?«

»Aber ja. Er hat unser Martyrium ausführlich dokumentiert, in einer Reihe von Reportagen für internationale Zeitschriften und Magazine. Hat er Ihnen davon denn nichts gesagt?«

»Er hat generell nicht viel geredet«, antwortete Daeng, die lange genug geschwiegen hatte.

»Darum war ich ja so verwundert, als der sturzbetrunkene Dr. Siri sich mir als Noos Ersatz vorstellte«, sagte der Mönch. »Weiß man inzwischen, wo er abgeblieben ist?«

»Ich habe einen befreundeten Polizisten auf den Fall angesetzt«, sagte Siri. »Er weiß noch immer nicht, dass Sie Noos ›streng geheime Mission‹ waren. Diese Information könnte ihm unter Umständen weiterhelfen.«

»Ich werde mich gleich morgen früh darum kümmern«, versprach der Sangharaj.

Und damit war der ernsthafte Teil des Abends beendet, das Ende aller Rätsel aber noch lange nicht erreicht. Siri übernachtete nur ungern in Tempeln. Hier war er sich seines Atheismus stets bewusst und wurde den Verdacht nicht los, dass die Wände und Decken ihm seinen Unglauben verübelten. Darum wachte er häufig auf. In einem dieser schlaflosen Momente stand er am Fenster und wurde Zeuge eines sonderbaren Schauspiels: Der Sangharaj grub im Mondlicht und auf allen vieren ein Loch in den Garten. Als es etwa eine Armeslänge tief war, deponierte er etwas darin. Dann füllte er das Loch eilig mit Erde und ging davon. Siri lächelte kopfschüttelnd in sich hinein.

»Wenn nicht das Militär dahintersteckt, wer dann?«, fragte Schwester Dtui.

Die Abendschicht ging zu Ende, und sie und Phosy saßen mit Herrn Geung und Tukta in Daengs Nudelrestaurant.

»Natürlich steckt das Militär dahinter«, erwiderte Phosy. »Und natürlich würde der Polizeichef das niemals zugeben. Sie haben ihn wahrscheinlich bedroht und unter Druck gesetzt. Was sollte er sonst sagen?«

»Aber der Nin-Ninja hat auch gesagt, dass wir falschliegen«, sagte Geung.

Tukta nickte. In der Öffentlichkeit sprach sie nur selten ein Wort, doch wenn man Geung Glauben schenken durfte, redete sie wie ein Wasserfall, wenn sie allein waren. Angeblich verdankte er ihr einige seiner wichtigsten Einsichten.

»Er wollte mich in die Irre führen«, sagte Phosy.

»Sie haben gesagt, er wäre nur ein k-k-k-kleiner Handlanger«, sagte Geung.

»Er hat recht«, meinte Dtui. »Ein kleiner Handlanger würde sich nicht die Mühe machen, dich auf eine falsche Fährte zu locken. Sondern dich seine Schadenfreude spüren lassen.«

»Womit wir wieder bei der Ausgangsfrage wären«, sagte Phosy. »Wer sonst könnte dahinterstecken? Die Polizei war es jedenfalls nicht, und die Einwanderungsbehörde können wir ebenfalls ausschließen. Bleiben nur noch die Pfadfinderinnen.«

Geung und Tukta lachten sich halb tot.

»Hat dein Chef dir denn keine Hinweise gegeben?«, fragte Dtui.

»Nichts«, sagte Phosy. »Schlimmer noch, er hat den Fall zu den Akten gelegt und mir praktisch verboten, in der Sache weiterzuermitteln. Ich habe keine Verbündeten mehr.«

»Doch«, sagte Tukta.

Alle starrten sie verblüfft an.

»Wen denn?«, fragte Dtui.

»Die Armee.«

Civilais letzte Station auf seiner Recherche-Rundfahrt war der Tempel. Er hatte den Buddhismus studiert wie ein ungezogener Schuljunge Physik und Chemie, sprich er kannte zwar die Grundlagen, wusste aber nicht, wie sich die einzelnen Elemente zueinander verhielten. Er hatte das meiste vergessen. Er musste seine Kenntnisse dringend ein wenig aufpolieren, doch der einzige Mönch, den er in Pakxan kannte, war nicht unbedingt eine Koryphäe auf seinem Gebiet. Trotzdem, einen Versuch war es wert.

Der Mönch war gerade dabei, mit einem langen Reisigbesen verwehtes Laub aus der Gebetshalle zu fegen. Er lachte, als er Civilai kommen sah. Ächzend ließ der alte Politbürokrat sich auf der obersten Stufe der Vortreppe nieder, im Schatten des ausladenden Dachs.

»Ganz allein?«, erkundigte sich Civilai.

»Die Nagas und die *garuda* und die Bienen leisten mir Gesellschaft«, sagte der Mönch. Er war um die fünfzig, mit wässrigen Augen und ungleich verteilten kahlen Stellen auf seinem kurz geschorenen Schädel.

»Die sind vermutlich nicht sehr gesprächig«, sagte Civilai.

»Aber weitaus umgänglicher als die meisten Menschen.«

»Wären Sie eventuell bereit, Ihre Unterredung mit den Bienen zu verschieben und einem alten Mann die eine oder andere Frage zu beantworten?«

Der Mönch lachte. »Ich weiß nicht viel.«

»Aber über den Herrn Buddha wissen Sie etwas, oder?«

»O ja. Darüber schon.«

»Wie viel?«

»Alles.«

Das war eine ziemlich stolze Behauptung, und so stellte Civilai ihn auf die Probe. Er tätschelte die Stufe neben sich, und der Mönch setzte sich zu ihm. Er hielt noch immer seinen Besen umklammert.

»Ich sollte zu einem aufrechten Katholiken erzogen werden«, sagte Civilai.

»Schöne Religion«, sagte der Mönch. »Reichlich Wein, Brot und Gesang.«

»Sie hat durchaus ihre Vorzüge. Aber sie hat auch einen Teufel. Sie wissen, was ein Teufel ist?«

»Selbstverständlich«, sagte der Mönch.

»Im Buddhismus-Unterricht wurde der Teufel mit keinem Wort erwähnt«, sagte Civilai. »Zwar gab es Höllen, jede Menge sogar. Aber in keiner einzigen von ihnen saß ein gehörntes Ungeheuer. Also kann man sagen, dass es im Buddhismus keinen Teufel gibt?«

»Nein.«

»Es gibt keinen?«

»Nein, Sie irren«, sagte der Mönch. »Es gibt einen Teufel.«

»Können Sie mir etwas über ihn erzählen?«

»Ja.«

Civilai wartete. Der Mönch begann erst zu sprechen, als Civilai hustete.

»Jetzt gleich?«, fragte der Mönch.

»Ja, bitte.«

»Mara«, sagte der Mönch. »Mara hat den Herrn in Versuchung geführt, indem er ihm seine drei Töchter anbot. Er hält das Lebensrad in Händen. Das Wort Mara bedeutet ›Tod‹.«

»Aha«, machte Civilai. »Dann fürchten Sie Mara?«

»Nein.«

»Warum nicht?«

»Weil ein geladener 32er Colt Automatik unter meiner Matratze liegt.«

Die beiden Männer lachten. Civilai klopfte seinem Freund auf den Rücken, stieg die Vortreppe hinab und durchquerte den unbefestigten Innenhof. Er blieb stehen und sah zu dem üppig blühenden Feigenbaum hinauf, der am Tempelportal Wache stand. Vor seinem geistigen Auge fügten sich sämtliche absurden Einzelteile zu einem nicht minder absurden Ganzen.

Civilai kehrte zur Vortreppe zurück und sagte zu dem Mönch: »Dürfte ich Sie um einen Gefallen bitten?«

11

HOKUSPOKUS VERSCHWINDIBUS

Phosy zeigte dem Wachsoldaten seinen Namen auf der Liste willkommener Besucher, marschierte quer über den Exerzierplatz und betrat das Ministerium der bewaffneten Streitkräfte. Unteroffizier Suwit saß an seinem Schreibtisch und starrte die Tür an, als habe er nur darauf gewartet, dass jemand hereinkam. Doch seine Stimme klang verwundert.

»Inspektor Phosy?«

Bei seinem letzten Gastspiel in diesem Büro hatte Phosy geblufft und Suwit nach Strich und Faden belogen. Und es gab eigentlich keinen Grund, diese bewährte Strategie zu ändern.

»Ihr Mann hat uns gestern Abend einen Anstandsbesuch abgestattet«, sagte er.

»Bitte, wer?«

»Wie Sie sich vielleicht entsinnen, habe ich Ihnen und Ihren Obristenfreunden mitgeteilt – fälschlicherweise, wie ich inzwischen weiß –, dass die Zeugin der Entführung des thailändischen Staatsbürgers noch lebt und über einem Nudelrestaurant in der Fa Ngum Road residiert.«

Wieder verschmähte er den Gästestuhl und nahm auf dem Sofa Platz. Unteroffizier Suwit blickte hilfesuchend um sich.

»Diese Information war aus mehreren Gründen inkorrekt, nicht zuletzt weil die Zeugin in Wirklichkeit längst tot war. Weitaus interessanter jedoch dünkt mich die Tatsache, dass die genaue Adresse außer Ihnen und Ihren beiden Vorgesetzten niemand kannte. Und was kreuzt keine drei Tage später mitten in der Nacht dort auf? Ein Soldat, wie es Kollege Zufall will, bestens dressiert und ausgebildet in der Kunst von List und Tücke. Er drang durch ein Hinterfenster in das Gebäude ein und versuchte, meine Frau mit einer Zwanzig-Zentimeter-Klinge zu erdolchen. Wie Sie sicher wissen, gehört Letztere bei diskreten Einsätzen wie diesem zur militärischen Grundausrüstung.«

»Ich würde das lieber in Anwesenheit der beiden Obristen besprechen«, sagte Suwit und stand auf, doch Phosy redete unbeirrt weiter.

»Obwohl der Mann den Kampfsportstil, den die Russen unseren Elitetruppen beibringen, meisterlich beherrschte, wurde er überwältigt und festgenommen. Im Verhör gab er sich zwar als hochdekorierter Soldat zu erkennen, weigerte sich jedoch beharrlich, uns den Namen seiner Einheit oder seines Kommandanten zu nennen. Er wurde ins Polizeipräsidium verbracht, unter Anklage gestellt und in einen Haftraum gesperrt. Keine zwei Stunden später wurde er auf persönlichen Befehl meines Chefs wieder entlassen, der mir nicht verraten wollte oder konnte, wer ihm die Daumenschrauben angelegt und ihn gezwungen hatte, den Entlassungsbefehl zu unterzeichnen.«

Allein das Zuhören schien Suwit seine ganze Kraft zu kosten.

»Ich würde wirklich gern die …«, begann der Unteroffizier.

»Der Stand der Dinge ist folgender«, sagte Phosy. »In meinem Bericht habe ich den Fall in allen Einzelheiten dargelegt. Der thailändische Botschafter rechnet minütlich mit seiner Lieferung. Das Oberkommando der thailändischen Streitkräfte ist in Alarmbereitschaft und wartet auf Nachricht des Botschafters.«

»Ich …«

»Das Problem ist nur«, sagte Phosy, verließ das Sofa, schleifte den hölzernen Stuhl zum Schreibtisch und ließ sich rittlings darauf nieder. »Ich glaube nicht, dass die Armee dahintersteckt.«

»Was?«

»Zugegeben, alles deutet auf Ihren Laden hin: das Leck, die Identität der Zeugin, die Beschreibung der Entführer und der militärische Stallgeruch des Attentäters. Ach, fast hätte ich's vergessen. Ich habe hier ein Bild von ihm.«

Phosy zog einen Abzug des Fotos hervor, das er in der Nacht des Überfalls gemacht hatte, und legte es vor Suwit auf den Tisch.

»Und die Thais werden das vermutlich ähnlich sehen«, fuhr Phosy fort. »Aber ich habe da so meine Zweifel.«

»Ach ja?«, sagte der Unteroffizier.

»Ja. Ich bin ein alter Soldat. Aber das wussten Sie natürlich längst aus meiner Akte. Zwanzig Jahre Kampf für die Revolution. Fünf Jahre verdeckter Ermittler. Ich habe ein Gutteil meines Lebens der Verteidigung unseres großartigen Vaterlandes geopfert. Im Herzen bin ich einer von euch, deshalb würde ich den Thais meinen Bericht gern vorenthalten.«

»Und warum tun Sie es dann nicht?«

»Weil der Botschafter darauf wartet.«

Suwit kehrte an seinen Schreibtisch zurück und sank schwerfällig auf seinen Stuhl. Wie eine Comicfigur sah er nun nicht mehr aus.

»Vielleicht kann ich Ihnen helfen«, sagte er.

»Wobei?«

»Seit Ihrem letzten Besuch haben wir auf eigene Faust ein paar diskrete Nachforschungen angestellt. Wir sind sehr darum bemüht, sämtliche Gerüchte zu zerstreuen, die uns mit diesem Fall in Verbindung bringen.«

»Mit anderen Worten, Sie wissen, wer dahintersteckt?«

»Eventuell.«

»Wenn ich den Thais meinen Bericht nicht übergebe, werden sie annehmen, dass wir die Sache wie in Laos üblich unter den Teppich kehren wollen. Ihr Premierminister ist ein Mann des Militärs. Wir haben ihnen auf militärischer Ebene völlige Offenheit garantiert.«

»Und die sollen sie auch bekommen«, sagte der Unteroffizier. »Geben Sie uns vierundzwanzig Stunden.«

Phosy grinste wie ein Honigkuchenelefant, als er auf seiner fliederfarbenen Vespa die Schranke vor dem Ministerium passierte. Tukta hatte recht gehabt. Er hatte Verbündete. Die Armee ermittelte an seiner statt. Er brauchte bloß die Füße hochzulegen und auf die Ergebnisse zu warten.

Er hätte vielleicht besser auf die Straße achten sollen, denn mit einem Mal stand ihm ein Mönch im Weg. Die Vespa war keine Harley und schlicht nicht schnell genug, um unschuldige Passanten totzufahren. Aber sie versetzte dem Mönch einen recht heftigen Stoß, der ihn in hohem Bogen durch die laue Herbstluft segeln ließ. Phosy hielt an und sah zu dem staubbedeckten Mann hinunter.

»Alles in Ordnung?«, fragte er.

Da Mönche auf den Straßen Vientianes eine selten gesehene Spezies waren, wollte Phosy ihre Population nicht ohne Not noch weiter dezimieren.

»Alles bestens«, sagte der Mönch. Er war potthässlich, aber mit der Kollision hatte das nichts zu tun. Einem Pferd hätte sein Gesicht gewiss hervorragend gestanden, bei einem Menschen jedoch wirkte es seltsam grotesk. Phosy half ihm auf die Beine.

»Ich habe eine Nachricht für Sie«, sagte der Mönch. »Von Dr. Siri.«

Dr. Siri war noch nie coram publico verschwunden. Bis zu diesem Augenblick hatte er sich zumeist im Bett entmaterialisiert, nicht selten unbemerkt von seiner Frau. Auch verflüchtigte er sich bisweilen aus dem Bad oder einfach, wenn er allein war. Heute jedoch nahm Siri an der Ältestenversammlung nicht nur teil, sondern führte obendrein den Vorsitz.

Eine Stunde lang hatten sie munter freundliche Argumente, Witze und Gruselgeschichten ausgetauscht und dazu hektoliterweise Tee getrunken. Madame Daeng hatte schon beim ersten Schluck bemerkt, dass die Tasse etwas anderes als Teeblätter enthielt. Das Gebräu schmeckte ingwerscharf und würzig und hatte das gewisse Etwas, das sie alle in einen herrlich sanften Rauschzustand versetzte. Vielleicht war die Versammlung deshalb so entspannt verlaufen und ohne jedes Ergebnis geblieben. Jetzt war es schon zehn Uhr morgens, und niemand hatte die Absicht, sich noch einmal in »die Jauchegrube ohne Wiederkehr« zu begeben, wie Dorfvorsteher Tham es nannte. Alle Anwesenden waren schon einmal besessen gewesen und hatten folglich am eigenen Leib erfahren, wie sich die *phibob* von harmlosen Unruhestiftern zu garstigen Ekelpaketen entwickelt hatten. Sie schreckten vor keiner Bosheit und Grausamkeit zurück, und es war zu einer Reihe unerklärlicher Vorfälle gekommen, die mehrere Menschen das Leben gekostet hatte.

Drei Mal war Siri ohne den Schutz seines Talismans nun schon zum Opfer der bösen Geister geworden und hatte ihre Attacken zum Glück mehr oder minder heil überstanden. Doch sosehr er auch beteuerte, die Lage sei nicht annähernd so ernst, wie es scheine, es gelang ihm nicht, die Gruppe umzustimmen. Und es mochte der Verzweiflung oder auch dem Tee geschuldet sein, aber mit einem Mal war Siri verschwunden. Da zum fraglichen Zeitpunkt aller Augen auf Priesterin Thewa geruht hatten, war sie die einzige Zeugin des Verschwindens. Doch als ihre Brauen plötzlich deckenwärts schnellten, folgten die anderen ihrem Blick und sahen den leeren Platz, den eben noch der Doktor eingenommen hatte.

»Er ist weg!«, rief sie.

Lächelnd blickte Daeng von ihrem Notizbuch auf. »Das macht er manchmal«, sagte sie und stenografierte eifrig weiter.

»Na prima«, sagte Mittler Cham. »Das hat uns gerade noch gefehlt.«

Niemand nahm ernsthaft an, dass der Doktor sich womöglich nur rasch davongestohlen hatte, um seine Blase zu entleeren. Diese Leute waren Profis. Sie wussten, wohin er entschwunden war.

Siri steckte im Dunkel zwischen den beiden Türen fest. Er wollte, er hätte sie nicht mit Hoteltüren verglichen, als er versucht hatte, Daeng das sonderbare Gefühl zu erklären. Nun drohte er zum Opfer seiner eigenen Fantasie zu werden. Er tastete nach Türknäufen oder -klinken. An der Tür hinter ihm wurde er fündig, doch er verspürte wenig Lust, zu der Versammlung zurückkehren. Er hatte keine guten Argumente, und selbst wenn er sie dazu bewegen konnte, noch einmal in die Welt des extrem Übernatürlichen einzutauchen, konnte er für ihre Sicherheit nicht garantieren. Vielleicht konnte die Verbindungstür ihm weiterhelfen.

Er tastete an der vorderen Tür nach einer Klinke, rief immer wieder »Ist da jemand?« und ballte, zunehmend nervös, die Fäuste. Da die Zeit hier keine Rolle zu spielen schien, wusste er nicht, ob er lange genug gewartet hatte oder es ihm an der nötigen Geduld gebrach. Jedenfalls langweilte er sich, und so drehte er sich um, stieß die Tür auf und kehrte dahin zurück, woher er gekommen war. Er hörte Regen auf ein Blechdach prasseln oder, nein, stürmischen Applaus, und plötzlich war er wieder in der Versammlungshalle und wurde für seinen Trick mit stehenden Ovationen belohnt. Selbst Daeng war aufgesprungen und wackelte lachend mit dem Schwanz. Ein weiterer Durchbruch.

»Bemerkenswert«, meinte Medium Tian.

»Yeh Ming, mein Held«, sagte Rutengängerin Song.

Mit beschwichtigender Geste brachte Siri den Beifall zum Verstummen, und das nicht etwa aus Bescheidenheit, sondern weil er weiter nichts getan hatte, als zwischen zwei Türen zu stehen, auch wenn er noch immer nicht recht wusste, wie lange …

»Wie lange war ich weg?«, fragte er Daeng.

»Etwa dreißig Sekunden«, antwortete sie.

»Erzählen Sie uns von Ihrer Reise«, sagte Vorsteher Tham. »Wo waren Sie?«

»Was haben Sie in Erfahrung gebracht?«, fragte Schamane Lek.

Sie saßen da wie Erstklässler in der Märchenstunde und warteten gespannt auf Siris Geschichte.

»Ich habe keine…«, begann er, da plötzlich fiel es ihm wie Schuppen von den Augen. Er war nicht ohne Grund verschwunden. Dies war eine seltene Gelegenheit. Also erzählte er ihnen von seinem Flug durch das All zu einem Ort, an dem ein tiefer Riss durch die Erde ging. Er war in den Spalt gesprungen und im Wasser gelandet, aber zum Glück nicht ertrunken, da er im Lane Xang Hotel Schwimmunterricht genommen hatte. Er war sechs Tage und sechs Nächte geschwommen, bis er… Nun ja, das spielte keine Rolle, denn es war alles erstunken und erlogen. Doch sie verschlangen begierig jedes Wort, selbst als er ihnen erzählte, wie er es im Alleingang mit einem Dutzend *phibob* aufgenommen und sie zu Talkumpuder zermalmt und zermahlen hatte. Vor ihrem Ableben hatten die Geister Yeh Ming gestanden, dass sein Zauber sehr viel mächtiger sei als der ihre. Und als er zu Ende erzählt hatte und ein erschöpftes Seufzen durch die Reihen ging, waren sich alle einig, dass es im Dorf eine große Séance geben werde, bei der sie die *phibob* ein für alle Mal austreiben wollten.

»Du hast das alles frei erfunden, stimmt's?«, fragte Daeng auf dem Rückweg über den Spukpfad.

»Ja«, sagte Siri, der seine Gattin nie belog.

Siri dachte darüber nach, in welchem Schlamassel er steckte. Die Geister in den Büschen pfiffen Popmelodien.

»Kurosawa«, sagte er schließlich.

»Klingt japanisch«, meinte sie.

»Korrekt. Regisseur. Hat einen Film namens *Die sieben Samurai* gedreht. Eine Gruppe von Kriegern kommt in ein

Bauerndorf, das wiederholt von Banditen überfallen worden ist. Die Krieger rüsten die Dorfbewohner mit Bambusspeeren aus und bringen ihnen bei, sich zu verteidigen.«

»Und du bist ihr Anführer?«

»Im übertragenen Sinne. Wir haben den Dorfbewohnern so viel Selbstvertrauen gegeben, dass sie sich einbilden, die *phibob* bezwingen zu können. Sie glauben jetzt an die größte aller Mächte: an sich selbst.«

Am Ende des Pfades erwartete sie Köter. Sein Stummelschwanz bewegte sich wie ein Scheibenwischer hin und her. Sie herzten und knuddelten ihn eine Weile.

»Und wie ging er aus?«

»Der Film?«

»Ja.«

»Ach, das habe ich vergessen.«

»Siri?«

»Das Dorf wurde fast vollständig zerstört, und der Anführer der Samurai starb eines grausamen Todes.«

Civilai saß auf seinem Bett und stellte sich die junge Frau vor, die ihm Gesellschaft leisten würde. Doch nicht ihr Aussehen oder ihre Fähigkeiten waren ihm wichtig, sondern ob sie genügend Geld für ein Motorrad hatte. Er brauchte nämlich dringend eins. Er hatte ausreichend Zeit zum Nachdenken gehabt, während er auf seine Einsatztruppe aus dem Ministerium gewartet hatte. Gab es potenzielle Verbündete in Pakxan? Die Antwort lautete eindeutig Nein. Er hatte mit dem Gedanken gespielt, in den nächsten Bus nach Vientiane zu steigen und noch einmal von vorne zu beginnen. Er hatte mit dem Gedanken gespielt, die dreißig Kilometer nach Ban Toop zu Fuß oder mit dem Fahrrad zurückzulegen. Ja, er hatte sich sogar mit dem Gedanken getragen, sich von einem Einheimischen über den Fluss schippern zu lassen, wo die Chancen auf erfolgreiche Nachrichtenübermittlung ungleich höher waren. In Laos verschwand ein Beamter von der Bildfläche, wenn er aufs Land fuhr. Zwar erreichte er in aller Regel unversehrt sein Ziel, führte seinen Auftrag aus und hatte keinerlei Probleme. Aber davon erfuhren seine Mitarbeiter erst bei seiner Rückkehr.

Und, ganz ehrlich, was gab es zu erzählen? Er hatte keinerlei Beweise, um seine Theorie zu untermauern. Die Faktenlage war äußerst dürftig. Und selbst wenn er nach Vientiane zurückkehrte, würde er kaum jemanden davon überzeugen können, dass in dcn Provinzen das Böse umging. Er zog zum fünfzigsten Mal sein Notizbuch hervor und ging seine Aufzeichnungen durch.

1. FRANZÖSISCHER ADMINISTRATOR MARCHE DER ZWANGSPROSTITUTION BESCHULDIGT UND WEITERER SCHANDTATEN VERDÄCHTIGT.
2. NIMMT POSTEN IN INDOCHINA AN. BAUT HAUS AUF DEM LAND/MACHT.
3. PLÖTZLICH VERLIERT ER SEINEN POSTEN, UND ES WIRD GEGEN IHN ERMITTELT.
4. FRANZÖSISCHER POLIZIST VERSCHWINDET.

Dann verfertigte er eine Liste der verschiedenen Elemente der schwarzen Messe und der Verbindungen nach Ban Toop:

1. UMGEKEHRTES KREUZ/DURCHGESÄGTE BUDDHA-STATUE
2. UMKEHRUNG VON WÖRTERN UND TEXTEN/

BAN TOOP MÖGLICHE UMKEHRUNG DES WORTES POOT – BUDDHISMUS/TASITU UMKEHRUNG VON TUSITA
3. ANBETUNG DES TEUFELS/MARAS
4. MENSCHENOPFER/VERMISSTE MÄDCHEN

Er fragte sich, ob er sich lächerlich machte, ob er bei dem Versuch, die einzelnen Punkte zu verknüpfen, vielleicht übers Ziel hinausgeschossen war. Doch wenn er die gesunde Feige, den Buddhabaum im Tempel betrachtete, musste er unwillkürlich an die sterbende Feige vor der Reparaturwerkstatt denken, in deren Stamm Hunderte rostiger Nägel steckten. Und so absurd es auch klingen mochte, er war davon überzeugt, dass irgendjemand in Ban Toop die schwarzen Künste praktizierte.

Er trat ans Fenster und starrte auf die Baumwipfel, wo die Vögel singend und zwitschernd ihr soziales Netzwerk flochten. Irgendjemand hatte das Gerücht gestreut, Noulak alias Maitreya, der Dorfvorsteher, der Mechaniker, der Lügner, sei der nächste Buddha. Doch der gab sich die größte Mühe, diese Behauptung zu widerlegen. Im Dorf schien das alles niemanden zu interessieren. Was, wenn es sich bei dem fleißigen Gerüchtekoch um einen besorgten Bürger handelte, der wusste, was in Ban Toop vor sich ging? Was, wenn er die Behauptung nur in dic Welt gesetzt hatte, um die Außenwelt auf das Dorf aufmerksam zu machen? In der Hoffnung, dass die Behörden vielleicht jemanden hinschicken würden? Was, wenn der eigentliche Sinn und Zweck von Civilais Mission nicht etwa darin bestand, dem angeblichen Buddha auf den Zahn zu fühlen, sondern ein weit dunkleres Geheimnis zu lüften?

Die einzige Verbindung zwischen dem vierzig Jahre alten Fall des M. Marche und dem Ban Toop des Jahres 1979 war das Haus. Wenn es irgendwelche Beweise für illegale Machenschaften gab, waren sie dort zu finden. Er musste einen Blick ins Innere werfen. Und als hätte es eines weiteren Ansporns bedurft, klopfte es plötzlich an der Tür.

»Genosse Civilai«, sagte eine Stimme, »Wir haben ein Motorrad für Sie aufgetrieben.«

Phosy und Schwester Dtui saßen neben der Hängematte und spielten mit Malee. Sie war ein kitzliges Kind, und ihr glockenhelles Gelächter erfüllte ihre Eltern immer wieder mit Freude.

»Willst du es ihnen verraten?«, fragte Dtui.

»Den Militärs?«

»Ja.«

»Also, ich weiß nicht, ob überhaupt jemand mitbekommen hat, dass der Sangharaj verschwunden ist. Es gab keine einschlägigen Memos. Keine Klatsch- und Tratschgeschichten auf dem Markt. Ich spiele nur ungern den Überbringer schlechter Nachrichten. Und ich glaube kaum, dass uns das die Suche nach Noo erleichtern würde. Und falls sie sich noch immer in der Nähe des Sangharaj aufhalten, möchte ich Siri und Daeng unter keinen Umständen in Gefahr bringen.«

Dtui strich ihrer Tochter übers Haar. »Meinst du, wenn wir mal so alt sind wie die beiden, werden wir auch noch lebensgefährliche Abenteuer bestehen?«, fragte sie.

»Ich hoffe nicht. Mir würde es vollauf genügen, meinen Lebensabend mit Angeln und Whiskytrinken zu verbringen.«

»Ich dachte, du hasst Angeln.«

»Im Alter findet man Geschmack an den merkwürdigsten Dingen.«

Sie wurden unterbrochen, als vom Eingang des Polizistenwohnheims jemand zu ihnen herüberrief.

»Phosy, sind Sie da?«

»Am besten gar nicht ignorieren«, sagte Phosy.

»Er ist hier«, rief Dtui.

»Päckchen für Sie«, rief die Stimme.

Das Päckchen erwies sich als großer brauner Briefumschlag. Er war mit so vielen Schichten Paketband umwickelt, dass Dtui ihr altes Skalpell zu Hilfe nehmen musste. In dem Kuvert befand sich ein Bild des Ninjas, das Phosy Unteroffizier Suwit übergeben hatte. Ein zweites Foto war mit einer Briefklammer daran befestigt. Es zeigte eindeutig denselben Mann, nur vier Jahre jünger und in einer Arbeitsuniform der Armee. Er trug das Haar ein wenig länger. Auf der Rückseite stand eine handschriftliche Notiz:

NAME: MAJOR AGOON, FRÜHER IN DER PROVINZ HOUAPHAN STATIONIERT.
DERZEITIGE STELLUNG: LEIBWACHE DES PRÄSIDENTEN.

Als Yeh Ming fasste Siri den einstimmigen Beschluss, den Geist von Loong Gan – dem letzten Opfer des Mörders von Sawan – anzurufen. Das war natürlich nicht halb so einfach, wie es sich anhörte, denn obwohl es im Dorf mehr als genug Geisterbeschwörer gab, war kaum einer von ihnen je mit Verstorbenen in Kontakt getreten. Ihre Arbeit hatte hauptsächlich darin bestanden, die Naturgeister der Erde zu besänftigen. Wer behauptete, mit menschlichen Phantomen zu sprechen, war gewöhnlich von dem betreffenden Geist auserkoren worden und nicht umgekehrt.

In Vietnam verdienten sich die Spiritisten eine goldene Nase damit, die Geister gefallener Soldaten anzurufen. Doch von der kleinen Schar, die sich an diesem Nachmittag in Sawan versammelt hatte, war der einzige erfahrene Geisterkommunikator, der regelmäßig Verbindung zu den Ahnen aufnahm, Mittler Cham. Er selbst leitete nur ungern Séancen. Gewöhnlich schickte das Medium seinen Geisterführer los, um herauszufinden, worüber der Ahne so erbost war. Dann bat der Ahne um größere Ehrerbietung vor dem Altar oder um die Opferung eines Huhncs, und damit war die Angelegenheit erledigt.

Siri hatte den Sangharaj nicht dazu bewegen können, sie bei der Generalprobe zu unterstützen. Was schade war, denn der alte Knabe hätte sich bestimmt vortrefflich amüsiert. An diesem Nachmittag herrschte in Sawan eine regelrechte Jahrmarktsatmosphäre. Wie es schien, würden ihnen die Wettergötter bis in die Nacht gewogen bleiben, sodass sie die Zeremonie unter dem Sternenhimmel würden abhalten können. Sie bauten das Rattanballnetz ab, und die handwerklich begabten Männer des Dorfes errichteten eine Art Holzgestell. Überall wurden Papierlaternen aufgehängt, und von den Bäumen baumelten bunte Schnüre mit Geistergeld.

Siri und Daeng hatten die Nachwuchspraktiker in Gruppen eingeteilt und ihnen je einen Ältesten als Leiter zugewiesen. Siri ging von einem Team zum anderen und arbeitete den Text mit ihnen durch. Jede Gruppe legte sich einen Plan B zurecht, für den Fall, dass ihr jeweiliger Beitrag zur Séance unverhofft außer Kontrolle geriet. Oder dass es zu einer Panik kam, weil die Leute fürchteten, die *phibob* könnten die Oberhand gewinnen. Jeder hatte sein Hausmittelchen gegen Wirken und Wirkungen der bösen Geister: Pülverchen und Feuerwasser in Sprühflaschen aus Plastik und eimerweise Weihwasser für eine gesegnete Dusche. Vorsteher Tham skandierte seine alten Pali-Gesänge, und Wahrsager Doo kochte ein Hühnchen so lange, bis die Knochen weich und biegsam waren. Statt sich für eine Methode zu entscheiden, kamen sie überein, *alles* zu versuchen. Es konnte schließlich nicht schaden. Am Tag der Probe erfasste sie ein überwältigendes Gefühl der Unbesiegbarkeit. Einzelne *phibob* hatten sie schon des Öfteren niedergerungen, und im Verein, als eine machtvolle Streitkraft von Geisterheilern unter Yeh Mings Kommando, waren sie imstande, eine ganze Armee zu bezwingen.

Das Holzgestell entpuppte sich als Zuschauertribüne, zu klein, um allen Dorfbewohnern Platz zu bieten, aber groß genug für Ehrengäste, Senioren, Schwangere und Gebrechliche. Alle anderen würden etwas weiter weg, hinter einem weiß gestrichenen Absperrseil sitzen. Da die Kerzenlampions nur spärliches Licht boten, wurden rings um den Dorfplatz Holzhaufen aufgeschichtet wie steinzeitliche Flutlichtmasten.

Siri konnte diesen Krieg natürlich nicht allein gewinnen. Aber er wusste, dass Yeh Ming die Vorbereitungen des Nachmittags aufmerksam verfolgt hatte. Er wusste: Hatte die Schlacht erst einmal begonnen, würde der tausendjährige Schamane ihm, seinem Ur-ur – und wer weiß wie viele Urs –, Urenkel in voller Kampfmontur zur Seite stehen in dieser blutigen Fehde auf Leben und Tod.

»Ach«, sagte Siri zu seiner Frau, »hätten wir doch bloß

eine Filmkamera. Kannst du dir vorstellen, wie grandios das alles auf der Leinwand aussähe?«

Madame Daeng hielt große Stücke auf Siri, als Chirurg, als Leichenbeschauer, als Soldat und als Denker, mehr als auf jeden anderen Mann, der ihr im Laufe ihrer siebenundsechzig Lebensjahre begegnet war. Er war der einzige Mann, den sie je wirklich geliebt hatte. Doch selbst sie musste zugeben, dass er als Schamane keine allzu blendende Figur abgab.

»Siri«, sagte sie, »darf ich etwas sagen?«

»Seit wann musst du mich deshalb um Erlaubnis bitten?«, fragte er.

»Meiner bescheidenen Meinung nach«, sagte sie, »weißt du nicht nur nicht, was du tust, sondern hast nicht den blassesten Hauch von einem Dunst. Du hast ein ganzes Dorf dazu motiviert, sich kopfüber von einer Klippe zu stürzen.«

Er schien getroffen. »Ich glaube, du unterschätzt meine Fähigkeiten.«

»Dein einziger schamanischer Abstecher in die Anderwelt war eher zufälliger Natur«, sagte Daeng. »Du hast erst vor Kurzem gelernt, mit Geistern zu kommunizieren … oder sollte ich vielleicht lieber sagen, mit einem Geist? Du beherbergst einen Schamanen, der noch nie ein Wort mit dir gesprochen hat, und hast summa summarum einen, in Worten: *einen* Partytrick in petto.«

»Das ist kein Trick, meine Liebe. Ich verschwinde.«

»Und zwar zufällig immer dann, wenn du allein bist, oder im Beisein von Leuten, die nur darauf warten, dass du verschwindest.«

»Was willst du damit sagen?«

»Dass ich, so dein gesamtes Waffenarsenal aus dieser

einen Fähigkeit besteht, mindestens ebenso kompetent bin wie du.«

»Nur zu. Tu dir keinen Zwang an und wedle vor versammelter Schamanenmannschaft ein wenig mit dem Schwanz.«

»Das würde ihnen allenfalls ein wenig Kühlung verschaffen, weiter nichts. Siri, der springende Punkt ist, dass keiner von uns beiden über die nötige Kompetenz verfügt.«

»Daeng, was wir können oder nicht können, spielt nicht die geringste Rolle. Keiner dieser Leute kann in Frieden leben, weil das ganze Dorf von den *phibob* traumatisiert wurde. Hier geht es um eine reine Machtdemonstration. Die Chance, das Heft des Handelns zurückzuerobern.«

»Ach.«

»Was?«

»Ich dachte, Sinn und Zweck der Übung wäre es, Abt Rayrons Unschuld zu beweisen.«

»Aber ja. Natürlich. Das auch.«

»Ich wäre wirklich sehr enttäuscht, wenn ich feststellen müsste, dass Dr. Siri dieses ganze Brimborium nur veranstaltet, um sich an den Geistern zu rächen.«

»Sei nicht albern.«

Er bedauerte, dass ihm diese Worte nicht mit etwas mehr Nachdruck über die Lippen gekommen waren. Er hatte sie alle motiviert, alle bis auf eine. Er sah seiner Frau nach, wie sie davonging. Er liebte ihre neuen Beine, die ihr den Gang einer Frau in mittleren Jahren verliehen, schwungvoll und elastisch, und der Schwanz zuckte im Takt. Natürlich hatte er sie ohne Schwanz und mit Arthrose ebenso sehr geliebt, doch dies war ein Geschenk des Himmels.

Es ähnelte weniger einem Motorrad als einem Staubsauger mit unterschiedlich großen Rädern. Die Produktion der Indian Motorcycle Chief wurde 1953 eingestellt, und um das Monster am Leben zu erhalten, hatte ein liebevoller Besitzer ihm im Lauf der Jahre immer wieder Teile anderer Maschinen und Gerätschaften verpflanzt, vom Militärjeep bis zum ausrangierten Rasenmäher. Es sah aus wie ein abstraktes Kunstwerk, aber es fuhr. Mit zwanzig Stundenkilometern schnurrte es dahin und klang für sein Alter erstaunlich robust. Für einen eiligen Rückzug war es zwar denkbar ungeeignet, aber so weit würde es hoffentlich nicht kommen.

Civilai hatte in der Pension, der Schule und dem Tempel Briefumschläge hinterlegt. Sie enthielten je eine Nachricht der Marke »Sollte dies nach meinem ungeklärten Verschwinden jemand lesen …«, Kopien seiner Theorien und Recherchen sowie eine nicht allzu schlüssige Begründung dafür, dass er sich wider jede Vernunft allein ins Tal des Todes aufmachte. Er war kein Bruce Lee, kein James Bond, kein Siri Paiboun. Er war ein klappriger alter Mann mit Schmerbauch und kaum genug Kraft, um den Deckel von einem Gurkenglas zu schrauben. Aber er hatte ein Gehirn, und er war fünfundsiebzig, und das war in einem Land wie Laos eine reife Leistung. Lieber wollte er von einem tödlichen Faustschlag niedergestreckt werden, als unter einem Sauerstoffzelt verdämmern.

Das Knattern der alten Chief war kilometerweit zu hören, doch es war niemand in der Nähe, der es hätte hören können. Civilai ritt stolz in die Stadt, wie Gary Cooper auf seinem Pferd. Nirgends eine Menschenseele. Er hielt vor der Kolonialvilla, stellte den Motor ab und dachte: *Verdammt ruhig hier.* Das Motorrad schepperte und schnaubte noch ein Weilchen vor sich hin, aber sonst war alles still. Kein Hundegebell. Kein Vogelgezwitscher. Kein laues Lüftchen, das durch die Bäume strich. Nichts.

Er stieg aus dem Sattel und rückte sein geschundenes Gemächt zurecht. Nach dreißig Kilometern auf einem fahrbaren Staubsauger dauerte es ein paar Minuten, bis er sich zu voller Größe aufgerichtet hatte. Doch auf halbem Weg durch den Vorgarten schritt er schon wieder forsch fürbass. Vor ihm lag ein riesiger, einstöckiger Massivbau mit ausreichend Platz für neunzehn Großfamilien. Nach der Revolution hatte es einen Propagandafeldzug gegeben, für die Unterbringung armer Familien in den Luxusdomizilen der Usurpatoren. Doch nirgends tollten nackthintrige Kleinkinder umher, und im Garten gab es weder Wäscheleinen noch Weißkohlbeete.

Vor einer prächtigen blauen Tür mit mattierten Buntglaspaneelen blieb er stehen. Nach so vielen Jahren hätte das Glas eigentlich rissig sein müssen, die Farbe blättrig und von der Sonne gebleicht. Doch sie wirkte so edel und erhaben wie am ersten Tag. Und sie war nur angelehnt.

»Hallo?«, rief er.

Grabesstille im ganzen Haus.

Fast hätte er vor dem Betreten die Schuhe ausgezogen. Er kam in einen großen Flur, von dem mehrere Türen abgingen. Es gab keine Möbel, keine Bilder oder Gobelins an den weiß getünchten Wänden. Und alles war pieksauber, wie zur Vorbereitung auf einen chirurgischen Eingriff. Nicht einmal eine Eidechse saß an der Decke.

Er klopfte an jede Tür und steckte den Kopf hindurch: alles leer und blank poliert. Auch das Bad, die große Küche und das Dienstbotenzimmer waren blütenrein und unbewohnt. Große Fenstertüren führten auf die hintere Veranda. Einen Tisch gab es zwar nicht, aber er konnte sich durchaus vorstellen, wie der *administrateur* hier mit seinen Gästen dinierte und in den üppigen Garten hinausblickte, der seinerzeit gewiss wunderschön gewesen war: kleine, aber liebevoll gehegte importierte Bäume, die reiche Frucht und Blüte trugen. Die Umrisse von Blumenbeeten und Rabatten, und obwohl einheimisches Unkraut den Rasen durchsetzte, schien er regemäßig gemäht zu werden. Kurz, ein für laotische Verhältnisse sorgsam gepflegter Garten, auch wenn er zweifellos bessere Tage gesehen hatte.

Eine der vielen Fragen, die Civilai sich stellte, während er auf der Gartentreppe saß, lautete: Warum hielt jemand den Garten eines leer stehenden Hauses in Schuss?

Inzwischen hatte er sich so sehr daran gewöhnt, in Ban Toop völlig allein zu sein, dass er zunächst an einen von Siris Geistern glaubte, als hinter dem Gebüsch zu seiner Rechten mit einem Mal eine Gestalt hervortrat, die sich bei näherem Hinsehen als ein junges, gerade halbwüchsiges Mädchen entpuppte. Sie trug einen buntschillernden *phasin* und eine weiße Bluse und hatte langes, dichtes pechschwarzes Haar. Um das Bild der klassischen laotischen Schönheit komplett zu machen, hätte sie lächeln müssen, doch auf ihrem gepuderten Gesicht lag ein Ausdruck der Enttäuschung.

»Könnte ich vielleicht ein Glas Zitronensaft bestellen?«, sagte Civilai, als sie in Hörweite war. »Ich bin am Verdursten.«

Er bemerkte, dass sie einen Stoß Papiere in ihren zierlichen Händen hielt. Die Handschrift kam ihm irgendwie bekannt vor. Er wusste weder, wie seine Abschiedsbriefe fast genauso so schnell wie er den Weg nach Ban Toop gefunden hatten, noch ob sie vollzählig vorhanden waren, doch der Schmerz, der seine Brust zusammenquetschte wie eine tonnenschwere Konzertina, hatte etwas Endgültiges. Es war, als sei der Fluchttunnel hinter ihm eingestürzt.

Er bedachte das Mädchen mit einem Lächeln. Sie starrte auf den Boden vor seinen Füßen.

»Sie haben zwei Möglichkeiten«, sagte sie, und ihre Stimme troff förmlich vor Verachtung. »In beiden Fällen werden Sie sterben. Sie können auf Ihr Motorrad steigen und nach Pakxan zurückfahren. Unterwegs werden Sie bei einem tragischen Verkehrsunfall ums Leben kommen und als Leiche nach Vientiane zurückkehren.«

Civilai rutschte zwei Stufen tiefer, sodass sie gezwungen war, ihn anzusehen.

»Andernfalls«, fuhr sie fort, »werden Sie hier sterben, und Ihre Frau wird nie erfahren, was aus Ihnen geworden ist.«

Er war entsetzt. Wie konnte einer so jungen, wunderschönen Frau eine so finstere Botschaft über die Lippen kommen?

»Keine besonders guten Alternativen«, sagte er, »aber ich würde Szenario Nummer zwei vorziehen, das mysteriöse Verschwinden. Vielleicht bekomme ich dann endlich ein paar Antworten auf meine Fragen.«

Sie starrte ihn an, länger, als es sich für ein laotisches Mädchen geziemte.

»Gehen Sie«, sagte sie.

»Damit du das Blut nicht aufwischen musst?«, fragte Civilai.

»Nein … ich …«

»Schätzchen«, sagte Civilai, »mir ist klar, dass du nur eine – ziemlich furchterregende – Botin bist, aber wenn ich schon sterben muss, dann möchte ich vor deinen Augen sterben, damit dich das Bild dein Leben lang begleitet.«

Sie spuckte auf den Boden und funkelte ihn weiter wütend an wie eine verwilderte Katze, doch er bemerkte eine Träne in ihrem Auge. Sie wischte sie hastig fort, aber sie war da. Das Mädchen machte auf dem Absatz kehrt, ging über den frisch gemähten Rasen und verschwand hinter ihrem Gebüsch.

Schaudernd blickte Civilai sich um. »Auftritt des finsteren Attentäters«, rief er. Doch nichts passierte. Und dieses Nichts war weitaus beängstigender als jeder Mordversuch. Er ging durch das blitzsaubere Haus, folgte dem Gartenweg zur Straße und sah nach links und rechts. Er horchte mit gespitzten Ohren auf einen menschlichen Laut. So stellte er sich die Taubheit vor: die Gewissheit, dass es Geräusche gab, die man jedoch nicht hören konnte. In seinem Kopf war weiter nichts als das eingebildete Pochen seines Herzens.

Er stellte sich in die Straßenmitte und rief: »Ich bin Civilai. Ich bin fünfundsiebzig Jahre alt. Ich weiß, was hier gespielt wird. Ich habe keine Angst.«

Die letzten beiden Sätze entsprachen zwar nicht ganz der Wahrheit, aber er fragte sich, ob er die Dorfbewohner trotz der späten Stunde auf seine Seite ziehen konnte. Ob die Übersiebzigjährigen aus ihren Häusern stürzen und rufen würden: »Wir halten zu dir, Civilai.« Er kam sich schrecklich albern vor. Das Ganze war derart grotesk, dass er laut lachen musste. Es war die Wahrheit. Er hatte keine Angst mehr. Mit einem Mal wurde ihm klar, dass man den Tod nur fürchten kann, wenn einem das Leben etwas bedeutet, und es bedeutete ihm nichts mehr.

Als also der alte Renault am Ende der Straße auftauchte

und Gestalten mit schwarzen Kapuzen aus den Häusern traten, fand er das leidlich amüsant. Aber noch stand er auf der Bühne dieses stummen Theaters, und so nutzte er die Gelegenheit und schrie seine letzten Gedanken heraus.

»Das ist aber …«, begann er.

Einer der Maskierten schlug ihm einen Ast in die Kniekehlen. Es tat verdammt weh. Er knickte ein.

»… nicht die feine laotische Art«, rief er. »Wir sind ein friedliebendes Volk.«

Der zweite Schlag traf ihn am Oberarm, und der morsche Knochen brach. Übelkeit stieg in ihm auf. Die letzten Worte brachte er nur mit Mühe über die Lippen.

»Buddha hat uns gelehrt zu lieben, nicht zu …«

Der letzte Schlag brachte ihn zum Schweigen. Der Ast prallte gegen seine Schläfe, und er landete der Länge nach im Staub.

12

ZWEI KUGELN FÜR DEN BUDDHA

»Also, die Sache ist die. Ich habe eine … Veranstaltung organisiert. Sie findet statt in einem Dorf, wo es von bösen Geistern nur so wimmelt. Man braucht bloß ein Loch in die Erde zu bohren, und schon kommen sie herausgesprudelt. Daeng glaubt, ich mache das Ganze nur, weil ich lange genug in Angst vor den *phibob* gelebt habe und ihnen endlich zeigen will, wer das Sagen hat. Und, offen gestanden, sie hat recht. Sie hat fast immer recht. Außerdem glaubt sie, ich hätte nicht das Zeug dazu. Und auch damit liegt sie richtig. Also habe ich mir gedacht, wenn ihr nichts Wichtigeres zu tun habt, könnte ich euch vielleicht ein wenig, nun ja, beschwören.«

Dr. Siri saß auf dem kleinen Hocker und wartete auf eine Antwort. Sie mussten wissen, was hier vor sich ging: die Schutzgeister, seine tote Mutter, Tante Bpoo, Yeh Ming. Irgendjemand musste den Siri-Kanal eingeschaltet haben. Er steckte noch nicht einmal zwischen den beiden Türen fest. Er war im Bad, mit einem Luffa in der einen und einem Stück Seife in der anderen Hand. Wenn er schon an der Séance teilnahm, dann wenigstens frisch gewaschen und frisiert. Nur was vermochte er schon auszurichten? Er konnte sich ja nicht einmal mehr zum Verschwinden bringen. Er hatte sich noch nie so nackt gefühlt.

Er bespritzte sich mit kaltem Wasser aus dem Becken,

trocknete sich mit einem seiner beiden Lendentücher ab und schlang sich das andere um die Hüften. Er öffnete die Tür des Badehauses und trat ins Freie. Er glaubte, seine Sandalen seien verschwunden, als er bemerkte, dass er durch eine andere Tür hereingekommen war. Er wollte umkehren, doch die Tür war zugefallen und ließ sich von außen nicht öffnen. Vor ihm, am Ende eines blitzsauberen Plattenwegs, befand sich eine weitere Tür. Sie sah der Tür, durch die er das Badehaus betreten hatte, täuschend ähnlich.

»Was hat es nur mit diesen Türen auf sich?«, fragte er und richtete den Blick zum Himmel, der sich rasant verfinsterte.

Er öffnete die andere Tür und gelangte in ein Wartezimmer. Eine Reihe von Stühlen gruppierte sich um einen Couchtisch mit Zeitschriften darauf. An den Wänden Poster von Comichunden, denen Würmer das Herz zerfraßen, und von Katzen, unter deren Haut Comicläuse ihre Comiceier ablegten. Daneben ein Zuchttierkalender, das Werbegeschenk einer Besamungsklinik.

Siri wollte eine der Zeitschriften zur Hand nehmen, doch die klebte an der Tischplatte fest, und so ließ er sich auf einem der Stühle nieder und wartete. Jetzt waren sämtliche Türen verschwunden, auch die, durch die er gekommen war, sodass er das Zimmer nicht mehr verlassen konnte. Auch konnte er weder sprechen noch rufen oder singen, denn sein Mund war zugewachsen wie eine verheilte Wunde. Aus der gegenüberliegenden Wand kam ein Mann, der einen Waran an der Leine führte. Siri war von dem Waran so fasziniert, dass er den Mann erst gar nicht wahrnahm. Es war Civilai, und er war blutverschmiert und mit blauen Flecken übersät. Siri rief seinen Namen, doch kein Laut kam über seine Lippen. Civilai schien Siri gar nicht zu bemerken. Er nahm Platz, und der Waran rollte sich unter dem Stuhl zusammen.

Die Wand zur Rechten öffnete sich einen Spaltbreit, und herein kam Phosy. Auch er führte einen Waran an der Leine. Grußlos setzte er sich neben Civilai. Auch sein Waran rollte sich unter dem Stuhl zusammen und schlief ein. Phosy betrachtete die Poster an den Wänden. Er schien unbeeindruckt von der Zwanzig-Zentimeter-Klinge, die aus seinem Bauch ragte. Obwohl sie keine Armbanduhren trugen, sahen beide Männer immer wieder auf ihr linkes Handgelenk.

Eine Krankenschwester in weiß glänzender Uniform trat direkt neben Siri aus der Wand.

»Sie«, sagte sie und gab Siri einen Schlag auf den Hinterkopf. »Sie nexte.«

Sie sprach mit demselben chinesischen Akzent, dessen sich thailändische Komiker gern bedienten, wenn sie sich über die Chinesen lustig machen wollten. Siri stand auf und fragte sich, wohin er gehen sollte.

»Ihre Hunde nix vergessen«, sagte die Schwester.

Siri hielt ein Seil in der Hand, an dessen Ende Saloop, seine tote Promenadenmischung, befestigt war. Er wedelte freudig mit dem Schwanz und trug ein breites, zahnloses Grinsen im Gesicht. Siri lächelte zurück.

»Mittekomme«, sagte die Schwester. Sie wandte sich an Civilai und Phosy. »Sie beide musse warte.«

Siri folgte ihr durch die Wand. Der Tierarzt brachte ein Ferkel zur Welt. Die Muttersau lag mit angewinkelten Beinen auf dem Rücken. Die Schwester wies sie an, so kräftig zu pressen, wie sie nur konnte.

»Tut weh«, sagte sie, »aber lohnt.«

Siri konzentrierte sich auf den Tierarzt. Er war älter als der schwarze Stupa und trug Mönchsgewänder und Schürze, damit er sich nicht mit Blut besudelte. Er hielt eine Flasche Whisky in der Hand, aus der er hin und wieder einen großzügigen Schluck nahm, und lud die Schwester ein, sie gemeinsam mit ihm zu leeren, Zug um Zug.

Die Sau gebar ein Ferkel, das nach einem leckeren Grillfrühstück roch. Die Schwester nahm es und warf es, von der Mutter unbemerkt, in den Müllschlucker. Saloop sprang ihm hinterdrein. Die Schwester ging zu einem Schränkchen und holte eine Gummiente daraus hervor. Die trug sie zum Mutterschwein und hielt sie in die Höhe.

»Tut mir leid«, sagte sie. »Baby nix schaffen.«

Die – offenbar nicht sonderlich intelligente – Sau ging in Tränen aufgelöst und mit der Gummiente auf dem Arm hinaus.

Achselzuckend genehmigte der Tierarzt sich einen mächtigen Schluck Whisky, reichte Siri die Flasche und brach tot zusammen. Siri leerte die Flasche und plumpste neben ihn.

»Möchten Sie mir jetzt, wo Sie tot sind, vielleicht etwas sagen?«, wollte Siri von dem Tierarzt wissen, doch die Frage blubberte ihm in Form von Seifenblasen aus den Ohren.

»Die Leute glauben wirklich alles«, sagte der Tierarzt.

»Das sehe ich«, sagte Siri.

Der Tierarzt zerfiel zu Staub, den der Deckenventilator in alle Himmelsrichtungen verwehte. Siri stand auf und durchquerte das Wartezimmer, wo jetzt nur noch die beiden Warane saßen und Zeitung lasen. Sie ignorierten Siri, der durch eine just erschienene Tür trat, die ins Badezimmer zurückführte. Dort saß, splitternackt auf einem kleinen Plastikhocker, ein zweiter Dr. Siri und bespritzte sich mit Wasser. Er verspürte wenig Lust auf eine Plauderei. Stattdessen drehte er sich dreimal um die eigene Achse und nahm dieselbe Tür, durch die er soeben hereingekommen war, und diesmal standen seine Sandalen, wo er sie zurückgelassen hatte. Er durchquerte den dunklen Tempelgarten, atmete die blumigen Düfte des Abends und schmeckte die Schönheit des Lebens.

Er kehrte in sein Zimmer zurück, wo Madame Daeng auf der Bodenmatte lag und schlief. Er legte sich zu ihr.

»Daeng«, sagte er.

Sie hatte einen gesunden Schlaf.

»Daeng?«

»Ja, o mein Herr und Gebieter?«

»Ich hatte gerade ein surreales Erlebnis im Bad«, sagte er. »Es würde mich nicht wundern, wenn demnächst ein zweiter Siri hier aufkreuzen würde.«

»Zu dritt wär doch auch mal ganz schön«, schnurrte sie.

»Was? Ach so. Nein danke, ich bin fix und fertig. Und würde mich gern noch ein bisschen aufs Ohr hauen, bevor wir uns zu der Séance aufmachen.«

Sie stützte sich auf einen Ellbogen. Ihre Augen waren schlafverklebt. Bis auf einen Splitter Mondlicht, der durchs Fenster fiel, war es dunkel im Zimmer.

»Kannst du dich etwa nicht mehr erinnern?«, fragte sie.

»Erinnern? Woran?«

»Es ist vorbei.«

»Ach ja?«

»Ja. Ich habe mir schon Sorgen gemacht. Ich dachte, du erwachst nicht mehr.«

»Woraus?«

»Aus deiner Trance. Was ist das Letzte, woran du dich erinnerst?«

»Keine … Ich bin ins Badehaus gegangen.«

»Ja, nach dem Mittagessen. Und als du wiederkamst, warst du voller Sturm und Tatendrang. Du warst fantastisch.«

»Tatsächlich?«

»Ich kann dir sagen. Die Séance war ein voller Erfolg. Du hast sie geleitet wie ein Zirkusdirektor. Die Schamanen haben schamanisiert, die Exorzisten haben exorziert, und die Menge hat getobt. Es gab ein Feuerwerk, zwei Bambusraketen, und alle waren sich einig, sie hätten schon seit Jahren nicht mehr so viel Spaß gehabt. Sogar der Sangharaj war beeindruckt.«

»Er war dabei?«

»Er saß den ganzen Abend neben dir. Du hast seine Hand gehalten. Und hast sie selbst in Trance nicht losgelassen.«

»Ich war bewusstlos?«

»Aufrecht auf der Tribüne sitzend. Wir dachten, du wärest berauscht, vom Reiswhisky oder vom Opium. Du hast allerhand durchgemacht. Aber deine Augen waren sperrangelweit geöffnet, und du hast die ganze Zeit gelächelt.«

»Ich erinnere mich an nichts«, sagte Siri kopfschüttelnd. »Aber das kann doch nicht alles gewesen sein. Was ist mit den *phibob*?«

»Fehlanzeige. Die haben sich nicht blicken lassen. Was die Ältesten prompt sich selbst und ihrer überragenden Geisstärke zuschrieben. Du hattest recht. Du hast den Dorfbewohnern neues Selbstbewusstsein gegeben. Die Medien sind wieder mit ihren Geisterführern vereint. Die Schamanen haben Wege in die Anderwelt gefunden. Plötzlich konnten sie wieder glauben. Du hast ihnen Vertrauen geschenkt. Sie haben ihr Dorf zurückerobert.« Sie nahm seine Hand. »Siri, du zitterst ja.«

»Nein«, sagte er.

»Was, nein?«

»Sie haben ihr Dorf nicht zurückerobert. Die Séance war den bösen Geistern schlicht nicht wichtig genug, um sich dort sehen zu lassen. Sie haben etwas Größeres vor. Etwas sehr viel Größeres.«

»Ist das nicht ein bisschen sehr melodramatisch?«

Er berührte den Talisman um seinen Hals. Er war kalt wie die Antarktis. »Plötzlich interessieren sie sich einen Dreck für mich«, sagte er. »Sie müssen ein anderes Opfer gefunden haben. Jemand Mächtigen. Der sich nicht wehren kann. Wer …?«

»Jetzt wird mir aber doch ein bisschen mulmig.«

»Worauf könnten es böse Geister abgesehen haben?«, fragte Siri. »Was würden sie begehren?«

»Was?«

»Reinheit, Daeng. Über Reinheit würden sie herfallen wie Ameisen über eine sterbende Raupe. Er! Ich habe seine Hand gehalten. Und das nicht etwa aus Wertschätzung für den Patriarchen, sondern weil die *phibob* mich als Medium missbraucht haben.«

Daeng war schon aufgesprungen und fischte die reparierte Taschenlampe aus ihrer Tasche. Siri stürzte auf den Gang hinaus. Das Zimmer des Sangharaj hatte keine Tür. Siri erstarrte auf der Schwelle, und Daeng leuchtete ihm mit der Taschenlampe über die Schulter.

»Zu spät«, sagte Siri.

Die aus dem Kanon des Sangharaj herausgerissenen Seiten lagen auf dem Fußboden verstreut. Der Mönch besaß zwei Gewänder. Beide lagen säuberlich gefaltet am Fußende seiner Schlafmatte. Wohin auch immer der Mönch verschwunden sein mochte – entweder war er in Zivil, oder er war nackt.

»Er müsste eigentlich längst wieder hier sein. Er ist Feldarzt, mit jahrelanger Fronterfahrung. Wir müssen ihn hinzuziehen.«

»Dtui, wir haben tüchtige Chirurgen. Und sie alle waren beim Militär.«

»Aber ich will ihn. Ich will Siri. Er weiß bestimmt, was zu tun ist.« Sie war völlig außer sich, ihre Stimme laut und schrill. Ihre Hände bebten.

»Wir alle wissen, was zu tun ist«, sagte der Klinikdirektor. »Aber hier geht es nicht allein um Kompetenz oder Geschick. Die Klinge hat seinen Magen durchbohrt. Wir können sie nicht einfach herausziehen, sonst machen wir am Ende alles nur noch schlimmer. Wir müssen behutsam vorgehen, uns die Röntgenbilder ansehen, sämtliche Möglichkeiten abwägen.«

Dtui hatte neun Jahre in der Mahosot-Klinik gearbeitet, erst als Krankenschwester, dann als Dr. Siris Assistentin. Sie hatte die Worte »Möglichkeiten«, »behutsam« und »Wir wissen, was zu tun ist« tausendmal gehört. Für die besagten Möglichkeiten mangelte es in der Regel an Gerätschaften, Sauberkeit, Erfahrung und Verantwortungsbewusstsein. Wenn man einen Patienten verlor, so war dies zwar bedauernswert, aber leider unvermeidlich und letztlich weiter nichts als eine statistische Größe. Sie war zu dem Schluss gelangt, dass man in der Pathologie größere Überlebenschancen hatte als im OP-Saal.

Dabei hatte der Abend eigentlich ganz harmlos angefangen. Nach Dtuis Schicht in der Nudelküche waren Phosy und sie noch ein wenig am Flussufer spazieren gegangen. Er hatte ihr von der Verbindung zur Leibgarde des Präsidenten und dem Leck im Ministerium der bewaffneten Streitkräfte erzählt. Es spielte keine Rolle, wer Informationen über seinen Besuch im Ministerium weitergegeben hatte. Er hatte das Gefühl, dass er sich in eine Sackgasse verrannt hatte, dass er ebenso gut nach dem Verbleib des Herrn Buddha hätte forschen können. In Laos verschwanden Leute, und mit einem solchen System wollte er nichts zu schaffen haben.

Sie hatten sich über ein anderes Leben an anderen Orten unterhalten. Und sich gefragt, was für ein Leben Malee wohl in einem thailändischen Flüchtlingslager führen würde. Wie viele Jahre sie würden sparen müssen, bis sie es sich leisten konnten, in Milwaukee eine kleine Kuchenbäckerei zu eröffnen. Kuchen brauchte schließlich jeder, um sich vom ewigen Grau des Alltags abzulenken.

Und er war unerschrocken auf sie zugekommen, der Ninja. Im Schatten sahen die Blutergüsse rings um seine Augen aus wie eine dunkle Brille. Er hatte gelächelt, als wüsste er etwas, das Phosy nicht wusste, und hatte die Hände erhoben, um ihnen zu zeigen, dass er unbewaffnet war. Phosy stellte sich vor Dtui. Er hatte vielleicht keine Waffe, war jedoch mit Sicherheit ein erfahrener Straßenkämpfer. Er wusste, dass das Gleichgewicht der Kräfte sich verschob, wenn es um die Verteidigung eines geliebten Menschen ging.

»Sieh mal einer an«, hatte der Mann gesagt, »die Dicke und der Leibwächter. Wie schön.«

»Noch hast du Gelegenheit, dich umzudrehen und die Biege zu machen«, sagte Phosy.

»Und wenn nicht?«, sagte der Mann. »Willst du mich dann mit ihr erschlagen?«

So leicht ließ sich Phosy nicht aus der Ruhe bringen. Er hatte gelernt, seine Umgebung im Auge zu behalten und seine Chancen richtig einzuschätzen. Der Polizist hatte nicht den geringsten Zweifel, dass der Mann ein Messer am Gürtel trug. Der Mond stand hinter ihnen, und der Ninja konnte nicht sehen, ob Phosy etwas in der Hand hielt oder nicht. Der Mann kam schnell näher, sein Körper war also nicht ganz in der Balance. Mit etwas Glück musste Phosy bloß einen Schritt nach vorn machen, links antäuschen, und schon hatte er den Kerl im Polizeigriff.

Doch das Glück war ihm nicht hold. Aus den Augenwinkeln sah er einen zweiten Mann, der sich Dtui von hinten näherte. Phosy ging in die Knie und trat seiner Frau die Füße weg. Sie landete mit einem dumpfen Schlag auf dem harten Lehmboden, aber auf diese Weise war sie erst einmal aus der Schusslinie. Der zweite Mann blieb stehen und machte ein verblüfftes Gesicht, doch als Phosy den Kopf wieder nach vorn drehte, stürzte sich der Ninja auch schon auf ihn mit den Worten: »Niemand, der mich schlägt, kommt mit dem Leben davon.«

Sie wurden von Schreien unterbrochen, die vom Flussufer herüberdrangen, Schatten, die sich eilig näherten. Aber da steckte die Klinge bereits in Phosys Bauch. Das Werk des Attentäters war vollbracht. Als Geung, Tukta und der Verrückte Rajid bei ihm ankamen, lag der Inspektor in einer Blutlache auf dem Boden.

Jetzt ruhte Phosy auf einer Rolltrage in einem offenen Korridor der Mahosot-Klinik, wartete auf eine Röntgenuntersuchung, auf das Eintreffen eines Chirurgen und auf den Tod, damit dieser ihn an einen Ort brachte, wo es hoffentlich etwas organisierter zuging. Dtui presste ihm noch immer das zusammengeknüllte Laken auf den Bauch, um den Blutfluss zu stillen. Sie hatte die Wunde desinfiziert, so gut es ging, doch ihre Angst galt der Klinge. Hatte der Direktor recht? War es wirklich so gefährlich, sie herauszuziehen? Sie hatte keine Ahnung. Doch es war, als hätte Herr Geung ihre Gedanken gelesen.

»In der P-p-pathologie hätte er eine höhere Überlebenschance«, sagte er.

Es dauerte eine Weile, bis Civilai seine schwarz geschwollenen Augen so weit zu öffnen vermochte, dass er erkennen konnte, wo er war. Er fühlte sich wie nach dem Frontalzusammenstoß mit einem Büffel. Der Schmerz traktierte ihn von innen mit Fäusten. Er konnte seinen linken Arm nicht heben. Es war offensichtlich, dass sie ihn auch noch geschlagen hatten, nachdem er bewusstlos zusammengebrochen war. Er hörte Stimmen.

»Moment«, sagte die eine. »Er lebt.«

»Red keinen Scheiß«, sagte die andere. »Er hat keinen Puls.«

»Dann komm her und sieh selbst. Er bewegt die Augen.«

Drei Gestalten im schwarzen Umhang ohne Kapuze scharten sich um ihn. Civilai ballte die Faust, doch zum Ausholen fehlte ihm die Kraft.

»Scheiße, du hast recht«, sagte der zweite Mann.

Sie verschwanden aus seinem Blickfeld und kamen ein paar Sekunden später mit Kapuze zurück. Hätte sein Gesicht nicht so wehgetan, hätte Civilai sie ausgelacht. Er hatte nicht den geringsten Zweifel, dass er ein paar Sekunden tot gewesen war, auch wenn er weder ein fernes Licht gesehen, eine andere Welt betreten oder gar seinen Körper verlassen hatte. Er war den Tod eines guten Atheisten gestorben. Er hatte keine Ahnung, wie es zu diesem Neustart seines Körpers gekommen war. Das Schicksal hatte ihm eine zweite Chance geschenkt, und er wollte, er wäre in der Verfassung gewesen, sie gebührend zu nutzen.

Einer der Kapuzenmänner packte ihn am Fuß und schleifte ihn über den Fußboden. Das gab dem alten Politbürokraten Gelegenheit, sich umzusehen. Er war zurück im Haus, in dem großen Zimmer. Es war Nacht, und der Raum lag im Dunkeln, erhellt allein von dicken schwarzen Wachskerzen. Es gab einen Stufenaltar von der Sorte, wie man ihn in einer christlichen Kirche erwartet hätte, mit einer weißen Spitzendecke. Darauf eine Reihe vermutlich kostbarer Silbergegenstände: Karaffen, Schnupftabaksdosen, ein Kandelaber. Und ein oder zwei Stufen darüber: drei Buddha-Statuen wie jene, die er in der Werkstatt des Mechanikers gesehen hatte. Auch sie waren lobotomisiert worden und standen auf dem Kopf. Die Botschaft war unmissverständlich. Bei seinen Recherchen hatte Civilai gelernt, dass das umgekehrte Kreuz in der katholischen Version der schwarzen Messe für die Ablehnung aller kirchlichen Werte stand. Dieser Kult hingegen war vor vierzig Jahren von einem perversen Franzosen gegründet worden, um den Buddhismus auf die Probe zu stellen. Rechts und links des Altars brannten Räucherstäbchen. Ihrem süßlichen Duft nach zu urteilen waren sie aus Marihuana gefertigt. Die Altarkerzen hatten die Form eines Phallus. Neben dem Opfertisch stand ein pompöser Thron.

Er hatte schon eine Weile in der Zimmermitte gelegen, als die Schauspieler eintraten. Da er und Siri *Die schwarze Katze* mit Boris Karloff gesehen hatten, wusste er, was ihn erwartete: Teufelsanbeter, ein sinistrer Sektenführer, ein grausamer Tod. Doch Film und Wirklichkeit waren zwei Paar Sandalen. Die schwarz gewandeten Kapuzenträger bildeten einen Kreis um Civilai. Er zählte insgesamt achtzehn. Allmählich kehrte seine Sehkraft zurück. Sein Arm pochte.

Eine der achtzehn Kapuzen ergriff das Wort. »Brüder des Unheiligen Ordens des Allmächtigen und Allgewaltigen Mara«, sagte er.

Civilai erkannte die Stimme sofort.

»Wir haben uns heute hier versammelt, um das Nirxana von einem seiner schlimmsten Feinde zu befreien. Wir bitten den Geist Marches, uns die Hand zu leiten und unserem großen Führer Mara die Weisheit der Ahnen zu verleihen, auf dass er ein würdiges Urteil fälle.«

Der Sprecher war der Genosse Luangrat, der Leiter des Bezirksratsbüros, was hinreichend erklärte, weshalb Civilai aus dem Ministerium keinerlei Unterstützung erhalten hatte. Luangrats Rede war grammatisch fehlerhaft, weil der Verfasser kein Muttersprachler war. Sie stammte vermutlich noch aus Marches Feder. Civilai stellte die Ohren auf Durchzug und dachte fünfunddreißig Jahre zurück. Ein gebildeter, aber psychisch labiler Mann voller Hass auf jede Form organisierter Religion hatte inmitten ignoranter Landbewohner einen finsteren Kult gegründet. Natürlich hatten sie es nicht gewagt, dem großen weißen Mann zu widersprechen. Ein Geheimbund, der seinen Zauber aus den Metropolen Europas importierte. Ein ebenso charismatischer wie gefürchteter Anti-Buddha. Eine Gesellschaft, die immer noch dem

Animismus anhing. Und dieser Kult hatte den Krieg und den Frieden und die Wende überdauert, in einem Dorf, das vom Rest des Landes – vom Rest der Menschheit – völlig isoliert lebte. Finanziert vermutlich von Kultanhängern aus dem Westen. Marche hatte den Stab weitergereicht, an immer neue Führer, die das Grauen Generation um Generation fortführten. Deren Einfluss bis in den entlegensten Winkel der Provinz reichte. Ein ganz und gar absurdes Glaubenssystem, welches das Leben der Landbewohner beherrschte, die es nach Trost und Weisung dürstete.

Der Ratsvorsitzende palaverte noch immer, begleitet von den leisen Gesängen seiner schwachsinnigen Jünger. Was die Idiotie des Ganzen auf die Spitze trieb, denn sie hatten den Text rückwärts gelernt. Civilai war eben zu dem Schluss gelangt, dass sie Boris Karloff nicht das Wasser reichen konnten, als am anderen Ende des Raums eine Tür aufging und zwei nackte Mädchen erschienen. Eine von ihnen war der Teenager, der Civilai am Nachmittag gedroht hatte. Ohne jede Spur von Eleganz oder Elan tapsten sie quer durch den Raum zu der geschlossenen Flügeltür. Sie ergriffen jede einen Knauf und zogen die Türen auf.

Die Sänger sanken auf die Knie und vollführten kollektiv einen umgekehrten *nop*, indem sie die Handrücken aneinanderlegten. Civilai bekam allein vom Zusehen Schmerzen. Und zur Begleitung eines unsichtbaren Gongs betrat Mara, der leibhaftige Teufel, den Raum. Er wirkte heiter und gelassen, trotz seiner dunklen Brille und den filzgrünen Mönchsgewändern. Die beiden nackten Mädchen trotteten hinter ihm her zum Thron. Doch selbst diesem kleinen Schauspiel fehlte es an Stil. Bevor er seinen Platz einnahm, sah der teuflische Motorradmechaniker zu den neunstufigen Schirmen hinauf, die an einem Haken von der Decke hingen, ballte die Fäuste und stieß eine stille Verwünschung aus. Als er sich schließlich setzte, knieten die beiden nackten Mädchen rechts und links von ihm nieder.

Civilai seufzte. Satanismus, Animismus, die Weltreligionen, all das funktionierte nur, wenn man Angst davor hatte. Und wer ohne Furcht war, der durchschaute das Brimborium auf den ersten Blick. Er musste an die Geschichte von dem kleinen Mexikaner denken, der den Taco mit dem Antlitz der Jungfrau Maria verspeist hatte – einen Taco, der von vielen hundert Gläubigen als Wunder verehrt wurde –, um seinen Heißhunger zu stillen. Civilai hatte keine Angst vor der Macht, nur vor den Narren, die sie in Händen hielten. Doch so ausweglos die Lage schien, er hatte noch ein Ass im Ärmel. Das er jedoch nur ausspielen konnte, wenn er seinen leidigen Sarkasmus überwand. Es war womöglich seine letzte Amtshandlung auf Erden, aber dazu musste er über seinen Schatten springen. Er musste vor einem Mechaniker zu Kreuze kriechen und der Versuchung widerstehen, den Klugscheißer zu spielen. Es sah nicht gut aus.

Der Gesang verstummte. Die Kapuzenträger setzten sich auf den Fußboden, sodass ihre Füße in Maras Richtung zeigten. Eins der nackten Mädchen reichte ihm einen billigen, aus Palmwedeln geflochtenen Tempelfächer. Worauf er aus den Tiefen seiner Gewänder ein Zippo-Feuerzeug zutage förderte und ihn anzündete. Der Fächer war im Nu verbrannt, und die Asche zerstob. Civilai war von dem ganzen Hokuspokus nicht sonderlich beeindruckt, doch er ahnte, dass der Höhepunkt des Abends kurz bevorstand. Mara stieg von seinem Thron und schritt den Kreis ab. Da er noch immer seine Sonnenbrille trug, grenzte es an ein

Wunder, dass er nicht über einen seiner Jünger stolperte. Die Kapuzenträger senkten respektvoll den Kopf, wenn er an ihnen vorüberging. Mara trat in den Kreis und baute sich vor Civilai auf. Der alte Mann zuckte zusammen, als wäre die Kraft, die von dem Freizeitsatan ausging, kaum zu ertragen. Mara sah ihn an, sprach jedoch zu seinen Eleven.

»Er hat es gewagt hierherzukommen«, sagte er, »dieser Buddha-Anbeter …«

Das Publikum zischte.

»… um unseren Glauben infrage zu stellen«, fuhr er fort. »Er hat uns bezichtigt, Abkömmlinge seines Gottes zu sein.«

Zisch.

»Er hat behauptet, der Senat von Schwachköpfen in Bangkok habe ihn geschickt. Aber das war eine Lüge. Er ist ein Spion.«

Stöhn. Zisch.

»Er hat Nachforschungen über unser Erbe angestellt. Und unseren erhabenen Gründer, Marche, den ersten und größten Mara, verleumdet und gelästert.«

»Mara der Erste. Mara der Erste«, skandierten sie.

»Er wollte seine Bande von Satanshassern zu Hilfe rufen, um uns zu vernichten. Aber wir haben seinen Plan durchkreuzt.«

Lauter Jubel auf den Rängen.

»Doch sein Hochmut kennt keine Grenzen. Er hat es gewagt, allein zu uns zu kommen. Und uns herauszufordern. Ein klappriger alter Mann, der das Wasser nicht mehr halten kann.«

Stürmisches Gelächter von den Kapuzenträgern.

Civilai blickte auf. »Woher wissen Sie das?«, fragte er.

»Wir haben dich durchsucht, du Idiot«, sagte Mara. »Weißt

du eigentlich, wie demütigend es ist, von einem Gegner attackiert zu werden, dessen gesamtes Waffenarsenal aus einem Kolostomiebeutel besteht?«

Raues Gelächter. Die eine oder andere unflätige Bemerkung.

Civilai fasste sich an den Bauch. Genau genommen war es ein Urostomiebeutel, aber er wollte sich nicht streiten.

»Keine Sorge, Uropa«, sagte Mara. »Er ist noch da. Oder dachtest du, wir lassen uns von dir unseren frisch gewischten Fußboden vollpinkeln? Mit der Hygiene nehmen wir es sehr genau. Er ist übrigens voll.«

Eine so brillante Pointe hatten die Männer im Kreis noch nie gehört.

»Gnade«, flehte Civilai. »Ich bin nur ein schwacher alter Mann, der Befehle aus Vientiane befolgt. Ich wusste nicht, was ich hier anrichte. Jetzt sehe ich vieles klarer. Es ist bewundernswert, was Sie hier geleistet haben. Ich habe keinen Resp...«

Mara trat ihm gegen die Schläfe.

»Halt's Maul, alter Vater Zeit«, sagte er. »Für wie dumm hältst du mich? Manche Leute würden ihre Großmutter verkaufen, um der Hinrichtung zu entgehen.«

»Hinr...?«

»Oje. Hat dir das etwa niemand gesagt? Unsere Opfer sind zwar normalerweise etwas frischer, trotzdem wird dein Tod nicht ohne Wert sein. Das Vergießen deines Blutes sollte genügen, um einige der geringeren Himmelsteufel zu besänftigen. Sie waren ziemlich enttäuscht, als wir dachten, du wärest tot.«

Der Kreis hob an zu einem wortlosen, monotonen Grabgesang. Mara schnippte mit den Fingern, und eines der nackten Mädchen, das entweder vor Scham oder vor Kälte zitterte, trat mit einer langen flachen Schatulle in der Hand an den Rand des Kreises. Sie war mit wunderschönen Gravuren versehen. Das Mädchen hielt sie Mara hin, doch ihr Blick ruhte auf Civilai. Er fragte sich, ob sie über seine Worte vom Nachmittag nachdachte oder ob man ihr das selbständige Denken gänzlich ausgetrieben hatte.

Mara öffnete die Schatulle und nahm einen Zeremoniendolch heraus, der im Kerzenschein funkelte und blinkte. Er trug ihn voller Ehrfurcht auf den Händen und ging langsam entgegen dem Uhrzeigersinn um den Kreis herum. Der Gesang wurde lauter und eindringlicher, bis der Raum von der akustischen Bedrohung widerhallte. Civilai musste zugeben, dass das Ganze allmählich etwas Beunruhigendes, ja Unheimliches bekam. Aller Augen ruhten auf dem Dolch, dem Werkzeug unzähliger verirrter Scharfrichter und Carnifexe. Wahnsinnige, denen man eingehämmert hatte, Gewalt führe auf direktem Weg ins Paradies. Mara bot den Dolch dem hirnamputierten Buddha-Trio dar.

»O großer Marche«, schrie er mit schwacher Stimme gegen die Gesänge an. »Wir opfern dir diesen Ungläubigen, diesen Schwarzmaler und Frevler. Sein Blut möge dich erquicken und …«

Der Schuss war so laut, dass die Männer im Kreis sich die Ohren zuhielten, bevor sie zu Boden sanken. Die meisten hatten die Orientierung verloren, doch einer oder zwei mussten mitbekommen haben, was passiert war. Die anderen konnten es sich vermutlich zusammenreimen.

Ein Mann im Kreis war eindeutig getroffen, denn er schrie: »Ich bin getroffen« und fasste sich an die Brust.

Auf ihrem Weg hatte die Kugel den Unterschenkel des allmächtigen Mara durchschlagen und ihm das Schienbein zertrümmert. Und an der Quelle des Schusses saß Civilai in einer Pfütze von kaltem Orangensaft. Die Waffe in seiner Hand zitterte leicht. Als der Knall endlich verhallt war, hörte man weiter nichts als das Wimmern eines verletzten Motorradmechanikers und die halbherzigen Schreie der nackten Mädchen. »Ergreift ihn«, brachte Mara mit letzter Kraft über die Lippen, bevor der Anblick seines eigenen Blutes ihm das Bewusstsein raubte. Die Männer im Kreis reagierten verhalten. Einer, rechts von Civilai, ging in die Hocke, doch Civilai wandte die Waffe nicht gegen den Möchtegernangreifer, sondern hielt sie fest auf Maras Kopf gerichtet.

»Wenn mir jemand zu nahe kommt, drücke ich noch einmal ab«, sagte er.

Es folgte ein seltsam gedämpfter Tumult, was nicht zuletzt dem eingeschränkten Blickfeld der Kapuzenträger geschuldet war.

»Was ist los?«, fragte einer.

»Er hat auf den Hohepriester geschossen«, sagte ein anderer.

»Wer?«

Ein Mann riss sich die Maske herunter und pirschte sich von hinten an das politbürokratische Ritualopfer heran. Die zweite Kugel durchschlug Maras Fuß und erledigte den armen Kerl, der schon den ersten Querschläger abbekommen hatte.

»Er hat Mon erschossen«, rief jemand.

Die Schreie der nackten Mädchen klangen jetzt wie das Meckern hungriger Ziegen.

»Wie es aussieht«, sagte Civilai, »wird die nächste Kugel Ihrem Hohepriester den Garaus machen. Und selbst wenn wir mächtig Gas geben, ist ungewiss, ob wir es bis ins nächste

Krankenhaus schaffen, bevor er verblutet. Darum fahren Sie, Genosse Luangrat vom Bezirksrat, jetzt Ihren Wagen vor das Tor. Dann werden zwei Ihrer Komplizen Ihren bewusstlosen Anführer hinaustragen und auf den Rücksitz verfrachten. Die anderen werde ich mit vorgehaltener Waffe und gestützt von diesen beiden jungen Damen nach draußen eskortieren. Eine falsche Bewegung, und diese drollige Inkarnation des Teufels hat ihren letzten Atemzug getan. Ich bin ein verdammt guter Schütze.«

Die Pathologie der Mahosot-Klinik war nicht eben das, was man als keimfrei bezeichnen würde. Aber das waren die Operationssäle auch nicht. Schwester Dtui, in OP-Kittel und Maske, starrte auf die Klinge, die aus dem Bauch ihres Mannes ragte. Obwohl das Blut nun nicht mehr spritzte, sondern nur noch quoll, hatte Phosy ziemlich viel davon verloren.

»Ich kann das nicht«, sagte sie.

»Sie oder keiner«, sagte Herr Geung.

Das Fass war in dem Moment übergelaufen, als die Frau des Bereitschaftschirurgen der Telefonistin der Klinik erklärt hatte, ihr Mann sei bei einer Hochzeitsfeier und frühestens um Mitternacht zurück. Und bis dahin habe Phosy längst das Zeitliche gesegnet.

Dtui war eine erstklassige Pathologin. Im letzten Jahr vor ihrer Kündigung hatte Siri sämtliche Obduktionen seiner blitzgescheiten Assistentin überlassen. Wäre ihre unverhoffte Schwangerschaft nicht gewesen, wäre sie schon vor zwei Jahren zum Studieren in die Sowjetunion gegangen, um eines Tages als Siris Nachfolgerin zurückzukehren. Sie war aufmerksam und fingerfertig und entdeckte nicht selten winzige Hinweise, die der Doktor todsicher übersehen hatte. Doch wenn sie einen Fehler machte, wurden ihre Kunden davon nicht toter. Sie hatte noch nie eine Operation am lebenden Menschen durchgeführt.

»Er wird sterben«, sagt Tukta, die sich in die hinterste Ecke des Seziersaals verzogen hatte. Sie konnte den Anblick von Blut nicht ertragen. »Wenn Sie es nicht tun, dann lieben Sie ihn nicht.«

Wie konnte sie so etwas Grausames nur sagen? Dtui funkelte sie wütend an; sie hätte das Mädchen am liebsten geohrfeigt. Doch Tukta zog die Augenbrauen hoch, als wollte sie sagen: »Stimmt's, oder hab ich recht?« Und natürlich hatte sie recht.

Zehn Minuten nachdem sie Ban Toop verlassen hatten, musste Civilai rechts ranfahren, um sich zu übergeben, und brach am Steuer ohnmächtig zusammen. Als er wieder zu sich kam, lag der Mara noch immer bewusstlos auf dem Rücksitz. Civilai hatte die Wunden des Mannes mit ein paar alten Lumpen verbunden, die er im Kofferraum gefunden hatte. Zwar wäre es vielleicht ganz nützlich, wenn der Mechaniker am Leben blieb, aber es würde ihm gewiss keine schlaflosen Nächte bereiten, wenn er starb.

Sein gesamter Fluchtplan gründete auf zwei Faktoren: Timing und Täuschung. Die Automatik, die er sich von dem Mönch geliehen hatte, war mit nur zwei Kugeln bestückt gewesen. Und auch Civilai war nur Minuten davon entfernt, seinen Verletzungen zu erliegen. Schon flatterten die schwarzen Motten der Besinnungslosigkeit an den Rändern seines Blickfelds. Doch aus Respekt und weil sie um sein Leben fürchteten, hatten die Jünger ihren angeschossenen Führer im Eiltempo ins Auto geschafft. Einige der Männer hatten darauf bestanden, den Hohepriester zu begleiten, aber der Anblick der Pistole hatte sie eines Besseren belehrt.

Und jetzt stand der Wagen am Rande einer stillen Straße. Angst, verfolgt zu werden, hatte er nicht, denn außer dem furchtbar langsamen Motorrad gab es im Dorf kein weiteres Fahrzeug. Er wusste, dass er die hundert Kilometer nach Vientiane würde fahren müssen, denn den Beamten in Pakxan war nicht zu trauen. Er wusste, dass er es vielleicht nicht schaffen würde. Und doch freute er sich über seinen gelungenen Coup. Einen Urostomiebeutel schaute sich niemand genau an. Er hatte den größten genommen, den es in der Apotheke gab, und ein Loch hineingeschnitten. Dann hatte er die Pistole darin verstaut und ihn mit verdünntem Orangensaft gefüllt. Schließlich hatte er den Beutel wieder verschlossen und ihn sich auf den Bauch geklebt. Ach, hätte er doch eine Videokamera gehabt. Der Film wäre eingeschlagen wie eine Bombe.

Satan auf dem Rücksitz öffnete laut stöhnend die Augen.

»Guten Morgen«, sagte Civilai. »Wie wär's mit einer Grapefruit und einer Scheibe Toast?«

»Was … was ist mit mir passiert?«, fragte er.

»Ich habe Sie angeschossen«, sagte Civilai. »Nichts für ungut.«

»Es tut höllisch weh.«

»Ich weiß. Das haben Schussverletzungen so an sich. Nur falls Sie unser kleines Abenteuer nicht lebend überstehen: Ich hätte da noch ein paar Fragen, die mir keine Ruhe lassen.«

»Ich sage kein Wort, Sie elender Mistkerl. Sie sind ein toter Mann. Warten Sie's ab.«

»Ich fürchte, Sie haben die Lage nicht ganz erfasst. Wir

sind gleich in Vientiane. Und da sind Sie keine große Nummer, sondern ein ganz kleines Licht. Dort hat niemand Angst vor Ihnen. Sie wandern ins Zuchthaus, und wenn Sie nicht schön artig sind, landen Sie in null Komma nichts vor einem Erschießungskommando. Also hätten Sie vielleicht die Güte, mir die eine oder andere Frage zu beantworten?«

»Es tut so weh.«

»Ich weiß. Passen Sie auf. Vorschlag zur Güte. Sie beantworten meine Fragen, und ich spritze Ihnen dieses Morphium.«

Civilai hielt eine Papiertüte in die Höhe. Der Mann war zu schwach, um noch zu widersprechen.

»Fragen Sie«, sagte er.

»Braver Satan. Zuerst die selbsternannte Muttergottes. Sie war tatsächlich Ihre Mutter, nicht?«

»Ja.«

»Sie hasste Ihren Vater so sehr, dass sie ihn aus dem Familienstammbaum geschnitten hat. Und erzählte überall herum, Sie seien eine Jungfrauengeburt.«

Mara nickte.

»Aber warum hat sie Ihren Vater so sehr gehasst?«

»Er war … er war der Mara vor mir. Dreißig Jahre. Ebenso viele Ehefrauen. Doppelt so viele Geliebte.«

»Also fühlte sie sich vernachlässigt.«

»Sie fing an zu trinken. Er warf sie hinaus. Er konnte buchstäblich jede Frau haben. Sämtliche Männer im Bezirk machten vor ihm den Kotau. Er war der Herr über Leben und Tod. Wenn ihm jemand zu neugierig wurde, ließ er ihn verschwinden, Laoten wie Ausländer. Er fürchtete nichts und niemand. Er hat als einfacher Mechaniker angefangen, wie ich. Aber genau darin liegt das Geheimnis. Wahre Größe ist stets von bescheidener Herkunft. Er war ein großer Führer, aber die kleinen Teufel raubten ihm den Verstand. So etwas kommt vor. Der Buddha gebietet über ein Heer von Dämonen, die völlig normale Menschen zu Verrückten machen. Mit den Jahren wurde er immer wunderlicher. Er bildete sich ein, er sei nicht Mara, sondern Maitreya. Er erzählte jedem, Buddha sei der wahre Retter, und nach seiner Reinkarnation werde er seine verlorenen Seelen wieder zusammenführen.«

»Dann hat Ihr Vater sich selbst zum nächsten Buddha ausgerufen?«

»Er hat dem Sangharaj geschrieben, früher sei er der Teufel gewesen, aber jetzt sei er als der Buddha wiedergeboren worden.«

»Und hat ihm in allen Einzelheiten geschildert, was in Ban Toop vor sich ging«, sagte Civilai. Es war keine Frage.

Die Motten waren zurückgekehrt. Er wusste, dass er es nicht mehr lange machen würde. Doch er musste es finden, das fehlende Verbindungsglied.

»Und davon haben Sie erst aus dem Schreiben aus Vientiane erfahren, in dem Ihnen mitgeteilt wurde, dass ein Regierungsvertreter – vulgo: ich – hierherkommen würde, um die Lage zu sondieren«, sagte er.

»Morphium«, sagte Mara.

»Gleich«, sagte Civilai. »Wenn Sie zu Ende erzählt haben.«

»Mein Vater war inzwischen abgelöst worden«, sagte Mara. »Ich war schon seit gut einem Jahr Dorfvorsteher, und die Versammlung hat mich einstimmig zum Hohepriester gewählt. Wir führten Marches Werk fort. Dann kam der Brief. Und ich konnte unmöglich zulassen, dass Sie meinen Vater kennenlernten. Nicht in seinem Zustand.«

»Der Buddha, den ich kennenlernen sollte, waren also nicht Sie. Sondern Ihr Vater.«

»Er hätte Ihnen alles erzählt.«

»Und da haben Sie ihn umgebracht.«

Mara zuckte die Achseln.

»Sie haben ihn und Ihre Mutter umgebracht, weil einer von beiden Ihnen die Tour vermasselt hätte.«

»Es diente einem höheren Zweck.«

»Es diente einem größeren Übel.«

»Morphium.«

»Sie meinen das hier?« Civilai hielt die Tüte hoch. »Tut mir leid, die habe ich im Handschuhfach gefunden. Ich glaube, es sind Zitronendrops darin. Uralte noch dazu.«

»Wir hatten eine Abmachung.«

»Ich paktiere nicht mit dem Teufel.«

13

SPRUNG INS UNGEWISSE

Verglichen mit dem Eiffelturm ging der Wasserturm in Sawan noch nicht einmal als Türmchen durch. Er war dreißig Meter hoch und im Prinzip nichts weiter als ein Zinktank, der auf einer Bambusplattform ruhte. Eine zweiteilige Bambusleiter war mittels Stricken an dem Holzgerüst befestigt. Der Turm war fünf Jahre zuvor von zwei ebenso verwegenen wie unkundigen Vertretern des US-Friedenskorps errichtet worden, und die Dorfbewohner waren bass erstaunt, dass er noch stand. Zwar war die Wahrscheinlichkeit, bei einem Sprung vom Eiffelturm sein Leben auszuhauchen, um ein Vielfaches größer, aber Sockel und Umgebung des Sawan'schen Turms bestanden aus massivem Beton. Selbst wer den Sturz in die Tiefe überlebte, hätte sich dabei sämtliche Knochen gebrochen.

Der Sangharaj lief, nackt wie am Tag seiner Geburt, auf dem Dach des Turmes auf und ab. Er hielt die Hände hinter dem Rücken verschränkt und sah, jedenfalls für Siri, aus wie ein U-Boot-Kommandant in einem Low-Budget-Film. Nicht etwa die Nachricht, dass ein nackter Mann das Dorf unsicher machte, hatte sie auf seine Fährte gelockt, sondern der Krach. Wenn jemand um ein Uhr in der Früh auf einem halb vollen Wassertank aus Zink herumspazierte, war das kilometerweit zu hören. Daeng leuchtete ihn mit der Taschenlampe an. Der Himmel war bewölkt, die Nacht pechschwarz, und es grenzte an ein Wunder, dass der alte Mönch den Turm überhaupt gefunden hatte. Doch Siri wusste aus Erfahrung, dass der Mann nicht aus freiem Willen handelte. Alles, was ihm durch den Sinn ging, war manipuliert. Alles, was er zu sehen oder zu hören glaubte, war eine Lüge. Es bestand kein fühlbarer Unterschied zwischen der Wirklichkeit und der Welt, die einem von den *phibob* vorgegaukelt wurde.

»Meinst du, er springt?«, fragte Daeng.

»Das muss er gar nicht«, sagte Siri. »Sie werden ihm weismachen, dass es eine Brücke zum Nachbarturm gibt oder ein Hubschrauber ihn auf einen Rundflug mitnehmen will. Sie haben eine verdammt lebhafte Fantasie.«

Bei ihrem Aufbruch war Siris Amulett so heiß gewesen, dass Daeng es in ihr Halstuch geschlagen und mit einer Schnur umwickelt hatte, damit es ihm nicht die Haut versengte, während ihre Finger weiter nichts gespürt hatten als einen kalten Klumpen Stein. Siri wusste, dass der alles entscheidende Showdown kurz bevorstand.

»Was sollen wir machen?«, fragte Daeng.

Sämtliche Dorfbewohner waren aus ihren Häusern gekommen, um dem seltsamen Spektakel beizuwohnen. Das war er, der Hinterhalt, den die *phibob* geplant hatten. Schon hatten einige der Kinder zu knurren und zu sabbern begonnen, ein sicheres Zeichen dafür, dass die bösen Geister massenhaft Nachwuchs rekrutierten. Bald würden sie alle in ihren Bann geschlagen haben. Wenn im Dorf jemand von Dämonen besessen war und es den Geisterheilern nicht gelang, die bösen Geister auszutreiben, verlor das Opfer natürlich den Verstand. Dennoch durfte der oder die Verrückte im Dorf wohnen bleiben, als Mahnung an das Versagen der

Ältesten. Die Exorzismusregeln verpflichteten sie zur Sorge. In Sawan ging es in neun von zehn Gerichtsfällen um Besessenheit.

Doch was würde passieren, wenn niemand verschont blieb? Was, wenn die Geister sich wie eine Epidemie in der Region verbreiteten und die Macht an sich rissen? Wie weit konnte ihr Einfluss reichen? Diese und ähnliche Fragen schossen Siri durch den Kopf. Obgleich Daeng nichts von alldem spürte, bestand Siri darauf, dass sie seine Hand hielt. Er forderte alle Dorfbewohner, die ein Amulett trugen, zum Vortreten auf.

»Wir müssen schnell handeln, sonst gibt es eine Katastrophe«, sagte er. »Wer von Ihnen kein Amulett trägt, muss umgehend in seine Hütte zurückkehren. Wenn nötig, auch in Begleitung eines Nachbarn oder unter Anwendung von Gewalt. Bitten Sie Ihre Hausgeister um Schutz und Segen. Die Familien brauchen heute Nacht jede nur mögliche Unterstützung.«

Einer der jungen Männer, die ihre Hütte ohne Schutz verlassen hatten, war bereits besessen. Er stand knurrend und zähnefletschend unter dem Wasserturm und schwang einen imaginären Säbel. In der Menge begann eine Frau zu kreischen wie ein Affe und hüpfte dabei auf und ab. Die Ältesten, die alle Tag und Nacht einen ganzen Kranz von Amuletten trugen, trieben die anderen ins Dorf zurück. Eltern drückten ihre Kinder an sich und flüsterten ihnen Heilgesänge ins Ohr. Zwei weitere Männer hatten sich von ihren Familien losgerissen und zu dem wild gewordenen Säbelfechter an der Turmleiter gesellt. Sie brüllten Obszönitäten, wenn auch mit fremden Stimmen. Während der nackte Mönch ununterbrochen auf und ab stolzierte und auf das sich ausweitende Chaos hinabstarrte. Nur Zentimeter trennten ihn noch von dem senkrechten Sturz in die Tiefe.

Es war, als würden sich zwei Armeen zur Schlacht zusammenziehen. Immer neue Säbelfechter oder Affen schlossen sich dem wachsenden *phibob*-Heer der Besessenen rings um den Wasserturm an. Gleichzeitig scharten sich die zurückgekehrten Ältesten und frisch eingetroffenen Schamanenkrieger um Siri, über und über mit Amuletten behängt.

»Was sollen wir machen, Yeh Ming?«, fragte Vorsteher Tham.

Siri hatte keinen Schimmer, aber da er offenbar der General war, beschloss er, logisch vorzugehen, Schritt für Schritt.

»Wir brauchen einen Fallschirm«, sagte er.

»Einen Fallschirm? Sie meinen, als metaphysisches Symbol für Sicherheit?«, fragte Priesterin Thewa.

»Nein, ich meine einen großen Nylonschirm, mit dem man aus Flugzeugen abspringt«, sagte Siri.

Sie sahen ihn ratlos an.

»Ich bitte Sie«, sagte er. »Wir sind in Udon. Während des geheimen Krieges sind hier mehr amerikanische Maschinen gestartet und gelandet, als ein Köter Flöhe hat. Irgendjemand muss einen haben.«

»Ja, ich«, sagte Schamane Lek. »Wir benutzen ihn als …«

»Egal. Nur her damit«, sagte Siri. »So schnell es geht.«

»Das ist alles?«, fragte Vorsteher Tham.

»Fürs Erste«, sagte Siri.

Diejenigen Dorfbewohner, deren Sicherheitssysteme zur Abwehr böser Geister nur Attrappen oder ihrer Aufgabe aus anderen Gründen nicht gewachsen waren, kamen auf die Lichtung zurückgerannt und gesellten sich zu ihren bösen Kollegen am Wasserturm.

»Wir müssen sie angreifen«, sagte Wahrsager Doo.

»Gemach«, sagte Siri.

»Wir brauchen einen umfassenden Exorzismus«, meinte Mittler Cham.

»Schwierig«, meinte Siri, »umso mehr, als sich der Hauptwirt dreißig Meter über dem Boden befindet. Aber wir könnten ein Ablenkungsmanöver starten. Was glauben Sie, wie viele von Ihnen Ihre Geisterführer um Hilfe bitten könnten, wenn wir hier eine kleine Séance abhalten?«

»Ich habe meine Ausrüstung nicht bei mir«, sagte Medium Tian.

»Ich auch nicht«, sagte Schamane Phi. »Und so etwas lässt sich nicht einfach aufdrehen wie ein Wasserhahn.«

»Verstehe«, sagte Siri.

»Mir wird ganz blümerant zumute«, flüsterte Daeng ihm ins Ohr. In dem Durcheinander war ihm ihre Hand einen Moment lang entglitten. Er bekam sie zwar gleich wieder zu fassen, aber sie hüpfte bereits auf und ab. Siri war besorgt, doch im Augenblick gab es Wichtigeres. Er wandte sich an die Schamanen.

»Einzeln«, sagte er, »werden Sie für eine Schlacht von diesem Ausmaß niemals ausreichend gerüstet sein. Aber bedenken Sie, über welches schamanische Know-how Sie verfügen. Denken Sie an all Ihre Kontakte auf der anderen Seite. Im Kollektiv sind Sie eine Naturgewalt. Selbst Yeh Ming würde angesichts solcher Macht erzittern.«

»Siri, ich …«, sagte Daeng.

Sie ließ die Taschenlampe fallen und lief davon. Siri blieb nichts anderes übrig, als sie ziehen zu lassen. Sie würde einen prima Affen abgeben. Den Schwanz dafür hatte sie ja schon. Siri und die Ältesten setzten sich im Lotussitz auf die

Erde, bildeten einen simplen Kreis und fassten sich an den Händen, keine Requisiten, keine Kostüme, kein Klamauk. Nur siebenhundert Jahre Erfahrung.

»Denken Sie daran, welche Macht Sie in diesen Händen halten«, sagte er.

Er wusste, dass sie alle getrennt praktiziert hatten, seit sie aus ihren Heimatdörfern nach Sawan gekommen waren. Es gab nichts, was sie einte. Die meisten von ihnen wussten ja nicht einmal, was in der Hütte ihrer Nachbarn vor sich ging. Er musste irgendetwas finden, das sie einander näherbrachte.

»Gibt es vielleicht einen Gesang, den Sie alle kennen?«, fragte er.

Jeder nannte seinen Favoriten, doch es war nichts darunter, was alle kannten.

»Lieder?«, fragte Siri.

»Sie meinen religiöse Lieder?«, fragte Priesterin Thewa.

Die Zahl der zornentbrannten Säbelfechter war in der Zwischenzeit auf fünfzig angewachsen. Die Affen, in deren Reihen nun auch Madame Daeng marschierte, rückten langsam auf die Schamanen vor.

»Nein«, sagte Siri. »Nur irgendein Lied, das Sie alle kennen und mögen.«

»Ich habe ›Wer den Büffel reitet‹ sehr gern«, sagte Kräuterhexer Ya.

»Ja, von Caravan. Ich auch«, sagte Rutengängerin Song.

»Es gibt Schlimmeres«, sagte Wahrsager Doo. »Aber ich habe meine kostbare Lebenszeit nicht damit vergeudet, Schlagertexte auswendig zu lernen.«

»Der Text spielt keine Rolle«, sagte Siri. »Hauptsache, Sie kennen die Melodie.«

Alle nickten.

»Gut«, sagte Siri. »Vergessen Sie alles, was hier am Wasserturm vor sich geht. Auf drei summen, pfeifen oder singen Sie la-la-la zur Melodie von ›Wer den Büffel reitet‹. Immer schön langsam. Konzentrieren Sie sich auf den Takt und den Kreis und die Kameradschaft.«

»Aber Sie müssen mitsingen«, sagte Schamane Lek.

»Natürlich«, sagte Siri. »Ich lasse Sie nicht im Stich. Yeh Ming lässt Sie nicht im Stich. Aber zuerst müssen Sie ein Team werden.«

»Und was machen wir dann?«, erkundigte sich Vorsteher Tham. »Wenn wir ein Team geworden sind?«

»Das werden Sie dann schon sehen«, sagte Siri, und damit ließ er es bewenden.

Der – noch originalverpackte – Rettungsschirm war eingetroffen. Die jüngeren Schamanen und ihre Assistenten warteten auf Anweisungen. Sie behielten die anrückenden Affen im Auge, die Steine aufzusammeln schienen. Die Schamanen befreiten den hellblauen Schirm aus der Verpackung und zogen ihn auseinander. Siri platzierte die stärksten Männer entlang der Außenkante, und sie rafften den Stoff so lange, bis er den Boden nicht mehr berührte. Zur Probe ließ Siri einen der jungen Männer mit Anlauf in die Fallschirmkappe springen. Er landete mit einem dumpfen Schlag auf dem Lehmboden.

»Gut«, sagte Siri. »Jetzt wissen Sie, wie straff Sie ihn ziehen müssen, um den Mann auf dem Turm davor zu bewahren, dass er ungebremst auf dem Beton aufschlägt.«

Der junge Schamane machte ein verblüfftes Gesicht.

»Wir sollen uns da drüben aufstellen?«, fragte er.

Siri nickte.

»Aber … da sind die«, sagte er und wies mit einem Nicken zu den irren Säbelfechtern.

»›Die‹ sind Ihre Genossen und Verwandten«, sagte er. »Sehen Sie irgendwo einen Säbel? Nein. Warum? Weil keiner da ist. Sie glauben zwar, Sie mit ihren Waffen in Stücke hauen zu können, aber das ist pure Einbildung. Das Schlimmste, was Sie zu spüren bekommen werden, ist ein Luftzug. Sie werden Sie vermutlich überreden wollen, Ihre Amulette abzulegen und sich ihnen anzuschließen, aber Sie können Ihnen nichts tun. Und schauen Sie sich Ihre Senioren an. Sie starten einen Angriff auf die rechte Flanke. Sie werden sich mit Ihrem Fallschirm zur linken schleichen und unter dem Turm Aufstellung nehmen. Sie werden nicht sehen können, was auf dem Turmdach vor sich geht, darum …«

Er zeigte auf eine enthusiasmierte junge Frau, die einen veritablen Rettungsring von Amuletten und Blumensträußchen um die Hüften trug. Er hob Daengs Taschenlampe auf und reichte sie ihr.

»… werden Sie das Leuchtfeuer spielen«, sagte er. »Sie stellen sich dort drüben hin, halten die Lampe fest auf den Sangharaj gerichtet und rufen Ihren Leuten zu, wo er sich gerade befindet und was er gerade tut. Und Sie werden ihren Anweisungen Folge leisten«, wandte er sich an die anderen. »Seien Sie auf plötzliche und unerwartete Bewegungen gefasst. Und vergessen Sie nicht: Wenn er abstürzt und Sie ihn nicht auffangen, tragen Sie die Verantwortung für den Tod eines großen und mächtigen Mönchs.«

Es war nicht gerade die aufmunterndste aller Kabinenansprachen, aber es gab ja auch weit und breit keine Kabine. Ein Stein flog dicht an seinem Ohr vorbei. Die Affen gingen in die Offensive.

»Und jetzt los«, sagte er, und sie trugen ihren Fallschirm um die rechte Flanke herum. Unterdessen stimmten die Ältesten laut und beherzt, wenn auch nicht ganz textsicher, ›Wer den Büffel reitet‹ an. Sie machten keinen besonders glücklichen Eindruck, aber wenigstens war das Lied halbwegs zu erkennen. Siri beschloss, zum Frontalangriff überzugehen, und machte sich auf den Weg zum Turm.

»Wo wollen Sie hin?«, rief das Mädchen mit der Taschenlampe.

»Jetzt geht's ans Eingemachte«, sagte er und schritt mannhaft voran. Er hatte eine Theorie. Mit diesem Theater wollten die *phibob* ihre Macht demonstrieren. Und wie ließe sich das eindrucksvoller bewerkstelligen als durch die Vernichtung eines großen buddhistischen Generals? Der Sangharaj war bislang nur deshalb nicht vom Turm gestürzt, weil Seine Erhabenheit, abgehärtet durch lebenslange Reinheit und Hingabe, seinen eigenen kleinen Krieg gegen die Geister führte. Zwar war er ihnen zahlenmäßig unterlegen, aber sein Wille war schier übermenschlich. Dennoch brauchte er Verstärkung.

Die Säbelfechter, die, wilden Bestien gleich, sabbernd, schimpfend und imaginäre Waffen schwingend auf ihn zustürzten, konnten Siri nicht im Mindesten beeindrucken. Dass er so gleichmütig an ihnen vorbeimarschierte, brachte sie in Rage. Er schreckte nicht einmal davor zurück, einem untersetzten Mann eins auf die Nase zu geben. Der jaulte wie ein Hündchen.

Siri hatte einen Fehler gemacht. Er hatte die Affenfrauen unterschätzt. Sie waren dreist und verwegen und näherten sich ihm ohne jede Angst. Eine schlanke, attraktive Äffin machte den Anfang. Sie stürzte sich kreischend auf ihn und hatte es nicht etwa auf seine Gurgel abgesehen, sondern auf sein Amulett. Siri wich zurück und stieß sie von sich. Sie schlich knurrend von dannen. Er verfluchte sich für seine mangelnde Weitsicht. Natürlich. Die *phibob* brauchten weiter nichts zu tun als ihn seines Amuletts zu berauben, und seine Unverwundbarkeit war dahin. Dann würde er ebenso springen und schwingen wie die anderen.

Siri war von Affenfrauen umzingelt. Wenn sie ihn geschlossen attackierten, hatte er nicht die geringste Chance. Er setzte seinen Weg unbeirrt fort, doch die Horde zog ihre Kreise immer enger. Eine zweite Affenfrau stürzte sich auf ihn. Obwohl weit über die sechzig, bewegte sie sich mit erstaunlicher Gewandtheit und schlang ihm Arme und Beine um den Bauch. Er hatte nicht die Kraft, sie abzuschütteln. Sie schob die Hand in sein Hemd und zerrte an der Schnur des Talismans. Er packte sie am Handgelenk, doch sie war unglaublich stark. Mit Mühe und Not gelang es ihm, ihren Arm auf Abstand zu halten.

In diesem Augenblick attackierte ihn die Äffin, die eben noch Daeng gewesen war, von hinten. Sie zerrte ihm die Schnur über den Kopf, schnappte sich das Amulett und hielt es triumphierend in die Höhe. Die anderen Affenfrauen kreischten und tanzten vor Vergnügen. Siri befand sich immer noch im Clinch mit der alten Äffin. Hilflos musste er mit ansehen, wie seine Frau im Hockgang davonlief und im Getümmel verschwand. Plötzlich spürte er die Wucht der anrückenden *phibob*. Es war, als habe jemand die Zugbrücke herabgelassen, sodass die Invasoren in die Burg eindringen konnten, wann und wie es ihnen beliebte. Es waren Millionen. Abermillionen. Er konnte sie nicht sehen, doch er spürte, dass der Ansturm niemals enden würde. Schon verlor er jedes Gefühl für sich selbst, schwand seine Willenskraft dahin. Alles um ihn herum verschwamm, er schien blind und taub. Da plötzlich hörte er eine vertraute Stimme. Es war keine menschliche Stimme. Es war das Bellen und Knurren eines Hundes. Aber nicht irgendeines Hundes. *Seines* Hundes.

Als Siri die Augen aufschlug, sah er, wie Köter die Fänge in Madame Daengs Arm versenkte. Die Promenadenmischung hing in der Luft und schüttelte so lange den Kopf, bis Daeng nichts anderes übrigblieb, als ihre Beute fallenzulassen. Andere Affenfrauen wollten sie sich holen, doch Köter war schneller. Er schnappte sich das Amulett und trug es im Maul zu seinem halb wachen Herrchen. Siri war orientierungslos und bekam den Talisman nicht recht zu fassen, und so legte Köter es dem Doktor auf den Kopf und knurrte, als die Affenfrauen näher kamen. Die Kraft des Amuletts wirkte wie eine Kokaininjektion. Er schüttelte die alte Äffin ab und nahm den umwickelten Talisman in beide Hände. Wieder wollten die Affenfrauen sich auf ihn stürzen. Eine Wand aus Affen und Säbelfechtern stand zwischen ihm und der Leiter. Er klemmte sich das Amulett unter die rechte Achsel, streckte die linke Hand auf Armeslänge von sich und stürmte los wie ein Rugbyspieler. Köter lief neben ihm her.

Er stieß erst eine, dann noch eine Affenfrau beiseite, doch sie hielten die Reihen fest geschlossen. Wenn sie stürzten, waren sie in Sekundenschnelle wieder auf den Beinen. Und Madame Daeng steckte mitten im Gedränge. Da passierte etwas Unerwartetes. Es war, als hätte seine Gegner urplötzlich eine schreckliche Migräne befallen. Sie hielten sich wimmernd den Kopf und torkelten wild umher. Siri hatte im Nu begriffen. Der Kreis der Schamanen störte das Signal. Die Einigung war dabei, ihre Wirkung zu entfalten.

Siri erreichte die Leiter ohne weitere Hindernisse. Er tätschelte Köter den Kopf, wickelte das Amulett aus, hängte es sich wieder um den Hals und begann zu klettern. Seine staubige alte Lunge zwang ihn schon nach wenigen Sprossen zum Ausruhen. Wer war dieser greise Invalide? Was war aus dem Schulmeister im Ringen geworden? Dem Boxer? Dem einzigen Studenten an seiner Fakultät, der das jährliche Querfeldeinrennen barfuß gewonnen hatte? Warum schwächte das Alter die Stärken und verstärkte die Schwächen? Als er nach einer gefühlten Ewigkeit endlich oben ankam, röchelte er so laut, dass die Habichte in den umstehenden Bäumen eine Antwort krächzten.

Der Sangharaj drehte keine zwei Meter über Siris Kopf unsichere Runden. Auf dem Zinkdach klangen seine Schritte wie Gongschläge so laut. Es war, als würde man in einer Kesselpauke sitzen. Siri konnte seine eigenen Gedanken nicht mehr hören. Er rief.

»Sangharaj, würden Sie vielleicht einen Augenblick stehen bleiben, damit wir uns unterhalten können? Ignorieren Sie die Stimmen in Ihrem Kopf.«

Doch die *phibob* hatten den Verstand des alten Mannes an einen fernen Ort entführt, weit weg von diesem Wasserturm. Siri musste ihnen entgegenwirken und die Schranke niederreißen, die sie errichtet hatten. Er begann, einen alten Hmong-Text zu rezitieren, den er von einem Dorf voller Frauen in Xieng Khouang gelernt hatte. Damit warnten die Mütter ihre Kinder vor den hässlichen, stinkenden *phibob*, die sich spätnachts in ihre Zimmer schlichen und den Kindern Finger und Zehen ausrissen, um Halsketten daraus zu machen. Die Warnung hatte zehn Strophen und wurde von Zeile zu Zeile derber, drastischer und widerwärtiger.

Es war unwahrscheinlich, das der Sangharaj die Worte gehört oder gar verstanden hatte, doch sein Körper hielt das erste Mal an diesem Abend inne und erstarrte.

»Besser spät als nie«, sagte er. Jedenfalls drangen die Worte aus seinem Mund, auch wenn sich seine Lippen dabei nicht bewegten.

»Darf ich zu Ihnen hinaufkommen?«, fragte Siri.

»Ich bestehe darauf«, sagte der Mund des Mönchs.

Siri erklomm die letzten Leitersprossen und hievte sich schwer atmend auf das Dach des Wassertanks. Als er aufstand, gab der Tank ein so lautes Donnern von sich, als ob er jeden Augenblick einstürzen wollte. Siri holte tief Luft und sah sich um, konnte jedoch weiter nichts erkennen als den matten Schein der Dorflampen und die fernen Lichter von Nam Som, die von den Wolken zurückgeworfen wurden. Er hatte fest damit gerechnet, dass sich eine Taschenlampe auf ihn richten würde, aber das war kurioserweise nicht der Fall. Wahrscheinlich funktionierte sie schon wieder nicht.

»Hübsch haben Sie's hier oben«, sagte Siri.

»Du bist Yeh Ming«, sagte die Stimme.

Der Sangharaj stand unverrückbar wie ein Fels in der Dachmitte. Im Halbdunkel sah man nur seine Silhouette.

»Und dies ist deine letzte Nacht auf Erden«, fuhr die Stimme fort.

Jetzt erst fiel Siri auf, wie still es war. Genauso still wie in der Nacht, als sie das erste Mal hierhergekommen waren. Kein Vogelgezwitscher oder Blätterrauschen, keine Kröten oder Nachtinsekten. Von unten drangen keine Kampfgeräusche, kein »Wer den Büffel reitet« mehr herauf.

»Wir hier in Sawan haben sieben Jahrhunderte Erfahrung, und mehr als Affen habt ihr nicht zu bieten?«, fragte Siri.

»Erfahrung worin?«, sagte die Stimme. Jetzt sehr viel näher und nicht mehr aus dem Mund des Mönchs kommend. »Im Tamburinschlagen? Im Tischerücken? Oder im Beschwören der Geister von Wesen, die es nie gegeben hat? Deine kleine Armee war ein Witz, Yeh Ming. Hörst du sie? Hörst du die Stille? Dein Kreis von alten Zauberern ist verstummt. Weshalb? Weil sie alle tot sind, deshalb. Als sie sahen, was wir mit ihren Ältesten anstellten, sind die Jüngeren geflohen wie die Mäuse. Vielleicht war es etwas zu viel Blut für ihren Geschmack. Siehst du die Taschenlampe, Yeh Ming?«

Siri machte grundsätzlich keine Zugeständnisse. Er hatte sich noch nie gefügt, gebeugt oder gar um Gnade gewinselt. Doch diesmal musste er zugeben, dass die Lage hier oben auf dem Wasserturm alles andere als rosig aussah.

»Was schlagen Sie vor?«, fragte Siri.

»Nichts. Du hast schon verloren.«

»Aber eine Gefälligkeit kann ich euch erweisen.«

»Nämlich?«

»Der Superschamane hier und ich kämpfen um Leben und Tod. Wenn ich gewinne, gebe ich euch mein Amulett, und ihr lasst mich ziehen. Wenn ich verliere, könnt ihr meinem Leichnam das Amulett abnehmen. So gewinnt ihr in jedem Fall und bekommt obendrein ein wenig Blut zu sehen.«

Es folgte ein schier endloses Schweigen.

»Einverstanden«, sagte die Stimme schließlich.

»Ausgezeichnet«, sagte Siri. »Dann bringen wir's hinter uns.«

Die Fingerknöchel des Sangharaj knackten, als er ein

paarmal die Fäuste ballte. Er stand kerzengerade und wirkte mit einem Mal ein oder zwei Jahrzehnte jünger. Er schien tatsächlich unbesiegbar zu sein. Siris einzige Hoffnung war blinde Zuversicht. Er musste darauf vertrauen, dass die Stille nur in seinem Kopf existierte, dass der Lichtstrahl nur für ihn unsichtbar blieb. Er musste darauf vertrauen, dass die *phibob* unfähig waren, die Wahrheit zu sagen, genau wie Tante Bpoo – die liebe, leider ausgeflogene Tante Bpoo – es ihm in ihrem Gedicht mit auf den Weg gegeben hatte: *Traue nie den Geistern. Sie kennen keine Skrupel.* Er musste darauf vertrauen, dass nichts war, wie es schien.

Der Mönch hob die Fäuste; er platzte förmlich vor Selbstvertrauen. Siri, noch immer laut keuchend und von seinem letzten Duell zu Tode erschöpft, ging in die Hocke und stützte sich mit einer Hand auf das Metall wie ein Sumo-Ringer. Er spannte jeden Muskel an. Dann stieß er einen wortlosen Schlachtruf aus, sprang auf und stürzte sich auf den Sangharaj. Der Mönch war darauf vorbereitet, nutzte Siris Unachtsamkeit schamlos aus und versetzte dem Doktor einen so krachenden Kinnhaken, dass ihm um ein Haar der Kopf von den Schultern geflogen wäre. Aber damit hatte Siri gerechnet. Er musste die Hände unten behalten, damit er sich unter den nächsten Schlägen wegducken und die Arme um die Hüften seines Gegners schlingen konnte. Beim zweiten Schwinger hatte Siri sein Ziel auch schon erreicht, und der Schwinger streifte ihn lediglich am Auge. Seine kinetische Energie fegte den Mönch fast von den Füßen, und sein Schraubstockgriff verhinderte, dass der Sangharaj sich befreite.

Doch dabei ließ Siri es nicht bewenden, er stieß weiter vorwärts. Der Mönch traktierte den Kopf an seiner Brust mit Schlägen, aber Siri ließ nicht locker.

»Siri, was machen Sie denn da?«, sagte die vertraute Stimme des Sangharaj. »Ich bin's. Um Himmels willen, Sie werden uns beide umbringen. Bitte, Siri.«

Siri drängte weiter vorwärts, bis sie die Kante des Tanks erreicht hatten. Nur noch die Zehen des Mönchs berührten das Metall.

»Helfen Sie mir«, sagte der Mönch. »Retten Sie mich.«

Ein kleiner Stoß genügte, und sie stürzten in die Tiefe. Und das war er. Der Sprung ins Ungewisse. Jetzt half nur noch beten.

14

WIR SCHALTEN ZURÜCK IN DIE PATHOLOGIE

Heftiges Hämmern an der Tür der Pathologie riss Dtui und ihre Freunde aus dem Schlaf.

»S-s-sie haben uns erwischt«, sagte Herr Geung.

»Hört sich ganz danach an«, sagte Schwester Dtui.

Eilig erhob sie sich von ihrer Schlafmatte, um nach ihrem Patienten zu sehen. Herr Geung hatte mit Hilfe eines Taschenmessers die nötigen Medikamente sowie fünf Liter Blut aus dem verschlossenen Vorratsraum organisiert. Dtui hatte die Klinge entfernt, mehrere Risse in der Magenwand vernäht, die Wunde gesäubert, das Blut verabreicht und die Daumen gedrückt. Als die Operation endlich vorbei war und das Messer eingetütet auf einem Stahltablett lag, hatten sie sich zu Phosy gesetzt und gebetet, er möge um sein Leben kämpfen. Doch erst gegen drei Uhr morgens ging der Atem ihres Mannes wieder regelmäßig, und sie nutzte die Gelegenheit zu einem kleinen Nickerchen.

Fünf Minuten später klopfte es an der Tür.

»Wir können sie in die Flucht schlagen«, sagte Tukta. »Wir haben Messer.«

»Ich schlage vor, wir verhalten uns ruhig und tun so, als ob wir gar nicht da wären«, sagt Dtui. »Wenn wir sie hereinlassen, verlegen sie Phosy in einen Aufwachraum. Und das könnte ihn das Leben kosten.«

Trotzdem fragte sie sich, weshalb der Nachtwächter der Klinik oder der Direktor die Tür nicht einfach mit seinem Generalschlüssel öffnete. Und niemand schrie »Sofort aufmachen!« oder drohte mit unangenehmen Konsequenzen. Barfuß schlich sie zur Eingangstür und horchte.

Da hörte sie jemanden leise sagen: »Siri, Siri, bist du das da drinnen?«

Die Stimme war vertraut, aber schwach.

»Es ist Civilai«, sagte sie und schloss auf. Kaum hatte sie die Tür geöffnet, kippte ihr alter Freund auch schon über die Schwelle und brach zusammen. Mühelos trug Herr Geung ihn in den Schneideraum und legte ihn auf eine freie Matte.

»Oje«, sagte Dtui. »Was ist denn mit Ihnen passiert, Onkel?«

»Man hat mich geschlagen, geschunden und mit Schmutz beworfen, und mein Arm ist gleich an zwei Stellen gebrochen«, sagte er.

Ein getrocknetes Blutrinnsal verunzierte sein Kinn, und Hemd und Hose waren blutbefleckt. Soweit das überhaupt möglich war, sah er noch erschöpfter aus, als Dtui sich fühlte. Er hob seine gesunde Hand, die den Autoschlüssel umklammert hielt. Und bevor er das Bewusstsein verlor, sagte er:

»Im Wagen. Der Buddha … ich habe ihn erschossen.«

Zum ersten Mal seit vielen Jahren erwachte der Sangharaj erst lange nach Sonnenaufgang. Normalerweise schlief er schlecht. Er war zu der Überzeugung gelangt, dass er bis zu seinem Tod jede Stunde Tageslicht würde erleben müssen. Hier jedoch hatte er wunderbar geschlafen und war mit so klarem Verstand erwacht, als hätte er eine Woche meditiert.

Sein Atem ging munter und fröhlich wie nie. Er fühlte sich wie neugeboren, als sei er noch einmal in die Welt hinausgeschleudert worden.

Nur leider nicht in einem neuen Körper. Als er sich von den Holzdielen zu hieven versuchte, schrien sämtliche Muskeln und Gelenke Nein. Vom Hals bis zu den Füßen tat ihm alles weh. Er fragte sich, welche Dschungelkrankheit ihn über Nacht befallen haben mochte. Er hatte die Malaria, das Dengue-Fieber und ein gutes Dutzend anderer, noch namenloser Seuchen überlebt. Doch nie war sein Kopf danach so neu gewesen und sein Körper so alt.

Dies war eine Prüfung, so viel stand fest. Ein Mann, dem die Erleuchtung zuteilgeworden war, durfte sich dem Schmerz nicht unterwerfen, einem Schmerz, der keineswegs darum gebeten hatte, ihn peinigen zu dürfen. Er schämte sich dafür, ihn entführt zu haben, und wusste, dass er ihn wie einen Freund in Not behandeln musste, der seine Hilfe brauchte, und nicht wie einen rachsüchtigen Feind. Also ignorierte er das Flehen seiner zerschlagenen Glieder, rappelte sich mühsam hoch und versuchte humpelnd, das Laufen neu zu lernen. Dazu brauchte er gut zehn Minuten. Dann begleitete er seinen munteren Atem und seinen lichten Geist in den Garten hinaus. Dort erblickte er Abt Rayron, der mit dem Rücken zu ihm saß und meditierte. Er hielt einen gelben Schirm in der Hand und betrachtete die Karpfen.

Die Sonne stand hoch am Himmel. Es war fast Mittag, doch der Sangharaj verspürte keinen Hunger. Er fragte sich, wo das alte laotische Ehepaar wohl steckte; vermutlich ging es schon wieder auf Abenteuer aus. Sie waren ein Segen, diese beiden. Wenn jemand Abt Rayrons Ruf wiederherstellen konnte, dann Siri und Daeng. Er kam zu ihrer Hütte. Die Tür stand offen. Er sah zwei Paar Füße. Es war ein sonderbarer Tag. Selbst die Laoten lagen noch im Bett. Ohne einen weiteren Gedanken an seine Schmerzen zu verschwenden, setzte er seinen Weg fort.

Madame Daeng erwachte als Nächste. Auch sie hatte einen klaren Kopf und einen geschundenen Körper. Sie lag wach und dachte an den Wasserturm und den Mönch auf seinem Dach zurück. Sie wusste, dass die Ältesten von Sawan die bösen Geister mit vereinten Kräften hatten bezwingen wollen, aber … an mehr konnte sie sich nicht entsinnen. Der Schmerz in ihren Gliedern verwirrte sie. Sie hatte jahrelang gegen die Rheuma-Dämonen gekämpft, doch dieser Fall lag anders. Es war, als hätte sie ihren greisen Leib an Grenzen getrieben, die er vergessen hatte. Sie trug einen sauberen Verband am Arm, und die Wunde darunter brannte. Selbst das Wenden des Kopfes, um ihren schlafenden Gatten anzusehen, kostete sie unendlich viel Kraft und Mühe.

Meine Güte, wie er aussah. Ein getrocknetes Blutrinnsal zog sich vom Ohr den Hals hinab. Ein Auge war schwarz geschwollen. Er lag mit offenem Mund da und hatte einen weiteren Zahn verloren. War er tot? Ihr Herz setzte einen Schlag aus, während sie seinen Brustkorb im Auge behielt. Er bewegte sich nicht. Zweiter Herzschlag. Dritter Herzschlag … da endlich hob er sich.

»Du Idiot!«, schrie sie und schlug ihm in das ohnehin schon ziemlich übel zugerichtete Gesicht.

Trotz des unsanften Erwachens öffnete Siri sein intaktes Auge und verzog die Lippen zu einem Lächeln.

»Guten Morgen, Süße«, sagte er.

»Ich geb dir gleich Süße«, fauchte sie. »Ich schwöre, wenn du das noch einmal machst, verlasse ich dich und nehme mir einen Jüngeren.«

»Wenn ich was noch einmal mache, mein Schatz?«

»Dich tot stellen.«

»Das würde ich niemals tun«, sagte er. »Es sei denn, ich wäre wirklich tot oder aber außerstande, es zu leugnen.«

Er setzte sich auf, und sie bemerkte, dass es sich bei dem Streifen quer über seiner Brust, den sie für einen Schatten gehalten hatte, in Wirklichkeit um getrocknetes Blut handelte.

»O«, entfuhr es ihr.

»Keine Panik«, sagte er, »das ist nicht meins. Entschuldige. Aber nachdem ich dich und den Sangharaj geschrubbt, verarztet und ins Bett verfrachtet hatte, war ich einfach zu erledigt zum Duschen. Also habe ich mich hingelegt, um mich ein Minütchen auszuruhen, *et voilà*. Es geht mir nicht halb so schlecht, wie ich vermutlich aussehe.«

»Siri, wie ist es ausgegangen?«

»Mit einem Kantersieg für unser Team«, sagte er. »Komm, lass uns aufstehen und ein Häppchen essen, dann erzähle ich dir alles.«

»Ich kann nicht.«

»Was?«

»Aufstehen.«

Siri half seiner Frau vorsichtig hoch und in die Küche. Dann duschte er lang und heiß. Beim Frühstück ging er die Ereignisse des vergangenen Abends mit ihr durch. Er hatte überlegt, ob er ihr von ihrer Verwandlung erzählen sollte, doch er hatte seine Frau noch nie belogen. Zwar pflegte er bisweilen einen recht kreativen Umgang mit den Fakten, aber lügen? Nein.

»Du warst ein Affe«, sagte er.

Sie sah ihm in die Augen – das war vermutlich wieder einer seiner blöden Witze –, doch er verzog keine Miene.

»Weißt du was?«, sagte sie. »Wir sollten uns unbedingt eine Kamera anschaffen. Uns passieren ständig die verrücktesten Dinge, und wir haben keine Möglichkeit, sie für die Nachwelt festzuhalten. Was wäre das für ein Familienalbum.«

»Für Schnappschüsse hätte ich wohl keine Zeit gehabt«, sagte Siri.

»War ich ein guter Affe?«, fragte sie.

»Einer der besten.«

»Dann lass mal hören.«

»Aber«, sagte er, »du darfst nicht vergessen, dass der Übergang zwischen Wirklichkeit, Übernatur und Träumen fließend ist. Weshalb es mitunter schwerfällt, letztgültig zu bestimmen, was sich tatsächlich zugetragen hat.«

»Diese blauen Flecken habe ich jedenfalls nicht geträumt«, sagte sie.

»Mag sein«, sagte er. »Aber da auch die Psychosomatik reale Symptome hervorrufen kann, würde ich keine Möglichkeit ausschließen.«

»Ist die Wunde unter diesem Verband psychosomatisch?«

»Nein. Köter hat dich gebissen.«

Er schilderte ihr seine Sicht des Geschehens, bis zu dem Zweikampf auf Leben und Tod mit dem Sangharaj.

»Mein Problem«, sagte er, »bestand darin, dass ich mit Unmengen an falschen Informationen gefüttert wurde, in dieser oder jener Form. Ich musste darauf vertrauen, dass die Dorfbewohner Yeh Ming nicht im Stich lassen würden, also stürzte ich mich mit dem Sangharaj vom Wasserturm.

Im freien Fall kehrten all meine Sinne auf einen Schlag zurück: die Schreie der Retter, der Strahl der Taschenlampe, der Gesang des Schamanen. Sie waren die ganze Zeit da gewesen, aber die *phibob* hatten sozusagen das Funksignal blockiert. Ich kann dir gar nicht sagen, wie befriedigend es ist, in einem Nylonfallschirm zu landen.

»Und das war das Ende?«

»Um Himmels willen, nein. Danach ging es erst richtig los. Die *phibob* hatten zwar ihre Geisel verloren, aber sie kämpften wacker weiter. Ihre Jünger erwachten aus ihrer Trance und schliefen auf der Stelle ein. Der Kreis der Ältesten hatte eine beträchtliche Schar von Anhängern um sich geschart, und sie gingen von einem Dorfbewohner zum anderen und trieben ihnen die bösen Geister aus. Junge Leute schlossen sich dem Kreis an, und der Jubel war groß, als ihnen bewusst wurde, welche Macht sie in Händen hielten. Die Schlacht wütete zwar noch, als wir dich hierherbrachten, aber Wahrsager Doo hatte eine Zukunft ohne *phibob* vorhergesehen, also gibt es nichts mehr zu befürchten. Wir haben sie besiegt, Daeng.«

Der Reisbrei in Daengs Löffel war inzwischen kalt, und sie legte ihn in die Schüssel zurück.

»Ich hätte einen Klempner heiraten sollen«, sagte sie.

»Nein, hättest du nicht.«

Sie beugte sich über den Tisch und küsste ihren Gatten auf die Nase. Sie war die einzig unversehrte Stelle in seinem Gesicht.

»Du hast im Eifer des Gefechts nicht zufällig auch noch das Rätsel der Buddha-Morde gelöst?«, fragte sie.

»Ah«, sagte Siri. »Das ist eine andere Geschichte.«

Er hatte seine verlorenen Stunden vom Vortag ganz vergessen oder vielmehr keine Sekunde Zeit gehabt, sie zu analysieren. Er erzählte seiner Frau von den verdammten Türen und dem Badehaus, wo er sich selbst begegnet war, von dem Wartezimmer des Tierarztes und der chinesischen Krankenschwester und Civilai und Phosy mit ihren Riesenechsen und der Geburt des Ferkels. Und so saßen sie jeder vor seinem kalt gewordenen Mittagessen und dachten nach.

»Ich habe keine Ahnung, was Civilai und Inspektor Phosy in deinem Traum zu suchen hatten«, sagte Daeng, »aber angenommen, alles andere hing mit den Morden zusammen, dann geht es womöglich um die Frage des Geburtsrechts. Kannst du dich an das Gesicht des Tierarztes erinnern?«, fragte Daeng.

»Ja«, sagte Siri. »Aber was soll das bringen?«

»Friedenskorps«, sagte sie. »Enthusiastische junge Menschen mit Kameras.«

Vorsteher Tham hatte in der Tat eine Schublade voller Fotos, die ihm der Länderreferent des Friedenskorps einen Monat nach der Abreise des Wasserturmteams per Post hatte zukommen lassen. Sie waren fleckig und gewellt, dennoch hatte Siri den Tierarzt rasch entdeckt.

»Na, das ist Loong Gan«, sagte der Vorsteher.

»Dachte ich's mir doch«, sagte Daeng. »Der Mann spielt in diesem ganzen Rätsel eine sehr viel größere Rolle als nur die des Zufallsopfers.«

Das Dorf war an diesem Nachmittag wie verwandelt. Es war so ruhig und heiter, dass Köter sie über die Abkürzung begleitete. Siri hatte ihn ganz offiziell zu seinem General ernannt, und aus seinem holprigen Stolpergang war ein zackiger Marschierschritt geworden. Das Lächeln der Leute war nun echt, und es herrschte ein Gefühl von Erleichterung und Stolz, das es einen Tag zuvor noch nicht gegeben hatte. Siris Amulett lag fast schon kühl an seiner Brust. Daeng und er saßen mit den Ältesten in der Totenhütte und tranken Kokoswasser. Da er wusste, dass jeder im Raum der Täter sein konnte, achtete Siri auf seltsame Reaktionen auf seine Fragen. Für Klatsch und Tratsch war dies zweifellos eine erstklassige Adresse.

»Was wissen Sie über Loong Gans Leben, bevor er nach Sawan kam?«, fragte er niemand Bestimmten.

»Ich weiß noch, wie er das erste Mal im Dorf auftauchte«, sagte Vorsteher Tham. »Es hieß, er sei als Mönch im Wat Po in Udon gewesen, aber wir waren fast alle früher einmal Mönche. Das ist in den meisten Fällen nicht von Dauer.«

»Bei mir waren es gerade einmal zehn Tage«, sagte Mittler Cham.

»Meines Wissens gehörte er zu den Mönchen, die mal mit, mal ohne Kutte durch die Gegend ziehen«, sagte Priesterin Thewa. »Er war vermutlich auf der Flucht.«

»Sie meinen, er war in kriminelle Machenschaften verwickelt?«, fragte Daeng.

»Für schweren Diebstahl oder bewaffneten Raub war er nicht intelligent genug«, sagte Thewa, »aber ich könnte mir durchaus vorstellen, dass er sich hier vor einem wütenden Ehemann versteckte. Er hatte einen Schlag bei Frauen. Er sah gut aus. Und prahlte gern mit seinem Vorleben. Wie er wohlhabende Frauen verführt hatte und für seine sexuelle Leistungsfähigkeit von ihnen reich entlohnt worden war. Er hat sich allerdings nicht ganz so vornehm ausgedrückt.«

»Gab es eine Chinesin in seinem Leben?«, fragte Siri in Bezug auf seinen Traum.

»Es gab da eine verheiratete Frau, die er seinen Geldhahn nannte«, sagte Vorsteher Tham.

»Wenn ich mich recht entsinne, war sie Chinesin«, sagte Schamane Phi.

»Stimmt«, bekräftigte Tham. »Aus Shanghai frisch auf den Tisch, wie er zu sagen pflegte. Auch wenn sie wohl eher in seinem Bettchen landete.«

»Da er für die Chinesin wenig übrig hatte, nahm er kein Blatt vor den Mund, wenn er von ihr sprach«, sagte Schamane Lek.

»Und wenn er ein paar getrunken hatte, gab es für ihn nur noch ein Thema«, sagte Tham. »Dann erzählte er von seinen Eroberungen. Und zwar wesentlich detaillierter, als es den meisten Leuten lieb war. Beischlafstellungen und dergleichen.«

»Ich glaube, wir haben genug gehört«, sagte Daeng und stand auf. Siri tat es ihr nach. Auch die anderen erhoben sich. Einer nach dem anderen warfen sie sich vor Siri auf die Knie und entboten ihm einen tiefen *wai*. Er errötete.

»Yeh Ming …«, sagte Vorsteher Tham.

»Ich weiß«, sagte Siri. »War mir ein Vergnügen.«

Siri, Daeng und Köter nahmen die Abkürzung zum Tempel.

»Warum hast du dich von ihnen nicht noch ein bisschen belobhudeln lassen?«, fragte Daeng. »Ich weiß doch, dass du darauf stehst.«

»Weil du recht hattest«, sagte Siri. »Es war ebenso meine Geisterjagd wie ihre. Ich habe sie benutzt. Trotzdem habe ich das Gefühl, dass ein Fluch von mir genommen ist.«

»Meinst du, dein innerer Yeh Ming hat ausnahmsweise einmal ein Wort des Dankes für dich übrig?«

»Er ist nicht sonderlich kontaktfreudig.«

Sie nahmen sich bei der Hand.

»Und wie geht es jetzt weiter?«, fragte Daeng.

»In der Mordsache?«

»Ja.«

»Ich glaube, wir müssen noch einmal zurück nach Udon Thani. Wir wissen jetzt, dass es da eine Verbindung gibt. Sowohl Abt Rayron als auch der nicht ganz saubere Loong Gan waren im Wat Po.«

»Aber nicht unbedingt zur selben Zeit«, gab Daeng zu bedenken.

»Immerhin *ein* Strohhalm, an den wir uns klammern können. Jedenfalls lässt sich jetzt mit Sicherheit feststellen, ob der alte Mann und Abt Rayron sich kannten, bevor sie nach Sawan kamen. Zufälle führen stets zu neuen Hinweisen und Anhaltspunkten, mein Schatz.«

Als sie beim Tempel ankamen, stellten sie mit Verwunderung fest, dass Hauptmann Gumron an seinem Pick-up lehnte und sich mit dem Sangharaj unterhielt. Beide schienen interessiert den Erdboden zu inspizieren.

»Tag, Herr Hauptmann«, sagte Siri. »Hoffentlich nicht schon wieder ein Mord.«

»Nein«, sagte der Polizist. »Diesmal ist es ein Selbstmord.«

Der Sangharaj starrte immer noch auf seine Füße. Er hatte feuchte Augen.

»Siri«, sagte er. »Abt Rayron hat sich umgebracht.«

Seit Dr. Siri von seinem Amt als staatlicher Leichenbeschauer zurück- und in den Ruhestand getreten war, hatte die Pathologie größtenteils brachgelegen. Was nicht etwa heißen sollte, dass nicht mehr gestorben wurde, denn gestorben wurde immer, sondern nur, dass niemand ein gesteigertes Interesse daran hatte, die Gründe zu ermitteln. Alle hielten das gedrungene kleine Gebäude für verlassen. Selbst wenn, wie heute, zwei antike französische Autos davorstanden, kam niemand auf die Idee, dass darin noch Leben herrschte. Dabei beherbergte der Schneideraum derzeit gleich drei Patienten – drei mehr als die zentrale Nachsorgestation.

Inspektor Phosy war auch zwanzig Stunden nach der OP noch am Leben, und das war ein gutes Zeichen. Andererseits hatte er eine Menge Blut verloren, und die Transfusion war nicht ganz reibungslos verlaufen. Dtui hatte Angst, die Flasche aus der Blutbank könnte verunreinigt oder falsch etikettiert gewesen sein. Das wusste man leider immer erst, wenn es zu spät war. Phosy hatte Fieber, und sie gab sich alle Mühe, seine Temperatur niedrig zu halten.

Auf der Schlafmatte neben Phosys Seziertisch lag ein Mann mit zerschmettertem Schienbein und einem fehlenden Fuß. Auch er hatte reichlich Blut verloren, das größtenteils im Rücksitz des Renault versickert war. Hätte jemand den Kopf in einen der beiden Wagen gesteckt, wäre er wohl zu dem Schluss gelangt, dass darin ein Massaker stattgefunden hatte. Dieser zweite Patient hatte auf seine Bluttransfusion sehr viel besser reagiert, trotzdem hatte Dtui nicht die Absicht, sein Bein wieder zusammenzuflicken. Nachdem sie Civilais Bericht über seinen Aufenthalt in Ban Toop vernommen hatten, war es ihnen mehr oder weniger egal, ob der Mechaniker starb oder am Leben blieb. Es war allerdings ein Wunder, dass er die Fahrt nach Vientiane überstanden hatte.

Civilai würde rasch wieder auf die Beine kommen. Dtui

hatte seinen Arm gerichtet und in Gips gelegt. Er hatte einen gesunden Appetit und war ungemein gesprächig. Atemlos vor Spannung lauschten sie seinen Geschichten von Teufelsanbetung und schwarzer Magie.

»Aber warum sind Sie ausgerechnet hierhergekommen?«, fragte Dtui. »In die Pathologie, meine ich.«

»Das hatte ich ursprünglich gar nicht vor«, sagte Civilai. »Ich war auf dem Weg zur Polizei, als mir klar wurde, dass ich sterben würde. Ich war die ganze Nacht durchgefahren, auf Straßen, die jeden Geringeren das Leben gekostet hätten. Ich weiß nicht, wie viele schlafende Wachsoldaten an wie vielen Kontrollpunkten ich einfach ignoriert habe. Jeder Einzelne von ihnen hätte mich erschießen können. Also habe ich kurzerhand umdisponiert und bin zur Klinik gefahren. Ich wollte eben die Notaufnahme betreten, als ich meinen alten Wagen vor der Pathologie stehen sah. Vielleicht habe ich ausnahmsweise sogar gebetet, dass Siri hier sein würde.«

»Tut mir leid, dass ich Sie enttäuschen musste«, sagte Dtui.

»Ganz im Gegenteil«, sagte Civilai. »In puncto Hege, Pflege und Fürsorge kann der alte Knabe Dr. Geung, Oberschwester Tukta und Chefchirurgin Dtui nicht das Wasser reichen.«

Geung und Tukta bekamen einen hysterischen Lachanfall.

»Dr. Geung«, prustete Geung immer wieder. »Dr. Geung.«

»Ich habe mich illegalerweise als Ärztin und Chirurgin betätigt, Onkel«, sagte Dtui. »Ich kann jeden Moment festgenommen werden.«

»Ah, Dtui. Die meisten laotischen Ärzte haben ihr Handwerk in sowjetischen Schnellkursen für uns Dummköpfe aus der Dritten Welt erlernt. Ich bezweifle, dass auch nur einer von ihnen legal praktiziert. Sie hingegen, meine Liebe, sind kein billiger Quacksalber. Sie sind eine wahre Künstlerin.«

»Sie sind wirklich süß«, sagte Dtui. »Der geborene Diplomat. Aber was ist mit Ihnen? Wie wollen Sie mit Ihrem satanischen Freund verfahren?«

»Ich gönne ihm noch ein paar Stündchen Ruhe, bis er fit genug ist, um notdürftig verschnürt und ins Auto verfrachtet zu werden, und dann kutschiere ich ihn auf direktem Weg ins Polizeipräsidium. Und wenn ich in einem staatseigenen Wagen mit einer Leiche auf dem Rücksitz vorfahre, wird das meiner Geschichte hoffentlich die nötige Glaubwürdigkeit verschaffen. Da Sie einen ranghohen Polizisten auf dem Seziertisch liegen haben, werde ich meinen kleinen Abstecher hierher selbstredend mit keinem Wort erwähnen.«

»Arghhh«, machte Inspektor Phosy.

15

KILLER IN STÖCKELSCHUHEN

Abt Rayrons Leichnam lag unter einem schmutzigen weißen Laken auf dem nackten Betonfußboden der Zelle, in der er sich angeblich das Leben genommen hatte. Hauptmann Gumron gewährte den Besuchern nur ungern Zugang zum Tatort, doch da es keine Verwandten gab, musste der Tote von einem glaubwürdigen Zeugen offiziell identifiziert werden. Der Sangharaj weigerte sich, die Zelle ohne Siri und Daeng zu betreten. Der Polizeichef von Nam Som erteilte die entsprechende Erlaubnis und verpflichtete den Polizisten, der die Leiche gefunden hatte, zur Zusammenarbeit.

Der Hauptmann schlug das Laken zurück. Der Abt lag mit dem Gesicht nach unten. Seine Fersen berührten die Gitterstäbe des Zellenkäfigs, der in einem Zoo nicht weiter aufgefallen wäre. Er bestand aus dicken senkrechten Stäben, die bis zur Decke reichten, und zwei Querstreben zur Verstärkung. Die Tür war mit einem Vorhängeschloss gesichert, das offen an einem Haken hing. Um den Hals des Mönchs schlang sich ein safrangelbes Lendentuch, das über Schultern und Rücken gebreitet war wie der Schal eines Fliegerasses aus dem Ersten Weltkrieg.

»Er hat sich ungefähr hier an die Gitterstäbe gebunden«, sagte der diensthabende Polizist und deutete auf die untere Querstrebe etwa anderthalb Meter über dem Boden. »Ich habe den Toten gegen drei Uhr heute Morgen entdeckt. Ich habe die Schlinge aufgeknotet, und er fiel vornüber und blieb so liegen.«

»Sie haben die Leiche bewegt?«, fragte Siri.

»Nein, ich …«

»Wir führen hier keine öffentliche Untersuchung durch«, sagte der Hauptmann.

»Hätten Sie etwas dagegen, wenn ich den Leichnam auf den Rücken drehe?«, fragte der Sangharaj.

»Sie dürfen ihn nicht berühren«, sagte der Hauptmann.

»Wenn ich ihn identifizieren soll, wäre es hilfreich, wenn ich ihn sehen könnte«, sagte der Mönch.

Hauptmann Gumron wies den Polizisten zähneknirschend an, den Toten umzudrehen. Den dunklen Bluterguss in der Stirnmitte sahen sie sofort. Seine Nase war gebrochen.

»Das muss beim Aufprall auf den Betonboden passiert sein«, sagte der Hauptmann.

Der Sangharaj sank auf die Knie und begann leise zu skandieren, nicht direkt an den Toten gerichtet, sondern an die ihn umgebende Luft, wo die Seele des Abts womöglich auf einen Segen wartete, damit sie ihre Reise fortsetzen konnte. Siri postierte sich unauffällig so, dass er den Hals des Abts sehen konnte. Als der Hauptmann gerade nicht hinsah, machte er dem Sangharaj ein Zeichen, das Halstuch ein wenig zu lockern. Der alte Mönch tat ihm den Gefallen, so behutsam, als würde er den Kragen eines Mannes lösen, der keine Luft bekommt.

Was dem Hauptmann keineswegs entging.

»Es wäre uns lieb, wenn Sie nichts anfassen würden, Opa«, sagte er. »Das ist Angelegenheit der Polizei. Es haben schon genug Hobbydetektive in diesem Fall herumgepfuscht.«

Siri scheuchte Madame Daeng zur Tür hinaus.

»Für deine Verhältnisse warst du da drinnen ziemlich schweigsam«, sagte sie.

»Ich war so schweigsam, weil ich dem Polizisten ungern sagen wollte, dass er seinen Beruf verfehlt hat.«

»Dann glaubst du also nicht an Selbstmord?«

»Ich glaube nicht nur, ich weiß, dass es kein Selbstmord war, schon weil die Selbsttötung gegen sämtliche buddhistischen Grundwerte verstößt. Und wenn du meine Meinung als Pathologe hören möchtest: Wer die ernste Absicht hat, sich zu erhängen, nimmt dazu nicht die untere, sondern die obere Querstrebe. Dazu muss man zwar ein wenig klettern, aber das ist nicht weiter schwer. Und gesetzt den Fall, er leidet unter Höhenangst und entscheidet sich deshalb für die untere Strebe, würde er die Füße von sich strecken. Der Abt aber saß praktisch auf seinen Füßen. Und warum die Sache unnötig verkomplizieren und das Tuch außen verknoten? Normalerweise würde man das Halstuch doch einfach um die Strebe schlingen und es unter dem Kinn verknoten.«

»Also hat es sich deiner Meinung nach wie zugetragen?«

»Ich glaube, jemand hat ihn besucht, die beiden Enden des Halstuches gepackt und Rayrons Kopf gegen die Gitterstäbe geschmettert – daher die gebrochene Nase. Würde die Theorie des Polizisten stimmen und der Abt wäre auf den Beton geprallt, als er schon tot war, hätte er weder geblutet noch eine Prellung davongetragen. Der Schlag auf den Kopf raubte ihm das Bewusstsein, und der Mörder zog ihn am Halstuch hoch und erdrosselte ihn. Die Strangmarke war tief in die Halshaut eingeschnürt und verlief horizontal, was beim Erhängen nicht der Fall ist. Mir ist nur noch nicht ganz klar, wie der Mörder es geschafft hat, den leblosen Körper zur Zellenmitte hin auszurichten. Entweder er war sehr stark, oder er hatte einen Schlüssel für das Vorhängeschloss.«

»Dann kann es eigentlich nur ein Polizist sein«, meinte Daeng.

»Oder jemand mit genügend Geld und/oder Einfluss, der sich bei einem verarmten Schließer für ein paar Minuten einen Schlüssel borgt.«

»Du glaubst, es war der Hauptmann, stimmt's?«

Siri lachte. »Bin ich inzwischen wirklich so leicht zu durchschauen?«, fragte er. »Ich mag ihn nicht besonders. Er liegt mit dem Tempel über Kreuz, lässt es an Respekt und Manieren mangeln und hat, glaube ich, eine historische Beziehung zu Sawan. Aber das reicht nicht aus, um ihn des Mordes zu bezichtigen. Von drei Morden ganz zu schweigen.«

»Dann wird es höchste Zeit, ein paar neue Beweise zu sammeln«, sagte Daeng.

»So gefällst du mir.«

Bis zu ihrem ersten Halt waren es nur ein paar Meter. Das Gefängnis, der temporäre Gerichtssaal und das Polizeirevier lagen auf ein und demselben Grundstück. Der Wachmann, der sie von Kopf bis Fuß musterte, war kein Polizist und würde auch keiner mehr werden. Er war zwar besser gekleidet als seine laotischen Kollegen, aber keinen Deut intelligenter. Er saß auf einem Stuhl und hielt das Ende des Seils in der Hand, mit dem der Schlagbaum hochgezogen wurde.

»Wer hat Zutritt zu den Zellen«?«, fragte Siri in schnarrendem Vorgesetztenton.

»Hat was?«, fragte die Wache zurück.

»Zutritt … Wen lassen Sie nachts hier herein?«

»Niemanden«, sagte die Wache.

»Nicht einmal die Polizei? Gefängniswärter? Putzkolonne? Köchin?«

»Nein.«

»Warum nicht?«

»Weil ich nachts nicht arbeite.«

»Gut gegeben. Der Punkt geht an Sie. Und wer arbeitet nachts?«

»Mein Cousin Eun. Von sechs Uhr abends bis sechs Uhr morgens.«

»Dann könnte er mir vielleicht sagen, wer das Gebäude gestern Nacht alles betreten hat?«

»Ja.«

»Gut. Und wo…«

»Aber das könnte ich auch.«

»Was?«

»Ihnen sagen, wer hier gestern Nacht ein und aus gegangen ist. Er muss mir jeden Morgen um 5:45 Uhr Meldung machen.«

»Na also. Langsam kommen wir der Sache näher. Wer hatte Zutr… wer ist gestern Nacht alles hier gewesen?«

»Alle, die Sie aufgezählt haben. Alle waren sie hier. Das ist schließlich ein Polizeirevier, da geht es munter rein und raus. Und vor Gericht wurde bis neun verhandelt, darum wimmelte es nur so von Kriminellen, Zeugen und Familienangehörigen.«

»Und die müssen sich alle bei Eun und Ihnen an- und abmelden?«

»Nein.«

»Es könnte also jeder hier hereinspazieren?«

»Sie haben's erfasst.«

»Und was machen Sie dann?«

Statt einer Antwort zog der Wachmann an seinem Seil. Siri drückte Daengs Arm, um ihr zu bedeuten, dass die erste Befragung des Tages beendet war.

»Moment mal«, sagte sie und bedachte den Wachmann mit einem Lächeln. »Hat Ihr Cousin Eun während seiner Schicht vielleicht irgendetwas Un- oder Außergewöhnliches bemerkt?«, fragte sie.

»Nein«, antwortete er.

»Gut, vielen Dank.« Daeng wandte sich zum Gehen.

»Nur, dass er Hauptmann Gumron nachts über die Geländemauer hat klettern sehen.«

»Was?«, fragte Daeng.

»Ich weiß. Komisch, nicht wahr?«

Siri und Daeng standen im Nu bei Fuß.

»Ist er herein- oder hinausgeklettert?«, wollte Siri wissen.

»Raus«, sagte die Wache.

»Um wie viel Uhr?«

»So gegen halb zehn. Ach, und weil die Köchin demnächst ein Baby kriegt, hat sie stattdessen ihren Mann geschickt.«

»Hatte Eun ihn schon einmal gesehen?«, fragte Siri.

»Nein. Aber Eun sagt, er kannte den Namen seiner Frau. Das ist so eine Art Sicherheitskontrolle.«

»Um wie viel Uhr ist er gekommen?«, fragte Daeng.

»Kurz vor sechs, wie jeden A…«

»Der Ehemann!«

»Ach so. So gegen acht.«

»Und er hat den Zellentrakt allein betreten?«

»Ja.«

»Hatte er einen Schlüssel?«

»Den brauchte er nicht. Der Türschlitz ist breit genug, um einen Teller mit Essen durchzuschieben.«

»Und um wie viel Uhr ist er wieder gegangen?«, fragte Daeng.

»Eun hat ihn nicht gehen sehen.«

»Ist das nicht ungewöhnlich?«

»Eigentlich nicht«, sagte die Wache. »Eun hat zwei Jobs. Er nickt hin und wieder ein.«

»Hervorragend«, sagte Siri. »Sie können uns nicht zufällig den Namen der schwangeren Köchin nennen?«

»Und ob ich das kann. Sie heißt Somjit Laoseu. Sie kommt schon hierher, seit sie ein kleines Mädchen war.«

»Laoseu?«, sagte Daeng. »Warum kommt mir der Name so bekannt vor?«

»Ihr Schwiegervater ist der Dorfvorsteher von Sawan«, sagte die Wache, »aber von dem Kaff haben Sie vermutlich nie gehört.«

Da Yuth, der Sohn von Ortsvorsteher Tham, nicht nur der Besitzer des Dorfpick-ups war, sondern auch der Ehemann der Gefängnisköchin von Nam Som, kamen Daeng und Siri überein, dass es auf einen Interessenkonflikt hinauslief, wenn sie sich den Pick-up borgten, um damit nach Udon zu fahren. Also nahmen sie stattdessen den Omnibus des Grauens. Selbst Köter sperrte sich gegen diesen Gedanken, besann sich im letzten Augenblick jedoch eines Besseren.

Der Wat Po in Udon hieß eigentlich Phothisomphon, doch die Einheimischen kürzten den Namen ab wie den einer geliebten Tante. Herzstück und Hauptattraktion des Tempels war eine zwei Meter große Buddha-Statue in der gemeinhin als »Unterwerfung des Mara« bekannten Haltung. Ein quirliger Novize mit einem Verstand so scharf wie Chilipaste geleitete sie zum Quartier des Abts.

Abt Somluang war ungefähr in Siris Alter und führte nicht nur eine dicke Aschenbecherbrille, sondern auch ein kolossales Hörgerät spazieren, das noch aus vorelektrischer Zeit zu stammen schien. Er stützte sich auf einen Gehstock und trug einen orthopädischen Handgelenkschoner.

Sie traten auf ihn zu, und Siri flüsterte Daeng ins Ohr: »Würdest du mich auch noch lieben, wenn ich …?«

»Vergiss es, Bruder.«

Die Stimme des Abts war klar und ledrig. »Ah, ein junges Paar, das den Bund fürs Leben schließen möchte«, sagte er.

»Dann ist die Brille also nur fürs Auge?«, feixte Siri.

Daeng stieß ihm den Ellbogen zwischen die Rippen. Sie entboten dem alten Mann einen *wai*, und er erwiderte die Geste, indem er kurz die Fingerspitzen aneinanderlegte.

»Ich kann kaum noch etwas sehen«, sagte der Mönch. »Aber meine Sinne sind hellwach, und ich spüre große Liebe zwischen euch.«

»Da spüren Sie goldrichtig«, sagte Daeng.

Der Novize servierte Tee und fächelte ihnen mit einem riesigen Bananenblatt Luft zu, während sie in den Rattansesseln auf dem Balkon des Abts saßen. Ein Affe schwang sich an einem Seil von einem überhängenden Baum herab und vollführte einen Purzelbaum auf dem Geländer. Für seine Bemühungen wurde er mit einem Keks belohnt. Da Köter keine Tricks beherrschte, sondern einfach nur dasaß und vor sich hin sabberte, ging er leer aus.

»Was kann ich für Sie tun?«, fragte der Abt.

»Wir haben uns gefragt, ob Sie sich vielleicht an Rayron Nintana erinnern, der vor Jahren hier Novize war«, sagte Siri.

»Ah, ja, der junge Ray«, sagte der Abt. »Ich habe von den Ereignissen in Sawan gehört. Schreckliche Geschichte.«

»Was haben Sie gehört?«, fragte Daeng.

»Von den Morden, der Schändung und den falschen Vorwürfen«, sagte der Mönch.

»Dann halten Sie Rayron für unschuldig?«, fragte Siri.

»Nun ja, das hängt davon ab«, sagte der Abt.

»Wovon?«

»Auf welcher Seite Sie stehen.«

»Ihre Meinung zu den Morden hängt davon ab, auf welcher Seite wir stehen?«, fragte Daeng.

»Meine Meinung bleibt unverändert«, sagte der Abt. »Aber was ich Ihnen sage, hängt davon ab, auf welcher Seite Sie stehen.«

»Wir sind hier, um herauszufinden, wer wirklich hinter den Morden steckt«, sagte Daeng.

»Dann sind wir Verbündete«, sagte der Abt. »Dass dieser Mann ein Mörder war, halte ich für völlig ausgeschlossen.«

»Dann erinnern Sie sich wohl noch gut an ihn«, sagte Siri.

»Selbstverständlich. Wir sind im Abstand von nur einem Jahr als Novizen in den Tempel gekommen.«

»Sie sind ein Spätberufener?«, fragte Daeng.

Er lächelte. Er hatte nicht mehr allzu viele Zähne.

»Nein.«

»Sondern …?«

»Ray und ich sind gleich alt. Ich weiß, es ist kaum zu glauben. Aber wie Sie sicher wissen, altern verschiedene Tiere unterschiedlich schnell. Ich kann mir das nur so erklären, dass es im Reinkarnationsdepot zu einer Verwechslung kam und ich als ein Mensch mit der Lebenserwartung eines Schäferhundes geboren wurde. Nicht schön, aber kommt vor.«

Siri war erleichtert, dass er nicht von Karma oder Schicksal sprach.

»Waren Sie schon hier, als Abt Rayron in den Orden eintrat?«, fragte Daeng.

»Nein«, sagte der Mönch. »Ich kam nach ihm. Da war er bereits der beliebteste Novize. Ich war ein kränkliches Kind. Darum hat meine Familie mich hier abgegeben. Die anderen Jungen beachteten mich nicht, vermutlich spürten sie meine Schwächen. Aber Ray war sehr nett. Wir wurden Freunde.«

»Hat er Ihnen etwas über seine Herkunft erzählt?«, fragte Siri.

»Er sprach ständig davon, dass er mit dem Auto hierhergekommen sei«, sagte der Abt. »Das nahm geradezu mythische Ausmaße an. Im Schlafsaal erfanden wir Geschichten über einen Jungen, der in einer Limousine mit Chauffeur in den Tempel kutschiert wird.«

»Und an den Fahrer konnte sich niemand erinnern?«, fragte Daeng.

»Ray kam um 1970 hierher zurück. Er hatte die Ochsentour hinter sich. Lange Pilgerreisen. Abgelegene Provinzen. Dann trug ihm der Sangha die Leitung eines kleinen Tempels bei Nam Som an. Niemand sonst wollte den Posten haben. Aber auf seinen Reisen hatte sich in ihm der Wunsch geregt, mehr über seine Wurzeln zu erfahren. Er kam mich besuchen. Wir lebten hier nur noch zu zweit, ich und der verrückte Boh. Wir zermarterten uns das Hirn, fanden aber nicht den geringsten Hinweis. In den Novizenakten stand nur das Datum seines Ordenseintritts, und das half uns nicht weiter. Ebenso wenig wie das Kennzeichen des Autos, mit dem er gekommen war. Und so fuhr Ray nach Sawan, kein bisschen klüger als zuvor.«

»Wie bitte?«, fragte Siri.

»Kein bisschen kl…«

»Das meine ich nicht. Sie haben die Autonummer?«

»Aber ja. Es war schließlich ein bedeutendes Ereignis. Alle Jungs konnten sich daran erinnern. Aber seit wann kann man anhand des Kennzeichens den Besitzer des Wagens feststellen?«

»Klopf noch mal an«, sagte Daeng.

»Es fehlt nicht mehr viel, dann habe ich mich durch das Holz geklopft«, sagte Siri.

»Sie ist da«, rief die Nachbarin, die ihnen den Weg hierher gewiesen hatte. »Sie klebt nur ständig an ihrem verfluchten Radio.«

»Und ist obendrein stocktaub«, rief Daeng zurück.

Die Klänge einer beliebten *Looktung*-Melodie dröhnten durch den kleinen terrassierten Slum. Die Laoten sagten oft, an thailändischen Radios gebe es nur zwei Einstellungen: aus und zu laut. In Vientiane musste Siri fast täglich mit anhören, wie letztere Variante über den Fluss scholl.

Von zu laut wechselte das Radio abrupt zu aus.

»Wer ist da?«, rief eine teerige Stimme.

»Im Rathaus hat man uns an Sie verwiesen«, sagte Daeng.

»Ich bin im Ruhestand«, sagte die Frau.

»Das wissen wir«, sagte Daeng. »Aber man hat uns gesagt, Sie seien 1939 für die Kfz-Zulassung zuständig gewesen.«

»Und die sechsunddreißig Jahre danach«, sagte die Frau und öffnete die Tür. Sie war eine winzige Greisin in einem Männer-T-Shirt, das ihr bis zu den Knöcheln reichte. Ihr Gesicht war dick gepudert, doch die tiefen Furchen schimmerten deutlich durch.

»Wir suchen den Besitzer eines Wagens«, sagte Siri.

»Tatsächlich?«, sagte die Frau. »Sie glauben doch nicht im

Ernst, ich könnte mich an jedes einzelne der 18791 Fahrzeuge erinnern, die ich in meinem Leben zugelassen habe?«

Siri hätte es ihr glatt zugetraut, doch er hatte eine leichtere Aufgabe für sie.

»An dieses erinnern Sie sich bestimmt«, sagte Siri. »Bis in die Dreißigerjahre gab es nur das Zentralregister in Bangkok. Dann wurde die Kfz-Zulassung Sache der Provinzen. Wie Sie wissen, war Udon Thani für den Nordosten zuständig. In den ersten Jahren können es eigentlich nicht sehr viele Autos gewesen sein.«

»Was Sie nicht sagen«, sagte die Frau.

»Wir hatten gehofft, Sie könnten sich vielleicht an diese Nummer erinnern«, sagte Daeng.

Die alte Frau schwieg. Sie sog die Wangen ein.

»Wie war die Nummer?«, fragte sie.

»Udon Thani neun«, sagte Siri.

»Dachte ich's mir doch«, sagte die Frau. »Sie gehören zu ihm.«

»Zu wem?«

»Dem alten Mönch.«

Alte Mönche noch und nöcher.

»Welcher alte Mönch?«

»Boh, der Verrückte.«

»Wie kommen Sie darauf, dass wir etwas mit ihm zu tun haben könnten?«, fragte Daeng. »Wir kennen ihn gar nicht.«

»Und warum fragen Sie dann nach demselben Wagen?«

»Er war hier und hat Sie nach Udon Thani neun gefragt?«, sagte Siri.

»18791 Fahrzeuge, und man fragt mich gleich zweimal nach demselben«, sagte die Frau. »Bisschen viel Zufall, finden Sie nicht?«

»Was haben Sie ihm gesagt?«

»Wissen Sie das nicht?«

»Ich sage Ihnen doch, wir sind dem Burschen nie begegnet«, sagte Siri.

»Ich habe ihm gesagt, ich hätte keine Ahnung«, sagte sie.

»Oh«, machten Siri und Daeng im Chor.

»Ich weiß nur, dass Udon Thani eins dem Gouverneur gehörte. Aber gefahren hat den Wagen sein Sohn, denn der Gouverneur hatte Angst vor Autos. Und der Sohn lebt noch. Er hat einen Nachtclub draußen an der Pracha Uthit.«

»Ja, es war genau so, wie ich es dem verrückten Mönch erzählt habe«, sagte er.

Er war ein breiter, schmerbäuchiger Mann mit pechschwarz gefärbtem Haar und Tätowierungen bis hinauf zum Hals. Allein die silbernen Knöpfe seines Cowboyhemdes hinderten seinen kolossalen Wanst daran, sich in seinen Schoß zu ergießen. Er saß an einem Tisch seines Freiluft-Nachtclubs und ließ neue Sängerinnen vorsingen. Soeben hatten seine beiden Gorillas ein pummeliges Mädchen unsanft von der Bühne expediert und warteten nun auf die nächste Kandidatin.

»Es war so eine Art Interessengemeinschaft«, fuhr er fort. »Wir waren die absoluten Überflieger. Reiche Typen mit Autos. Es gab nicht besonders viele ›Szene‹-Schuppen damals, wo man abends hingehen konnte. Immer wenn irgendwo ein neuer Laden eröffnete, sind wir mit unseren nagelneuen Schlitten dort aufgekreuzt, und meistens gab es noch nicht mal einen Parkplatz. Ist das zu glauben? Manche Läden hatten sogar noch Pferdestangen für Ponys. Aber wir … entschuldigen Sie.« Er hob die Stimme. »Wenn die Schlampe nicht in spätestens zwanzig Sekunden vom Scheißhaus runter ist, kann sie ihre Karriere in den Wind pissen!«

Daeng und Siri saßen an seinem Tisch und nippten an den ungekühlten Mekhong-Colas, die er ihnen aufgedrängt hatte. Es war drei Uhr nachmittags. Obwohl es sich um ein Freiluftlokal handelte, war Köter draußen geblieben. Er hatte etwas gegen Türen und Eingänge.

»Wir haben aus der Nummer rausgeholt, was rauszuholen war«, sagte der Schmerbauch. »Die Weiber bewunderten unsere Motoren, testeten unsere Ledersitze, legten Hand an unsere Schaltknüppel – wenn Sie wissen, was ich meine.« Er zwinkerte Daeng zu. »Und so lernten wir die anderen Fahrer kennen, wenn auch nicht unbedingt mögen. Ein paar von ihnen waren echte Nervensägen. Aber wir alle hatten Geld wie Heu. Und wer Geld hat, den sollte man sich schön warmhalten, und wenn er das größte Arschloch aller Zeiten ist. Vielleicht kann man ihn irgendwann ja noch mal brauchen.«

»Dann kannten Sie auch den Besitzer von Udon Thani neun?«, fragte Daeng, die so schnell wie möglich wieder gehen wollte.

»Wie ich dem verrückten Mönch schon sagte …«

Die nächste Kandidatin hatte die Bühne betreten. Aus ihr wird einmal eine echte Schönheit werden, dachte Siri.

»Entschuldigen Sie, Oma«, sagte der Schmerbauch. Er stand auf und machte dem Mädchen ein Zeichen. »Zieh mal den Rock hoch, Schätzchen.«

»Wie bitte?«, sagte sie.

»Den Rock«, rief er. »Zieh ihn ein Stückchen höher. Zeig mir deine Beine.«

Nervös tat sie ihm den Gefallen.

»Höher«, rief der Mann. Und immer noch »höher«, bis der Rock auf halber Schenkelhöhe hing.

»Gut«, sagte er. »Das reicht. Du bist engagiert.«

»Soll ich jetzt singen?«, fragte sie und ließ den Saum wieder sinken.

»Nein, Schätzchen«, sagte er. »Komm in zwei Stunden wieder, dann probieren wir dein Kostüm an.«

Er kehrte an den Tisch zurück.

»Tut mir leid«, sagte er. »Aber wer rastet, der rostet.«

Er stieß mit ihnen an, leerte sein Glas auf einen Zug und bedeutete der gelangweilten Bedienung mit einem Nicken, ihm nachzuschenken.

»Wo war ich stehen geblieben?«, fragte er. »Ach ja. Udon Thani neun. Wie ich dem verrückten Mönch schon sagte, gehörte Udon Thani neun dem Kerl, der die Zigarettenfabrik Wohlsein gegründet hat. Das war natürlich lange bevor das thailändische Tabakmonopol alle an den Bettelstab brachte und die gesamte Branche ruinierte. Aber der hatte seine Finger überall drin. Ein dürrer Chinese namens Lim. Seine Frau kam aus der alten Heimat, glaube ich. Sprach kaum ein Wort Thai. Die Familien hatten die Ehe arrangiert. Er hielt sich irgendwo noch eine schnucklige kleine Zweitfrau.«

»Wissen Sie, wo wir ihn finden können?«, fragte Siri.

»Draußen an der alten Ban Chik Road hinter einer hohen Mauer«, sagte der Schmerbauch. »Wo früher oder später alle toten Mandarin-Chinesen landen.«

»Und die Frauen?«, fragte Daeng.

»Wer bin ich?«, sagte er. »Der Portier zum Jenseits?« Er lachte und stürzte die Hälfte seines Drinks hinunter. »Ich war ausgesprochen hilfsbereit, finden Sie nicht?«

»Sehr zuvorkommend«, sagte Siri. »Vielen Dank.«

Sein Instinkt verriet dem Doktor, dass es an der Zeit war zu gehen.

»Wissen Sie, wie Sie mir gebührend danken können?«, sagte der Schmerbauch. »Für mein Wissen und meine Gastfreundschaft?«

»Nein, wie?«, fragte Siri, obgleich er wusste, was nun kommen würde.

»Nun ja, dem verrückten Mönch war dieselbe Auskunft, die ich Ihnen gerade gegeben habe, glatte fünftausend Scheinchen wert. Wenn mich nicht alles täuscht, hat er sich bei der Preisverhandlung aus Versehen den Finger gebrochen, und dass er noch unter den Lebenden weilt, hat er allein uns zu verdanken. Ich kann es nicht leiden, wenn Menschen zu Schaden kommen. Schon gar nicht so ein nettes altes Ehepaar wie Sie.«

Die Gorillas näherten sich dem Tisch. Siri sah seine Frau an.

»Daeng«, sagte er. »Ich finde, der junge Mann war uns eine große Hilfe. Ich finde, wir sollten seiner freundlichen Bitte nachkommen.«

Der Schmerbauch lachte.

»Na also«, sagte er. »Das nenne ich laotische Weisheit.«

»Fünftausend Baht?«, sagte Daeng und griff in ihre Tasche.

»Äh, das war nur die Grundgebühr«, sagt der Schmerbauch. »Zuzüglich Getränke und Unterhaltungsprogramm macht das runde achttausend.« Lachend bedeutete er seinen Gorillas, wieder an die Arbeit zu gehen.

»Ich glaube, das ist mehr als genug«, sagte Daeng und zückte ein sehr langes Fleischermesser. Der Schmerbauch riss erschrocken die Augen auf. Nachdem sie ihm ausreichend

Gelegenheit zur eingehenden Betrachtung des Schneidewerkzeugs gegeben hatte, ließ sie es unter der Tischdecke verschwinden und stieß ihm die Spitze zwischen die Beine. Siri setzte sich neben ihn und legte ihm den Arm um die Schulter. Von der Bühne sah es aus wie ein Treffen unter Freunden. In der anderen Hand hielt Siri sein liebstes Schweizer Offiziersmesser mit ausgeklapptem Fischentschupper.

»Sie haben mit dieser Nummer vermutlich schon viele unschuldige Menschen eingeschüchtert«, sagte Daeng. »Vermutlich ähnlich viele, wie mein Mann und ich auf dem Gewissen haben.«

Die Augen des Schmerbauchs traten aus ihren Höhlen. Mit seinem Messer schnitt Siri dem Mann den obersten Silberknopf vom Hemd. Er prüfte ihn mit einem herzhaften Biss auf seine Echtheit und schob ihn sich in die Tasche. Der Schmerbauch zuckte zusammen.

»Sie könnten natürlich Ihre Jungs zu Hilfe rufen«, sagte Daeng. »Aber bis die hier sind, sind Sie ein Eunuch.«

»Arteria dorsalis penis«, sagte Siri. »Die Blutung ist praktisch nicht zu stillen. Die Arterie pumpt endlos weiter, weil sie glaubt, dass Sie mehr Blut für Ihre Erektion benötigen. Woher sollte sie auch wissen, dass Ihr kleiner Freund längst unter dem Tisch liegt? Seltsam, das.«

Siri schnitt einen weiteren Knopf ab. Der Schmerbauch schwitzte wie ein Schwein in einer Bambuskiste. Ein zitternder Wackelpudding.

»Pass auf, dass du ihm nicht versehentlich eine Brustwarze amputierst, mein Schatz«, sagte Daeng. »Bei so viel Fett weiß man nie so genau, wo die Klinge landet.«

»Sie stehen jetzt ganz langsam auf«, flüsterte Siri dem Schmerbauch ins Ohr, »und gehen mit uns Arm in Arm, als wären wir die besten Freunde, hinaus zu Ihrem Pick-up. Sie sehen aus wie der klassische Pick-up-Typ. Sie setzen sich ans Steuer und fahren uns in die Stadt zurück, und dann werden wir entscheiden, ob wir Sie frei- und von dannen ziehen lassen.«

»Mitsamt Ihrem besten Stück«, setzte Daeng hinzu.

»Na, das war doch mal ein Spaß«, sagte Daeng. »Wir sollten häufiger nach Thailand kommen.«

»Dabei warst du noch gar nicht in Bangkok«, sagte Siri.

Sie fuhren langsam durch eine Vorortstraße, auf der Suche nach Nummer 43E. Sie saßen in einem gestohlenen Pick-up, doch angesichts der Pistole und des nicht unbeträchtlichen Betäubungsmittelvorrats, den sie im Handschuhfach gefunden hatten, brauchten sie eigentlich keine Angst zu haben, dass der Schmerbauch zur Polizei gehen würde. Sie hatten ihn an der Straße ausgesetzt und zu Fuß zu seinem Club zurückgehen lassen. Die Bewegung werde ihm guttun, hatten sie gesagt. Falls er dort angekommen war, würden er und seine Gorillas sich ohne Zweifel an die Fersen des alten laotischen Ehepaars heften, aber bis dahin blieb ihnen noch eine gute Stunde Zeit.

Udon Thani war nicht Paris, und so endeten die Straßen nicht selten in einem Reisfeld oder Wäldchen. Trotz der konzisen Wegbeschreibung, die ihnen der Abt gegeben hatte, waren sie mehrmals falsch abgebogen.

»Meinst du, wir bekommen es in diesem Leben noch einmal zu sehen?«, fragte Daeng.

»Bangkok?«, sagte Siri. »Warum nicht? Vielleicht bleibt uns ja sogar noch etwas Zeit für einen kleinen Abstecher dorthin.«

»Und wie? Unser Taschengeld geht langsam, aber sicher zur Neige.«

»Wo ein Wille ist, ist auch ein Weg, liebe Daeng.«

»Da«, sagte sie und zeigte mit dem Finger.

Bei ihrer ersten Runde hatten sie das Haus Nummer 43E glatt übersehen, denn es war schlicht viel zu groß. Sie hatten nach einer armseligen Hütte Ausschau gehalten, einem gedrungenen Ziegelverschlag mit löchrigem Wellblechdach oder dergleichen. Wer sein Leben lang Mönch gewesen war, verdämmerte seine alten Tage nicht im Zwielicht von Luxus und Überfluss. Mit dem etwas zurückversetzten Zwei- oder Drei-Zimmer-Bungalow samt tadellos gepflegtem Garten hatten sie nicht gerechnet, doch die Nummer 43E prangte an dem Telegrafenmast am Tor.

Sie durchquerten den Vorgarten und ignorierten die Flamingos und rosafarbenen Frösche aus Beton. Köter knurrte sie wütend an.

»Sollen wir die ›Wir-wissen-alles‹-Masche abziehen?«, fragte Daeng.

»Sie hat uns oft genug … Daeng?«

Sie blieb stehen. »Was ist?«

»Wer, glaubst du, ist das da oben?«

Obwohl der wunderschöne Sonnenuntergang sie blendete, konnte Daeng eine Gestalt ausmachen, die mit dem Rücken zu ihnen rittlings auf dem Dachfirst saß.

»Mönch Boh?«, rief sie.

»Schhh«, machte der Mann.

»Wenn wir versprechen, den Mund zu halten, dürfen wir dann raufkommen?«, rief Siri.

»Meinetwegen«, sagte der Mann. »Treten Sie auf die Schwellen. Machen Sie die Dachziegel nicht kaputt.«

Siri und Daeng erklommen die Bambusleiter, die an der Hauswand lehnte. Sie balancierten vorsichtig über die Schwellen und ließen sich rechts und links des verrückten Ex-Mönchs nieder. Gemeinsam sahen sie der Sonne beim Versinken zu.

»Ich weiß, wir haben versprochen, den Mund zu …«, sagte Siri.

»Schon gut«, sagte Boh. »Der Sonnenuntergang ist sowieso ruiniert.«

Siri war beeindruckt. Der Ex-Mönch sah aus wie die asiatische Ausgabe von Woody Allen. Natürlich fiel diese Ähnlichkeit in Udon so gut wie niemandem auf. Die Rosa- und Violetttöne des Himmels spiegelten sich in seiner Brille.

»Also, ich finde ihn trotzdem schön«, sagte Daeng.

»Sie sind auch keine Sammlerin«, sagte Boh.

»Sie sammeln Sonnenuntergänge?«

»Ja.«

»Und wo bewahren Sie sie auf?«

Boh tippte sich an den Kopf.

»Ich wünschte, ich könnte sie sehen«, sagte Daeng.

»Ich könnte Sie essen«, sagte Boh.

Er wandte den Kopf und sah sie ausdruckslos an. Sie schauderte.

»Dann wären Sie in mir«, sagte er, »und könnten alles sehen, was ich sehe, fühlen, was ich fühle, meine Depressionen teilen.«

Eine Zeit lang herrschte betretenes Schweigen.

»Sie wäre höchstens zweiundsiebzig Stunden in Ihnen«, sagte Siri. »Gesetzt den Fall, Sie hätten sie vorher durch den Wolf gedreht. Dann hätte sie allerdings keinerlei Erinnerung an den kurzen Aufenthalt in Ihrem Verdauungstrakt.«

Boh wandte sich Siri zu. »Sie sind kein Künstler«, sagte er.

»Wissenschaftler«, sagte Siri.

»Dann erklären Sie mir in zwei Wörtern, Wissenschaftler, was Sie dort am Horizont sehen.«

»Gestreutes Licht«, sagte Siri. »Und Sie?«

»Den Todeskampf des Tages«, sagte Boh.

»Das sind zwar eher drei bis vier Wörter, aber ich gebe mich geschlagen. Der Sieg ist Ihrer.«

»Abt Somluang lässt schön grüßen«, sagte Daeng. »Aber wir sind wegen Abt Rayron hier.«

»Dann sind Sie von der Polizei«, sagte Boh.

»Sehen wir etwa aus wie …?«, begann Siri, doch Daeng fiel ihm ins Wort.

»Haben Sie uns erwartet?«, fragte sie.

»Mögen Sie Fußball?«, fragte er zurück.

»Nein«, sagte sie.

»Ich schon. Sehr sogar«, sagte Boh. »Er ist eine Art Mikrokosmos der Menschheit. Stellen Sie sich vor, der Gegner läuft mit dem Ball auf dem Fuß in den Strafraum, und Sie bringen ihn zu Fall. Der Schiedsrichter muss in Sekundenbruchteilen entscheiden, ob die Berührung inner- oder außerhalb des Sechzehners stattgefunden hat. Niemand hat es genau gesehen. Also befindet der Unparteiische, dass Sie den Mann außerhalb des Strafraums gefoult haben, und gibt Freistoß. Sie sind entlastet. Ihre Mannschaft gewinnt das Spiel, aber Sie können den Sieg nicht recht genießen, weil Sie im tiefsten Innern Ihrer Seele wissen, dass Sie betrogen haben.«

Die Sonne war verschwunden, und jetzt blutete an ihrer statt der Himmel.

»Wir wissen alles«, sagte Siri.

»Dann können Sie von Glück sagen, dass Sie nicht fünfzig Jahre Ihres Lebens mit der Suche nach diesem Wissen vergeudet haben«, sagte Boh. »Im Gegensatz zu Ihnen weiß ich nichts.«

»Erzählen Sie uns mehr über Fußball«, sagte Daeng.

Zum ersten Mal lächelte Boh. Sein Gebiss war funkelnagelneu. »In meiner Einbildung befand ich mich außerhalb des Strafraums, als es passierte. In Wirklichkeit aber hatte ich das Foul hinter der Linie begangen. Es waren nur ein paar Zentimeter, also dachte ich: ›Was soll's?‹ Ich dachte, ich komme ungeschoren davon.«

»Aber da hatten Sie sich getäuscht«, sagte Daeng.

»Ich fuhr zu seinem Haus«, sagte Boh. »Ich fuhr zu seinem Haus, in der sicheren Annahme, dass er tot war, der alte Lim, der Besitzer von Udon Thani neun. Ich dachte, ich könnte vielleicht mit einem seiner – ehelichen – Kinder sprechen. Für mich lag auf der Hand, wie sich das Ganze abgespielt hatte. Und ich bin sicher, Abt Rayron wusste es auch: Der Chinese zeugt einen unehelichen Spross. Die Zweitfrau stirbt. Der Vater gibt den Knaben im Tempel ab und kümmert sich nicht mehr um ihn. In Thailand gilt so etwas nicht als Skandal. Je reicher man ist, desto mehr Frauen soll man schwängern. Die Gerichte können sich kaum retten vor Klagen unehelicher Nachkommen, die Anspruch auf das Vermögen der Familie erheben. Und manchmal, wenn sich herausstellt, dass die Mutter vom Erzeuger ein Dach über dem Kopf und einen monatlichen Unterhalt bekommen hat, wird dem Bastard unter Umständen ein Teil des Erbes zugesprochen.

Ich wollte sozusagen als Mittelsmann mit ihnen über Abt Rayrons Forderung einer Entschädigung für das an ihm begangene Unrecht verhandeln. Ich hoffte, wir könnten uns außergerichtlich einigen. Rayron wusste davon selbstverständlich nichts. Er hatte keine Ahnung, dass ich nach dem Autokennzeichen forschte. Verstehen Sie? Ein Schritt nur, und ich war außerhalb des Tempels, außerhalb des Strafraums. Ich wollte nicht unerfüllt sterben. Die wenigen Jahre, die mir noch blieben, sollten keine … Enttäuschung werden. Ich hatte mir schon ein Safarihemd und eine Golfmütze ausgesucht. Ich wollte all die Dinge erleben, denen ich angeblich entsagt, die ich in Wahrheit jedoch nie gekostet hatte. Aber dazu brauchte ich Geld. Mir wurde klar, dass ich in all den Jahren unter der Kutte vom Wohlstand geträumt hatte; nicht im großen Maßstab, nur, na ja, Sie wissen schon: ›Ach, hätte ich doch fünfzig Baht, dann könnte ich mir eine Seife kaufen, die meiner Neurodermitis guttut.‹ So etwas in der Art. Aber die Lehre unterscheidet nicht zwischen der Gier nach einem Eis und der Gier, die Eisfabrik zu besitzen.

Also fuhr ich zu Lims Haus, einem großen, weitläufigen Anwesen in den Hügeln. Und die Hausmädchen eröffneten mir, dass er noch lebte. Das hatte ich nicht erwartet. Er lag zwar auf dem Sterbebett, war aber noch bei klarem Verstand, und er rief mich in sein Schlafzimmer. Ich hätte irgendein alter Mönch sein können, der ihm die letzte Ehre erweisen wollte, aber er schien sofort zu wissen, warum ich gekommen war. Er sagte: ›Sie waren im Wat Po, dem Tempel?‹ Ich bejahte. ›Sie kannten meinen Sohn‹, sagte er. Wieder bejahte ich und teilte ihm mit, Rayron sei noch am Leben. Da stieß er einen langen, zufriedenen Seufzer aus. Er fragte mich, wo sein Sohn sei, und da wusste ich, dass der Augenblick gekommen war. Der alles entscheidende Augenblick meines tugendhaften Lebens. Hätte ich es ihm gesagt, ohne Bedingungen zu stellen, hätte ich mich meines Berufsstandes würdig erweisen können, und mein Herz wäre auf ewig rein geblieben. Aber dann hätte ich mir ja keinen neuen Fernseher, keine Stereoanlage und auch kein japanisches Auto leisten können.

Also erzählte ich ihm, ich sei ein armer Mönch, und sah ihn an. Schrumpelig wie eine getrocknete Wurzel lag er unter seinem weißen Laken, aber der alte Geschäftemacher wollte vom Leben noch nicht lassen. Er war ein gerissener Bursche. Er zählte auf, wie viel er mir bezahlen wollte, wenn ich den Beweis erbrachte, dass sein Sohn noch lebte. Wenn ich ihm von den Reisen und Wanderungen des Mönchs erzählte. Wenn ich ihm seine aktuelle Anschrift nannte. Wenn ich ihm ein Foto brachte. Und so weiter und so fort. Ich verließ sein Haus mit einem Scheck über eine so hohe Summe, wie ich sie mein Lebtag noch nicht gesehen hatte. Ich staunte nicht schlecht, als die Bank ihn anstandslos einlöste. Und ich kaufte mir einen Fernseher und eine Stereoanlage und ein japanisches Auto. Ich baute mir ein Haus und stellte mir Flamingos in den Garten. Ich kaufte mir einen Tresor, in dem ich mein restliches Geld aufbewahrte, und ich kaufte mir Frauen und trank und aß tote Tiere. Nach zwei Wochen war mein Verlangen ein für alle Mal gestillt. War das wirklich schon alles? Welch eine Enttäuschung. Seitdem sitze ich jeden Abend auf meinem Dach und betrachte den Sonnenuntergang. Und wenn der Himmel bewölkt ist und es nichts zu sehen gibt, setze ich mich vor meinen dunklen Fernseher und weine.«

Siri, Daeng und Köter fuhren in ihrem gestohlenen Pickup nach Sawan zurück. Es war stockfinster, und die Straße war noch immer eine Katastrophe, aber die herrlich weiche Federung des Wagens machte das Fahren zum Vergnügen. Siri hatte das Steuer Daeng überlassen, die in Civilais altem cremefarbenem Citroën vor Kurzem Fahren gelernt hatte.

»Warum, glaubst du, hat der Vater sich nicht bei Abt Rayron gemeldet?«, fragte sie.

»Vielleicht ist sein alter Herr vorher gestorben, oder er hat sich bei ihm gemeldet, und Abt Rayron hat lediglich vergessen, uns davon zu erzählen«, sagte Siri.

»Er ist ein Mönch, Siri. Und Mönche lügen nicht.«

Siri lachte.

»Na schön, dann hat er meinetwegen gelogen. Aber warum?«, fragte Daeng.

»Vielleicht wollte er sich an dem Vater rächen, der ihn verstoßen hatte. Vielleicht sind wir aber auch selber schuld, weil wir der Geschichte eines verrückten Mönchs Glauben schenken, der Abend für Abend auf dem Dach seines Hauses sitzt, in dem sich Massen unbenutzter Elektrogeräte stapeln.«

»Meinst du, er kommt unserer Bitte nach?«

»Es würde ihm Gelegenheit geben, Wiedergutmachung zu leisten«, sagte Siri, »und seinen unrechtmäßig erworbenen Reichtum in etwas moralisch Richtiges zu investieren.«

Bevor sie aufgebrochen waren, hatten Siri und Daeng Ex-Mönch Boh einen Vorschlag unterbreitet. Sie hatten ihm von Abt Rayrons mysteriösem Ableben in der Untersuchungshaft und der Verbindung zu Loong Gan, dem zweiten Mordopfer, erzählt. Boh konnte sich an keinen Bewohner von Wat Po erinnern, auf den der Name oder die Beschreibung passte. Sie redeten über seine angebliche Affäre mit einer Chinesin, die möglicherweise Lims Frau gewesen war.

Sie kamen überein, sich näher mit Lims ehelicher Familie zu befassen. Boh hatte sie gefragt, wie er ihnen helfen könne.

»Sie könnten sich in Udon und um Udon herum ein wenig als Detektiv betätigen«, hatte Daeng geantwortet. »Wir müssen wissen, was aus den Kindern geworden ist, die Lim mit seiner chinesischen Frau gezeugt haben soll, so sie denn existieren. Und wenn das mit der Affäre nicht gelogen war, haben Loong Gan und die Chinesin ihrerseits Kinder in die Welt gesetzt? Gab es irgendeinen Zweifel an Lims Vaterschaft seiner ehelichen Kinder? Et cetera, et cetera. Wir müssen wissen, wie die chinesische Frau und die Geliebte gestorben sind. Und auch der Name von Lims Anwalt und etwaige Klatschgeschichten des Dienstpersonals wären eventuell ganz hilfreich.«

»Und wie soll ich all das herausbekommen?«, hatte Boh gefragt.

»Bringen Sie etwas von Ihrem Geld unter die Leute«, hatte Siri gesagt. »Wir sind in Thailand. Hier regiert Geld die Welt.«

In der Tür hatte Siri sich noch einmal zu Boh umgedreht und gesagt: »Es ist vermutlich nicht weiter von Belang, aber hören Sie sich doch auch einmal um, ob ›Than Kristana Mukum, Dusit Versicherungen‹ jemandem etwas sagt.«

»Woher haben Sie das?«, fragte Boh.

»Aus einem Traum«, antwortete Siri.

Das späte Frühstück am nächsten Tag verlief in gedämpfter Atmosphäre. Da Daeng es rundheraus ablehnte, sich den Gepflogenheiten einer frauenfeindlichen Weltreligion zu unterwerfen, saß sie mit Siri und dem Sangharaj an einem Tisch und ließ sich nicht mit Brotkrumen abspeisen. Der

Mönch bestand zu ihrem Erstaunen nicht darauf, dass sie ihr Mahl allein einnahm. Es wurde kaum ein Wort gesprochen. Sie alle hatten das Gefühl, den Abt im Stich gelassen zu haben. Er hatte sie um Hilfe gebeten, und sie hatten versagt.

»Wissen Sie was? Ich habe ihn gesehen«, sagte der Sangharaj.

»Wen?«, wollte Siri wissen.

»Abt Rayron. Am Morgen seines Todes. Er saß da draußen auf seinem Lieblingsstein und betrachtete die Fische. Ich finde es schön, dass der Garten ihm einen letzten Besuch wert war.«

»Halten Sie es für klug, sich freimütig zu paranormalen Begegnungen zu bekennen?«, fragte Siri.

»Ihnen gegenüber, Yeh Ming? Sie sollten eigentlich am besten wissen, was für Zauberasse wir Erleuchteten im Ärmel haben. Der kleine Unterschied besteht darin, dass wir sie nicht ausspielen. Ich könnte hier vor Ihrer beider Augen levitieren, habe aber nicht die Absicht, es zu tun.«

Der Mönch schmunzelte in sich hinein.

»Das würde ich mir an Ihrer Stelle noch einmal gründlich überlegen«, sagte der Doktor. »Im Ruhestand kommt Ihnen das eine oder andere Zirkuskunststück unter Umständen sehr zupass.«

»Ja, was haben Sie ohne den Tempel eigentlich vor?«, fragte Daeng. »Auf dem Golfplatz kann ich Sie mir, ehrlich gesagt, nicht vorstellen.«

»Man kann sich vom Glauben niemals ganz zurückziehen«, sagte der Sangharaj. »Im Gegenteil, ich trage mich sogar mit dem Gedanken, noch ein Weilchen hierzubleiben. Zumindest so lange, bis der Sangha einen Ersatz für Abt

Rayron geschickt hat. Vielleicht beschäftigt mich der Neue ja als Gärtner oder Fischfütterer weiter. Mir gefällt es hier. Und wer weiß? Womöglich bringt ja jemand den Mut auf, mir zu verraten, was neulich nachts passiert ist, wenn ich noch eine Zeit lang hier bleibe. Bis jetzt halten sich alle streng bedeckt.«

»Sie hatten vermutlich nur einen bösen Traum«, sagte Siri.

Früher oder später würde dem Sangharaj bestimmt jemand von seinen Heldentaten berichten. Die Thais konnten ein Geheimnis nur schwer für sich behalten. Doch die Dorfbewohner hatten sich bereit erklärt, dem alten Mönch die Details seiner Besessenheit vorerst zu ersparen. Er war stark wic cin Büffel, doch nur der Herr Buddha wusste, wie ein Mann Mitte achtzig auf eine solche Offenbarung reagieren würde.

»Ich habe wahrhaftig schlimme Nächte durchgemacht, aber noch nie war ich am nächsten Morgen von Kopf bis Fuß mit blauen Flecken übersät«, sagte der Mönch.

»Sie waren eben noch nie mit Madame Daeng im Bett. Ich meine natürlich …«

»Es reicht, Siri«, sagte Daeng.

»Jawohl, meine Liebe.«

»Und was haben Sie beide nun vor?«, fragte der Mönch. »Zurück nach Hause?«

»Noch nicht«, sagte Siri.

»Warum nicht?«

»Weil wir nimmersatte Detektive sind«, sagte Daeng. »Und wir keine Nacht mehr ruhig schlafen könnten, wenn es uns nicht gelänge, das Rätsel von Sawan zu lösen.«

»Außerdem habe ich der Dame meines Herzens einen Abstecher nach Bangkok versprochen«, sagte Siri.

Aus Richtung Nam Som kommend näherte sich ein Motorengeräusch.

»Vermutlich der Polizeihauptmann, der sämtliche illegalen Einwanderer aus Laos in Gewahrsam nehmen will«, sagte Siri. »Ich habe gehört, sie bekommen fünfzig Baht Kopfgeld für jeden von uns, den sie außerhalb eines Flüchtlingscamps antreffen.«

Daeng trat ans Fenster.

»Kennen wir jemanden, der einen Leichenwagen fährt?«, fragte sie.

Wie sich herausstellte, handelte es sich bei dem Gefährt nicht etwa um einen Leichenwagen, sondern um einen Toyota Crown Estate, der oft und gern mit einem Leichenwagen verglichen wurde. Kein Wunder, dass der neureiche Ex-Mönch ihn zum Wagen seiner Wahl erkoren hatte. Boh stellte das Auto – mit heruntergelassenen Scheiben, damit er die Klimaanlage nicht bemühen musste – außerhalb der Tempelmauer ab, obwohl es im Hof einen gekiesten Parkplatz gab. Er trug Flip-Flops und das Trikot irgendeines europäischen Fußballvereins.

»Mr. Elegant ist da«, sagte Daeng.

Sie gingen ihm entgegen.

»Schon erstaunlich«, sagte Boh und setzte sich an einen Campingtisch aus Beton unter einem ausladenden Entenfußbaum.

»Was?«, fragte Daeng.

»Was die Leute einem alles erzählen, wenn man ihnen einen Geldschein unter die Nase hält«, sagte Boh.

»Dann haben Sie neue Informationen?«, fragte Siri und setzte sich zu ihm an den Tisch.

»Jede Menge«, sagte Boh. »Ein Kontakt führte zum nächsten. Ich habe mit dem Dienstpersonal des alten Lim gesprochen und mit Arbeitern aus seiner Fabrik. Mit einer Freundin seiner Geliebten. Und Polizeibeamte sind plötzlich furchtbar hilfsbereit, wenn man ihnen einen gefalteten Schein in das schweißnasse Händchen drückt. Wo soll ich anfangen?«

»Am besten vorn«, sagte Daeng. »Und dann langsam nach hinten durcharbeiten.«

»Erstens«, begann Boh, »ist aus der staatlich beurkundeten Ehe von Lim und seiner chinesischen Frau nur ein Kind hervorgegangen: ein Sohn namens Ananda. Wie ich aus dem Archiv im Rathaus erfahren habe. Laut Aussage eines ihrer alten Kindermädchen war er ein helles, aber auch launisches Kerlchen. Weder die Mutter noch der Vater hatte für ihn Zeit. Der Vater schuftete von früh bis spät, und wenn er nicht gerade Geld verdiente, verlustierte er sich mit seiner Zweitfrau. Die Mutter hatte auch nicht viel Zeit für das Kind, kein Wunder, bei all den Shopping-Ausflügen nach Bangkok, den Tennisstunden und, halten Sie sich fest, einem einstöckigen Ladenhaus in der Nuwong Road, das sie – wie jeder wusste – für ihren Liebhaber angemietet hatte.«

»Und haben Sie ihnen das Foto gezeigt, das ich Ihnen dagelassen hatte?«, fragte Siri.

»Na klar. Und es war in der Tat der gute alte Loong Gan – der Beschäler der Chinesenbraut. Aber den Nachbarn zufolge war er dort nur selten anzutreffen. Nach allem, was man hört, hatte er noch andere Frauen.«

»Gute Arbeit, Boh«, sagte Daeng. »Wir sollten Sie als Privatschnüffler engagieren.«

»Ich muss gestehen, es hatte durchaus seinen Reiz«, sagte

Boh. »Ich war bis Mitternacht wach und beim ersten Sonnenstrahl schon wieder auf den Beinen. Die Zweitfrau war Nachtclubsängerin, und sie und Lim hatten einen Sohn zusammen: Rayron. Als der Junge acht war, brach jemand in ihre Wohnung ein, garottierte die Mutter und räumte die Bude aus. Er oder sie wurde zwar nie gefasst, aber – jetzt kommt's – laut Aussage des Polizisten, der als Erster am Tatort war, schlief der Junge im selben Zimmer wie seine Mutter. Er muss den Einbrecher also gesehen und den Mord beobachtet haben.«

Boh war wesentlich munterer, als sie ihn tags zuvor erlebt hatten. Fast schon euphorisch.

»Es war vermutlich dunkel«, sagte Siri.

»Ja, schon, aber als er oder sie die Wohnung nach Geld durchsuchte, zündete er eine Lampe an. Der Junge muss dem Mörder direkt ins Gesicht gesehen haben. Aber als die Polizei ihn danach befragte, gab er zu Protokoll, er habe nichts gesehen. Er sagte, er sei im Nebenzimmer gewesen. Und behauptete noch im Tempel steif und fest, er habe an fragliche Nacht keine Erinnerung.«

»Das Trauma hat sie vermutlich aus seinem Gedächtnis gelöscht«, sagte Siri. »Es muss ein schreckliches Erlebnis gewesen sein.«

»Warum ›er oder sie‹?«, fragte Daeng.

»Was?«

»Sie haben zweimal ›er oder sie‹ gesagt, als Sie über den Mörder gesprochen haben.«

»Ja«, sagte Boh. »Dazu komme ich gleich. Bei der Untersuchung des Tatorts entdeckten die Polizeibeamten – und wir reden hier, wohlgemerkt, über eine Zeit, als Forensik und Spurensicherung hierzulande noch Fremdwörter waren –

einen Streifen Stoff, der an einem Nagel im Fensterbrett hängengeblieben war. Woraus sie messerscharf schlossen, dass er von der Kleidung des Mörders stammte. Er war geblümt. Und vor dem Fenster fanden sie den Abdruck eines Stöckelschuhs.«

»Ha«, stieß Daeng hervor. »Die gehörnte Erstfrau nimmt blutige Rache.«

»Noch dazu in Stöckelschuhen«, sagte Siri.

»Die Beamten überbrachten Lim die schlechte Nachricht«, sagte Boh, »diskret, wie sie glaubten. Aber als die Chinesenbraut hörte, worüber sie redeten, stürzte sie ins Zimmer und machte eine Riesenszene. Die Polizisten verstanden zwar nicht genau, was sie sagte, aber wie es schien, tat sie die Ansicht kund, dass die Welt ohne Huren eine bessere sei. Ziemlich verrückt, wenn man bedenkt, dass sie sich selbst einen Geliebten hielt.«

»Und in ihrer geblümten Bluse klaffte ein Riss«, sagte Daeng.

»Leider nicht«, sagte Boh, »aber diesen Schluss zogen seinerzeit natürlich viele. Die Frau sei eine Irre, sagten sie. Sie gehöre hinter Gitter, sagten sie. Lim war untröstlich. Er schickte sein uneheliches Kind in den erstbesten Tempel, und ein paar Jahre später teilte ihm ein Mönch mit, der Junge sei an irgendeiner Krankheit gestorben. Er zog sich aus der Öffentlichkeit zurück und hauste in einem kleinen Zimmer hinter der Fabrik. Wo der Hass, den er für seine Frau empfand, sich in einem Mordkomplott manifestierte.«

»Er hat seine Frau umgebracht?«, fragte Siri.

»Auf den Tag genau drei Jahre nach dem Tod seiner Geliebten fand man die Frau mit dem Gesicht in einem Teller Maissuppe … Sie war vergiftet worden. Die Köchin bestritt natürlich, ihrer Herrin etwas Ungewöhnliches ins Essen gemischt zu haben, aber bei der Befragung durch die Polizei gab sie zu Protokoll, zu ihrem Entsetzen sei Lim am Vormittag ums Haus geschlichen. Das selbstverständlich ihm gehörte, trotzdem ließ er sich dort nur selten blicken. Er war nett und höflich und sagte der Köchin, er müsse nur rasch ein paar Unterlagen holen. Vier Stunden später war er verschwunden und seine Gattin tot. Wieder fand die Polizei keinerlei Beweise für seine Beteiligung an dem Verbrechen, aber als die Dienstmädchen tags darauf die Kleider der Toten zusammenpackten, fanden sie eine zerrissene Bluse – sie war geblümt.«

»Ist die Polizei der Sache nachgegangen?«, fragte Daeng.

»Die Beweismittel des ersten Mordes waren längst verschollen, aber es kursierten natürlich immer noch Gerüchte. Der alte Mann zog in sein Haus zurück und lebte dort fortan allein.«

»Bis Sie eines Tages dort aufkreuzten und ihm mitteilten, sein unehelicher Sohn sei noch am Leben«, sagte Daeng.

»Ich muss gestehen, dass ich mich meiner Rolle in diesem Drama nur noch halb so sehr schäme, seit ich weiß, dass sowohl der Mann als auch die Frau einen Mord auf dem Gewissen hatte«, sagte Boh.

»Haben Sie etwas über den Namen der Firma in Erfahrung bringen können, den ich Ihnen gegeben habe?«, fragte Siri.

»Ich habe jemanden darauf angesetzt«, sagte Boh.

»Was ist mit dem Testament?«, fragte Daeng.

»Ach ja, das Testament«, sagte Boh. »Ich habe Lims Anwalt ausfindig gemacht, hier in Udon. Er weigerte sich beharrlich, Informationen über die persönlichen Verfügungen seines Mandanten herauszugeben, aber vielleicht habe ich ihm auch einfach nur zu wenig Geld geboten. Ich lerne noch.«

»Mit anderen Worten, wir wissen nicht, was darin steht«, sagte Daeng.

»Doch, doch, durchaus«, sagte Boh. »Die Gehilfin des Anwalts war sehr viel billiger, vor allem aber weitaus gesprächiger. Lims Testament wurde am sechsten März vergangenen Jahres geändert. Fünf Tage nach meinem Besuch. Zwei Monate vor seinem Tod.«

»Und was hat er geändert?«, fragte Daeng.

»Den Namen des Begünstigten.«

»Von?«

»Von Ananda, dem Sohn aus seiner Ehe mit der Chinesin, zu Rayron, dem Sohn aus seiner Beziehung mit der Nachtclubsängerin.«

»Und da haben wir's«, sagte Siri.

»Das Motiv«, sagte Daeng.

»Und einen Spitzenkandidaten für den Part des Hauptverdächtigen«, sagte Siri. »Was wissen wir über den ehelichen Sohn?«

»Er ist aus dem Nordosten weg- und zum Studieren nach Bangkok gezogen, als er dreizehn war«, sagte er. »Und kam offenbar nur sehr selten zu Besuch. Ich fürchte, Sie werden einen echten Privatdetektiv engagieren müssen, um seine Aktivitäten nachzuverfolgen.«

»Gibt es von ihm irgendwelche Fotos?«

»Nicht ein einziges. Das Kindermädchen sagte, es habe von Ananda als Kind sogar jede Menge Fotos gegeben, aber die seien irgendwann vom einen auf den anderen Tag verschwunden. Sie meinte, das Kind sei mit den Jahren immer kamerascheuer geworden.«

»Dann ist die Spur des verschmähten Bruders also erkaltet«, sagte Daeng.

»Fast«, sagte Boh.

»Welch ein Teufelskerl«, sagte Siri. »In kaum zwanzig Stunden haben Sie mehr Erkenntnisse gesammelt als ein durchschnittlicher Polizist in einem Jahr. Es ist mir ein Rätsel, weshalb Sie jeder für verrückt hält.«

Daeng trat ihrem Mann gegen das Schienbein.

»Dann sind wir ja schon zwei«, sagte Boh.

»Die Spur ist also nicht erkaltet?«, fragte Daeng.

»Nicht ganz«, sagte Boh. »Das Letzte, was der Vater über seinen ehelichen Sohn erfuhr, stand in einem Brief eines Freundes der Familie, eines Bangkoker Polizeigenerals. Er schrieb, der junge Ananda habe ihn gebeten, ihm ein Empfehlungsschreiben auszustellen, das er seiner Bewerbung um einen Platz an der Polizeischule beifügen könne.«

»Sieh an«, sagte Daeng. »Dann ist der gute Ananda also Polizist.«

16

GROBE FEHLEINSCHÄTZUNG

»Daeng, in Thailand gibt es vermutlich eine Million Polizisten«, sagte Siri.

Sie nahmen die Abkürzung durch den Dschungel. Köter trottete artig neben ihnen her. Es herrschte eine regelrechte Märchenwald-Atmosphäre. Selbst die verlorenen Geister hielten inne, um den Duft der Blumen einzuatmen.

»Siri, du weißt genau, wovon ich rede«, sagte Daeng. »Es gibt nur einen Polizisten, der mit der Festnahme Abt Rayrons und seiner Ermordung in der Arrestzelle in unmittelbarem Zusammenhang steht. Er wohnt eine halbe Autostunde vom Dorf entfernt. Er hat die gleiche Statur und die gleichen chinesischen Züge wie der Abt und einen Bürstenschnitt. Warum verteidigst du ihn?«

»Weil du voreilige Schlüsse ziehst. Erst wenn nur noch ein Name auf der Liste der Verdächtigen steht, werde ich nichts unversucht lassen, um Hauptmann Gumron des Mordes zu überführen.«

»Ach, du hast eine Liste der Verdächtigen? Das wusste ich ja noch gar nicht. Und wie viele Namen stehen auf dieser Liste, wenn ich fragen darf?«

»Jeder erwachsene Mann im Dorf«, sagte Siri, »angefangen mit dem Sohn des Ortsvorstehers.«

»Siri, Lims verschollener Erbe hat eine Universität besucht. Und stammt aus gutem Hause. Der Sohn des Dorfvorstehers hingegen pult sich den Schorf vom Knie, um ihn sodann genüsslich zu verspeisen.«

»Verbrecher geben sich in der Regel große Mühe, ihre Identität zu verschleiern, Daeng. Lass uns nichts überstürzen. Ein guter Detektiv eliminiert einen Verdächtigen nach dem anderen, bis nur noch der Täter übrig ist.«

Als Erstes machten sie bei der Hütte von Yuth, dem Sohn des Dorfvorstehers, und seiner Frau Somjit halt.

»Klopf, klopf«, sagte Siri, da es keine Tür und auch sonst nichts gab, woran man hätte klopfen können.

Die junge Frau kam angewatschelt wie eine magenkranke Ente. Sie war hochschwanger.

»Yeh Ming«, sagte sie, »welche Ehre.«

Sie ergriff seine Hand und massierte sie. Sie würdigte Daeng keines Blickes.

»Ich war zufällig in der Gegend«, sagte Siri und zog seine Hand zurück. »Ich habe gehört, dass Sie guter Hoffnung sind, und dachte, ich schaue mal herein und sehe nach dem Rechten.«

»Ich auch«, sagte Daeng.

»Das ist sehr freundlich von Ihnen«, sagte Somjit, »aber Somdet Choepaya, mein Geisterführer, beschützt mich. Die Kleiderbügel nicht zu vergessen.«

Siri staunte immer wieder über die seltsamen Sicherheitssysteme, die sich manche Sekten zum Schutz gegen böse Geister einfallen ließen. Eine Kette aus rostigen Kleiderbügeln rankte sich wie Efeu um das ganze Haus.

»Das freut mich für Sie«, sagte Siri. »Aber ich habe gehört, es ginge Ihnen so schlecht, dass Sie das Gefängnis neulich abends nicht einmal mehr mit Essen beliefern konnten.«

»Richtig«, sagte Somjit, »aber sehen Sie mich doch an. Ich

passe ja nicht einmal mehr hinter den Motorradlenker. Und vorgestern haben sie mich so sehr mit Tritten malträtiert, dass ich das Gefühl hatte, da drin ist eine Tanztruppe zugange. Also habe ich Yuth geschickt.«

»Mich würde interessieren …«, sagte Daeng.

Die junge Frau riss ihren Blick von Yeh Ming los und registrierte Daeng. »Oh, hallo, Tante«, sagte sie.

»Na endlich«, sagte Daeng. »Mich würde interessieren, warum das Gefängnis das Essen aus zwanzig Kilometer Entfernung kommen lässt, wo es in unmittelbarer Umgebung doch jede Menge Restaurants und Imbissbuden gibt.«

»Ich bin eine gute Köchin«, sagte Somjit.

»Mag sein. Aber Ihr ganzer Verdienst geht doch für die Benzinkosten drauf.«

»Stimmt«, sagte sie. »Letztlich haben wir das Hauptmann Gumron zu verdanken. Yuth und er sind dicke Freunde. Yuth hat dem Hauptmann schon so manchen Gefallen getan, ohne etwas dafür zu verlangen, und die Gefängniskonzession ist sein Dankeschön an uns.«

Siri, Daeng und Köter setzten ihre Hausbesuche fort.

»Noch immer nicht überzeugt?«, erkundigte sich Daeng.

»Wart's ab«, sagte Siri.

»Der Hauptmann hat einen Komplizen im Dorf.«

»Ich weiß. Ich weiß auch, dass die Frau uns belogen hat, ich weiß nur noch nicht, inwiefern. Eine letzte Stippvisite noch, dann bin ich ganz auf deiner Seite. Versprochen.«

Wahrsager Doo saß auf seiner Veranda und bohrte Zahnstocher in eine Barbiepuppe.

»Wir stören hoffentlich nicht«, sagte Siri.

Doo blickte auf. Er war einer der wenigen Dorfbewohner,

die sich von dem großen Yeh Ming nicht kopfscheu machen ließen. Seit der Schlacht gegen die *phibob* schien sein Kropf geschrumpft zu sein.

»Ich habe einfach kein Händchen dafür«, sagte Doo.

»Akupunktur?«, fragte Siri.

»Voodoo.«

»Ach, man kann nie wissen«, sagte Siri. »Womöglich krümmt sich ein blondes Mannequin in New York City just in diesem Augenblick vor Schmerzen.«

»Die Hoffnung stirbt zuletzt«, sagte Doo, obgleich er kein Wort verstanden hatte. »Was wollen Sie?«

»Ehrliche Antworten.«

Siri und Daeng standen rechts und links von seinem reich verzierten Seelentor.

»Die sind in dieser Gegend Mangelware«, sagte Doo.

»Was wissen Sie über Hauptmann Gumron?«

»Warum fragen Sie mich das?«

»Weil Sie gewöhnlich kein Blatt vor den Mund nehmen.«

Mit etwas Fantasie ließ Doos Grimasse sich als Lächeln deuten.

»Er hat seine kleinen Geheimnisse«, sagte er.

»Zum Beispiel?«

»Zum Beispiel habe ich ihn ein paarmal spätnachts im Dorf gesehen.«

»Wissen Sie noch, wann?«

»Und ob. Das letzte Mal in der Nacht, als die alte Dame vergiftet wurde.«

»Warum haben Sie mir nichts davon gesagt?«

»Weil ich Ihnen ebenso wenig über den Weg traue wie ihm.«

»Haben Sie irgendjemandem davon erzählt?«

»Jeder dieser Vollidioten könnte mit ihm unter einer Decke stecken.«

»Und warum erzählen Sie es uns jetzt?«, fragte Daeng.

»Der Hund«, sagte Doo.

Köter wedelte freudig mit dem Schwanz.

»Hä?«, machte Siri.

»Er hat gesagt, man kann Ihnen vertrauen.«

Drei Tage nach seiner lebensrettenden Operation war Inspektor Phosy endlich aufgewacht. Seine Rückkehr aus dem Reich der Toten hatte er mit einem gezielten Kniff in den Hintern seiner persönlichen Chirurgin avisiert, während selbige ihm die Fußnägel geschnitten hatte. Worauf sie zu ihm auf den Seziertisch geklettert war und sich an seiner Schulter ausgeweint hatte. Sie weinte auch noch, als er eine Stunde später ein zweites Mal zu sich kam. Nach wenigen Tagen konnte er schon wieder stehen und ein paar Schritte gehen. Aus lauter Dankbarkeit hatte er seiner Frau versprochen, bis in alle Ewigkeit den Abwasch zu erledigen, eine Tätigkeit, die Dtui noch mehr verabscheute als Unkrautjäten. Zähneknirschend hatte sie sich bereit erklärt, ihren Mann ins Polizeipräsidium zu chauffieren, wo er seinen Kollegen eine abenteuerliche Erklärung für sein Verschwinden auftischte. Er sei drei Tage bewusstlos gewesen und habe sich bei seinem Erwachen in der Obhut eines mysteriösen kubanischen Chirurgen wiedergefunden.

Am nächsten Tag hatte Phosy einen Bericht über den Mordversuch verfasst. Dem hatte er einen Abzug des Fotos seines Angreifers, Name, Rang und Aufenthaltsort des Mannes, Augenzeugenberichte von Dtui und dem Nudelküchenpersonal, die Fingerabdrücke, die Dtui vor der Extraktion der Klinge von derselben genommen hatte, sowie eine Kopie seines früheren Berichts beigefügt. Und das nicht etwa, weil er auf ein rechtsstaatliches Verfahren hoffte, sondern weil es dem üblichen Prozedere entsprach. Er wusste, dass die Sache im Sande verlaufen würde, da der Fall des Ninjas als abgeschlossen galt. In diesem System gab es keine autonomen Ausschüsse oder Gremien. Entscheidungen wurden in der nebulösen kommunistischen Stratosphäre getroffen und konnten weder verhandelt noch aufgehoben werden.

Darum machte sich Dtui auf, Richter Haeng zu erpressen. Sie fand ihn nach Büroschluss auf dem Weg zu seinem wöchentlichen Boulespiel. Er trug einen dicken Trainingsanzug aus Flanell, in dem er ziemlich unsportlich aussah. Sie nahm ihn beiseite und erkundigte sich erst einmal nach der Katze.

»Man käme nie auf die Idee, dass sie so gut wie tot war«, sagte er und strahlte über alle vier Backen. »Sie frisst mir noch die Haare vom Kopf.«

»Hat sie auch einen Namen?«

»Karla.«

»Nach Marx, nehme ich an«, sagte Dtui.

Was dem Richter schlagartig ins Gedächtnis rief, welche Stellung er bekleidete. Er schaltete sein Lächeln ab und fragte: »Was wollen Sie?«

Sie lachte herzlich über den plötzlichen Persönlichkeitswandel des Mannes und erinnerte ihn in ebenso ruhigen wie wohlgesetzten Worten an den schier unerschöpflichen Vorrat belastender Daten und Dokumente, den sie gegen ihn in Händen hielt. Besonderes Vergnügen bereitete es ihr, ihm einen Brief ins Gedächtnis zu rufen, in dem er das

US-Konsulat einst um diplomatische Immunität ersucht hatte, im Austausch gegen gewisse vertrauliche Informationen. Sie legte ihm höflich nahe, eventuell den einen oder anderen Gefallen einzufordern und für die Freilassung von Noo, dem thailändischen Mönch, zu sorgen. Sie drückte ihm eine Kopie von Phosys Bericht in die Hand und versicherte ihm, sie habe nicht den geringsten Zweifel, dass er diese Aufgabe zu ihrer vollen Zufriedenheit erfüllen werde. Sie schloss mit einer Losung: »Ein guter Sozialist weiß, wann die Schlacht verloren ist.«

Doch schon tags darauf hatte der Richter sie in der Nudelküche aufgesucht. Er sei an seine Grenzen gestoßen, sagte er. All seine Gesuche seien abgeschmettert worden. Die Sache gehe weit über seine Zuständigkeit hinaus. Mit Tränen in den Augen flehte er sie an, mit den Informationen, die sie gegen ihn in Händen hielt, nichts Unüberlegtes anzustellen.

»Konnten Sie überhaupt etwas in Erfahrung bringen?«, hatte sie gefragt.

»Nur dass seine Festnahme von ganz oben angeordnet wurde«, hatte er geantwortet. »Ihr Thai-Mönch muss sein Unglück geradezu herausgefordert haben. Gerüchten zufolge hat er unter Pseudonym für ein thailändisches Blatt namens *Matichon* geschrieben und seine Redaktion mit antikommunistischen Hetzartikeln, Interviews und Insider-Informationen beliefert. Man munkelt, dass er ein Spion war und höchstwahrscheinlich erschossen werden wird.«

»Alles Unsinn«, sagte Dtui. »Der Mann ist so rot wie das ZK. Darum war er ja hier, weil er vor dem thailändischen Militär geflohen ist.«

»Es heißt, die Armee habe ihn hier eingeschleust.«

»Lächerlich. Wissen Sie, ob er noch am Leben ist?«

»Soweit ich das ermitteln konnte, schon. Aber das ist noch nicht alles. Ihr Genosse Noo ist kein Einzelfall. Ich konnte einen Blick in das Vermisstenbuch werfen, in dem die Namen sämtlicher Personen verzeichnet sind, die seit ’75 als vermisst gemeldet wurden. Ihre Zahl geht in die hunderte.«

»Wo haben Sie das Buch gefunden?«

»Im Büro der Leibgarde des Präsidenten. Wo alle derartigen Fälle bearbeitet werden.«

»Wollen Sie damit sagen, dieselben Leute, die die Entführungen planen und organisieren, sind auch für deren Aufklärung zuständig?«

»Sieht ganz so aus.«

»Und wie viele Entführungsopfer haben Sie bislang gefunden?«

»Keins.«

»Das wundert mich nicht. Was, glauben sie, wäre nötig, um Noos Freilassung zu erwirken?«

Der Richter kratzte sich am Kinn.

»Im Ernst?«, sagte er. »Ein Wunder.«

Im staubigen Vientiane hatte der Genosse Civilai da etwas mehr Erfolg. Er hatte seinen Gefangenen lebend abgeliefert und seine unglaubliche Geschichte zum Besten gegeben. Sofort war eine Armeeeinheit nach Ban Toop entsandt worden, um den Aufstand der Schwarzen Magier niederzuschlagen. Diejenigen Hohepriester, die nicht über den Fluss geflohen waren, wurden identifiziert und festgesetzt, und das Bezirksamt in Pakxan bekam neues Personal. Sämtliche Dörfer in hundert Kilometern Umkreis von Ban Toop wurden mit Umerziehungszentren ausgestattet. Der dunkle Einfluss reichte weit. Als sie von der Zerschlagung des magischen Zirkels erfuhren, erwachten die Einheimischen aus ihrer Schreckstarre und packten aus. Nur die Einwohner von Ban Toop blieben stumm. Sie hatten fast ihr ganzes Leben in Furcht verbracht, und eine bloße Sicherheitsgarantie seitens der Regierungstruppen reichte nicht aus, um diese Ängste zu zerstreuen. Es würde eine Weile dauern, bis sie vollständig genesen waren.

Civilai arbeitete mehrere Tage an seinem Bericht für den Obersten Sangha-Rat in Bangkok, in dem er seine Besuche im Dorf in allen Einzelheiten schilderte. Am Ende waren es gut dreißig Seiten. An dem Tag, als er ihn abschicken wollte, sah Madame Nong ihn beim Frühstück auf Rechtschreibfehler durch.

»Spannend wie ein Krimi«, sagte sie und legte das Manuskript beiseite. »Aber so kannst du das unmöglich abschicken.«

»Warum nicht?«, fragte Civilai. »Es ist die reine Wahrheit.«

»Weil sie nicht den großen Satan, sondern dich für verrückt halten werden. Niemand wird auch nur ein Wort davon glauben. Das liest sich wie ein Drehbuch. Sie werden denken, sie hätten den Falschen hingeschickt und sich jemand anderen suchen, der deinen Buddha interviewt. Und alles geht wieder von vorn los.«

Civilai überflog das Ganze noch einmal. Dann spannte er ein jungfräuliches Blatt Papier in seine Schreibmaschine und tippte exakt drei Zeilen.

»Nach eingehender und unabhängiger Prüfung bin ich zu dem Schluss gelangt, dass Herr Maitreya nicht die Reinkarnation des Herrn Buddha ist und sein Name deshalb von der Kandidatenliste des Sangha-Rates gestrichen werden sollte.«

Er setzte seine Unterschrift darunter, schob das Blatt in einen Umschlag, stieg in seinen Wagen und brachte den Brief zur Post.

Nachdem sie einen vergnüglichen Tag mit dem Sangharaj verbracht hatten, fuhr Boh den Doktor, Daeng und Köter in seinem Toyota nach Udon Thani. Bevor sie aufgebrochen waren, hatte der alte Mönch Boh eingeladen, ihn jederzeit zu besuchen. Ein bisschen Gesellschaft könne er gut gebrauchen, hatte er gesagt. Boh gestand, dass er der Versuchung nur schwer werde widerstehen können. Die Welt außerhalb der Tempelmauern sei herzlos und kalt. Der Sangharaj verabschiedete sich von Daeng und dem Doktor und wich nur leicht zurück, als Daeng ihm einen Luftkuss auf die Wange hauchte. Ihr war klar, dass sich das eigentlich nicht geziemte, aber sie spürte, dass es ihm gefiel. Siris Händedruck hingegen wurde kraftvoll und mit großer Herzlichkeit erwidert. Sie alle wussten, dass das Schicksal sie nicht noch einmal zusammenführen würde.

In seiner letzten Nacht in Sawan hatte Siri einen verwegenen Plan ausgeheckt, der Daeng ihre erste Reise nach Bangkok ermöglichen sollte. Er trug ein in braunes Packpapier geschlagenes Paket unter dem Arm, das sämtliche Requisiten für seine Inszenierung enthielt. Im besten Falle würde sich das greise Pärchen in der Hauptstadt prächtig amüsieren, eine Kamera kaufen und zu Hause alle mit ihren touristischen Heldentaten verzaubern. Im schlimmsten Fall würden sie standrechtlich erschossen.

Doch die Morde gingen vor. Als an diesem Morgen die

Sonne aufging, war Siri immer noch dabei, Ordnung in seine umfangreichen Notizen zu den Indizienbeweisen zu bringen, die auf Hauptmann Gumron als Täter hindeuteten. Als er zwischendurch aus dem Fenster schaute, sah er den toten Abt Rayron, der von seiner Schieferplatte auf die fetten Karpfen hinunterblickte. Auf dem Weg zur Tür wäre Siri beinahe über seine eigenen Füße gestolpert. Er hatte so viele Fragen und keinen Schimmer, wie er sie stellen sollte. Aber das spielte keine Rolle, denn als er endlich im Garten ankam, war der Abt verschwunden.

Siri kehrte in sein Zimmer zurück und starrte auf seine handschriftlichen Notizen. Nach Lage der Dinge waren sie wertlos. Er war ein Ausländer, der sich illegal im Land aufhielt. Seine Qualifikation und seine Erfahrung zählten hier nichts. Und er bezichtigte einen der Ihren. Er konnte schlecht ins nächste Polizeirevier marschieren, eine Aussage machen, den Beamten seine Aufzeichnungen übergeben und eine umfassende Untersuchung erwarten. Oder überhaupt irgendeine Reaktion. Er konnte sie allerdings auch nicht an das Justizministerium in Bangkok schicken, denn dort würden sie in den Mühlen der Bürokratie verschwinden.

Nein. Siri und Daeng waren übereingekommen, den Fall einer rechtschaffenen Person mit Einfluss und Beziehungen zu übergeben. Siri war überzeugt, dass er besagter Person in einem kleinen provisorischen Gerichtssaal in Nam Som über den Weg gelaufen war.

Boh stellte seinen Wagen vor der Staatsanwaltschaft in Udon Thani ab und brachte noch etwas von seinem schmutzigen Geld unter die Leute. Dann kehrte er zum Parkplatz zurück, wo Siri, Daeng und Köter unter einem Baum saßen, und streckte ihnen stolz eine Adresse entgegen. Zwanzig Minuten später hielten sie vor einem Haus in einer von adretten Bungalows gesäumten Straße in einem geschlossenen Wohnkomplex der Regierung.

Siri nannte der Frau des Anklägers und ihren beiden kleinen Kindern seinen Namen. Der Ankläger sei in die Stadt gefahren und frühestens in einer halben Stunde zurück. Siri bat um die Erlaubnis zu warten. Die Frau willigte ein. Siri hatte sich die Gattin eines Staatsanwalts immer etwas eleganter vorgestellt. Sie war nicht unattraktiv und wäre mit dem richtigen Make-up und passender Kleidung glatt als Glamourgirl durchgegangen. Stattdessen hatte sie ihr Haar im Nacken zu einem Pferdeschwanz gebunden, war ungeschminkt und trug ein Sackkleid. Andererseits hatte sie natürlich keine Gäste erwartet.

Boh machte sich mit Daeng und dem schlafenden Köter auf die Suche nach einem Kaufhaus, um Daeng für ihren Bangkok-Besuch neu einzukleiden. Die Frau bat ihn herein, doch Siri zog es vor, sich zu den Kindern zu gesellen, die im Vorgarten auf einem Klettergerüst herumturnten. Ihre Mutter war dankbar für den Babysitter. In Minutenschnelle war der Altersunterschied auf ein paar Monate geschrumpft, und Siri hatte genauso viel Spaß wie die Kinder. Nach einer Viertelstunde waren sie die besten Freunde. Gemeinsam gingen sie ins Haus, um etwas Kaltes zu trinken.

»Glaubst du an Geister?«, fragte ihn eines der Mädchen.

Siri überlegte, was man einer Vierjährigen auf diese Frage am besten antwortete.

»Kommt drauf an«, sagte er. »Sind die Geister denn nett oder gemein?«

»Schluss mit den Geistergeschichten«, rief die Mutter aus der Küche.

Davon ließen sich die Mädchen nicht beirren.

»Ich habe sie zwar nicht mit eigenen Augen gesehen, aber ich glaube, sie sind nett«, flüsterte die Jüngere. »Ich glaube, sie wohnen in Mamis Wäscheschrank.«

»Dann haben sie wenigstens einen sauberen Platz zum Schlafen«, sagte Siri.

Darüber lachten die Mädchen sich fast kaputt.

»Möchtest du ihnen guten Tag sagen?«, fragte die Ältere.

»Ja, das wäre nett«, sagte Siri.

Sie nahmen jede eine Hand und führten ihn in den hinteren Teil des Hauses, vorbei an zwei geschlossenen Türen.

»Das ist das Wohnzimmer«, sagte die Jüngere.

Es war ein dunkler Raum mit zwei kleinen Fenstern, die einen üppigen Tropengarten umrahmten. Ein Transistorradio spielte Thai-Pop-Schnulzen. Es wetteiferte mit einer alten Klimaanlage, die knurrte und ächzte, als würde sie Todesqualen leiden.

»Und da drin wohnen sie«, sagte die Ältere und zeigte auf einen hohen, lackierten Weißholzschrank in der hinteren Ecke.

»Und was soll ich jetzt tun?«, fragte Siri.

»Sie erschrecken«, sagte das jüngere Mädchen.

»Dich anschleichen«, sagte die Ältere.

Siri schlich mit Katzenschritten auf den Schrank zu, und die Mädchen kicherten aufgeregt.

»Eins, zwei …«, zählte Siri und umfasste den Griff der Schranktür. »Drei«, sagte er und riss sie auf. Die Mädchen kreischten. Siri wich zurück. Doch das einzig Überwältigende, was ihm entgegenschlug, war der süße Duft frisch gewaschener Wäsche und flauschiger Handtücher. Er blickte sich um, doch die Mädchen waren verschwunden. Er ging zum Sofa und setzte sich.

»Jetzt sind alle fort«, sagte er, worauf die Mädchen wie auf ein Stichwort hinter der Rückenlehne hervorsprangen und »Buh!« schrien.

Siri fasste sich an die Brust und brach auf dem Sofa zusammen. Die Mädchen warfen sich auf ihn.

»Was macht ihr denn da hinten?«, rief die Mutter wütend. Als sie in der Tür erschien, saßen Siri und die Mädchen artig wie die Hühner auf der Stange. Sie stemmte die Hände in die Hüften. »Ihr kommt sofort hierher«, sagte sie, und die Mädchen taten wie geheißen. »Euer Vater kann jeden Moment zu Hause sein. Also ab ins Bad, und zwar ein bisschen plötzlich, ihr stinkt wie eine Jauchegrube.«

Lachend liefen die Mädchen aus dem Zimmer.

»Bitte entschuldigen Sie«, sagte sie.

»Keine Ursache«, erwiderte Siri wahrheitsgemäß.

»Ich sehe nur rasch nach den beiden. Machen Sie es sich bequem.«

Siri saß auf dem Sofa und lächelte. Kleine Kinder stimmten ihn heiter und froh. Er wäre ein guter Vater gewesen, doch das Schicksal und die Kommunistische Partei hatten ihm dieses Glück versagt. Er sah sich im Zimmer um: geschmackvoll eingerichtet, aber nichts von größerem Wert. Er betrachtete den Wäscheschrank. Die Tür war geschlossen, obgleich er sich nicht entsinnen konnte, sie wieder zugemacht zu haben. Er konnte sich beim besten Willen nicht erinnern, wo die Geister in seinem Haus gewohnt hatten, ja eigentlich nicht einmal mehr an das verdammte Haus.

Da drang eine Stimme an sein Ohr.

»Können Sie mich hören?«

Die dumpfe Stimme aus dem Wäscheschrank gehörte eindeutig einem Mann. Der darin jedoch niemals Platz gefunden hätte. Wie war das möglich? Er stand auf und ging zögernd auf das Möbel zu.

Da er in Thailand war, fragte er auf Thai: »Wer ist da drin?«

»Ich«, rief die Stimme. »Können Sie mich hören?«

Siri schloss die Hand um den Knauf und riss die Schranktür auf. Diesmal gab es keine süß duftende Bettwäsche in aufgeräumten Fächern, nur Dunkel und Unendlichkeit. Und als das Licht aus dem Zimmer in den Schrank fiel, erhaschte er einen Blick auf die Silhouette eines Mannes, eines kleinen, untersetzten Mannes, der langsam davonging. Er erkannte ihn sofort.

»Sie suchen doch nicht etwa unseren Geist, Doktor?«

Siri erschrak fast zu Tode. Er drehte sich um und sah sich dem jungen Ankläger Suthon gegenüber. Der Mann lächelte und entbot ihm einen höflichen *wai*. Siri erwiderte die Geste.

»Ihre Mädchen haben mich mit ihren Geschichten traumatisiert«, sagt Siri.

»Dann brauchen Sie dringend etwas zu trinken«, sagte Suthon. »Warten Sie, ich bin gleich wieder da.«

Der Ankläger ging hinaus, und Siri sank aufs Sofa. Sein Herz raste. Er hatte mit Geistern gerungen und Dämonen besiegt, doch das hier hatte eine völlig andere Dimension. Wieder einmal war er sich selbst begegnet. Es war das Zusammentreffen aus der Nacht zwischen den Türen. Die Musik. Das Gekicher. Der Schrei. All das hatte er damals schon gehört. Seither waren drei Wochen vergangen, und jetzt durchlebte er es ein zweites Mal, von der anderen Seite.

»Ich hoffe, Whisky pur trifft Ihren Geschmack«, sagte

Suthon und reichte Siri ein großzügig eingeschenktes Glas, dem das seine in nichts nachstand. »Sie sehen ein bisschen blass aus«, sagte er. »Fehlt Ihnen etwas?« Er nahm Siri gegenüber in einem Rohrsessel Platz.

»Beim Ringkampf mit Vierjährigen kann einem schon mal die Puste ausgehen«, sagte Siri.

»Prost«, sagte der Richter.

»Auf Ihr Wohl«, sagte Siri.

Sie erhoben die Gläser und tranken einen Schluck. Die Wärme besänftigte Siris gequältes Herz. Suthon hatte ein Glas Whisky offenbar ebenso nötig wie er selbst. Der Doktor fragte sich, wie oft die Last des Zweifels auf den Schultern dieses Mannes lag, wenn er abends nach Hause kam. Ein ehrlicher Mann in seiner Position war gleichsam dazu verurteilt, entweder der völligen Erschöpfung oder aber der Trunksucht anheimzufallen.

»Es scheint Sie gar nicht zu überraschen, dass ich hier bin«, sagte Siri.

»Unliebsame Überraschungen versuche ich tunlichst zu vermeiden«, sagte Suthon. »So halte ich unsere Angestellten in der Öffentlichen Anklagebehörde gewöhnlich dazu an, sich schmieren zu lassen, nicht jedoch ohne mir zu sagen, was sie dafür tun sollen. Auf diese Weise haben wir alle etwas davon. Heute rief mich eine Mitarbeiterin an und sagte mir, ein älterer Mann habe nach meiner Privatadresse gefragt. Sie sagte, er sei in einem teuren Wagen vorgefahren, mit einem älteren Paar und einem Hund im Fond. Da fiel mir ein, dass Sie meinen Gerichtssaal seinerzeit in Begleitung eines Hundes betreten haben. Also habe ich der Frau geraten, meine Adresse nicht unter dreitausend Baht herauszugeben. Wo ist übrigens Ihr Hund?«

»Auf Shoppingtour«, sagte Siri.

»Er wird sicher etwas Hübsches finden.«

Sie lachten.

»Warum empfangen Sie mich überhaupt?«, fragte Siri.

Suthon entknotete seine Krawatte und öffnete seinen Kragenknopf.

»Können Sie mir vielleicht erklären, weshalb wir diese dämlichen Westklamotten tragen müssen, noch dazu bei dieser Hitze?«, sagte er. »Warum ich Sie empfangen habe? Ich will ganz offen sein. Am Tag meiner Rückkehr habe ich von dem angeblichen Selbstmord in Nam Som gehört. Ehrlich gesagt, die Sache gefällt mir ganz und gar nicht.«

»Verzeihen Sie, das mag jetzt ein wenig zynisch klingen«, sagte Siri, »aber Sie öffnen sich einem wildfremden Menschen für meinen Geschmack ein klein wenig zu schnell.«

Suthon lachte. »Aber Sie sind doch kein Fremder, Dr. Siri«, sagte sie. »Ich weiß, wer Sie sind und was Sie geleistet haben. Das meiste davon habe ich schon an dem Tag in Erfahrung gebracht, als Sie mich vor Gericht so glänzend unterhalten haben. Wir Thais wissen uns zu helfen, immer vorausgesetzt, wir bringen das nötige Interesse auf.«

»Und warum interessieren Sie sich ausgerechnet für meine Person, junger Mann?«

»Weil Sie all das verkörpern, wonach ich strebe. Sie kennen keine Furcht. Sie pfeifen auf die Konsequenzen Ihres Handelns. Sie erfreuen sich, allen Widrigkeiten zum Trotz, bester Gesundheit und lassen niemals locker, sei der Fall auch noch so hoffnungslos.«

»Wie der Fall von Abt Rayron?«

»Genau.«

»Und ich dachte, Ihre Botschaft in Vientiane sei nur ein besseres Fremdenverkehrsbüro. Oder ist sie am Ende Ihr heißer Draht zur CIA?«

»Kein Grund zur Paranoia, Doktor. Ich habe nichts Negatives über Sie erfahren. Sie verfügen über einen bemerkenswerten Instinkt. Sie sind hier, weil Sie mir etwas über den Abt mitteilen möchten. Ihre Wahl ist auf mich gefallen, weil Sie mir vertrauen. Also hören wir auf, kostbare Zeit zu vergeuden, und machen uns an die Arbeit. Was haben Sie zu bieten?«

Siri war froh, dass er sich für Suthon entschieden hatte. Der Bursche war gewitzt und voller Tatendrang. In einem Land, in dem die Korruption das Zepter schwang, würde er vermutlich vor seinem fünfzigsten Geburtstag einem Attentat zum Opfer fallen, doch seine Erfolge würden künftigen Generationen als Inspiration und Vorbild dienen. Siri las ihm seinen Bericht laut vor, denn er hatte ihn auf Laotisch verfasst, was einem Thai die Lektüre erheblich erschwerte. Suthon schrieb eifrig mit. Er stellte intelligente Fragen und machte praktische Vorschläge. Etwa nach der Hälfte kamen die Mädchen ins Zimmer, um ihrem Vater und dem netten Großvater, der sich auf die Suche nach ihrem Geist begeben hatte, gute Nacht zu sagen.

»Die sind Ihnen wirklich hervorragend gelungen«, sagte Siri, als sie wieder draußen waren.

»Das will ich hoffen«, sagte Suthon. »Es ist oft nicht einfach zu entscheiden, was richtig ist und was falsch. Letztlich kann man nur aus den Fehlern ignoranter Eltern lernen, die ihre Kinder sich selbst überlassen haben. Das Ergebnis erlebe ich fast täglich bei der Arbeit.«

»Da rennen Sie bei mir offene Türen ein«, sagte Siri.

Sie hatten die Flasche Scotch beinahe geleert, als Siri sein bitteres Fazit zog.

»Alles nichts«, sagte er. »Jedenfalls nichts, was vor Gericht Bestand hätte.«

»Das sehe ich anders«, sagte Suthon.

»Nicht der geringste Beweis«, sagte Siri.

Suthon ging im Zimmer langsam auf und ab. Er starrte den Doktor an.

»Siri«, sagte er, »ich weiß, dass Sie und Ihre Frau Ihre Zeit nicht ewig in Udon vertrödeln können, aber ich würde Sie gern noch einmal in den Zeugenstand rufen, wenn der Fall vor Gericht verhandelt wird.«

Siri war entzückt. »Sind Sie sich Ihrer Sache wirklich so sicher?«

»Absolut.«

»Dann wird es mir ein Vergnügen sein.«

»Die Kosten für Anreise und Unterbringung würden wir selbstverständlich übernehmen«, sagte Suthon.

»Umso besser.«

»Wann holt Ihr verrückter Mönch-Schrägstrich-Chauffeur Sie ab?«

»Schwer zu sagen«, meinte Siri. »Madame Daeng ist auf großer Erkundungstour im Shopping-Paradies. Sie hat zwar kein Geld, um sich etwas zu kaufen, aber das wird sie kaum davon abhalten, in jedem Geschäft das gesamte Sortiment anzuprobieren. Trotzdem denke ich, dass sie vor Einbruch der Dunkelheit zurück sein werden.«

»Sehr gut. Ich verspreche, Sie über jegliche Eventualität auf dem Laufenden zu halten. Und ich garantiere Ihnen, ich werde weder rasten noch ruhen, bis dieses Polizistenschwein vor seinem Henker steht. So viel kann ich Ihnen versichern.«

Suthon stand auf.

»Kommen Sie mit in mein Arbeitszimmer«, sagte er. »Ich gebe Ihnen meine Visitenkarte mit ein paar Telefon- und Faxnummern darauf. Irgendwann wird auch Ihr erbärmliches kleines Land Anschluss an den Rest der Welt erhalten.«

Vom Whisky leicht benommen, torkelte Siri langsam auf den Flur hinaus. Entweder war der Whisky wesentlich stärker, als er es gewohnt war, oder die Strapazen der vergangenen Woche machten sich bemerkbar. Vor dem Arbeitszimmer angekommen, hielt er sich am Türrahmen fest und nahm seine ganze Konzentration zusammen. Als er wieder klar sehen konnte, klappte ihm die Kinnlade herunter. Er traute seinen Augen nicht. Es war zwar nicht spätabends, und es summten auch keine Insekten um eine Laterne vor dem Fenster. Kein dunkler Schatten weit und breit. Aber dies war das Zimmer, das »Durchgangszimmer«, das Siri von der Grauzone zwischen den Türen aus betreten hatte.

Suthon stand über seinen Schreibtisch gebeugt und wühlte in einer Schublade.

»Hier muss doch irgendwo eine sein«, sagte er. »Unmengen von Karten, nur die gesuchte nicht. Es ist immer dasselbe.«

Siri schlurfte schwankend durchs Zimmer, auf der Suche nach der Tür, durch die er in jener Nacht hereingekommen war. Es gab keine. Er lehnte sich gegen die Wand, während Wellen der Erschöpfung über ihm zusammenschlugen.

»Sie haben nicht zufällig eine Karte, oder, Pathologe?«

Siri tastete nach einem Türknauf, einem Scharnier, einem Holzpaneel, doch sein Griff ging ins Leere. Wie ein Klumpen Schmalz glitt er die Wand hinab, bis er auf dem Fußboden zu sitzen kam.

»…in dem Drecksland, aus dem Sie kommen«, lauteten die letzten Worte, die er hörte, bevor er das Bewusstsein verlor.

»Ich fürchte, Sie haben ihn verpasst«, sagte Suthon. Er stand Hand in Hand mit seiner stummen Frau auf der Veranda.

»Er ist ohne uns gegangen?«, fragte Madame Daeng, von ihrem Gang durch den riesigen Vorgarten noch ein wenig aus der Puste.

»Wir haben ihn gebeten, zum Abendessen zu bleiben, aber er meinte, er habe uns schon genug Umstände gemacht«, sagte der Ankläger. »Er hatte es anscheinend ziemlich eilig.«

»Haben Sie eine Ahnung, wohin er wollte?«

»Er hat mich nach dem nächsten *samlor*-Taxistand gefragt. Zwei Straßen weiter, habe ich gesagt, und er hat sich auf den Weg gemacht. Tut mir leid. Ich bin gar nicht auf die Idee gekommen, ihn zu fragen, wohin er wollte.«

»Schon gut«, sagte Daeng. »Es ist weiß Gott nicht das erste Mal, dass er verschwindet. Wir werden ihn schon finden. Vielen Dank.«

»Gern geschehen.«

Sie wollte sich eben zum Gehen wenden, als ihr ein Gedanke kam. »Hat er Ihnen den Bericht dagelassen?«, fragte sie.

»Wir sind ihn gemeinsam durchgegangen«, sagte der Ankläger. »Ich habe sofort alles Nötige in die Wege geleitet und dem Doktor versprochen, Sie auf dem Laufenden zu halten.«

»Dann bin ich beruhigt. Gute Nacht.«

»Gute Nacht.«

In diesem Moment sprang Köter zu Ex-Mönch Bohs Erstaunen vom Rücksitz auf dessen Schoß und von dort durchs offene Fenster. Wild bellend kam er an Daeng vorbei den Gartenweg heraufgelaufen. Der Ankläger und seine Frau hatten kaum die Fliegentür hinter sich geschlossen, als Köter auch schon davorstand und den Kopf gegen den Maschendraht schlug. Madame Daeng eilte zurück, packte den Hund am Halsband und zerrte ihn mit sich davon.

»Bitte entschuldigen Sie«, sagte sie. »Das hat er noch nie getan.«

Köter hörte nicht auf zu bellen.

»Das muss ich auf meine Kappe nehmen«, sagte Suthon. »Unsere Hündin ist läufig. Seit einer Woche stehen sämtliche Hunde aus der Nachbarschaft vor unserem Gartentor Schlange. Ich hätte sie vielleicht doch lieber sterilisieren lassen sollen.«

Boh kam mit einem Stück Kabel und benutzte es als Leinenersatz. Köter jaulte. Mit vereinten Kräften zerrten sie den toll gewordenen Hund zurück zum Auto. Selbst als sie längst um die nächste Ecke waren, knurrte Köter sabbernd die Heckscheibe an.

Suthon machte die Haustür zu, ging an seiner Frau vorbei, die schweigend und mit gesenktem Kopf in der Diele stand, schloss die Tür zu seinem Arbeitszimmer auf und ging hinein. Er verriegelte die Tür hinter sich und schaltete das Licht ein. Siri saß in einer Zimmerecke im Gästesessel. Er war mit mehreren Lagen Klebeband geknebelt. Seine Hände waren mit Handschellen an die hölzernen Armlehnen des Sessels gefesselt.

»Oh, Sie sind wach«, sagte Suthon. »Das trifft sich gut. Ich muss mit Ihnen sprechen.«

Er ließ sich in dem Ledersessel hinter dem Schreibtisch nieder und begann zu schreiben.

»Die Handschellen sind eine reine Vorsichtsmaßnahme«, sagte er. »Damit Sie mir nicht aus dem Sessel kippen. Die Wirkung des Betäubungsmittels müsste bald nachlassen, trotzdem wird es noch acht oder neun Stunden dauern, bis das Gefühl in Ihre Gliedmaßen zurückkehrt. Gehen werden Sie jedenfalls nicht können. Dabei hat man uns schon so oft vor dem letzten Glas gewarnt, das in der Regel eins zu viel ist. Aber wir sind und bleiben unverbesserlich, nicht? Meinen Sie, Sie können dem Drang zu schreien widerstehen, wenn ich Ihnen den Knebel abnehme? Es würde Ihnen ohnehin nichts nützen. Frauchen folgt mir aufs Wort, und die Nachbarn können Sie nicht hören, weil ich erstens eine Klimaanlage und zweitens dicke Glasfenster habe einbauen lassen.«

Siri nickte. Der Ankläger holte einen Brieföffner aus der Schublade, durchtrennte die Frischhaltefolie hinter Siris Ohr und riss sie herunter. Der Doktor holte vier oder fünf Mal tief Luft.

»Ach, stimmt ja«, sagte der Ankläger, »Sie leiden unter Atembeschwerden, nicht wahr? Das könnte Ihr vorzeitiges Ableben eventuell etwas beschleunigen. Mal sehen, was sich machen lässt. Sie könnten beispielsweise hinter einem Bus herrennen. Das würde niemanden wundern. Sie sind alt. Von Rechts wegen müssten Sie längst tot sein. Ja. Das hätte mir eine Menge Ärger erspart.«

»Gratuliere«, sagte Siri. Er hatte taube Lippen und konnte nicht richtig sprechen.

»Wozu?«

»Ich hatte nicht den Hauch eines Verdachts. Sie standen noch nicht einmal auf meiner Liste der Verdächtigen.«

»Ich weiß«, sagte Suthon. »Darum musste ich unbedingt

einen Blick auf Ihre Liste werfen. Sie hätte jeder Überprüfung standgehalten. Hauptmann Gumron war einfach der ideale Kandidat, schließlich suchten Sie nach einem Polizisten. Dummerweise ahnten Sie nicht, dass die Königliche Thailändische Polizeischule Fachstudiengänge anbietet, die es hochintelligenten Menschen wie mir selbst erlauben, in eine gehobene Stellung aufzusteigen. Kaum steckte ich in einer Uniform und blies in eine Trillerpfeife, war es nur noch ein kleiner Schritt zu einem Posten als Richter am Obersten Gericht. Das Land der unbegrenzten Möglichkeiten.«

»Was an meinem Bericht hat Sie gestört?«, fragte Siri.

»Eine winzige Kleinigkeit. Sie erwähnen sie lediglich en passant, aber als ich Sie danach fragte, sind Sie ausgewichen. Sie haben gesagt, Sie hätten jemanden darauf angesetzt. Kristana Mukum, Dusit Versicherungen, Suan Dusit. Es war die einzige Spur, die sich unter Umständen zu mir hätte zurückverfolgen lassen. Wie sind Sie darauf gestoßen?«

»Das kann ich Ihnen nicht sagen«, entgegnete Siri.

Der Ankläger lachte. »Ich an Ihrer Stelle würde es mir zweimal überlegen, die Antwort zu verweigern.«

»Nun ja, solange ich kein Gefühl in den Gliedern habe, werden Sie mit Folter nicht weit kommen.«

Lächelnd kehrte Suthon an seinen Schreibtisch zurück. »Es ist Ihnen tatsächlich egal, ob Sie sterben, was?«

»Hinter mir liegt ein erfülltes Leben.«

»Ihnen ist hoffentlich klar, dass das hier schon alles war.«

»Was, das hier?«

»Diese Erde. Dieses Leben, dessen Ende in Ihrem Fall beständig näher rückt. Ihnen ist hoffentlich klar, dass es danach nichts gibt, worauf Sie sich noch freuen könnten?«

»Ah, ein reiner Atheist.«

»Korrigiere, Siri: Realist. Der Glaube ist der größte Irrtum der Menschheit. Wir erwarten ein großzügiges Angebot vom Jenseits, vom Allmächtigen, vom Auserwählten. Wir erwarten eine Fortsetzung, einen zweiten Teil. Montags werden wir von einem *tuktuk* überfahren und sind felsenfest davon überzeugt, dass wir spätestens Dienstagnachmittag auf einem Balkon mit Blick auf die Pforten unseres Lieblingshimmels sitzen und ein kühles Bierchen schlürfen werden.«

»Und was glauben Sie, wo Ihre Opfer jetzt sind?«, fragte Siri.

»Wo auch immer man sie abgeheftet, verstreut oder eingeäschert hat. Ihr Beitrag zum Leben und Wirken auf Erden – so sie denn überhaupt einen geleistet haben – war in dem Moment erbracht, als ihr Herz zu schlagen aufhörte. Die Lichter gingen aus, das Belüftungssystem schaltete sich ab, und aus Sein wurde Nichtsein. Aus die Maus.«

»Und was ist mit Ihren Kindern?«

»Was soll mit ihnen sein?«, blaffte er.

»Haben sie nicht das Recht, an etwas zu glauben?«

»Nein.«

»Nein? Sie werden sie schwerlich davon abhalten können.«

»Und ob ich sie davon abhalten kann, ich bin schließlich ihr Vater. Ich kann sie vom Glauben ebenso abhalten, wie man seinen Sohn vom Rauchen oder seine Tochter davon abhält, sich mit zwielichtigen Burschen herumzutreiben. Indem man mit gutem Beispiel vorangeht. Und seiner elterlichen Verantwortung gerecht wird.«

»Im Gegensatz zu Ihren Eltern.«

Bei diesen Worten begann ein Mundwinkel des Anklägers

zu zucken. Suthon war Lims ehelicher Sohn, da gab es für Siri keinen Zweifel mehr.

»Meine Eltern verdienten diesen Namen nicht«, sagte er. »Ich könnte ihnen unähnlicher kaum sein. Meine Kinder werden mit Eltern aufwachsen, die immer für sie da sind. Eltern, die ihnen Liebe und Aufmerksamkeit schenken und sie nicht belügen. Die ihnen keine erfundenen Geschichten über heilige Geister und das Jenseits und Monster auf dem Dachboden erzählen.«

»Ihre Mädchen glauben an Geister im Wäscheschrank«, widersprach Siri.

»Das ist ein Spiel«, brüllte Suthon, »und keine Religion. Ich werde sie niemals in einen Tempel schleifen, um Kerzen anzuzünden, die Statue eines toten Mönchs mit Blattgold zu bekleben und den Märchen über einen Millionär zu lauschen, der den Verstand verlor und zur Erleuchtung fand. Ich werde sie niemals vor einen Altar setzen, um ihre Ahnen um Verzeihung zu bitten, weil sie ihnen seit einer Woche keine Coca-Cola mehr kredenzt haben. Ich werde sie niemals zu einem Grab aus Beton führen, um ihrer toten Großmutter guten Tag zu sagen. Und ich werde sie niemals in ihrem Zimmer einschließen und sie dazu zwingen, die Silas zu lernen. Spätestens mit acht werden meine Kinder wissen, dass all diese Dinge weiter nichts sind als finstere Fantastereien.«

Es herrschte Schweigen, bis Suthon seine Selbstbeherrschung zurückgewonnen hatte.

»Haben Sie jemals geglaubt?«, fragte Siri.

»Das war kein Glaube, Siri. Das war Gehirnwäsche. Eine Art psychologischer Babysitter. Sie gingen fort und ließen mich tagelang allein. Ich müsse mich nicht fürchten, sagten sie, denn die Geister würden über mich und mein Wohlergehen wachen. Ich stand Todesängste aus.«

»Wissen Sie, wo sie hingegangen sind?«, fragte Siri. »Wenn sie Sie alleingelassen haben?«

»Er hatte eine zweite Frau«, sagte Suthon. »Nach der Schule wartete ich, bis er die Fabrik verließ, und folgte ihm. Sie hatten ein Haus. Sie gingen mit ihrem Sohn in den Park und spielten Ball. Sie hielten Händchen. Es war ein Bild, wie es schöner nicht hätte sein können. Nur hatte ich darin keinen Platz. Dann wendete sich das Blatt. Als die andere Frau starb, wurde der Junge fortgeschickt. Und es kam noch besser. Als der Mönch vor unserer Tür stand und meinem Vater mitteilte, dass der andere Junge tot war, hätte ich ihn am liebsten umarmt. Es war das perfekte Ende einer Geschichte. Alles, was man mir über den Buddhismus erzählt hatte, war wahr geworden. Der Mönch hatte mir Freude und Frieden gebracht. Ich malte mir aus, wie es wohl wäre, ein Leben wie das seine zu führen, von einer Familie zur nächsten zu wandern und die frohe Botschaft zu verkünden.

Mein Vater zog aus und ließ mich mit den Dienstmädchen und der Geistermenagerie allein. Nur die chinesische Hexe kam hin und wieder zu Besuch. Und so verfolgte ich stattdessen sie. Dabei sah ich meinen Mönch wieder. Den Mönch, den sie dazu überredet hatte, meinen Vater zu belügen. Er und sie. Morgens schlüpfte er in sein Gewand und ging Almosen sammeln. Abends zog er sein geblümtes Hemd an, und sie tranken in Gartenlokalen literweise Gin und gingen in sündhaft teure Clubs. Sie steckten natürlich unter einer Decke, und er besaß sogar die Unverfrorenheit, mit ihr bei uns zu Hause aufzukreuzen. Gut möglich, dass sie planten, meinen Vater umzubringen. Mein alter

Herr wäre niemals auf die Idee gekommen, das Wort eines Mönchs anzuzweifeln, der ihm die Nachricht vom Tod seines unehelichen Sohnes überbringt. Am Ende ging es der Hexe und ihrem Liebhaber einzig und allein um das Erbe meines Vaters. Als sie dann starb, kam der falsche Mönch noch nicht einmal zu ihrer Beerdigung. Für mich zerbrach eine Welt. Es war Sünde, Siri. Erst brachten sie mir bei, was Sünde bedeutete, und dann lebten sie es mir vor.«

Suthon entnahm seinem Schreibtisch eine Flasche und zwei Whiskygläser und schenkte ein. Er trank das eine aus und hielt Siri das andere hin.

»Nein?«, sagte er und leerte auch das zweite.

»Sie haben den spannendsten Teil ausgelassen«, sagte Siri.

»Nämlich welchen?«, fragte der Ankläger.

»Wie Sie die Frauen im Leben Ihres Vaters umgebracht haben«, sagte Siri.

Suthons Grinsen war noch nie so breit gewesen.

»Sie sind wirklich ein gerissener kleiner Pathologe«, sagte er. »Wie haben Sie denn das herausbekommen?«

Wieder füllte er die beiden Gläser.

»Ganz einfach«, sagte Siri. »Viele Menschen behaupten, getötet zu haben, und noch viel mehr sehen aus, als ob sie töten könnten, aber es bedarf schon eines recht seltenen Exemplars der Spezies Psychopath, um es auch tatsächlich zu tun. Und da ich ziemlich sicher bin, dass die Morde in Sawan auf Ihr Konto gehen, fällt es mir nicht allzu schwer, mir vorzustellen, dass Sie auch Ihre Mutter vergiftet haben oder durch das Fenster der Hure Ihres Vaters geklettert sind. Dass es in ein und derselben Familie gleich zwei Wahnsinnige Ihres Kalibers gibt, halte ich dagegen für eher unwahrscheinlich.«

»Hätte ich den kleinen Bastard doch gleich kaltgemacht, das hätte mir viel Ärger erspart«, sagte Suthon. »Der Sohn der Hure lag in seinem Bett und beobachtete mich. Er war nur fünf Jahre jünger als ich, acht oder neun, und trotzdem lutschte er noch am Daumen und brach bei dem geringsten Anlass in Tränen aus. Er sah mich an, und dieser Blick – dieser vorwurfsvolle Blick –, der ließ mich nicht mehr los. Er hatte natürlich keine Ahnung, wer ich war. Wenn du mich verrätst, drohte ich ihm in dieser Nacht, hast du dein Lebtag keine ruhige Minute mehr. Und es funktionierte. Er hatte solchen Schiss, dass er es noch nicht mal der Polizei zu sagen wagte. Wären die Ermittler nicht solche Volltrottel gewesen, hätte ich in dieser Nacht zwei Fliegen mit einer Klappe schlagen können. Ich habe es aussehen lassen, als ob die chinesische Hexe hinter den Morden steckte, aber sie haben sie noch nicht einmal verhört. Also musste ich abwarten und sie bei einem meiner seltenen Besuche aus Bangkok erledigen.«

»Wie haben Sie erfahren, dass Ihr Vater sein Testament geändert hatte?«, fragte Siri.

»Sein Anwalt hat es meinem Anwalt erzählt«, sagte der Ankläger. »Eines der vielen Sicherheitsventile, die ich eingebaut hatte, um unliebsame Überraschungen zu vermeiden.«

Siri sah den jungen Mann an und seufzte. Was er mit dem Doktor vorhatte, war nach wie vor sein Geheimnis. Siri fiel nichts Besseres ein, als ihn reden zu lassen. Suthon ließ sich nicht zweimal bitten.

»Das war der Gipfel der Beleidigung«, sagte der Ankläger. »Wissen Sie eigentlich, wie reich er war? Ach, Siri. Mit dem Geld, das der alte Geizhals auf der hohen Kante hatte, könnte Laos gleich dreimal seine Staatsschulden begleichen. Was wollte er mit der ganzen Kohle? Aber ich wollte keine unnötigen Komplikationen. Nur deshalb habe ich ihn nicht auch noch umgebracht. Ich übte mich in Geduld. Der gibt sowieso bald den Löffel ab, dachte ich. Und dann kam ich dahinter, dass er beschlossen hatte, alles einem Mönch, einem hergelaufenen safrangelben Kuhhirten zu vermachen. Was für eine Verschwendung.«

Er leerte ein weiteres Glas.

»Ich war bereits in dieser Gegend«, sagte er. »Ich hatte mich aus Bangkok hierher versetzen lassen, als ich hörte, dass der Alte in den letzten Zügen lag. Dazu müssen Sie wissen, dass es nicht ganz leicht ist, sich an einen bestimmten Ort schicken zu lassen. Sie können nicht einfach in das Büro eines Richters marschieren und sagen, Sie würden gern mal nach Udon, als wäre es ein Reisebüro. Aber es gibt Mittelsmänner, normalerweise Verwandte des Richters. Das kostet zwar eine Stange Geld, aber die Ausgabe lohnt sich. Das war mein wunder Punkt.«

Er hielt einen unverschlossenen Briefumschlag hoch und zog einen Scheck daraus hervor.

»Nur deshalb sind Sie hier, alter Knabe. Das ist meine letzte Zahlung an den Mittelsmann. Bevor die Sonne aufgeht, werden Sie mir verraten haben, wie Sie an diese Adresse gekommen sind. Wie gesagt, wenn ich eins habe, dann Geduld.«

»Warum hat Sie niemand wiedererkannt, als Sie hierher zurückgekommen sind?«, fragte Siri.

»Weil ich kein pickliger Teenager mehr war.«

»Aber der Name?«

»Wissen Sie, wie einfach es hierzulande ist, sich einen neuen Namen zuzulegen, Siri? Man geht mit seinem Personalausweis zum Bezirksamt und schreibt seinen neuen Namen auf ein Stück Papier. Sie bekommen einen neuen Ausweis ausgestellt, schieben fünfzig Baht über den Tresen, und schon sind Sie ein anderer Mensch. Dann brennen Sie das Bezirksamt nieder, und schon ist Ihr alter Name aus der Welt. Wunderbares Thailand, was?«

»Wozu die ganze Mühe?«, fragte Siri. »Warum haben Sie nicht einfach zwei Gorillas mit Motorrad angeheuert und den Abt erschießen lassen?«

Der Ankläger schenkte sich ein fünftes Glas ein und ließ sich damit auf dem Sofa nieder. Dafür, dass er so viel getrunken hatte, war er erstaunlich stabil auf den Beinen.

»Aber es war eine einmalige Gelegenheit«, sagte Suthon. »Und die konnte ich mir unmöglich durch die Lappen gehen lassen. Verstehen Sie, ich will eine Provinz, ein eigenes kleines Reich. Ich will natürlich auch das Geld meines Vaters, aber dazu fehlt mir die nötige Glaubwürdigkeit. Als Richter – noch dazu als reicher Richter – könnte ich es in kürzester Zeit zum Gouverneur bringen. Und Schritt für Schritt, Goldstück für Goldstück in eine Position aufsteigen, die es mir ermöglichen würde, den Nordosten aus dem Würgegriff des Aberglaubens zu befreien. Nicht von heute auf morgen, natürlich, aber ich könnte Zweifel säen, durch Bildung und gesunden Menschenverstand. Indem ich den Sangha in Misskredit bringe und den Leuten zeige, dass alle Götter falsch sind. Indem ich ihnen zeige, dass sie ein erfüllteres, erfolgreicheres Leben führen könnten, wenn sie nicht länger an Geister, sondern an sich selbst glauben würden. Oder, besser noch, an mich.«

Siri seufzte. Jetzt hätte *er* noch einen Whisky vertragen können, doch einen Wahnsinnigen, der sich in Fahrt geredet hatte, mochte er nur ungern bremsen.

»Also haben Sie Abt Rayron zu Ihrem Sündenbock gemacht«, sagte er.

»So könnte man es nennen«, bekräftigte Suthon. »Aber wie Sie schon sagten, hätte ich ihn ebenso gut auf einer dunklen Straße irgendwo im Nirgendwo exekutieren lassen können. Ein Mönch vom Land. Aufenthaltsort unbekannt. Die Story wäre nach einer Woche vergessen gewesen. Kein Mensch interessiert sich für kleine Tode in der Provinz. Eine Serie spektakulärer Morde hingegen, und der Mann wäre eine Legende. Wie alle berühmten Serienkiller. Man erinnert sich immer nur an den Namen des Täters, nie an die der Opfer. Er wäre Thailands erster Psychopath von internationalem Rang. Die Presse würde ihm einen griffigen Namen verpassen wie ›Der Schamanenschlächter‹: Henker im Namen Buddhas. Einsamer Wandler in den Fußstapfen des Herrn.«

»Der Asket, der Leichnam, der Greis und der Kranke«, sagte Siri.

»Sie haben's erfasst«, sagte Suthon und platzte fast vor Stolz. Er leerte sein Glas und schielte zur Flasche auf dem Schreibtisch. Er schien sich förmlich nach Trunkenheit zu sehnen, doch die wollte sich partout nicht einstellen.

»Alles war perfekt geplant« – er lächelte – »wenn ich so sagen darf. Ich kam einmal im Monat nach Nam Som. Es war nicht allzu schwer, meine Termine so zu legen, dass ich immer bei Vollmond dort eintraf. Von der Stadt bis ins Dorf waren es nur zwanzig Kilometer, und es gab hundert Möglichkeiten, meinen Wagen zu verstecken. Den Vollmond brauchte ich, damit ich gesehen wurde, verstehen Sie? Ich war weit genug weg, dass mein Gesicht unerkannt blieb, und wenn man sein Haar unter einem Damenstrumpf versteckt, sieht das aus der Ferne wie ein Kahlkopf aus.

Der Asket war ein Geschenk. Als ich hörte, dass er im Tempel Aufnahme gefunden hatte, wusste ich, dass mir Erfolg beschieden sein würde. In der Totenhütte lag immer eine Leiche. Und was die Alten und Kranken anging, hatte ich die freie Auswahl. Bei meiner ersten nächtlichen Erkundung des Dorfes fand ich allerhand heraus. Zum Beispiel dass Hauptmann Gumron mit der Frau des Sohnes von Dorfvorsteher Tham ein Verhältnis hatte. Der Polizist freundete sich mit dem Ehemann an und schickte ihn auf Botengänge, damit er sich in ihre Hütte schleichen konnte. Und wenn sie das Gefängnis mit Essen belieferte, vögelten sie in seinem Büro. Das Baby wird vermutlich aussehen wie Gumron, das arme Ding.«

Siri wurde klar, dass der Ankläger seine Geschichte noch nie jemandem erzählt hatte. Und jetzt hatte er plötzlich ein Publikum, das ihm hilflos ausgeliefert war. Der Doktor konnte nur hoffen, dass der Mann sich in einen Vollrausch trank und redete, der so lange anhielt, bis Siri seine Beine wieder spürte. Suthon schenkte sich nach.

»Dann hatten Sie also gar nicht damit gerechnet, Loong Gan im Dorf anzutreffen?«, fragte Siri.

»Loong …? Dieses alte Schwein«, sagte Suthon. »Nein, Siri. Nein. Überhaupt nicht. Welch eine Entdeckung. Welch ein Zufall. Da saß er, der gut tausendjährige Charmeur, und prahlte immer noch mit seinen Eroberungen, immer noch besoffen. Der falsche Mönch, der meine Mutter verführt und meinen Vater belogen hatte. O Siri, welch ein unverhoffter Segen.«

»Also haben Sie ihn filetiert?«

»Letzten Endes ja. Ich hatte solchen Spaß mit ihm in dieser Nacht. Ich habe keine Obduktion angeordnet, andernfalls hätte man wohl festgestellt, dass ihm ein paar lebenswichtige Organe fehlten oder, besser, sich nicht mehr an ihrem angestammten Platz befanden. Ich will Ihnen die Details ersparen. Es war höchst befriedigend und passte vortrefflich in meinen Plan.«

»Und die kranke Frau?«

»Die lag ohnehin in den letzten Zügen.«

»Sie erholte sich gerade von einer Hepatitis«, sagte Siri. »Ich selbst habe sie behandelt.«

»Na ja. Eine Bauersfrau. Unbedeutend, abgesehen von ihrer Rolle in meinem kleinen Husarenstück. Um die Sache perfekt zu machen, hätte es natürlich ein Mann sein müssen. Dem Buddha lag das Wohlergehen von Frauen nicht sonderlich am Herzen.«

»Sie haben die Presse zum Gerichtssaal bestellt.«

»Ja, die Nachrichten waren voll davon, nicht wahr? Nach meiner dritten Anhörung des Falls war ich der coole Richter, der sich hartnäckig weigerte, voreilige Schlüsse zu ziehen. Ich hatte die Presse zwar vom Verfahren ausgeschlossen, gab aber gleich anschließend eine Pressekonferenz. Ich wusste, dass das ganze Land gebannt der Auflösung des Krimis harrte. War Abt Rayron der fanatisierte buddhistische Serienkiller? Es wäre der ideale Schlussakkord gewesen.«

»Was ging schief?«, fragte Siri.

»Er hat mich erkannt«, sagte er und fing an, hektisch auf und ab zu laufen. »Sie haben es selbst miterlebt. Er bat darum, etwas sagen zu dürfen. Ich habe ihm, wider besseres Wissen, das Wort erteilt. Und er sagte: ›Ich bitte um Verzeihung dafür, dass ich Sie zu dieser schwierigen Entscheidung genötigt habe.‹«

»Vielleicht wollte er nur höflich sein.«

»Er wusste, wer ich war, Siri. Er hat mich erkannt, verdammt noch mal. Er sprach von meiner Entscheidung, seine Mutter umzubringen. Die psychologische Amnesie, die er in jener Nacht erlitten hatte, war mit einem Mal wie weggeblasen. Dort im Gerichtssaal bedachte er mich mit dem gleichen Blick wie damals im Zimmer seiner Mutter. Ein unschuldiger Blick, der mir ewige Verdammnis wünschte. Der gleiche Blick, mit dem jeder religiöse Eiferer den Ungläubigen sagt: ›Ich bin etwas Besseres als ihr.‹«

»Er war acht. Sie waren dreizehn.«

»Das flößen sie schon den Jüngsten ein. Sie verleihen ihnen die Macht.«

Siri rief sich ins Gedächtnis, dass er mit einem Verrückten in einem dunklen Loch saß, aus dem es kein Entkommen gab. So hatte er eigentlich nicht aus dem Leben scheiden wollen, aber wenn er denn schon sterben musste, dann doch wenigstens mit dem Geschmack eines guten Tropfens auf den Lippen.

»Jetzt könnte ich ein Glas vertragen«, sagte er.

»Oh. Wo sind nur meine Manieren geblieben?«, sagte Suthon.

Seine Schritte wirkten nicht mehr spontan, sondern wie einstudiert, dennoch gelang es dem Ankläger, sich zum Schreibtisch zu schleppen, zwei Gläser zu füllen und Siri eins davon zu bringen. Er hielt es dem Doktor an die Lippen und träufelte ihm den Whisky vorsichtig in den Mund, sodass nicht ein Tropfen danebenging. »Er hat alles ruiniert«, spie Suthon ihm verächtlich ins Gesicht.

»Was, alles?«, fragte Siri.

»Den großen Skandal. Den großen Prozess gegen den

Wahnsinnigen Mönch, natürlich unter meinem Vorsitz. Ich hätte vier, fünf Wochen Zeit gebraucht, um Spannung aufzubauen. Eine Debatte in der Presse anzuleiern. Zeit, in der die Medien das falsche Bild der hehren Geistlichkeit hätten zurechtrücken können. Ich hätte die eine oder andere grundlose Beschuldigung lanciert, zum Beispiel, dass er als kleiner Junge seine eigene Hurenmutter umgebracht hatte. Dass man so gut wie nichts über sein Vorleben wusste. Dass jeder Narr oder Verbrecher Mönch werden und Karriere machen konnte. Das hätte die Laien auf den Plan gerufen, mit ihren Gruselgeschichten von bösen Mönchen. Die ganze buddhistische Infrastruktur wäre ins Wanken geraten.

Aber dann erkannte er mich. Er hätte lediglich meine Beziehung zu seiner Mutter erwähnen müssen, und sämtliche Kameras hätten sich auf mich gerichtet. Ich wäre vom weisen Schiedsmann im Handumdrehen zum Beteiligten, ja zum Verdächtigen mutiert. So weit durfte es nicht kommen. Ich musste ihn umbringen.«

»Sie sind in seine Zelle gegangen.«

»Bis zum Zellentrakt waren es nur ein paar Schritte über den Hof. Ich hatte einen langen Tag hinter mir. Es war dunkel. Hauptmann Gumron versteckte sich vor dem Mann seiner Geliebten und teilte mir diese Tatsache ungefragt mit, als ob mich derlei auch nur ansatzweise interessieren würde. Niemand stellte mir irgendwelche Fragen. Ich besuchte die Gefangenen des Öfteren in ihren Zellen, um mich zu vergewissern, dass sie ordentlich versorgt wurden. Alle schliefen. Ich rief nach ihm – dem unehelichen Mönch. Er trat an das Zellengitter. Ich sagte, ich hätte verstanden, was er mir im Gerichtssaal hatte sagen wollen. Er stellte sich dumm. Ich bat, ihn umarmen und um Verzeihung bitten zu dürfen, bevor ich nach Udon zurückfuhr. Er sagte, es gebe nichts zu verzeihen. Es war kalt. Die Nächte von Udon. Er trug seinen Zweitsarong als Schal. Ich packte die beiden Enden und zog ihn mit aller Kraft gegen das Zellengitter. Der Aufprall machte ihn bewusstlos, und so war es kein Problem, ihn zu erdrosseln. Ich habe selbstverständlich einen Generalschlüssel. Ich betrat die Zelle und veränderte die Position der Leiche so, dass alles auf Selbstmord hindeutete. Den Rest kennen Sie. Sie lagen mit allem richtig, bis ins letzte Detail. Chapeau.«

»Danke.«

»Das ist die Geschichte, alter Mann. Bleibt nur noch …«

»Die Versicherungsgesellschaft in Bangkok«, sagte Siri.

»Exakt. Danach fahren Sie …?«

»In meinen Himmel auf?«

»… mit mir zum Ort Ihres Unfalls. Alles Weitere überlasse ich Ihnen.«

»Dann wüsste ich nicht, weshalb wir dieses Gespräch fortsetzen …«

»43E«, sagte Suthon. »Wo der verrückte Boh und Ihre Frau vermutlich die Nacht zusammen verbringen werden, wenn ihre Suche nach Ihnen erfolglos bleibt. Es ist nur eine Viertelstunde von hier. Tut mir leid, aber wie ich schon sagte, überlasse ich nur selten etwas dem Zufall. Ich habe mir erlaubt, die Adresse Ihres Mönchs nachzuschlagen.«

Siri verspürte ein leises Prickeln in den Nervenenden, doch keinerlei Bewegung in den Muskeln. Und so blieb ihm nur eine Waffe, die er gegen Suthon in Anschlag bringen konnte.

»Bevor ich Ihre Frage beantworte«, sagte er, »sollten Sie Ihre Perspektive auf … nun ja … auf praktisch alles vielleicht noch einmal überdenken.«

»Siri, ich habe von Ihrem Klamauk in Sawan gehört«, sagte Suthon. »Mag sein, dass Sie schwachköpfige Bauerntrottel mit Ihrem Hokuspokus beeindrucken können, aber Sie wissen genauso gut wie ich, dass das Ganze ein einziger großer Schwindel ist. Ich habe Jahrzehnte meines Lebens damit zugebracht, Leute wie Sie zu entlarven. Und nicht ein einziges Mal habe ich mich von eurem Feuerwerk blenden und euren Gesängen betören lassen. Ihr seid doch alle gleich, ihr Schamanen und Mönche und Priester. Ihr angelt euch die Leute, indem ihr ihnen ein paar Zaubertricks vorführt, und dann verkleistert ihr ihnen das Gehirn mit eurer archaischen Sprache. Für all das ist mir meine Zeit zu schade. Also machen Sie's kurz und sagen Sie mir, woher Sie den Namen des Mittelsmannes kennen.«

»Ich habe ihn gesehen, hier in diesem Büro«, sagte Siri. »Sie haben die Adresse von Hand auf einen Briefumschlag geschrieben, aber bei dem Wort Bangkok ist Ihnen ein Fehler unterlaufen. Das soll keine Kritik sein. Die Thai-Schrift ist eine der schwierigsten überhaupt.«

»Für einen so alten Mann haben Sie erstaunlich gute Augen«, sagte Suthon. »Die Laoten essen wohl ziemlich viele Möhren, was?«

»Möhren?«, erwiderte Siri. »Von hier bis zum Schreibtisch sind es mindestens fünf Meter. Und Sie haben mit der Hand geschrieben. Ich bräuchte einen Feldstecher, um so weit zu sehen.«

Der Ankläger strich den Fehler aus, riss den Briefumschlag entzwei und warf ihn in den Papierkorb. Er schenkte sich noch einen Whisky ein. In Siris Kopf fügten sich die Einzelteile nach und nach zu einem Ganzen. Es war ein erhebendes Gefühl.

»Und was haben Sie heute Abend sonst noch für Tricks auf Lager, großer Schamane?«, fragte Suthon. Endlich lallte er.

»Hm, mal sehen«, sagte Siri. »Sie vermissen nicht zufällig einen Locher?«

»Einen was?«

»Also wirklich, Sie werden doch wohl wissen, was ein Locher ist. Sie suchen ihn wahrscheinlich schon seit Wochen. Aber das kommt davon, wenn man sonst niemanden in sein Arbeitszimmer lässt. Eine Putzfrau hätte ihn im Handumdrehen gefunden. Er liegt unter Ihrem Sofa. Und erzählen Sie mir nicht, ich hätte gute Augen. Um das von hier aus sehen zu können, müsste ich den Röntgenblick haben.«

Suthon lächelte. »Nur aus Neugier …«, sagte er.

Er ging mit seinem Glas zum Sofa, sank auf die Knie und schaute darunter. Aus seiner Miene sprach nicht Verwunderung, sondern Zorn.

»Sehen Sie?«, sagte er und stützte sich mit einem Ellbogen auf der Armlehne ab. »Das sind genau die Tricks, mit denen man Bauern beeindruckt.«

»Sie sind zwar kein Bauer«, sagte Siri, »aber beeindruckt sind Sie trotzdem.«

»Die Zauberei ist eine Wissenschaft, Siri. Man kann sie erlernen. Hätte ich nicht so viel getrunken, würde ich mit Sicherheit dahinterkommen.«

»Das ist noch nicht alles«, sagte Siri. »Der Kalender da an der Wand. Ich kann ihn zwar überhaupt nicht sehen, aber ich bin sicher, dass Sie das Blatt für den Februar noch nicht abgerissen haben. Das Bild zeigt den König auf einem Traktor. Sie haben den siebten mit einem Häkchen markiert.«

Aus den Wangen des Anklägers war sämtliche Farbe gewichen. Er funkelte Siri wütend an, stand umständlich auf und trat vor den Kalender.

»Wie mache ich mich?«, fragte Siri. »Die Vorhänge sind zugezogen, aber wenn Sie sie öffnen, werden Sie unzählige Flugameisen sehen, die um die Straßenlaterne flattern. Sprich es hat vor Kurzem geregnet.«

Suthon zog die Vorhänge auf. Das Fenster schwirrte von Insekten.

»Später mehr«, sagte Siri.

»Ich geb's auf. Wie machen Sie das?«

»Mit Zauberei hat das nichts zu tun«, sagte Siri. »Ich war schon einmal hier, müssen Sie wissen. Ich war schon einige Male in Ihrem Haus, auch wenn mir seinerzeit nicht recht klar war, weshalb.«

»Sie können unmöglich ohne mein Wissen hier gewesen sein.«

»War ich aber. Genau da liegt der Hund begraben. Beim ersten Mal fand ich mich in Ihrem Wäscheschrank wieder. Der Geist, den Ihre Kinder gehört haben, war ich.«

Suthon stellte zum ersten Mal sein Glas ab und setzte sich auf die Schreibtischkante.

»Aber ich war auch hier«, fuhr Siri fort, »in diesem Arbeitszimmer. Und wissen Sie, was das Komischste ist? Ich glaube, ich bin noch gar nicht hier gewesen. Ich glaube, ich war erst… erst später hier. Und das ist eigentlich gar nicht so schlecht, denn das bedeutet, dass ich in der Zukunft noch am Leben bin. Ich muss wohl noch ein wenig an der Grammatik feilen, um das richtig erklären zu können.«

»Sie veranstalten das alles nur in meinem Kopf, nicht wahr?«, fragte Suthon.

»Was meinen Sie, junger Mann?«

»Ihre Tricks. Ihre Psychospielchen. Ihre Hypnose. Aber das wird Ihnen nicht viel nützen. Ich bin stärker als Sie.«

»Da haben Sie vermutlich recht. Aber ich war noch nicht ganz fertig. Ich habe hier eine verblüffende Entdeckung gemacht. Auf der anderen Seite verläuft die Zeit nicht linear. Verstehen Sie, was ich damit sagen will?«

Das Bellen eines Hundes verwirrte den Doktor einen Augenblick. Schreie in der Ferne. Siri fuhr fort.

»Damit will ich sagen, dass ich jetzt hier bin und früher schon einmal hier war. Aber dieser Besuch hat noch nicht stattgefunden. Es ist kein Blutfleck auf dem Boden. Ihr Ledersessel ist unversehrt. Ebenso die Wand neben der Tür.«

»Ja, das ist eure typische Masche«, lallte Suthon. »Erst sät ihr Zweifel und stiftet Verwirrung, und dann geht ihr zum Angriff über.«

»Ach, seien Sie still und hören Sie zu«, sagte Siri. »Die andere Seite denkt, wir seien die andere Seite und umgekehrt. Als ich drüben war, glaubte ich, die andere Seite sei ein anderer Ort. Aber das stimmt nicht. Sie ist nur eine andere Zeit. Vielleicht mit ein paar kleinen Änderungen. Zum Beispiel die Tür. Ich habe respektive werde dieses Arbeitszimmer aus dieser Richtung betreten. Dabei gibt es dort gar keine Tür. Ist das nicht faszinierend?«

Er hob den Blick und sah, dass der Ankläger mit einer Pistole in der Hand neben seinem Schreibtisch stand.

»Noch so etwas«, sagte Siri. »Wenn Sie mich erschießen würden, wäre der ganze Lehnsessel voll Blut. Aber das war er nicht. Mit anderen Worten, hier erschießen Sie mich nicht. Und da ich nicht laufen kann, müssten Sie mich bis zu Ihrem Schreibtisch schleifen und mich dort erschießen, das aber wäre ausgemachter Unsinn.«

»Hören Sie auf«, sagte Suthon und fuchtelte mit seiner Waffe.

»Da sich der Blutfleck neben Ihrem Schreibtisch befand, ist es sehr viel wahrscheinlicher, dass Sie sich entweder selbst erschießen oder aber von jemand anderem erschossen werden.«

»Ich meine es ernst. Halten Sie die Klappe.«

Siris grüne Augen glühten im Schein der Neonröhre an der Decke. Er strahlte über das ganze Gesicht. Der Ankläger starrte ihn fassungslos an.

»Oh«, rief Siri, »wie ist es schön! Was, wenn ich in nicht allzu ferner Zukunft lernen würde, diese Exkursionen zu steuern? Was, wenn ich selbst entscheiden könnte, wohin es geht und wann ich ankomme? Ich könnte durch die Zeit reisen, wie es mir gefällt. Das bedeutet … Oh.«

»Sie sind ein toter Mann, Siri«, sagte der Ankläger und richtete die Pistole auf den Kopf des Doktors.

»Sie irren, junger Mann. Ich habe Ihnen doch gerade erklärt, warum. Und ich glaube, bei aller Angst sind Sie von alldem insgeheim genauso fasziniert wie ich. Ich bin ein Kind und habe soeben meinen ersten Schritt getan. Sie sind Vater, also müssten Sie dieses Gefühl eigentlich kennen.«

Suthon krümmte den Finger um den Abzug.

»Es ist so weit«, sagte eine Stimme am anderen Ende des Zimmers.

Der Ankläger wirbelte herum, doch da war niemand. Nur eine kahle Wand.

»Wer war das?«, brüllte er.

»Ich«, sagte Siri. »Ist das nicht unglaublich? Ein wahres Wunder.«

»Können Sie mich hören?«, fragte der Siri, der noch nicht ganz da war.

»Hören Sie auf«, sagte Suthon.

»Laut und deutlich«, sagte Siri. »Ich könnte hier ein wenig Hilfe gebrauchen.«

»Schon unterwegs«, sagte die Wand.

Suthon schoss auf die Wand.

Gipssplitter flogen durchs Zimmer.

»Sie sollten Ihr Temperament ein wenig zügeln«, sagte eine Stimme vom Schreibtisch her.

Suthon fuhr vor Schreck fast aus der Haut, als er den dicken Mann in Shorts und schulterfreiem Top erblickte, der in seinem Sessel saß. In seiner Panik drückte er ab. Er konnte den Fettsack unmöglich verfehlt haben, doch der zog nur ein langes Gesicht.

»Autsch«, sagte der Dicke.

»Ist Tante Bpoo schon da?«, fragte die Wand.

»Ja, aber sie ist gerade erschossen worden«, sagte Siri.

»Sie wird's überleben«, sagte die Wand.

Der Ankläger taumelte rückwärts, und da er nicht wusste, auf wen oder was er schießen sollte, richtete er seine Waffe erst auf Siri, dann auf die Wand, dann auf den Transvestiten an seinem Schreibtisch. Plötzlich klopfte es laut an der Tür. Suthon drückte ab, verfehlte sie jedoch um Armeslänge.

»Stecken Sie das Ding weg«, sagte Tante Bpoo. »Sonst verletzen Sie noch jemanden damit.«

Der Ankläger jagte eine zweite Kugel in seinen Sessel.

»Sehen Sie? Jetzt habe ich mir einen Nagel abgebrochen«, sagte Bpoo.

Die Tür brach aus den Angeln, und Köter sprang durch den Spalt. Der Ankläger drückte ab, doch der Hund war schießwütige Idioten gewohnt und ging hinter den stählernen Aktenschränken in Deckung, bevor er hinter dem Schreibtisch wieder hervorsprang und die Zähne in den Knöchel des Anklägers schlug. Suthon jaulte vor Schmerz und richtete die Waffe instinktiv nach unten, schoss sich in den Fuß und blutete wie ein harpunierter Wal. Als sie die eingetretene Tür endlich aus den Angeln gehoben hatten, kam Madame Daeng mit einem Messer, zwei Uniformierten und dem verrückten Boh ins Zimmer gestürzt. Die Frau des Anklägers blieb im Flur zurück. Die Szenerie, die sich ihnen bot, war zwar kurios, aber nicht halb so bizarr wie noch ein paar Sekunden zuvor. Siri saß mit Handschellen an einen Lehnstuhl gefesselt und grinste von einem Ohr zum anderen. Der Ankläger lag bewusstlos in einer Blutlache, während ein Hund an seinem Knöchel kaute.

Daeng trat zu ihm, setzte ihm das Messer an die Kehle und sagte: »Nicht alle Hunde sind sexbesessen.«

17

DER GIPFEL DER GENÜSSE

Siri legte den Hörer auf und runzelte die Stirn.

»Was spricht Civilai?«, fragte Daeng.

»Nichts Gutes«, sagte Siri. »Sie haben Noo noch nicht gefunden. Womöglich müssen wir auf das Angebot des Premierministers zurückkommen.«

»Den sollten wir eigentlich erst am Donnerstag wiedersehen«, rief sie ihm ins Gedächtnis. »Ich dachte, wir wollten morgen unseren genialen Fluchtplan in die Tat umsetzen. Morgen Abend ist der Empfang beim Obersten …«

»Ich weiß. Ich werde versuchen, ihn telefonisch zu erreichen. Er hat mir seine Privatnummer gegeben. Wer weiß, was ich ihm für einen Gefallen dieser Größe alles versprechen muss.«

»Noo ist thailändischer Staatsbürger. Unser Premier möchte die Thais bei Laune halten, und der thailändische Premier möchte dich bei Laune halten. Wenn auch nur vorübergehend. Das könnte klappen.«

»Es ist Noos einzige Chance, umso mehr wenn er tatsächlich ein Spion ist. Wenn wir Glück haben, gibt es jemanden, gegen den sie ihn austauschen wollen.«

»Dir ist hoffentlich klar, dass der Premierminister uns erschießen lässt, wenn er uns auf die Schliche kommt.«

»Das ist es mir wert. Wir hatten ein paar schöne Tage.«

»Ein paar sehr schöne Tage sogar.«

»Du hast den Großen Palast und unseren Smaragd-Buddha gesehen, du hast eine Bootsfahrt auf dem Fluss gemacht, und wir haben gegessen wie die Könige – wenn auch etwas früh am Tag. Und alle waren so freundlich.«

»Ich weiß«, sagte sie. »Es war wirklich wunderbar. Aber ich würde gern lange genug leben, um zu Hause damit angeben zu können.«

»Keine Angst. Es wird schon gut gehen.«

Er schnappte sich die Fernbedienung und schaltete zum circa achtzigsten Mal den Fernseher ein. Das Dusit Thani bot sämtliche thailändischen Sender sowie einen hauseigenen Kinokanal, auf dem ein untertitelter Spielfilm in Dauerschleife lief. Außerdem gab es einen nagelneuen Videorekorder und dazu einen Stapel Filme mit thailändischen Untertiteln. Siri verließ das Zimmer nur, wenn es nicht anders ging. Leider konnten sie sich nicht darüber beschweren, dass es nach Mittag keinen Zimmerservice mehr gab. Oder dass sie sich seit drei Tagen nach einem eisgekühlten Bier verzehrten. Daeng, seit Revolutionszeiten eine wahre Meisterin der Verkleidungskunst, hatte ihren Mann eindringlich davor gewarnt, aus der Rolle zu fallen.

»Ich glaube … Kannst du das Ding ein bisschen leiser stellen?«, sagte sie.

Siri tat ihr den Gefallen.

»Danke. Ich glaube, ich werde mich heute Abend allein mit Noos Tochter treffen.«

»Warum?«, fragte Siri.

»Weil es für sie auch ohne all das schwer genug ist.«

»All das« waren Siri und Daeng ohne Haare respektive Augenbrauen. Es war ein safrangelbes Gewand, das zum Trocknen im Bad über der extragroßen Wanne hing. »All das« waren der falsche Sangharaj von Laos und seine Nonne/Privatsekretärin, die nach Thailand übergelaufen waren. Es war eine garantierte Woche voller Luxus und Sehenswürdigkeiten, bevor die formellen Verhöre und Befragungen begannen. Es war Siri und Daengs größter Coup.

Im Tempel zu Sawan hatte Siri es nicht gewagt, dem Sangharaj seine hanebüchene Idee zu unterbreiten, aus Angst, einen wütenden – und durchaus berechtigten – Rüffel zu kassieren. Doch dann war dem Doktor eingefallen, wie der Sangharaj eines Nachts im Garten eine Grube ausgehoben hatte. Ein Mann wie Siri konnte der Versuchung, diesem Rätsel auf den Grund zu gehen, naturgemäß nicht widerstehen. Und so hatte er an jenem Abend gewartet, bis er allein war, und exhumiert, was der alte Mönch unter der Grasnarbe verbuddelt hatte. Nämlich sich selbst oder vielmehr sein altes Ich. In einem kleinen Beutel hatte Siri den Personalausweis des Sangharaj gefunden, ein paar private Briefe und eine Brille. Die Briefe hatte er ungelesen zurückgelegt, den Ausweis jedoch hatte er behalten. Da er davon überzeugt war, dass der Mönch sein früheres Leben hatte begraben und vergessen wollen, betrachtete er seine kleine archäologische Aktion auch nicht als Diebstahl. Bevor internationale Hilfsorganisationen ihm zweitausend Schachteln mit Kontaktlinsen in allen nur erdenklichen Größen hatten zukommen lassen, hatte der Sangharaj eine Brille getragen. Er trug diese Brille auf seinem Ausweisfoto und hatte sie aus sentimentalen Gründen immer bei sich. Es war ein schlechtes Foto, das sonst wen hätte darstellen können. Vor allem aber hätte es – nach einer gründlichen Rasur und einem ausgiebigen Haarschnitt – Siri darstellen können. Niemand warf einen zweiten Blick auf Männer über siebzig. Und so hatte der alte Mönch, ohne es zu wissen, seinen Ausweis für den Schwindel zur Verfügung gestellt.

Siri und Daeng hatten in Udon ausgeharrt, bis feststand, dass man Ankläger Suthon seiner gerechten Strafe zuführen würde. Der alte Boh und Abt Somluang kannten eine ganze Reihe ebenso aufrechter wie gottesfürchtiger Polizisten, die es kaum erwarten konnten, sich des Falls anzunehmen. Da die Polizei von der Judikative ständig der Ineffizienz beschuldigt wurde, war es ihr ein Vergnügen, den Spieß endlich einmal umzudrehen. Eine Verurteilung des Anklägers war angesichts des plötzlichen Verfalls des jungen Mannes so gut wie sicher. In jener Nacht in seinem Arbeitszimmer schien sein Verstand regelrecht implodiert zu sein. Er hatte sich in einen brabbelnden Kretin verwandelt. Die Frau, die er nur ihres Aussehens und ihrer Gebärfreude wegen geehelicht hatte, war ganz erpicht darauf gewesen, gegen ihn auszusagen. Sie erzählte der Polizei, was sie an jenem Abend durch die verschlossene Tür gehört hatte. Der Mann hatte sie fünf Jahre lang tagaus, tagein terrorisiert, und sie und die Kinder waren froh, ihn los zu sein.

Nachdem die Polizei von Udon die Sache fest im Griff zu haben schien, hatten Siri und Daeng beim Buddhisten-Rat angerufen, sich dafür entschuldigt, kalte Füße bekommen zu haben, und darum gebeten, doch noch überlaufen zu dürfen. Um den schneeweißen Soldaten, die sie am Busbahnhof von Udon zum Narren gehalten hatten, aus dem Weg zu gehen, fuhren sie auf direktem Weg zum Flugplatz, wo sie von Offizieren der Luftwaffe in Empfang genommen, in einen Hubschrauber verfrachtet und nach Don Muang geschafft wurden. Mit verzagter Miene hatte Köter zugesehen, wie der Helikopter gestartet und über die Wipfel davongeflogen war. Sein ganzes Jagdgeschick würde nicht ausreichen, um sein Herrchen aufzuspüren. Zum Glück hatte sich Boh bereit erklärt, dem Hund bis zu ihrer Rückkehr Gesellschaft zu leisten.

In Bangkok wurden sie vom Leiter der Abteilung für nationalen Buddhismus und einem Abgesandten aus den niederen Chargen der Königsfamilie willkommen geheißen, die dem laotischen Sangharaj nie persönlich begegnet waren. Der Anblick der sogenannten Privatsekretärin des alten Mönchs ließ sie einen Moment stutzten, aber … Laos … tja, was sollte man da sagen?

Sie waren in einer Limousine mit Polizeieskorte ins Dusit Thani chauffiert und in zwei Penthouse-Suiten untergebracht worden, wo sie mit einem Regierungsbeamten eine halbe Stunde lang die Aktivitäten der kommenden Woche geplant hatten. Um die für den nächsten Tag anberaumte Audienz beim Premierminister waren sie leider nicht herumgekommen, das Treffen mit dem Obersten Patriarchen Thailands dagegen hatten sie auf den vierten Tag verschieben können. Spätestens dann würde ihre Tarnung nämlich auffliegen. Die beiden alten Patriarchen waren sich mehrmals begegnet.

Weshalb ihre Flucht am Morgen des vierten Tages über die Bühne gehen sollte. Die Aufpasser vom Militär – angeblich Leibwächter – standen vor dem Fahrstuhl Posten, hier oben in der Penthouse-Etage und unten in der Lobby. Die Feuerleiter war unbewacht. Sie zählten fünf, höchstens sechs Männer. Aber, mal ehrlich, was war ein halbes Dutzend Thais gegen dieses Duo infernale?

»Lust auf eine Toblerone?«, fragte Daeng, die den Kühlschrank durchforstete.

»Keine Ahnung«, sagte Siri. »Was ist eine Toblerone?«

1. EPILOG

Sie hatten getrunken, die Jungs von der Königlichen Leibgarde. Sie tranken gern mal das eine oder andere Glas zu viel. Sie hatten den Abend in einem Hostessenclub verbracht und mit hübschen laotischen Mädchen in traditioneller Tracht getanzt. Es waren hauptsächlich Kreistänze, doch vor jeder Pause spielte die Kapelle eine langsame Ballade. In dem schummrigen Keller gab es reichlich dunkle Nischen, in denen man fummeln konnte.

Der kurzhaarige Major wankte mit seinen Kameraden auf den Parkplatz hinaus. Sie hatten artig ade gesagt, und Agoon ging zu seinem Jeep. Er wollte gerade seinen Schlüssel aus der Hosentasche fischen, als ein befliegter Kellner aus dem Club in seine Richtung gehumpelt kam.

»Mein Herr, mein Herr«, sagte er. »Ein Glück, dass ich Sie noch erwische. Gott sei Dank.«

Agoon drehte sich zu ihm um. Der Kellner war übergewichtig, nassgeschwitzt und hatte viel zu lange Haare.

»Was wollen Sie?«, fragte Agoon.

»Sie haben Ihre Sachen auf dem Tisch liegen lassen. In Lokalen wie diesem kann man gar nicht vorsichtig genug sein. Jede Menge unehrliche Zeitgenossen. Es hätte ohne Weiteres jemand Ihr Portemonnaie einstecken können.«

»Bilden Sie sich bloß nicht ein, dass Sie einen Finderlohn von mir bekommen«, sagte Agoon.

»Nein, nein. Wo denken Sie hin?«, sagte der Kellner. »Ich wollte nur meine Bürgerpflicht tun.«

Der Kellner streckte die Hände aus, und der Soldat tat es ihm nach. Er sah dem Kellner einen Augenblick lang ins Gesicht, erkannte ihn jedoch zu spät. Er hatte Phosy seit der Nacht, als er ihm ein Messer in den Bauch gerammt hatte, nicht mehr gesehen. Er hörte ein Klicken und spürte, wie sich warmes Metall um sein Handgelenk schloss. Da erst bemerkte er das ungewöhnliche Gewicht am Ende der Kette. Die Handgranate war mit dem letzten Glied der Einhandschelle verschweißt. Der Inspektor hielt lächelnd den Splint in die Höhe, trabte seelenruhig davon und lüftete seine Perücke wie einen Hut.

Der Soldat zerrte an der Schelle, riss verzweifelt an der Kette. Er fauchte und fluchte, doch seine letzten fünf Sekunden auf Erden waren erstaunlich schnell vorbei.

2. EPILOG

»I-i-ich kann keine Nudeln mehr sehen«, sagte Herr Geung.

»Madame Daeng kommt morgen zurück«, sagte Tukta. »Dann kannst du wieder die Gäste unterhalten.«

»Ich k-kann's kaum erwarten. Dann kann ich ihnen endlich meinen neuen T-t-tanz vorführen.«

Er bot ihr eine kleine Kostprobe und brachte sie zum Lachen. Es gab wenig, was er lieber tat. Sie räumten die Nudelküche auf. Wie üblich hatten sie auch heute Abend ein volles Haus und keine ruhige Minute gehabt. Dtui war oben und zählte das Geld. Das Knurren eines Jeeps störte die abendliche Stille. Motorengeräusche hatten in Vientiane zumeist nichts Gutes zu bedeuten. Geung und Tukta starrten sich an und versuchten, den Jeep kraft ihres Willens zum Vorbeifahren zu bewegen, doch er verlangsamte das Tempo und blieb vor der Nudelküche stehen. Dann tat es einen Schlag, als wäre ein Sack Rüben von der Ladefläche eines Lkws gefallen, und der Jeep röhrte davon.

»Geh nicht«, sagte Tukta. »Es ist eine Bombe.«

Doch Herr Geung hatte bereits den Rollladen hochgezogen und sah angestrengt in die Dunkelheit hinaus, konnte in dem schwachen Licht vom Fenster im ersten Stock jedoch nur eine undeutliche Silhouette erkennen.

»Was war das?«, fragte Dtui und kam die Treppe heruntergerannt.

»Eine Bombe«, sagte Tukta.

»Ein Mensch«, sagte Geung und ging hinaus.

Dtui folgte ihm. Mitten auf der Straße lag ein regloser Körper. Die plumpen, unförmigen Glieder waren verrenkt wie die Arme eines Tintenfisches auf dem Trockenen.

»Das ist Genosse Noo«, sagte Herr Geung. »Der Mönch.«

Dtui fühlte ihm den Puls.

»Er lebt«, sagte sie. »Er lebt.«

Unsere Leseempfehlung

320 Seiten
Auch als E-Book erhältlich

Dr. Siri Paiboun, der rüstige Pathologe, der eigentlich seinen wohlverdienten Ruhestand genießen möchte, erhält ein anonymes Paket. Darin findet sich ein handgewebter pha sin, ein farbenfroher Rock, der vor allem im Norden Laos getragen wird. Ein wunderschönes Geschenk – wäre da nicht ein abgetrennter Finger in den Saum des Kleidungsstücks genäht. Siri ist sicher, dass ihm jemand eine Nachricht übermitteln wollte, und er wird nicht ruhen, bis er herausgefunden hat wer. Also organisiert er eine Reise in den Norden. Doch an der laotischen Grenze droht ein blutiger Konflikt auszubrechen – und Siri und seine Entourage halten geradewegs darauf zu ...